Peter Kersken, geboren 1952 in Oberhausen im Ruhrgebiet, studierte Philosophie und Literaturwissenschaft in Freiburg und Köln und arbeitete als Redakteur bei einer Kölner Tageszeitung. Er lebt als freiberuflicher Autor in der Eifel. Im Emons Verlag erschienen »Tod an der Ruhr« und »Im Schatten der Zeche«.

PETER KERSKEN

Zechensterben

HISTORISCHER KRIMINALROMAN

emons:

MIX
Papier aus verantwortungsvollen Quellen
FSC® C083411

Umschlagfoto: Hans Dieter Baroth
Umschlaggestaltung: Tobias Doetsch
Druck und Bindung: CPI – Clausen & Bosse, Leck
Printed in Germany 2011
ISBN 978-3-89705-866-8

Unser Newsletter informiert Sie
regelmäßig über Neues von emons:
Kostenlos bestellen unter
www.emons-verlag.de

Für Elke

»Ein Autor nimmt nicht Wirklichkeit,
er hat sie, schafft sie,
und die komplizierte Dämonie
auch eines vergleichsweise realistischen Romans
besteht darin,
daß es ganz und gar unwichtig ist,
was an Wirklichem in ihn hineingeraten,
in ihm verarbeitet,
zusammengesetzt,
verwandelt sein mag.
Wichtig ist,
was aus ihm an geschaffener Wirklichkeit
herauskommt und wirksam wird.«
Heinrich Böll, 1964

EINS

Der Fall war abgeschlossen. Die Staatsanwaltschaft hatte die Ermittlungen eingestellt.

Manfred Wagner war wütend. Er warf seine Zigarettenkippe achtlos auf die grauen Betonplatten. Ein paar Tauben stürzten sich flügelschlagend auf die ungenießbare Beute. Ein junges Tier pickte nach dem glimmenden Stummel. Wagner klatschte in die Hände. Die Vögel flatterten aufgeschreckt hoch. Er stand auf, trat die Kippe aus und setzte sich wieder auf die Parkbank am Rande des Friedensplatzes.

Ein Vierzehnjähriger konnte doch nicht aus Versehen von einer Brücke fallen! Und dass der Junge gesprungen war, nein, das konnte auch nicht sein!

Wagner zog eine neue Güldenring aus dem Zigarettenpäckchen und zündete sie an. Die Tauben kamen wieder herangehüpft und beäugten ihn.

Ein junger Mensch, der hing doch an seinem Leben, verdammt noch mal! Wagner hatte nicht vergessen, wie sehr er den Tod gefürchtet hatte. Wie blutjunge Kerle damals um ihr Leben gebetet hatten, wie sie wimmernd durch die Schützengräben gekrochen waren, wie sie schreiend ihr Leben verloren hatten, das alles hatte er nicht vergessen. Das würde er niemals vergessen.

Nein, es konnte nicht sein, dass im Sommer des Jahres 1966, in dem junge Menschen erwachsen wurden, die den Krieg nicht erlebt hatten, die Hunger und Kälte nicht kannten, die nicht einmal ahnten, was Hoffnungslosigkeit bedeutete, dass in dieser Zeit ein vierzehnjähriger Junge sein Leben wegwarf.

Was bedeutete es schon, dass die Oberhausener Kriminalpolizei bei der Untersuchung des Todesfalls Joachim Hüwel keinen Anhaltspunkt für ein Fremdverschulden gefunden hatte?

Missmutig schaute Wagner zur dunkelbraunen Backsteinfassade des Polizeipräsidiums hinüber.

»Der Fall ist abgeschlossen«, hatte Kriminalrat Kerkhoff während der Morgenbesprechung erklärt, und er hatte keinen Zweifel an der Endgültigkeit seiner Auffassung zugelassen. Er hatte die Aktenmappe, die vor ihm auf dem Tisch gelegen hatte, zugeschlagen und Wagners Kopfschütteln nicht zur Kenntnis genommen.

»Der Junge ist jetzt seit zwanzig Tagen tot. Wir haben getan, was zu tun war. Die kriminaltechnischen Untersuchungen vor Ort, die Obduktion der Leiche, unsere Ermittlungen im Umfeld des Joachim Hüwel, all das hat zu nichts geführt. Hinweise auf ein Tötungsdelikt haben sich nicht ergeben.«

»Hinweise auf eine Selbsttötungsabsicht des Jungen auch nicht«, hatte Wagner mürrisch gesagt.

»Nach meiner Überzeugung war es ein tragischer Unglücksfall, eine Folge jugendlichen Leichtsinns. Wir haben nicht einen einzigen Anhaltspunkt dafür gefunden, dass beim Sturz des Jungen von der Brücke auf die Bahngleise jemand nachgeholfen hat. Der Entscheidung der Staatsanwaltschaft, die Ermittlungen einzustellen, ist deshalb aus kriminalpolizeilicher Sicht vorbehaltlos zuzustimmen«, hatte Kerkhoff unmissverständlich festgestellt.

Für Wagner hatte er sich ein gönnerhaftes Lächeln abgerungen. »Ihr Eifer ehrt Sie ja, Herr Oberinspektor«, hatte er gesagt. »Aber auch Sie müssen sich damit abfinden, dass nicht jede Ermittlung mit der Überführung eines Täters enden kann.«

»Darum geht es doch gar nicht, Herr Rat«, hatte Wagner entgegnet.

Kerkhoff hatte abgewinkt, hatte mit einer flüchtigen Handbewegung alle weiteren Überlegungen und Einwendungen zum Fall Hüwel für unerwünscht erklärt.

»Sehen Sie die Angelegenheit doch mal positiv, Wagner! Unsere Ermittlungen haben zu dem erfreulichen Ergebnis geführt, dass kein Fremdverschulden vorliegt. Also können wir die Akte Joachim Hüwel schließen und sie zu den aufgeklärten Fällen legen. Das ist es, was für uns zählt.«

Dann hatte der Kriminalrat plötzlich den grünen Zettel in der Hand gehabt und gut gelaunt damit herumgewedelt. »Und Ihren Antrag, Wagner, den hab ich jetzt doch noch unterschrieben. Ab Montag können Sie drei Wochen Urlaub machen. Und weil Sie am Wochenende sowieso dienstfrei haben, ist schon morgen der letzte Arbeitstag für Sie.«

»Ach«, hatte Wagner gesagt.

An seinen Urlaubsantrag hatte er schon eine ganze Weile nicht mehr gedacht. Er hatte ihn am sechzehnten Juni eingereicht, am Tag bevor der Junge zwischen den Bahngleisen gefunden worden war.

»Ist Ihnen das jetzt zu kurzfristig?« Kerkhoff hatte ihn enttäuscht angesehen. »Ich versteh das ja, und zwingen will ich Sie nicht«, hatte er gesagt. »Wenn man am Donnerstag erfährt, dass man am Samstag in Urlaub fahren kann, bleibt natürlich keine Zeit mehr, um irgendwas zu planen und zu buchen. Aber solange wir mit dem Fall Hüwel beschäftigt waren, konnte ich Ihren Urlaubsantrag nicht unterschreiben. Das sehen Sie doch ein?«

Ohne den Kriminalrat anzusehen, hatte Wagner wortlos genickt.

Eine Reise zu buchen, war nie seine Absicht gewesen. Hin und wieder mal mit dem Motorrad hinauszufahren aus der Stadt an den Niederrhein, vielleicht mal bis ins Sauerland oder nach Holland rüber, sich den Wind um die Nase wehen zu lassen, einen Wind, der nicht nach Rauch und Ruß und Kohlenstaub stank, der nach Blüten und Gräsern und nach frischem Heu duftete, das hatte er sich vorgestellt.

»Und am Montag fängt die Weltmeisterschaft an«, hatte Kerkhoff gesagt. »Allein dafür lohnt es sich doch schon, Urlaub zu machen. Sechzig Stunden Fußball bis zum Endspiel, abwechselnd im ersten und im zweiten Programm. Jede Menge Direktübertragungen. Ist das nicht phantastisch?«

»Ich hab kein Fernsehgerät«, hatte Wagner gesagt.

»Wie auch immer, lieber Oberinspektor. Ich wäre Ihnen dankbar, wenn Sie jetzt Ihre drei Wochen nehmen könnten. Es würde gut passen. Sie wären zu Beginn der Sommerferien wieder im Haus. Dann könnten die Kollegen in Urlaub gehen, die schulpflichtige Kinder haben.«

Unschlüssig hatte Wagner sich eine Zigarette angezündet.

»Denken Sie drüber nach! Bis Dienstschluss brauche ich Ihre Entscheidung«, hatte Kerkhoff gesagt.

Wagner schaute auf seine Armbanduhr. Noch knapp zwei Stunden waren es bis zum Feierabend.

Die Tauben liefen zu einer Parkbank, auf die sich eine Frau im weinroten Kostüm gesetzt hatte. Sie strich ihren Rock glatt. Er endete kurz oberhalb der Knie. Sie war in Wagners Alter, und er bemerkte, dass sie schöne Beine hatte.

Seine Bedenken im Fall Joachim Hüwel waren berechtigt. Davon war er überzeugt. Es ärgerte ihn, dass Kerkhoff sie mit einer läppischen Handbewegung abgetan hatte. Es ging ihm gegen den Strich, dass er von einem auf den anderen Tag seinen Urlaub antreten sollte. Andererseits gefiel ihm der Gedanke, das Präsidium gerade jetzt ein paar Wochen lang nicht sehen zu müssen.

Er betrachtete gedankenverloren das lang gestreckte Backsteingebäude an der Ostseite des Friedensplatzes, von den Rundbögen im Erdgeschoss bis hinauf zu den Gauben auf dem Dach, und ließ seinen Blick an den spärlichen Ornamenten im Mauerwerk entlanggleiten bis hinüber zur prunkvollen Fassade des Amtsgerichtes, das die Grünanlage schon im Norden begrenzt hatte, als die Oberhausener sie noch Kaiserplatz, Industrieplatz und Adolf-Hitler-Platz genannt hatten.

Wagner saß auf einer Bank in der Nähe der Wasserspiele, ungefähr da, wo der bronzene Schwan, den die Stadt zu ihrem hundertsten Geburtstag geschenkt bekommen hatte, seinen langen Hals weit nach hinten bog. Hinter dem großen Vogel ragten die beiden achtgeschossigen Türme des Europahauses in den diesigen Himmel, Wahrzeichen einer aufstrebenden Industriestadt, die an die Zuversicht der fünfziger Jahre erinnerten.

Wagner hielt vergeblich nach der Sonne Ausschau. Es war längst nicht mehr so warm wie in den vergangenen Wochen. Im Juni hatte eine ungewöhnliche Hitze den Menschen zu schaffen gemacht. Drückende Schwüle hatte sich übers Ruhrgebiet gelegt, Gewittergüsse hatten Straßen und Keller überschwemmt. Seit Anfang Juli zeigte die Sonne sich nur noch selten. Als Wagner am Morgen zum Präsidium gefahren war, hatte er sie über den Kühltürmen der Hüttenwerke entdeckt, eine blasse Scheibe hinter schmutzigen Schwaden, die im Laufe des Tages immer dichter und dunkler geworden waren. Es sah nach Regen aus. Urlaubswetter war das nicht.

Die Frau im weinroten Kostüm warf den Tauben Brotreste zu.

Wagner beobachtete die aufgeregten Tiere. Sie trippelten ungeduldig vor den Füßen der Frau auf und ab.

Sie trug hochhackige Sommerschuhe und nahtlose Perlonstrümpfe.

Er war schon fast zwei Wochen nicht mehr bei Ilona gewesen. Er sollte sie wieder einmal besuchen, am Sonntag vielleicht. An Sonntagen hatte sie nie viel zu tun.

***

Manfred Wagner hatte seinen Schreibtisch aufgeräumt. Den Schnellhefter mit den Befragungsprotokollen im Fall Hüwel schob er in seine Kollegmappe.

»Die nehme ich mit. Das sind nur die Durchschläge«, sagte er zu Artur Trappe. »Die braucht ja niemand mehr. Die Originale sind ordnungsgemäß in der Akte Hüwel abgelegt.«

»Drei Wochen bist du jetzt weg? Womit hast du dir das bloß verdient?«

»Nu mach mal halblang, Artur. Das ist mein erster Urlaub, seitdem ich in Oberhausen bin. Und ich bin jetzt schon ein ganzes Jahr bei euch.«

»Fährst du weg?«

»Ich weiß nicht. Wenn das Wetter besser wird, mach ich vielleicht ein paar Touren mit dem Motorrad.«

»Junggeselle müsste man sein!«

»Wieso das denn?«

»Du kannst dir einen dicken Ford leisten und dazu noch ein Motorrad. Davon kann ich als Familienvater nur träumen.«

»Das ist doch Unsinn. Den Taunus hab ich gebraucht gekauft, und meine Adler-Maschine hat schon zwölf Jahre auf dem Buckel. Ich hab mich einfach nicht von dem alten Hobel trennen können, als ich mir das Auto angeschafft habe.«

»Und wenn das Wetter nicht besser wird?«

»Faulenzen, lesen, mal ins Kino gehen und viel Musik hören mit meinem neuen Stereo-Gerät. Dazu komme ich sonst viel zu selten.«

»Fußball gucken?«

»Vielleicht.«

Trappe sah ihn verständnislos an. »Mensch, Manfred, so eine Weltmeisterschaft kann man sich doch nicht entgehen lassen. Wir haben in England die Möglichkeit, nach zwölf Jahren endlich mal wieder ins Endspiel zu kommen. Also, ich bin schon richtig aufgeregt. Am Montag geht es los.«

»Du weißt doch, dass ich keinen Fernsehapparat habe.«

»Dann kommst du eben zu mir. Ich würde mich freuen. Bei uns wird auf jeden Fall geguckt. Die Leni und die Jungs sind ganz verrückt auf Fußball. Wenn Länderspiele sind, kommt mein Schwiegervater meistens vorbei, manchmal auch ein paar Nachbarn. Bei uns ist jedenfalls immer richtig Stimmung in der Bude, fast wie auf dem Fußballplatz.«

»Mal sehen. Danke jedenfalls für die Einladung.«

»Du musst unbedingt mal kommen. Sonst sehen wir uns ja jetzt fünf Wochen nicht mehr.«

»Wieso fünf?«

»Wenn du wieder hier bist, bin ich für zwei Wochen weg. Camping im Sauerland. Mit der Familie. Kriminalrat Kerkhoff hat den Urlaub schon genehmigt.«

»Also, wenn das so ist, dann lade ich dich jetzt zu einem kleinen Abschiedsessen ein. In den Wienerwald. Was hältst du davon?«

Artur Trappe strahlte. »Bei uns gibt's freitags immer Fisch, heute wahrscheinlich wieder mal eingelegte Heringe mit Pellkartoffeln. Das ist noch nie mein Fall gewesen.«

Das Restaurant in der Helmholtzstraße war in dieser frühen Nachmittagsstunde nur mäßig besetzt. Wagner hängte seinen beigefarbenen Popelinemantel an die Garderobe, strich sich vorm Spiegel die Haare glatt, stellte stirnrunzelnd fest, dass immer mehr graue Fäden im dunklen Braun schimmerten, und nahm sich vor, in der nächsten Woche zum Friseur zu gehen.

Trappe hatte einen freien Tisch in einer Nische bei den Fenstern gefunden und studierte schon die Speisekarte, als Wagner sich ihm gegenüber auf die Sitzbank schob.

»Backhendl nehm ich und ein Bier«, sagte Trappe und schob die Karte zu Wagner rüber.

»Brauch ich nicht. Ich bestell mir Hähnchenleber mit Reis und eine Cola.«

»Innereien?« Artur Trappe schüttelte sich.

»Hab ich schon als Kind gern gegessen«, sagte Wagner achselzuckend. »Die Großeltern hatten Hühner. Wenn eins geschlachtet wurde, war die Leber immer für mich. Schön knusprig durchgebraten.«

Ein blondes Mädchen im Dirndlkleid notierte die Bestellungen sorgfältig in seinen Notizblock.

»Was hast du mit den Befragungsprotokollen vor?«, fragte Trappe, während die Bedienung in der Küche verschwand.

»Ich will sie mir noch mal angucken.«

»Du glaubst immer noch nicht, dass der Tod des Jungen ein Unfall war?«

»Kann ich mir nicht vorstellen. Das Brückengeländer an der Weierstraße ist über einen Meter hoch. Da kann man doch nicht einfach so drüberfallen.«

»Vielleicht ist der Joachim Hüwel da rumgeturnt, hat irgendwelchen Blödsinn gemacht. Vielleicht ist er ja auch gesprungen.«

»Vielleicht, vielleicht«, wiederholte Wagner bissig. »Genau das ist doch das Problem. Vielleicht war es so, vielleicht war es auch anders. Das ist mir zu wenig, um die Ermittlungen einzustellen.«

»Du hast dich da in was verrannt, Manfred. Wir sind drei Wochen lang der Möglichkeit nachgegangen, dass der Junge einem Verbrechen zum Opfer gefallen sein könnte, und haben keinen Anhaltspunkt dafür gefunden. Nein, Manni, du warst von Anfang an viel zu betroffen von der Sache. Die Familie deines Bruders ist gut bekannt mit den Hüwels, dein Neffe war der beste Freund des toten Jungen. Deshalb fehlt dir die nötige Distanz zu dem Fall. Und du weißt ganz genau, dass nichts Gescheites dabei rauskommt, wenn wir nicht mit kühlem Herz und klarem Kopf Fakten sammeln und analysieren.«

Die junge Frau im Dirndl brachte Bier und Cola. Sie wickelte Messer und Gabeln in Papierservietten ein und legte sie auf den Tisch.

»Essen kommt gleich«, sagte sie.

Wagner nickte geistesabwesend. Ein kühles Herz, nein, das hatte er wohl nicht in dieser Angelegenheit. Aber war sein Kopf deswegen weniger klar? Natürlich hatte ihn der Tod des vierzehnjährigen Joachim Hüwel berührt. Es war ihm nahegegangen, den Jungen zwischen den Bahngleisen unter der Weierstraße liegen zu sehen, es war ihm schwergefallen, mit den Eltern zu sprechen. Nein, ein Routinefall war das für ihn nie gewesen.

Herauszufinden, was da passiert war, war ihm von Anfang an nicht nur ein kriminalistisches, sondern auch ein ganz persönliches Anliegen gewesen. Er hatte dieses unsinnige Ende eines jungen Lebens begreifen wollen. Und das wollte er immer noch.

»Mit der Familie meines Halbbruders hat das nichts zu tun«, sagte er zu Trappe. »Mit den Holtbrinks hab ich seit fast zwanzig Jahren keinen Kontakt mehr. Den Jungen, meinen Neffen, den kenne ich nicht einmal. Die Kinder vom Heinrich und der Gertrud waren noch nicht geboren, als ich damals weg bin.«

»Es geht mich ja nichts an«, entgegnete Trappe, »aber ich versteh nicht, was du gegen die Holtbrinks hast. Dein Bruder und deine Schwägerin, also ich meine, das sind doch keine schlechten Menschen. Ich hab einen ganzen Nachmittag bei den beiden im Wohnzimmer gesessen und mit ihnen geredet und mit dem Jungen. Da kriegt man schon einiges mit von den Leuten, von ihren Einstellungen und so. Grundsolide, fleißig und anständig, das war mein Eindruck. Eine nette Familie.«

»Ja, so sind sie wohl, die Holtbrinks«, sagte Wagner. »So waren sie auch schon vor zwanzig Jahren. So solide, fleißig und anständig waren sie, dass ich vor ihnen weggelaufen bin.«

»Versteh ich nicht.« Trappe runzelte die Stirn.

»Musst du auch nicht«, sagte Wagner. »Die Holtbrinks sind bestimmt keine üblen Leute, und eigentlich hab ich auch gar nichts gegen sie.«

»Jetzt hör aber auf, Manfred! Es ist doch offensichtlich, dass du nichts mit denen zu tun haben willst. Als es darum ging, die Holtbrinks im Fall Hüwel zu befragen, hast du mich gebeten, das zu übernehmen.«

»Ich wollte nicht nach zwanzig Jahren plötzlich bei meinem Bruder und meiner Schwägerin vor der Tür stehen, die Dienstmarke zücken und sagen: Schönen guten Tag miteinander. Ich hab euch ein paar Fragen zum Tod von Joachim Hüwel zu stellen.«

»Dass jemand mit seinem einzigen Bruder keinen Kontakt hat, auch wenn er nur ein Halbbruder ist, das versteh ich nicht. Nein, es tut mir leid, Manfred, so etwas geht mir nicht in den Kopf.«

Wagner nippte an seiner Cola. »Wir haben uns eben aus den Augen verloren«, sagte er nach einer Weile.

Das war vielleicht nicht die ganze Wahrheit. Aber wer kannte die schon? Er kannte seine Wahrheit, seine Erinnerungen an damals, an den Frühsommer 1947, als Heinrich aus der Gefangenschaft zurückgekommen war und ihm die Hölle heißgemacht hatte. Der brave Schuhmacher Heinrich Holtbrink! Nach fünf Jahren Krieg und zwei Jahren Gefangenschaft hatte er plötzlich vor der Tür gestanden. Am nächsten Tag hatte er seine Werkstatt aufgeräumt, sich die blaue Arbeitsschürze umgebunden und damit begonnen, Schuhe zu flicken, so als hätte es die vergangenen sieben Jahre nicht gegeben. Und ihm, dem jüngeren Bruder, der damals gerade zweiundzwanzig geworden war, hatte er vom ersten Tag an in den Ohren gelegen, dass er sich nicht so gehen lassen dürfe, dass andere noch viel Schrecklicheres durchgemacht hätten, dass er sich wieder eine anständige Arbeit suchen müsse, dass er am besten wieder als Technischer Zeichner zur Hütte ginge. Einen Ganoven hatte Heinrich ihn genannt wegen seiner Schwarzmarktgeschäfte, wegen der kleinen Gaunereien und Diebstähle. Als gottlosen Strolch hatte der ältere Bruder ihn beschimpft und ihm prophezeit, er werde auf die schiefe Bahn geraten.

Dann hatte die Militärregierung junge Männer für den Polizeidienst gesucht, und er hatte sich beworben und war angenommen worden. Heinrich hatte dröhnend gelacht, als er es erfahren hatte.

Ein paar Tage später hatte Wagner seinen alten Pappkoffer gepackt und war gegangen. Er hatte seinen Dienst in Essen angetreten, die Polizeischule absolviert, war später von Essen nach Duisburg versetzt worden und jahrelang nicht ein einziges Mal auf die Idee gekommen, seinen Bruder und dessen Familie zu besuchen.

Irgendwann hatte er dann doch das Bedürfnis verspürt, Heinrich und Trude wiederzusehen und deren Kinder kennenzulernen, aber da war es zu spät gewesen. Es war zu viel Zeit vergangen, um eben mal bei den Holtbrinks vorbeizuschauen und ihnen einen guten Tag zu wünschen. Und dann hatte er sich gedacht, dass es so vielleicht auch besser wäre, dass der katholische Schuhmachermeister Heinrich Holtbrink und der lasterhafte Polyp Manfred Wagner, der in seinem Leben mehr Freudenhäuser als Gotteshäuser besucht hatte, sich ohnehin nichts mehr zu sagen hätten.

»Es ist schade, dass du deinen Neffen nicht kennst«, sagte Trappe. »Der Michael, der würde dir gefallen, der ist helle und nicht aufs Maul gefallen, obwohl er gerade erst vierzehn geworden ist.«

»Worüber hast du mit ihm gesprochen?«

»Über dies und das. Schule, Messdiener, Fußball. Er kennt alle Spieler von Rot-Weiß Oberhausen und natürlich auch alle unsere Jungs, die in England sind. Er hat mir sein Sammelalbum von der Araltankstelle gezeigt. Na ja, und über den Joachim Hüwel haben wir auch ein bisschen geredet. Aber das ist dem Michael schwergefallen. Ihm sind dabei die Tränen gekommen. Deshalb war ich sehr zurückhaltend. Ihn viel zu fragen, hätte ja auch nichts gebracht. Der Junge war erschüttert und verwirrt.«

»Alle Befragten waren ziemlich durcheinander«, sagte Wagner nachdenklich. »Die Eltern, die Nachbarn, die Lehrer und Mitschüler, die standen doch alle unter Schock, nachdem es gerade passiert war. So wie du haben auch die Kollegen Rücksicht genommen. Da bin ich mir sicher. Wer will schon Menschen, die so etwas Schreckliches zu verdauen haben, mit seinen Fragen quälen!«

»Machst du den Kollegen und mir deshalb Vorwürfe?«

Wagner schüttelte entschieden den Kopf. »Nein, gar nicht! Ich hab doch die Eltern vom Joachim auch nicht mit Fragen gelöchert. Die waren ja auch total am Ende, der Willy und die Mia Hüwel. Ganz vorsichtig hab ich versucht, mit ihnen über den Jungen zu reden. Mehr war gar nicht möglich. Und beim Vermieter der Hüwels, beim alten Krumpen, war es genauso. Der war auch völlig fertig. Heute könnte man vielleicht anders mit den Leuten sprechen. Inzwischen hatten sie immerhin drei Wochen Zeit, die Angelegenheit zu verarbeiten.«

»Mit dem Krumpen kannst du nicht mehr reden.«
»Wieso nicht?«
»Arnold Krumpen, vierundsechzig Jahre alt, von der Wilhelmstraße in Sterkrade. Das ist doch der Vermieter von den Hüwels, oder?«
»Ja.«
»Der ist tot.«
Wagner schüttelte ungläubig den Kopf und suchte in seinen Jackentaschen nach der Zigarettenschachtel.
»Die Todesanzeige hab ich heute im General-Anzeiger entdeckt«, sagte Trappe. »Krumpen ist am Mittwoch gestorben. Morgen wird er beerdigt.«
Wagner zog eine Zigarette aus dem Güldenringpäckchen.
»Jetzt wird nicht geraucht«, sagte die Blondine im Dirndlkleid freundlich. »Einmal Backhendl und eine Portion Hähnchenleber.«

ZWEI

Michael Holtbrink schwenkte das Weihrauchfass nicht. Bei jedem seiner Schritte schaukelte es nur sachte an den schlanken Messingketten.

Zäher Qualm kroch durch die Löcher des Gefäßes hinaus in die Sommerluft, stieg in trüben Duftwölkchen aufwärts und verlor sich zwischen schwarzen Kleidern, grauen Kostümen und dunklen Anzügen.

Ein überraschend weiter blauer Himmel wölbte sich an diesem Samstagvormittag über das nördliche Ruhrgebiet und den Oberhausener Stadtteil Sterkrade.

Etwa zwanzig Menschen gingen hinter dem Eichensarg von Arnold Krumpen her, der auf einer schwarzen Sargkarre über die holprigen Wege des Friedhofs an der Wittestraße zum offenen Grab geschoben wurde.

Einer von ihnen war Michael Holtbrink, der als Messdiener neben Kaplan Winkel dem Sarg folgte. Der Duft von Blumengebinden und frisch gewundenen Kränzen wehte ihm in die Nase. Er vermischte sich mit dem flüchtigen Aroma des Weihrauchs und den Ausdünstungen der Trauergemeinde, deren Taschentücher mit Kölnisch Wasser getränkt waren und deren Kleider nach Mottenkugeln stanken, zu jenem Beerdigungsgeruch, der Michael seit langem vertraut war.

Früher war er gern als Messdiener im schwarzen Rock und im weißen Chorhemd bei Seelenämtern und Begräbnissen dabei gewesen. Hinter sonnenbestrahlten und schneebedeckten Särgen hatte er etwas von der Größe des Todes und der Gewalt des letzten Abschieds gespürt und war doch leichten Herzens geblieben. Ein Kind war er gewesen, das selbst noch nie um einen Toten geweint hatte, das noch nie für immer Abschied genommen hatte.

Während des letzten Schuljahres in der Volksschule war er beinahe jede Woche mit einer Beerdigung gegangen. Er hatte fassungslose und gefasste Menschen beobachtet, haltlos schluchzende und im Schmerz erstarrte. Er hatte erschütterte und erleichterte Menschen an den offenen Gräbern stehen gesehen.

Michael hatte sich darüber gewundert, dass die Trauer so viele verschiedene Gesichter hatte. Er hatte hingeschaut und zugehört, wenn er dagestanden hatte in seinem Ministrantenrock, mit dem Weihrauchfass oder dem Kreuz in der Hand, und irgendwann hatte er verstanden, dass auch der Tod viele Gesichter hatte, dass er grausamer Vernichter und milder Wohltäter sein konnte, dass er mal als Zerstörer und mal als Erlöser zu den Menschen kam.

Nach der Volksschulzeit hatte er nicht mehr oft den schwarzen Rock angezogen. Beerdigungen fanden vormittags statt. Messdiener, die zum Gymnasium oder zur Realschule gingen, wurden dafür nicht eingeteilt.

Michael hatte nur noch selten über den Tod nachgedacht. Er hatte angefangen, sich den verlockenden Geheimnissen des Lebens zuzuwenden.

Doch dann war der Tod plötzlich zu ihm zurückgekommen, mächtiger und gewaltiger, als er ihn früher jemals erlebt hatte. Vor drei Wochen hatten sie seinen Freund Achim zwischen den Bahngleisen unter der Weierstraße gefunden, Achim, der doch unsterblich gewesen war, der viel mutiger als er versucht hatte, dem Leben seine Geheimnisse zu entreißen.

Zum ersten Mal hatte Michael selbst weinend und fassungslos an einem offenen Grab gestanden.

Es fiel ihm schwer zu verstehen, dass Joachim Hüwel nicht mehr auf dieser Welt und nicht mehr bei ihm war. Die Frage, wo er jetzt sein könnte, beschäftigte ihn. Michael wusste, dass er nicht nur weg war, dass er irgendwo geblieben sein musste. Der Gedanke, dass er nicht in dem Grab war, in das sie seinen zerstörten Körper gelegt hatten, sondern bei Gott im Himmel, war ihm vertraut, aber er gefiel ihm nicht besonders.

Vielleicht kam ja jeder Mensch nach seinem Tod dahin, wohin er gern wollte. Dann war Achim jetzt beim großen Manitu, rauchte hin und wieder eine Friedenspfeife mit Winnetou und ließ sich vom Häuptling der Apachen alles über das freie Leben der Indianer in den grenzenlosen Weiten der Prärie erzählen.

Michael stellte sich manchmal vor, der große Manitu hätte

Achim als Schutzgeist für seinen alten Freund Michael Holtbrink zur Erde zurückgeschickt. Heute war ihm noch nicht ein einziges Mal das Weihrauchfass gegen das Schienbein geschlagen, und er war noch nicht über den Saum seines zu langen schwarzen Rockes gestolpert. Er hielt es durchaus für möglich, dass er das seinem Schutzgeist zu verdanken hatte.

Allerdings machte ihm der Gedanke auch zu schaffen, dass Achim ständig um ihn herum sein könnte. Seit drei Wochen onanierte er kaum noch. Immer musste er daran denken, dass Achim ihn vielleicht dabei beobachtete, und das war ihm unangenehm.

»Der liebe Gott, der alles sieht, auch was in dunkler Nacht geschieht«, der machte ihm schon Kummer genug. Aber für den gab es vielleicht so viel zu sehen auf dieser großen Welt, dass er nicht immer Zeit hatte, ihm beim Wichsen zuzugucken.

Der kleine Trauerzug war am offenen Grab angekommen. Michael Holtbrink reichte Kaplan Winkel das Weihrauchfass. Der schwenkte es gegen den Sarg, der jetzt auf zwei Balken über dem Erdloch stand.

Fast jeden in der kleinen Trauergesellschaft hatte Michael irgendwann schon einmal gesehen. Einige kannte er gut, seine Eltern natürlich und Josef Möllmann, der neben ihnen stand. Zu dem sagte er Onkel Jupp, obwohl Möllmann weder Vaters noch Mutters Bruder war. Dafür war er zu alt. Früher hatte er mit seiner Frau Hilde direkt neben ihnen in der Holtener Straße gewohnt, aber dann war die Tante Hilde gestorben. Das war schon so lange her, dass er sich kaum noch daran erinnern konnte.

In den letzten Jahren hatten Achim und er den Onkel Jupp oft in Buschhausen auf der Emschertalstraße besucht, wo er jetzt ein Häuschen hatte mit Hühnern und Karnickeln im Stall. Die Eltern hatten ihnen in den Ferien manchmal erlaubt, bei ihm zu übernachten. Dann hatten Achim und er in der kleinen Kammer unterm Dach geschlafen, früh morgens mit Onkel Jupp am Rhein-Herne-Kanal geangelt, abends an der Feuerstelle hinterm Haus gesessen, nach den Sternen Ausschau gehalten und mit Onkel Jupp geredet. Über Indianer und Feuerwasser, über Mädchen und Frauen und über Dinge, die sie bedrückten, hatten sie mit ihm gesprochen und einmal sogar über die Ewigkeit. Der Gedanke daran mache ihm Angst, hatte Achim gesagt. Dass er im Himmel oder in der Hölle immer und ewig weiterleben müsse, für alle Zeiten, ohne ein Ende, das käme ihm manchmal so in den Kopf, wenn er nachts im Bett läge. Dann müsse er aufstehen und das Licht anknipsen und Musik hören, weil er sonst verrückt würde.

Das könne er gut verstehen, hatte Onkel Jupp gesagt, und dass er glaube, alles gehe einmal zu Ende, auch das ewige Leben.

Irgendwann hatte er mal erwähnt, dass er mit Arnold Krumpen in einer Schulklasse gewesen war. Wahrscheinlich war er deshalb heute zur Beerdigung gekommen.

Auch die anderen Trauergäste waren so alt, dass sie vielleicht mit dem alten Krumpen in die Schule gegangen waren oder ihn noch von früher kannten, als sie zusammen jung gewesen waren. Irgendwo in Sterkrade hatte Michael fast alle Menschen, die heute Abschied von Arnold Krumpen nahmen, schon einmal gesehen.

Einen Mann kannte er nicht. Der war jünger als die anderen, sogar noch ein bisschen jünger als seine Eltern. Er trug einen Popelinemantel, der beige und viel zu hell für eine Beerdigung war. Und dabei war heute ein Wetter, für das man eigentlich keinen Mantel brauchte.

Michael hätte diesen Vormittag gern woanders verbracht als in der Kirche und auf dem Friedhof. Seine Mutter hatte es ihm eingebrockt, dass er jetzt hier im schwarzen Rock und im weißen Chorhemd stehen musste. Sie hatte Kaplan Winkel erzählt, er habe am Samstag schulfrei, weil die Lehrer einen Ausflug machten. Das träfe sich ja gut, weil er fürs Seelenamt und die Beisetzung vom Krumpen noch keinen Messdiener hätte, hatte der Kaplan gesagt.

Also war Michael Holtbrink heute, zwei Wochen und einen Tag nachdem sie Joachim Hüwel zu Grabe getragen hatten, zum ersten Mal wieder auf dem Friedhof an der Wittestraße und sah zu, wie die Männer mit den Zylinderhüten den Eichensarg mit zwei schweren Seilen anhoben, die Balken darunter wegzogen, den Sarg in die Grube hinabließen, ihre weißen Handschuhe hinterherwarfen und ihre Hüte vom Kopf nahmen.

Der Anblick machte ihn traurig. Das lag an Achim und nicht am alten Krumpen. Den hatte er nicht besonders gemocht.

Er war für ihn immer der Mann gewesen, bei dem die Hüwels im Haus wohnten, der Mann, der nur einen Arm hatte, der Mann, von dem die Erwachsenen sagten, es sei eine Schande, dass er all das schöne Geld versaufen würde, das er mit seinen Fahrradwachen verdiente.

Michael war er zu laut gewesen, dieser gewaltige, einarmige Mann. Er war immer laut. Wenn er sprach, wenn er lachte, wenn er seine Hühner fütterte und wenn er sie schlachtete. Dabei hatten Achim und er den Alten einmal heimlich beobachtet.

Arnold Krumpen hatte versucht, das heftig mit den Flügeln schlagende Huhn zwischen seine Knie zu klemmen und es mit seinem Armstumpf auf den Holzklotz zu drücken, während er in seiner Hand ein Beil gehalten hatte. Das Huhn hatte nicht sterben wollen. Es hatte erbärmlich gegackert und versucht davonzuflattern. Krumpen hatte das Beil fallen gelassen, mit seiner Hand den Hals des Huhnes gepackt, ihn mit einem Ruck zur Seite gedreht und lauthals fluchend gewartet, bis das Tier ganz still geworden war. Dann hatte er es auf den Holzklotz gelegt, ihm mit dem Beil den Kopf abgeschlagen und das tote Huhn in einen Eimer gehalten, damit das Blut aus dem offenen Hals nicht über den Hof spritzte.

Nein, Michael hatte diesen Arnold Krumpen nicht gemocht. Achim dagegen hatte etwas übriggehabt für den Alten. Er hatte in der letzten Zeit seines Lebens öfter über Krumpen gesprochen als früher. Michael hatte das meiste davon nicht verstanden. Er hatte Achims Gerede für dummes Zeug gehalten. Vieles von dem, was Achim in den Wochen vor seinem Tod gesagt und getan hatte, hatte Michael verwirrt.

***

»Mit himmlischem Wohlgeruch erfreue Gott deine Seele, der Vater, der Sohn und der Heilige Geist! Amen«, betete der Priester und schwang über dem offenen Grab das Weihrauchfass.

Ja, das war er. Manfred Wagner hatte nicht den geringsten Zweifel.

»Hubert Winkel, der feine Pinkel.« Das war eine der harmloseren Spötteleien, die er damals über sich ergehen lassen musste, als sie zusammen die Realschule besucht hatten. Hubert Winkel war der Prügelknabe der Klasse gewesen – vom ersten bis zum letzten Schuljahr.

Hübilein, das kleine Schwein, war er für seine Klassenkameraden gewesen, für die wohlmeinenden jedenfalls. Die weniger feinsinnigen hatten ihn Hubertine gerufen, waren auf dem Schulhof hinter ihm hergelaufen und hatten ihn gefragt, ob er mal mit ihnen auf die Toilette gehen wolle. Das Gerücht, Hübilein hätte sich mehrmals zusammen mit Walter Nagel im Klo eingeschlossen, hatte sich ein paar Jahre hartnäckig gehalten.

Nach der Schulzeit hatte Wagner nie mehr etwas von Hubert Winkel gehört. Katholischer Geistlicher war er also geworden. Erstaunlich! Der Knabe Hubert hatte sich nicht durch besondere Frömmigkeit ausgezeichnet, soweit Wagner sich erinnerte.

Ein schlanker Mann von Anfang vierzig war er. Das rundliche Gesicht mit den hängenden Wangen passte nicht recht zu dem schmalen Körper, aber dieses Gesicht, das gehörte zu Hübilein, genau wie das dünne blonde Haar, der ein wenig schief gehaltene Kopf und der Hundeblick, der die Trauernden traf, während der Herr Kaplan sie segnete.

Dass die Hüwels nicht zur Beerdigung gekommen waren, hatte Wagner nicht sonderlich überrascht, auch wenn er gehofft hatte, die beiden hier zu treffen und noch einmal mit ihnen ins Gespräch zu kommen. Es leuchtete ihm ein, dass Mia und Willy Hüwel drei Wochen nach dem Tod ihres Sohnes noch nicht dazu in der Lage waren, ihren Nachbarn und Hausbesitzer Arnold Krumpen auf seinem letzten Weg zu begleiten.

Seinen Halbbruder Heinrich und seine Schwägerin Gertrud hatte Manfred Wagner sofort wiedererkannt.

Heinrich war nur ein wenig fülliger geworden. An den Schläfen war sein Haar ergraut. Aber unter den buschigen Augenbrauen schauten seine großen, dunklen Augen immer noch so unerträglich optimistisch in die Welt wie damals, selbst hier am offenen Grab von Arnold Krumpen. Sechsundvierzig müsste er in diesem Monat werden, der Heinrich. Am einundzwanzigsten Juli vielleicht, oder am vierundzwanzigsten. Manfred Wagner hatte das genaue Datum vergessen.

Trude war nicht mehr die schöne, junge Frau, die sie in seiner Erinnerung bis zum heutigen Tag geblieben war. Die vergangenen zwei Jahrzehnte hatten ihre Spuren hinterlassen. Sie war üppig geworden. Der graue Kostümrock spannte sich um ihren Hintern. Ihr ungeschminktes Gesicht sah müde aus. Die blondierten Dauerwellen und der schwarze Hut darauf ließen sie aussehen wie irgendeine biedere Ehefrau mittleren Alters.

Am dritten Mai war sie dreiundvierzig geworden. An das Datum erinnerte Wagner sich genau. Gertrud war nur knapp zwei Jahre älter als er, aber fast drei Jahre jünger als Heinrich, also doch eigentlich eher in seinem Alter. So hatte er das damals jedenfalls gesehen, als er sich hin und wieder vorgestellt hatte, die schöne Trude wäre nicht die Freundin seines Bruders, sondern seine eigene.

Manfred Wagner stand am Rande der Trauergesellschaft. Sein heller Sportmantel aus Popeline war nicht gerade die passende Beerdigungsbekleidung. Er ärgerte sich darüber, dass er ihn nicht im Auto gelassen hatte. Nach dem ungemütlichen Wetter der vergangenen Tage hatte er heute nicht mit Sonnenschein und sommerlicher Wärme gerechnet. Aber in seinem taubenblauen Anzug wäre er auch nicht weniger aufgefallen.

Immerhin hatte er sich eine schwarze Krawatte umgebunden.

Heinrich und Trude hatten ihn erkannt. Da war er sich sicher. Er hatte gespürt, dass sie ihn beäugt hatten, aber jedes Mal, wenn er zu ihnen hinüberschaute, schienen sie aufmerksam die Begräbniszeremonie zu verfolgen.

Neben dem Bruder und der Schwägerin stand Josef Möllmann. Auch den hatte er nicht mehr gesehen, seitdem er im Sommer 1947 weggegangen war. Bergmann war der Jupp damals gewesen, ein bisschen seltsam vielleicht, aber ein guter Kerl. Er und seine Frau Hilde waren die nächsten Nachbarn von Trude und ihrer Mutter, der alten Frau Groothorst, in der Holtener Straße gewesen. Im Herbst sechsundvierzig, als Manfred Wagner nach Sterkrade zurückgekommen war, hatte der Jupp ein Kaninchen geschlachtet und eine Flasche Korn organisiert.

Seine Karnickel hatte er damals in einem umgebauten Kleiderschrank im Schlafzimmer untergebracht, und auch die Hühner hatte er nachts immer in die Wohnung geholt. Nur da waren sie sicher vor hungrigen Dieben gewesen.

Mitte sechzig müsste Jupp Möllmann inzwischen sein, in dem Alter, in dem auch Arnold Krumpen gewesen war.

Von den anderen Trauergästen kannte Wagner niemanden. Das eine oder andere Gesicht kam ihm zwar bekannt vor, aber keines konnte er mit einem Namen oder einer Erinnerung verbinden.

Einer der beiden Messdiener, die links und rechts von Hubert Winkel am Grab standen, hatte dieselben großen, braunen Augen wie Heinrich, eine zierliche Nase und volle Lippen, so wie Gertrud sie als junge Frau gehabt hatte. Er mochte vierzehn oder fünfzehn sein. Ein hübscher Kerl, dem schon bald die Mädchen nachlaufen würden. Der Junge könnte sein Neffe Michael sein.

***

Manfred Wagner fühlte sich unbehaglich. Er saß mit Heinrich und Gertrud Holtbrink und mit Josef Möllmann um einen blank gescheuerten Holztisch im Gasthaus Markett und wartete auf ein Kännchen Kaffee und das Käsebrötchen, das er bestellt hatte. Heinrich und Jupp warteten auf Bier und Korn, Trude auf ihren Eierlikör.

Seit beinahe zwanzig Jahren saß Wagner zum ersten Mal wieder mit seinem Halbbruder und seiner Schwägerin an einem Tisch.

Heinrich war nach dem Begräbnis ohne Umschweife auf ihn zugekommen und hatte ihm lachend die Hand entgegengestreckt. »Du? Bei Krumpens Beerdigung? Na, das ist eine Überraschung«, hatte er gesagt.

Auch Trude hatte sich gefreut, ihn zu sehen. Das hatte er gespürt. »Wir gehen jetzt noch zu Markett, und du kommst mit«, hatte sie gesagt, und er hatte sich nicht gesträubt.

Josef Möllmann hatte ihm lange die Hand gedrückt.

»Na, dat wurde aber auch Zeit«, hatte er gesagt, und dann hatte er sich verabschieden wollen.

Heinrich und Trude hatten ihn nicht gehen lassen. »Wir wollten noch zusammen ein Bier trinken, und das tun wir jetzt auch«, hatte Heinrich gesagt.

»Ihr habt euch bestimmt viel zu erzählen. Dabei stör ich doch nur«, hatte Möllmann eingewendet, aber Trude hatte ihn einfach untergehakt und mitgenommen.

Manfred Wagner war es recht so. Die Anwesenheit von Jupp Möllmann machte es ihm leichter, Heinrich und Gertrud nach all den Jahren gegenüberzusitzen und ihnen in die Augen zu sehen. Im Beisein des alten Nachbarn würden sie ihm sicher keine unangenehmen Fragen stellen und ihm keine Vorhaltungen machen.

Trude lachte. »Du hast dich überhaupt nicht verändert«, sagte sie.

»Ganz gewaltig hat er sich verändert«, widersprach Heinrich und lachte auch. »Mein kleiner Bruder ist kein heruntergekommener, zweiundzwanzigjähriger Lümmel mehr, sondern ein Kriminaloberinspektor im feinen Treviraanzug.«

»Der Manni war nie ein heruntergekommener Lümmel«, sagte Trude erschrocken.

»Vielleicht war ich das damals«, sagte Wagner.

»Ich wollte dir nichts vorwerfen«, stellte Heinrich klar. »Dass aus dir was geworden ist, das wollte ich sagen. Ich wollte dir ein Kompliment machen.«

Wagner nickte. »Hab ich schon verstanden«, sagte er.

Trude lächelte erleichtert.

»Ich glaub, dat viele Leute vergessen haben, wat se alles so getrieben haben im Krieg und in der Zeit danach«, sagte Möllmann. »Und am liebsten würden se auch gar nich mehr daran erinnert.«

Der Wirt stellte ein Tablett auf den Tisch, verteilte die Getränke, schob den kleinen Teller mit dem Käsebrötchen zu Wagner hinüber, klemmte sich das Tablett unter den Arm und schlurfte zurück zur Theke.

»Wir hatten schon gehört, dass du wieder in Oberhausen bist«, sagte Trude.

»Und gehofft, dass du dich mal sehen lassen würdest«, fügte Heinrich hinzu.

»Ja, das hatten wir wirklich«, bestätigte Trude.

Manfred Wagner sah von seinem Bruder zu seiner Schwägerin. Anscheinend meinten die beiden das, was sie sagten.

»Es ist nicht leicht, den ersten Schritt zu tun nach so langer Zeit«, sagte er nach einer Weile.

Heinrich und Gertrud nickten.

»Na, dann ma prost!«, sagte Möllmann.

»Bei Arnold Krumpens Beerdigung hatten wir dich allerdings nicht erwartet«, sagte Heinrich, als er seinen Schnaps und einen Schluck Bier getrunken hatte.

Wagner zuckte mit den Achseln.

»Woher has du den Nöll überhaupt gekannt?«, fragte Möllmann.

»In der Nachkriegszeit bin ich ihm hin und wieder über den Weg gelaufen. Jeder, der damals Geschäfte auf dem Schwarzmarkt gemacht hat, kannte ihn. Der Krumpen hatte fast alles und konnte alles besorgen«, erzählte Wagner. »Nach siebenundvierzig hab ich dann allerdings nie mehr was von ihm gehört. Bis vor ein paar Wochen. Da hatte ich dienstlich mit ihm zu tun. Er war ja der Vermieter von den Hüwels. Nach dem Tod vom Joachim hab ich mich lange mit ihm unterhalten.«

»Ach, mit der Sache warst du auch beschäftigt?«, fragte Heinrich erstaunt.

Wagner nickte.

»Bei uns war auch ein Kriminalbeamter wegen dem Achim, ein Inspektor Trappe.«

»Ich weiß.«

»Und wie sieht et aus in der Angelegenheit?«, fragte Möllmann. »Hat die Polizei irgendwat rausgefunden?«

»Dass es kein Tötungsdelikt war«, sagte Wagner.

»Was war es dann?«, fragte Trude ängstlich.

»Ich weiß es nicht«, antwortete Wagner.

»Hat er sich etwa dat Leben genommen?«, fragte Möllmann mit belegter Stimme.

Manfred Wagner schlürfte vorsichtig von seinem heißen Kaffee. Dabei sah er Möllmann über den Tassenrand an.

»Haltet ihr das für möglich?«, fragte er, als er seine Tasse wieder abgestellt hatte.

Heinrich schwieg.

Jupp Möllmann wischte mit dem Handballen über seine feucht gewordenen Augen. »Die Jungs waren so oft bei mir, der Achim und der Michael, und immer haben se von irgendwat geträumt und haben Pläne gemacht.« Möllmann schüttelte den Kopf und schwieg eine Weile.

»Wisst ihr«, sagte er dann zögernd, »wenn so 'n oller Sausack wie der Krumpen ins Gras beißen muss, dann is dat in Ordnung. So is dat Leben nu mal. Aber dat der Achim nich mehr da is, dat macht mir schwer zu schaffen. Warum stirbt so 'n Jung, in dem Alter und auf so 'ne Art und Weise? Ich kann dat immer noch nich verstehn.«

»Er wird unglücklich über das Brückengeländer gestürzt sein«, sagte Gertrud.

»Der Joachim war schwierig in letzter Zeit. Er hat dem Willy und der Mia so viel Kummer gemacht, dass die beiden kaum noch ein und aus wussten«, sagte Heinrich. »Der Junge hat einfach nicht mehr pariert. Erst wollte er kein Messdiener mehr sein, dann ist er irgendwann überhaupt nicht mehr zur Kirche gegangen, und in der Schule hat er mächtig abgebaut. Der hatte zu viel dummes Zeug im Kopf, hat nur noch so furchtbare Musik gehört. Und die Haare wollte er sich auch nicht mehr schneiden lassen.«

Wagner zündete sich eine Zigarette an.

Er hatte sich nicht geändert, der Heinrich. So wie er daherredete, so dachte er auch, so einfach, so geradeaus, so ohne jeden Blick nach rechts und links. Genauso hatte er damals schon gedacht, der brave katholische Schustermeister aus der Holtener Straße, aus dessen Haus Manni Wagner vor neunzehn Jahren geflüchtet war, weil er die selbstgefällige Beschränktheit des älteren Bruders nicht mehr ertragen hatte.

»Im Mai ist der Joachim mit dem Fahrrad schwer gestürzt. Er hat mit Knochenbrüchen im Krankenhaus gelegen«, erzählte Gertrud. »Der Junge war so leichtsinnig in letzter Zeit, dass es einen richtig erschrecken konnte. Alle haben sich gefragt, was eigentlich mit ihm los war.« Sie schüttelte verständnislos den Kopf. »Uns war es zuletzt schon gar nicht mehr recht, dass der Michael so oft mit ihm zusammen war.«

»Der Messdiener mit dem Weihrauchfass, war das euer Michael?«

Heinrich nickte.

»Ein netter Junge. Er sieht euch beiden ähnlich.«

Trude strahlte. »Er wird sich freuen, seinen Onkel kennenzulernen.«

»Wird er dich kennenlernen?«, fragte Heinrich misstrauisch und sah den jüngeren Bruder mit genau dem Blick an, mit dem er ihn schon als Junge angeschaut hatte, wenn er sich nicht sicher gewesen war, ob er ihm trauen konnte.

Wagner musste lachen.

»Unsere Mädchen kennst du ja auch noch gar nicht«, sagte Trude eifrig. »Mit der Gerda war ich gerade in Umständen, als du weggegangen bist. Im Februar achtundvierzig ist sie geboren, und jetzt ist sie achtzehn und schon eine richtige junge Dame. Und unsere Heidi ist im Januar sechzehn geworden.«

Wagner ließ sich dazu überreden, einen Weinbrand zum Kaffee zu trinken. Holtbrink und Möllmann bestellten noch einmal Bier und Korn. Gertrud zierte sich. Aber nur ein wenig.

»Ich hab ja schon ganz rote Backen«, sagte sie, »aber zur Feier des Tages trink ich noch ein Likörchen.«

Sie erzählte von ihren Töchtern, von Gerdas Lehre bei der Bank und von Heidis Ausbildung zur Stenotypistin. Sie hätten auch schon einige Verehrer gehabt, die beiden, sagte sie achselzuckend. Man könne die Mädchen ja nicht einsperren. Aber glücklicherweise seien sie vernünftig, und vor allem seien sie anständig. Die Gerda und die Heidi, die ließen sich auf gar nichts ein, was sich nicht gehörte. Darauf könnten sie sich verlassen, bei beiden Mädchen, hundertprozentig, und darauf seien sie stolz, der Hein und sie. Viele junge Dinger benähmen sich ja heutzutage, als gäbe es überhaupt keine Sitte und keinen Anstand mehr. Es sei doch ungeheuerlich, wie die in ihren kurzen Röcken schamlos zu dieser Hottentottenmusik herumhüpften. Und jetzt gäbe es angeblich sogar schon unverheiratete Frauen, die beim Arzt fragen würden, ob sie die Antibabypille bekommen könnten. Unglaublich! Man dürfe gar nicht drüber nachdenken, wo das alles noch hinführen solle.

Heinrich Holtbrink nickte zu den Ausführungen seiner Frau. Jupp Möllmann stopfte schweigend seine Pfeife. Wagner drückte ein wenig zu heftig seine Zigarette aus. Er hatte ja nicht erwartet, dass Heinrich und Trude sich geändert hätten, aber er hatte doch gehofft, dass sie nicht gleich beim ersten Zusammentreffen das ganze Füllhorn ihrer Engstirnigkeit über ihn auskippen würden.

Heinrich sagte, im Geschäft gäbe es auch allerhand Neues, aber darüber könnten sie ja ein anderes Mal reden. Nach so langer Zeit sollte man lieber erst mal über erfreulichere Sachen sprechen.

Dass er jetzt wohl etwas über sich erzählen müsste, dachte Wagner. Bruder und Schwägerin erwarteten das. Es war ihnen anzusehen. Aber er fragte stattdessen: »Woran ist der Arnold Krumpen eigentlich gestorben?«

»Ein alter Suffkopp war er«, sagte Trude.

»Er hatte schon mal einen Herzinfarkt. Trotzdem hat er nicht aufgehört, zu saufen und zu rauchen und rumzuhuren«, erklärte Heinrich. »Der ist selbst schuld, dass er nicht älter geworden ist.«

»Ja, dat is er ganz sicher«, sagte Möllmann.

»Am Mittwochmorgen hat seine Putzfrau ihn tot gefunden«, erzählte Heinrich. »Er lag im Sessel vorm Fernseher, als würde er schlafen. Die Schnapspulle stand neben ihm, fast leer. Der Aschenbecher war voll mit abgebrannten Stumpen, und das Fernsehgerät war noch an, hat wohl die ganze Nacht vor sich hingeflimmert.«

»Also ein Herzinfarkt?«, fragte Wagner nach.

Gertrud nickte seufzend.

»Wie et zu erwarten war«, sagte Möllmann.

»Sie haben noch den Doktor Rötering geholt«, fügte Heinrich hinzu. »Aber da war nichts mehr zu machen.«

»Und du?«, fragte Gertrud. »Erzähl doch mal von dir! Bist du immer noch allein? Ich meine, du hast doch bestimmt jemanden.«

»Ja schon«, sagte Wagner.

»Du hast also eine Braut?«

»Verlobt bin ich nicht, und ich hab auch nicht die Absicht, in nächster Zeit zu heiraten«, antwortete Wagner ausweichend.

»Jetzt hör mal auf, Trude!«, rüffelte Heinrich seine Frau. »Du brauchst dem Manni doch nicht gleich die Würmer aus der Nase zu ziehen. Eine Freundin wird er schon haben, und wenn es so weit ist, dann wird er sie uns vorstellen.«

»Wo wohnst du jetzt eigentlich?«, fragte Trude.

»In Buschhausen auf der Lindnerstraße.«

»Ach, dat muss ja dann ganz in e Nähe von e Emschertalstraße sein«, sagte Möllmann überrascht. »Da wohn ich nämlich seit 'n paar Jahren. Also, Manni, dann komms' e aber ma bei mir vorbei, dat wir uns zusammen en Schnäpsken genehmigen können. Jetz, wo e Urlaub has.«

»Werd ich tun«, versprach Wagner. »Wenn du willst, kann ich dich auch gleich im Auto mitnehmen. So allmählich muss ich mich nämlich mal auf die Socken machen.«

»Aber vorher musst du uns noch versprechen, dass du uns in den nächsten Tagen mal besuchen kommst«, sagte Heinrich.

DREI

In den neuen Mietshäusern an der Lindnerstraße gab es Ölzentralheizungen, und zu jeder Wohnung gehörte ein kleines Badezimmer. Das hatte für Manfred Wagner den Ausschlag gegeben. Inzwischen schätzte er aber auch die wortkarge Gleichgültigkeit, mit der die Menschen hier nebeneinanderlebten.

Die Häuser des Wohnblocks waren alle gleich gebaut. Allein durch die wechselnden Pastellfarben, mit denen ihre Fassaden gestrichen waren, unterschieden sie sich. So fanden auch die Kinder ihre Haustür wieder, wenn sie vom Spielplatz kamen. Nur die Betrunkenen, die in den späten Abendstunden aus den Kneipen heimkehrten, steckten, von Suff und Düsterkeit umfangen, ihre Schlüssel immer wieder in die Schlösser der Nachbartüren und versuchten so lange, sie herumzudrehen, bis sie abbrachen.

Wagner kannte nur die wenigsten Leute aus seinem Haus. Bei einigen hatte er angeklopft und sich vorgestellt, als er im Frühjahr eingezogen war. Das junge Ehepaar über ihm hatte eine Wohnung, die mit Wohn- und Schlafzimmer, kleiner Küche und Bad genauso geschnitten war wie seine. Die beiden Familien auf seiner Etage hatten viele Kinder, die dauernd im Treppenhaus herumtobten.

Zunächst waren die Nachbarn irritiert gewesen, als er vor ihren Korridortüren gestanden hatte, aber dann hatten sie begriffen, dass er nur ein höflicher, neuer Mieter war, der nichts weiter von ihnen wollte, und sie hatten ein paar Minuten mit ihm geplaudert. Das junge Paar von oben hatte ihn sogar in die Wohnung gebeten.

Er höre in seiner Freizeit gern Musik und sei ein wenig besorgt, dass er mit seinen Schallplatten die Nachbarschaft belästigen könne, hatte er allen erzählt. Und er hatte zu den Leuten gesagt, sie sollten sich unbedingt melden, wenn's ihnen zu laut würde, ohne Scheu gegen die Wand oder an die Tür klopfen.

Er drehte die neue Stereo-Musikanlage zwar nie ganz auf, aber er hörte seine Jazzmusik gerne so laut, dass sie das Lärmen der

Kinder und der Eisenbahnzüge übertönte. Beschwert hatte sich noch niemand.

Auf dem Plattenteller drehte sich irgendwas von John Coltrane, der sein Saxophon jauchzen und schluchzen ließ.

Über den Bahndamm hinterm Haus rollte ein roter Schienenbus auf dem Weg von Oberhausen über Buschhausen nach Walsum. Der Bahndamm begrenzte die Hinterhöfe der Siedlung und Wagners Blick aus dem Fenster. Er bedauerte, dass sein Wohnzimmer nicht nach vorne raus lag, wo sich von der Lindnerstraße bis hin zum Rhein-Herne-Kanal Getreidefelder und Viehweiden erstreckten, ein paar Hektar Bauernland im Schatten von Fördertürmen und Hochöfen, eine fruchtbare Oase in einer Wüste von Asphalt und Beton.

Kaum mehr als einen Steinwurf von seiner Haustür entfernt zweigte die Emschertalstraße von der Lindnerstraße ab. Schnurgerade, schmal und nur dürftig befestigt, zog sie sich durch die Felder. In der feuchten Hitze der vergangenen Wochen war das Getreide so hoch gewachsen, dass Wagner beim Blick aus dem Küchenfenster das brüchige Asphaltband der Straße nicht mehr sehen konnte. Nur die vereinzelt in der weiten Fläche stehenden Häuser ließen ihren Verlauf erahnen.

Eines dieser Häuser gehörte Josef Möllmann.

Dass sie nicht mal fünf Fußminuten voneinander entfernt lebten, hatten sie gestern bei der Rückfahrt von Krumpens Beerdigung festgestellt. Er hatte Möllmann erzählt, dass es durchaus angenehm sei, in einem modernen Mietshaus zu wohnen. Das Einzige, was ihm in der Lindnerstraße fehle, sei eine Garage. Für den Taunus brauche er ja keine, weil immer genug Platz vorm Haus sei und weil er ja auch dauernd mit dem Auto unterwegs sei. Aber um das Motorrad tue es ihm leid. Das stehe hinterm Haus, unter einer Plane zwar, aber die biete keinen ausreichenden Schutz, vor allem im Winter. Und ein paar Mal hätten schon irgendwelche Blagen die Plane von der Maschine gezogen.

»Stell deinen Hobel doch bei mir im Schuppen unter«, hatte Jupp Möllmann ihm angeboten.

Am Sonntagnachmittag begegnete Wagner auf dem kurzen Weg zu Möllmanns Haus nur wenigen Spaziergängern. Die Glocken der nahen Sankt-Josefs-Kirche läuteten festlich zur Andacht. Viereinhalb Minuten nachdem er die Haustür in der Lindnerstraße hinter sich zugezogen hatte, klopfte er in der Emschertalstraße an Möllmanns Tür.

Niemand öffnete.

Wagner ging durchs Hoftor. Hinterm Haus sah er Jupp Möllmann auf einer Bank sitzen, neben ihm einen Jungen. Die beiden warfen abwechselnd Hühnerfutter mal in die eine, mal in die andere Ecke des Hofes und hatten ihren Spaß daran, dass die Hühnerschar aufgeregt gackernd hin und her rannte.

»Has'e dat Tor wieder gut zugemacht?«, fragte Möllmann. »Sonst kann ich die Viecher nachher irgendwo in e Felder wieder einfangen.«

Wagner nickte.

»Komm setz dich zu uns!«

Der Junge auf der Bank war Michael Holtbrink. Wagner streckte ihm eine Hand entgegen. Der Junge warf einen Rest Hühnerfutter in den Hof. Bevor er Wagner die Hand gab, wischte er sie an seiner kurzen Stoffhose ab.

»Guten Tag«, sagte er.

»Ihr kennt euch ja noch gar nich«, sagte Möllmann. »Dat ist dein Onkel Manfred.«

»Ich weiß.«

Wagner und Möllmann sahen den Jungen erstaunt an.

»Unser Vater hat gestern Abend gesagt, dass der Mann im hellen Mantel bei der Beerdigung sein Bruder war«, erklärte er.

Wagner setzte sich.

»Dann mach ich uns ma en Kaffee und dem Michael en Glas Milch mit Nesquik«, sagte Möllmann und ging ins Haus.

Am Schuppen lehnte ein Fahrrad.

»Gehört das dir?«, fragte Wagner.

Der Junge nickte.

»Wie lange brauchst du von der Holtener Straße bis hier?«

»Viertelstunde«, sagte Michael.

»Glaub ich nicht. Zehn Minuten bin ich ja schon mit dem Auto unterwegs.«

»Na ja, vielleicht zwanzig Minuten, aber mehr nicht.«

Wagner sah den Jungen von der Seite an. Er schien aufmerksam die Hühner zu beobachten, die hin und wieder noch ein übrig gebliebenes Korn fanden.

»Was fahren Sie denn für ein Auto?«

»Taunus 12M«, sagte Wagner, »aber du brauchst nicht Sie zu mir zu sagen.«

»Was denn?«

»Manfred, wenn du willst. Oder Manni.«

Der Junge schwieg eine Weile.

»Ist komisch, auf einmal einen Onkel zu haben«, sagte er dann.

»Plötzlich einen Neffen zu haben, ist genauso komisch«, sagte Wagner.

Der Junge sah ihn an. Ihre Blicke begegneten sich flüchtig. Wagner suchte in den Taschen seiner Anzugsjacke nach den Zigaretten.

»Du bist bei der Kriminalpolizei?«

Wagner nickte

»Glaubst du, dass jemand den Joachim von der Brücke geschubst hat?«

Wagner hielt ein Päckchen Güldenring in der einen und sein Benzinfeuerzeug in der anderen Hand und sah den Jungen verblüfft an. Er hatte nicht damit gerechnet, dass Michael das Gespräch auf seinen toten Freund bringen würde.

»Ich hab keine Ahnung«, sagte er und zündete sich eine Zigarette an. »Aber ich wüsste gern, was da passiert ist.«

»Versteh ich«, sagte der Junge.

»Und du, was glaubst du?«

Michael zuckte mit den Schultern.

»Möchtest du es denn nicht auch gern wissen?«

»Doch.«

»Dann könntest du mir helfen, es herauszufinden.«

»Wie denn?«

»Wenn ich mehr wüsste über den Joachim, wie er so war, dann wär ich schon mal ein Stück weiter.«

»Du meinst, ob er Feinde hatte und so?«

»Zum Beispiel«, sagte Wagner.

»Er hatte keine Feinde.«

Obwohl kein Korn mehr im Hof lag, pickten die Hühner weiter im sandigen Boden herum. Aus dem Haus schrillte die Pfeife eines Wasserkessels.

»Fällt es dir nicht schwer, über den Joachim zu reden?«, fragte Wagner.

Der Junge schüttelte den Kopf. »Ich denk ja sowieso immer an ihn«, sagte er.

Eine Weile saßen Manfred Wagner und Michael Holtbrink stumm nebeneinander. Sie hörten Möllmann im Haus hantieren. Wagner ließ seine Zigarette zu Boden fallen und trat sie aus.

»Meine Eltern haben oft von dir erzählt«, sagte Michael.

»Was denn?«

»Dass der Vater einen jüngeren Bruder hätte. Der wär bei der Polizei und ein seltsamer Mensch, weil er einfach abgehauen wäre, obwohl sie ihm nie was getan hätten.«

»Das stimmt. Sie haben mir nie was getan«, sagte Wagner.

Michael sah ihn fragend an.

»Dein Vater und ich hatten unterschiedliche Ansichten und ein paar Meinungsverschiedenheiten. Es war eine schwierige Zeit damals nach dem Krieg. Jeder hat auf seine Art versucht, mit allem fertigzuwerden. Ich war jung und wollte auf eigenen Füßen stehen. Also bin ich weggegangen in eine andere Stadt, zur Polizeischule. Und dann haben wir uns aus den Augen verloren.«

»Wenn ich Abitur hab, dann hau ich auch ab«, sagte Michael.

Wagner sah ihn von der Seite an. Er bemerkte die Traurigkeit und die Verlorenheit in seinem Blick, der irgendwo in der Weite der Getreidefelder nach einem Halt suchte. Der Junge neben ihm war ein anderer als der Messdiener mit dem Weihrauchfass, der Heinrich und Trude so ähnlich gesehen hatte.

Möllmann kam mit einem Tablett aus dem Haus.

»Na, seid ihr euch schon en bissken nähergekommen?«, fragte er.

Wagner nickte.

Michael nickte auch.

Der Kaffee war stark.

»Et könnte ruhig noch etwas mehr regnen, für den Garten jedenfalls«, sagte Möllmann. »Aber für die Landtagswahl war et natürlich gut, dat et heute trocken war. Bei Regenwetter gehen die Leute nich wählen.« Er sah Wagner prüfend an. »Warst du schon?«

»Heute Morgen, gleich nach dem Frühstück.«

»Die CDU wird gewaltig wat um e Ohren kriegen, dat sach ich dir. Vor allem hier bei uns im Kohlenpott. Als der Ludwig Erhard Dienstag in Sterkrade war, da is er kräftig ausgebuht worden. Is ja auch klar. Hier geht alles den Bach runter. Dat billige Heizöl aus em Orient, dat macht den Bergbau kaputt. Und die in Bonn, die tun nix dagegen. Und die in Düsseldorf auch nich.«

»Meinst du, die Sozis könnten was dagegen tun?«

»Na klar. Die Ruhrkohle muss höher subventioniert werden. Oder dat Öl und der billige Koks aus Amerika müssen teurer werden. So geht et jedenfalls nich weiter.«

Eine Weile redeten Wagner und Möllmann über Politik, übers Wetter, über den Sommer, der viel zu früh gekommen war, über Motorräder und Fernsehgeräte.

Erst als sie auf die Fußballweltmeisterschaft zu sprechen kamen, mischte Michael sich in ihr Gespräch ein. Wagner sagte, seiner Meinung nach habe die deutsche Mannschaft in England gute Chancen, bis ins Endspiel zu kommen. Möllmann verzog skeptisch das Gesicht. Der Junge stimmte begeistert zu.

***

Josef Möllmann scheuchte die Hühner in den Stall und schlenderte zum kleinen Gemüsegarten hinüber. Er zog die geschossenen Salatköpfe aus dem Boden, schlug die Erde von ihnen ab und legte sie in einen Korb. Denen war das heiße Juniwetter nicht bekommen, sie taugten nur noch als Kaninchenfutter.

Wieder am Haus, zog er eine Strickweste über, rieb sich den Rücken, schaute den Wolken nach und dachte an all die viel zu kurzen Sonntage seines Lebens zurück. Jeder Einzelne von ihnen, ob sonnig oder diesig, ob verregnet oder verschneit, war für ihn ein einzigartiger Tag unter dem weiten Himmel gewesen, dem wieder sechs finstere Tage unter der Erde folgen sollten.

Er vermisste den Pütt nicht. Seitdem er im April in Rente gegangen war, genoss er jeden Tag, nicht nur die Sonntage. Die erlebte er heute zufriedener und gelassener als früher, nicht mehr getrieben von der Gier, an diesem einen Tag in der Woche alle Freuden entdecken und in allen Genüssen schwelgen zu müssen.

Vielleicht hatte ihn auch das Alter genügsamer werden lassen, dankbar für die Fülle seiner Erinnerungen.

Er hatte von den Früchten gekostet, die an seinem Lebensweg gereift waren, von den bitteren und den süßen, hatte aus den Krügen getrunken, die vor ihm gestanden hatten, schäumenden Gerstensaft und schales Wasser, und auch so manchen Kelch, von dem er gehofft hatte, er ginge an ihm vorüber, hatte er bis zur Neige geleert.

Er setzte sich auf die Bank und stopfte seine Pfeife. Es zog ihn ins Haus vor den neuen Fernsehapparat, den er sich zur Fußballweltmeisterschaft gekauft hatte.

Seit Dienstag stand das Ding jetzt in seinem Wohnzimmer, und obwohl er sich fest vorgenommen hatte, nicht einer von diesen Hohlköpfen zu werden, die nur noch vor der Flimmerkiste saßen und sich jeden Blödsinn anschauten, hatte er am Dienstagnachmittag das Gerät angeschaltet, hatte sich »Lassie« angeguckt, hatte sich von Jürgen von Manger als »Geheimagent Tegtmeier« amüsieren lassen und sich sogar einen Teil der Reportage »Die Beatles George, John, Ringo und Paul in Deutschland« angesehen, bevor er kopfschüttelnd aus seinem Sessel aufgestanden war und umgeschaltet hatte. Immer wieder hatte er an diesem Abend vom Ersten zum Zweiten und wieder zurück geschaltet, hatte sich das Unterhaltungsmagazin »Bitte umblättern«, einen spannenden Kriminalfilm und die »Tanzparty mit dem Ehepaar Fern« angeschaut und den Apparat erst ausgestellt, als das Programm kurz vor Mitternacht mit den letzten Nachrichten der Tagesschau zu Ende gegangen war.

Am Mittwoch hatte er »Kommissar Freytag«, das »Spiel ohne Grenzen« und das große Reitturnier aus Aachen gesehen und wieder bis zu den letzten Nachrichten um halb zwölf vor dem Gerät gesessen.

Am Donnerstag hatte er schon am Nachmittag mit der Kinderstunde »Besuch bei Onkel Peter« angefangen, war aber mitten in der Sendung über Spielzeuge aus fremden Ländern und vergangenen Zeiten ganz plötzlich drauf gekommen, wie unsinnig das war, was er da seit zwei Tagen tat. Er hatte den Apparat ausgeschaltet und war in den Garten gegangen. Seitdem hatte er es geschafft, die neue Flimmerkiste zu ignorieren.

Für heute hatte er sich vorgenommen, das Fernsehgerät nicht vor neunzehn Uhr anzustellen. Dann kam im Zweiten die Sport-Reportage, anschließend die Sportschau im Ersten. Die beiden Sendungen wollte er sich ansehen, sonst nichts.

Er lehnte sich zurück, zog an der Pfeife, stieß kleine Rauchwölkchen aus und sah ihnen nach.

Nein, er würde keiner von diesen stumpfsinnigen Fernsehsüchtigen werden!

An einem Sommernachmittag hinterm Haus zu sitzen, das Gemüse im Garten wachsen zu sehen, die Spatzen zu hören, die in den Sträuchern am Schuppen zeterten, bei sich zu sein und den Gedanken ihren Lauf zu lassen, das gab ihm mehr als irgendein Fernsehprogramm.

Er dachte an Hilde und an Paula.

Er dachte gern und oft an sie. Obwohl er sie beide verloren hatte, kam ihm nicht in den Sinn, sein Unglück zu bejammern. Er hatte in seinem Leben zwei wunderbare Frauen lieben dürfen und war von ihnen geliebt worden. Für so viel Glück war er dankbar.

Damals, vor zehn Jahren, als die Hilde so plötzlich gegangen war, hatte er es zunächst nicht begreifen können. Gerade fünfzig war sie gewesen, als er eines Tages von der Frühschicht nach Hause gekommen war und sie tot in der Küche gefunden hatte. »Hirnschlag«, hatte der Arzt gesagt.

Danach war die Zeche sein Zuhause geworden. Unter Tage hatte ihm Hilde nicht gefehlt. Er hatte sich in den Flözen verkrochen, hatte vom Lärm der Presslufthämmer seine Gedanken betäuben lassen und bis zum Umfallen malocht. Wenn er nach der Schicht trotz seines zerschundenen Körpers und seiner Müdigkeit keinen Schlaf finden konnte, dann hatte er Schnaps und Bier gesoffen, bis ihm die Sinne geschwunden waren.

Vier Jahre hatte er so gelebt. Dann war ihm Paula über den Weg gelaufen. Neunundfünfzig war er da schon gewesen. An die Liebe hatte er nicht mehr gedacht. Nicht mal mehr geträumt hatte er von ihr. Paula hatte am großen Markt in Sterkrade vor einer besetzten Telefonzelle gestanden. Er hatte sich zu ihr gestellt, weil er auch telefonieren wollte. Sie hatten sich gemeinsam über den unverschämten Kerl geärgert, der in der Zelle nicht aufhören wollte zu schwadronieren. Dann hatte es angefangen zu regnen.

Aus der einzigen Wolke am Sommerhimmel waren plötzlich dicke Tropfen gefallen, und Paula und er waren hinübergelaufen zur Konditorei Thesing und hatten zusammen einen Kaffee getrunken.

Er hatte bei Paula nicht nur Trost gefunden. Er hatte auch seine Kraft entdeckt, sie, die ebenso allein war wie er, zu trösten. Behutsam hatten sie ihre Zuneigung wachsen lassen, hatten staunend die Liebe wiederentdeckt, und drei Jahre nachdem er Paula kennengelernt hatte, hatte er sie geheiratet und war von der Holtener Straße in Sterkrade zur Emschertalstraße nach Buschhausen gezogen.

Zwölf Monate später war Paula an Krebs gestorben. Zwei Jahre war das jetzt her. Seitdem war er allein.

Er hatte sich eingerichtet. Zurück nach Sterkrade, wo er fast sein ganzes Leben verbracht hatte, wollte er nicht mehr.

In dem kleinen Haus zwischen den Feldern, das Paula ihm hinterlassen hatte, fühlte er sich wohl. Hier konnte er tun und lassen, was er wollte, ohne irgendjemandem Rechenschaft zu schulden. Hier hatte er seine Ruhe, und in fünf Minuten war er mit seinen Angelruten am Kanal.

Am Liricher Friedhof, in der Nähe der Schleuse, war sein Lieblingsplatz. Da hatte er gestern Abend noch bis in die Dämmerung hinein in der Uferböschung gesessen und zwei dicke Aale an Land gezogen.

Den größeren der beiden Fische hatte er Michael mitgegeben. Trude hatte ihn geschickt, um Eier zu holen, aber sie würde sich auch über den Aal freuen. Sie würde ihn ausnehmen und in Stücke schneiden, ihn etwas zu kräftig pfeffern, ihn panieren und knusprig braten, so wie sie es immer getan hatte. Heinrich würde sich begeistert über den Fisch hermachen, Michael und die beiden Mädchen würden wieder ein wenig nörgeln, dass er ihnen zu fett sei. Aber die Kinder der Holtbrinks waren gewohnt, zu essen, was auf den Tisch kam.

Als Michael losgefahren war, die zehn Eier und den Aal gut verpackt in der Aktentasche auf dem Gepäckträger, hatten Wagner und er ihm nachgeschaut, bis er in der Lessingstraße hinter der Eisenbahnbrücke verschwunden war.

»Jetzt hab ich also einen Neffen«, hatte Manni Wagner vor sich hin gemurmelt.

Sie waren zurück hinters Haus gegangen, und er hatte Wagner im Schuppen sein Moped gezeigt und den Platz für das Motorrad.

»Hier, neben meine Hummel, kanns'e deine Maschine stellen. Trocken und sicher«, hatte er gesagt. »Wenn ich nich im Haus bin, ist der Schuppen abgeschlossen. Ich zeig dir, wo ich den Schlüssel versteck. Dann kanns'e dir dat Motorrad immer holen.«

»Jupp, das ist schön«, hatte Manni Wagner gesagt. »Ich nehme dein Angebot gerne an.«

Dann hatten sie sich noch einmal auf die Bank am Haus gesetzt, und Wagner hatte ihm erklärt, dass er sich nicht vorstellen könne, dass Joachim Hüwels Tod ein Unglücksfall war. Und auch an einen Selbstmord glaube er nicht.

»Ein junger Mensch will doch leben«, hatte Manni Wagner gesagt, und dann hatten sie lange geschwiegen.

Er hatte irgendwann gesagt: »Ich glaub, dat auch en junger Mensch so verzweifelt und hoffnungslos sein kann, dat er lieber den Tod will als dat Leben.«

»In der heutigen Zeit?«, hatte Wagner gefragt. Danach hatten sie wieder schweigend nebeneinandergesessen.

»Du has schon recht, Manni«, hatte er nach einigem Nachdenken zugegeben. »In der heutigen Zeit ist dat eigentlich unvorstellbar. Und dat der Achim verzweifelt oder hoffnungslos war, dat glaub ich auch nich. Der hatte so viele Wünsche und Träume.«

»Ich will wissen, warum er gestorben ist«, hatte Wagner gesagt. Für ihn war der Fall Hüwel noch nicht abgeschlossen. Da mochten seine Vorgesetzten sagen, was sie wollten.

Manni Wagner hatte sich geändert in all den Jahren, in denen Möllmann ihn nicht gesehen hatte. Ein anderer Mensch geworden war er aber nicht. Er hatte schon früher nicht viel darum gegeben, was andere von ihm erwarteten, was andere für richtig oder falsch hielten.

Im Herbst 1944, bei der Hochzeit von Trude und Heinrich, war Möllmann ihm zum ersten Mal begegnet, einem verzagten neunzehnjährigen Jungen in einer grauen Wehrmachtsuniform. Obwohl er damals erst seit ein paar Wochen Soldat war, hatte er den Marschbefehl zur Westfront schon in der Tasche gehabt.

An der Hochzeitstafel hatte Manni Wagner zwischen seinen Eltern und seiner hübschen Freundin Lisbeth gesessen. Als Möllmann ihn zwei Jahre nach der Hochzeitsfeier wiedergetroffen hatte, war die Welt aus den Fugen geraten, und aus dem verzagten Jungen war ein gebrochener Mann geworden.

Manfred Wagner hatte in den Wäldern der Eifel das blutige Gemetzel des letzten Kriegswinters überlebt und eineinhalb Jahre Gefangenschaft überstanden. Das Ruhrgebiet, in das er zurückkehrte, war eine Trümmerlandschaft. Seine Eltern und seine Braut Lisbeth waren tot. Sie waren bei den Bombenangriffen der letzten Kriegsmonate ums Leben gekommen.

Unterschlupf fand er in der Holtener Straße bei seiner Schwägerin Trude Holtbrink und deren Mutter, der alten Frau Groothorst. Möllmann hatte damals mit seiner Frau Hilde im Nachbarhaus gelebt. Er hatte, ein paar Tage nachdem Wagner angekommen war, eine Flasche Schnaps organisiert und ein Karnickel geschlachtet. Sie hatten Mannis Heimkehr feiern wollen. Doch der hatte nur stumm und geistesabwesend mit ihm und Hilde, mit Trude und Frau Groothorst vor dem Kaninchenbraten gesessen. Er hatte sich betrunken und war wortlos zurück in die Kammer gegangen, die die Frauen ihm hergerichtet hatten. Wochenlang war er da kaum herausgekommen, hatte im Bett gelegen, ohne sich zu rühren.

Möllmann hatte versucht, ihn aufzurichten, ihn zurückzuholen ins Leben. Er hatte sich immer wieder zu dem Einundzwanzigjährigen ans Bett gesetzt, hatte mit ihm geredet, übers Wetter, über die Arbeit auf der Zeche, über die Aale im Kanal, über den Wurf Karnickel und über die Hühner, die nicht genug Eier legten.

Manni Wagner hatte ihm zugehört, hin und wieder auch eine Frage gestellt, aber dann hatte er sich wieder die Bettdecke über den Kopf gezogen und versucht, sich vor der Welt zu verstecken.

Erst im Winter, in diesem verdammten Winter von 1946 auf 1947, als der Tod zurückkehrte, um sich die zu holen, die mit letzter Kraft den Krieg überstanden hatten, als Hunger und Kälte Tausende dahinrafften, als Trude und ihre Mutter nicht mehr ein noch aus wussten, begann Manni Wagner wieder zu leben.

Aus dem Dunkelschlag schaffte er Brandholz heran, sammelte schlechte Kohle von den Abraumhalden, klaute gute Kohle von fahrenden Güterwaggons und riskierte dabei Kopf und Kragen. Mit der schlechten Kohle bepackte er Heinrichs altes Fahrrad, fuhr zum Tauschen hinaus zu den Bauern am Niederrhein und kam mit Mehl oder Butter und einmal sogar mit einer fetten Gans zurück. Dass er die nicht ertauscht, sondern aus einem Stall gestohlen hatte, erzählte er Möllmann später einmal, als die Frauen nicht dabei waren.

Mit den Lederschuhen, die in den Lagerregalen der Schuhmacherei den Krieg überdauert hatten, stieg Manni Wagner in den Schwarzmarkthandel ein. Nicht ein einziges Mal wurde er von den Tommys erwischt. Er brachte die beiden Frauen und sich gut durch den Hungerwinter und durch das Frühjahr 1947.

Dann kam Heinrich Holtbrink zurück, der wenig Verständnis für die krummen Geschäfte seines Bruders hatte. Manni Wagner hätte damals wieder bei der Hütte anfangen können. Als Technischer Zeichner hatte er die besten Aussichten. Aber er wollte nicht.

Zuerst hatte die alte Frau Groothorst noch ihre Hand über ihn gehalten, aber im Sommer starb sie, und kurz darauf war Manni Wagner verschwunden.

Als Möllmann damals erfuhr, er habe sich bei der Militärregierung für den Polizeidienst gemeldet, hatte er es nicht glauben wollen.

»Der Manni zieht doch nie mehr eine Uniform an«, hatte er gesagt.

Neunzehn Jahre war das jetzt her.

Die Zeit war unfassbar schnell vergangen. Vieles hatte sich verändert. Auch die Menschen. Aber die änderten sich niemals ganz.

Der Kriminaloberinspektor im feinen Anzug, der sich in den Fall Joachim Hüwel verbissen hatte, war immer noch der Manni Wagner, der dem Tod entkommen war, der sich unter der Bettdecke versteckt hatte und als Schwarzhändler und kleiner Gauner ins Leben zurückgekehrt war.

Möllmann hatte ihn wiedererkannt.

Er war überzeugt davon, dass ein Mensch niemals nur derjenige war, der er gerade zu sein schien. Ein Mensch war in jedem Augenblick seines Lebens auch der, der er in all den vergangenen Augenblicken seines Lebens einmal gewesen war.

Möllmann wusste, dass sie mit Arnold Krumpen gestern nicht nur einen honorigen Fahrradwachenbesitzer zu Grabe getragen hatten, und er war sich ziemlich sicher, dass Mia Hüwel, die ihren Sohn Joachim verloren hatte, nicht nur die fromme Betschwester war, für die sie alle hielten.

Josef Möllmann hatte ein gutes Gedächtnis.

***

Am frühen Abend fuhr Manfred Wagner noch einmal in die Innenstadt. Er parkte seinen Taunus in der Grenzstraße und zündete sich, während er ohne Eile zur Flaßhofstraße ging, eine Zigarette an.

Als er durch den Bretterzaun geschlüpft war, dachte er noch nicht an Ilona.

Er dachte darüber nach, ob die Flaßhofstraße nicht eigentlich eine Sackgasse sein müsste, ein Weg, der nirgendwohin führte, auf dem man gezwungen war, irgendwann wieder umzukehren.

Die Oberhausener Sündenmeile, die keine hundert Meter lang war, lag zwischen der Hermann-Albertz-Straße und der Grenzstraße. Zu beiden Querstraßen hin wurde sie von hohen Holzzäunen begrenzt, durch die Männer herein- und hinausschlüpften. Für keinen von ihnen war die Flaßhofstraße das Ende irgendeines Weges oder die Erfüllung irgendeiner Sehnsucht. Nach einer halben Stunde zwischen den Bretterzäunen gingen sie weiter, gingen zur Zeche, zur Hütte, ins Büro, in die nächste Kneipe oder nach Hause zu ihren Frauen.

Die Huren, die hinter den Fensterscheiben saßen, blickten nur kurz auf, als Wagner die Straße entlangging. Alle wussten, dass er Ilonas Freier war. Seit einem Jahr besuchte er sie regelmäßig.

Ilona zog den Vorhang vor ihr Fenster. Sie hatte ihn kommen gesehen.

Als er die Tür zu ihrem Zimmer öffnete, stand sie an der schmalen Anrichte aus Teakholz und hängte einen Tauchsieder in die Wasserkanne.

Sie trug das helle Sommerkleid. Darin sah sie nicht aus wie eine Frau, die für Geld mit Männern schlief.

»Trinken wir einen Kaffee?«, fragte sie.

»Gern«, sagte Wagner und setzte sich in einen der beiden roten Cocktailsessel am Nierentisch.

Ilonas Zimmer war sauber. Es war so sauber, dass man glauben konnte, Ilona hätte gerade die Anrichte und den Schrank abgestaubt, den Fußboden gefegt, den Läufer ausgeklopft, den resopalbeschichteten Nierentisch blank gewischt, den Aschenbecher ausgeputzt, die Kissen frisch bezogen und das Laken auf der Liege gewechselt.

Man konnte glauben, Ilona hätte gerade ihre Schürze abgebunden, so reinlich und anheimelnd war ihr Zimmer. Man konnte sich einbilden, der erste Freier zu sein, den Ilona empfing.

Wagner glaubte von alledem nichts. Ilona wollte sich wohlfühlen in dem Raum, in dem sie so viel Zeit verbringen musste. Das war alles. Deshalb hatte sie ihn wohnlich eingerichtet und hielt ihn sauber.

Er hatte sich Ilona ausgesucht, weil es ihm gefiel, dass eine Hure sich bei ihrer Arbeit wohlfühlen wollte. Er ging immer wieder zu ihr, weil Ilona sich Zeit nahm, weil sie sich gut anfühlte, weil ihr langes, rotbraunes Haar gut roch und weil sie traurig und müde dreinschaute, wenn sie traurig und müde war.

Ilona war keine gute Schauspielerin. Wagner glaubte zu wissen, woran er mit ihr war.

»Nächstes Jahr hör ich auf«, sagte sie, während sie mit dem Kaffee beschäftigt war. »Mit vierzig ist Schluss.«

»Du siehst nicht aus wie neununddreißig«, sagte Wagner.

»Weil ich keine Hausfrau bin, die sich den ganzen Tag abrackert, sondern eine Hure, die auf ihre Figur achtet und sich sorgsam pflegt.«

»Mag sein«, sagte Wagner.

»Zu mir kommen demnächst nur noch die Spinner, die Alten und die Gastarbeiter.«

»Hältst du mich für einen Spinner?«, fragte Wagner.

»Nein«, sagte Ilona.

»Ich bin kein Gastarbeiter und auch noch kein alter Mann.«

Ilona lachte.

»Es gibt schon noch ein paar andere Sorten Freier«, sagte sie.

»Welche?«

»Die Verheirateten zum Beispiel, die ab und zu eine Abwechslung brauchen. Aber die haben am liebsten Frischfleisch, höchstens Anfang zwanzig.«

»Welche noch?«

»Die jungen Kerle, die noch keine Freundin haben. Oder sie haben irgend so ein braves Mädchen, mit dem nichts läuft vor der Hochzeit. Denen bin ich inzwischen aber auch zu alt.«

»Zu denen gehöre ich auch nicht«, sagte Wagner.

Ilona stellte zwei Becher mit Kaffee auf den Tisch, holte eine Zuckerdose, schob sie zu Wagner hinüber und setzte sich.

»Dann gibt es da noch eine Art Freier, eine gar nicht einmal so seltene«, sagte sie. »Das sind Männer, die allein sind, obwohl sie es nicht sein müssten. Sie könnten leicht eine Geliebte finden oder eine Ehefrau. Aber in eine Beziehung muss man Gefühle investieren. Das wollen sie nicht, oder sie können es nicht. Sie investieren lieber ab und zu zwanzig Mark in eine Hure. Ich glaube, diese Männer haben Angst vor irgendwas, vor zu viel Nähe vielleicht oder vor Verletzungen. Wenn man liebt, dann ist man nämlich verletzbar.«

»Ja, das ist man«, sagte Wagner.

»Wenn eine Hure so einen Stammkunden hat, dann kann sie von Glück reden. Er behandelt sie nicht wie eine Nutte, sondern wie eine Frau. Er schätzt sie und ihre Dienstleistung. Er bezahlt anständig, und er weiß, was er für sein Geld bekommen kann. Mehr will er nicht. Er ist höflich und freundlich, und er kommt nie ungewaschen. Wenn mich so ein Mann einmal zu einem Glas Wein oder zum Essen einladen würde, dann würde ich wahrscheinlich nicht nein sagen. Aber so einer, der fragt eben keine Frau, ob sie mal mit ihm ausgehen möchte.«

Wagner trank seinen Kaffee aus, streifte seine Slipper von den Füßen, zog sein Jackett aus, hängte es über die Lehne des Sessels und legte seine Krawatte darüber. Er löste die Manschettenknöpfe aus den Hemdsärmeln und legte sie auf den Nierentisch, hängte sein Hemd über Jackett und Krawatte, zog seine Hose aus, legte sie auf den Sitz des Sessels und strich die Bügelfalten glatt. Unterhemd, Unterhose und Socken ließ er auf den Fußboden fallen. Er zündete sich eine Zigarette an, nahm den Aschenbecher vom Tisch und legte sich auf die Liege.

Ilona hatte ihm schweigend zugesehen. Als er nackt vor ihr lag, fragte sie ihn: »Was kann ich denn für den Herrn tun?«

»Ich würde gern zusehen, wie du dich ausziehst, ganz langsam«, sagte Wagner.

Sie setzte sich mit dem Rücken zu ihm auf die Kante der Liege. Als er den Reißverschluss ihres Sommerkleides geöffnet hatte, stand sie wieder auf, ließ die Träger über Schulter und Arme gleiten und das Kleid hinabrutschen, bis es um ihre Füße lag.

Büstenhalter und Slip waren mit Heckenröschen bedruckt.

Sie warf das Kleid über den Sessel, löste die Strumpfbänder, stellte einen Fuß auf die Liege und schob ganz langsam den Perlonstrumpf über Oberschenkel, Knie und Wade abwärts.

Dann hob sie den Fuß ein wenig und forderte Manfred Wagner auf, ihr den Schuh auszuziehen.

VIER

Über der Tür schlug ein Glöckchen an. Manfred Wagner betrat das Haus in der Holtener Straße, das einmal seine Zuflucht gewesen war, durch den Laden, so als wäre er irgendein Kunde.

Damals, als er einer von denen war, die hier lebten, die hier gemeinsam ums Überleben kämpften, war er durch den Hof und durch die Seitentür ein und aus gegangen. Durch sie hatte er auch vor neunzehn Jahren mit dem alten Pappkoffer in der Hand das Haus verlassen, ohne zu ahnen, dass er es so lange nicht mehr betreten würde.

Die hohen Regale an den Wänden, in denen sich die Schuhkartons stapelten, hatte es damals noch nicht gegeben. Wahrscheinlich hatte Heinrich sie selbst eingebaut. In allen handwerklichen Dingen war er geschickt.

Das kleine Standregal neben dem Durchgang zum Wohnzimmer kam Wagner bekannt vor. Darin lagen braune Papiertüten, in denen irgendwas verpackt war, vermutlich von Heinrich reparierte Schuhe, die von ihren Besitzern abgeholt werden konnten. Wagner sah, dass an jeder Tüte ein Zettelchen klebte.

Die hölzerne Verkaufstheke stand auf dem Platz, auf dem sie immer gestanden hatte. Dahinter war die Tür zur Werkstatt.

Außer den Wandregalen mit all den weißen und grauen Kartons enthielt der Verkaufsraum der Schuhmacherei Holtbrink anscheinend nichts, was er nicht schon vor zwanzig Jahren enthalten hatte. Trotzdem erschien er Wagner fremd. Es roch anders als in dem kalten, fast leeren Raum von damals, es roch besser: nach frischem Leder und nach Kaffee. Der Kaffeegeruch kam mit Gertrud Holtbrink aus dem Wohnzimmer.

Sie schlug die Hände vorm Gesicht zusammen.

»Der Manni!«, sagte sie.

Im kurzärmeligen, bunten Kittelkleid sah sie besser aus als in ihrem Beerdigungskostüm.

»Guten Tag, Trude.«

»Der Heinrich ist nicht da, der ist noch bei der Arbeit.«

»Störe ich?«

»Ach was, komm durch ins Wohnzimmer! Ich sitz gerade mit der Mia zusammen bei einem Kaffee.«

»Stör ich wirklich nicht?«

Trude winkte ihn zu sich hinter die Ladentheke.

»Ich bin froh, dass du kommst«, sagte sie flüsternd. »Die Mia geht mir schon seit einer halben Stunde mit ihrem Gequassel auf den Wecker.«

Mia Hüwel saß reglos am großen Wohnzimmertisch auf dem Stuhl, auf dem früher immer die alte Frau Groothorst gesessen hatte. Sie sah Wagner aus schmalen Augen entgegen. Bei ihrer letzten Begegnung vor drei Wochen hatte ihre tränenreiche Traurigkeit ihn erschüttert. Heute erschreckte ihn die Bitternis, die ihre Züge verhärtet hatte.

»Ich wollte eigentlich gerade gehen«, sagte sie, während sie ihm ohne Freundlichkeit die Hand reichte.

»Guten Tag, Frau Hüwel«, sagte er.

»Was ist das denn?«, fragte Trude überrascht. »Früher habt ihr euch doch geduzt.«

Manfred Wagner betrachtete das verhärmte Gesicht der grauhaarigen, ganz in Schwarz gekleideten Frau, während er sich setzte.

»Als ich bei Ihnen und Ihrem Mann in der Wilhelmstraße war, da hatte ich schon das Gefühl, dass wir uns von irgendwoher kennen«, sagte er. »Aber ich war mir nicht sicher.«

»Mensch, Manni, das ist die Mia, meine alte Freundin Maria Roggenscheid. Sie ist doch damals hier ein und aus gegangen.«

Diese verhärmte, verbitterte Person war Trudes Freundin Maria, die blonde, junge Frau, der er gelegentlich hier im Haus begegnet war? Wagner versuchte, sich an ihr Gesicht zu erinnern. Es gelang ihm nicht. Ihm fiel wieder ein, dass sie damals in seinen Augen eine schöne Frau gewesen war und dass er sie für hochnäsig gehalten hatte. Hin und wieder hatten sie ein paar belanglose Worte miteinander gewechselt. Näher waren sie sich nie gekommen. Als er aus Sterkrade weggegangen war, war die Erinnerung an Trudes Freundin schnell verblasst.

»Sechsundvierzig, als der Manfred hier war, da hieß ich schon Hüwel«, sagte Mia.

Trude nickte. »Ja, natürlich, aber für meine Mutter und für mich warst du doch immer noch die Maria Roggenscheid. Ehefrauen waren wir damals ja auch eigentlich gar nicht, jedenfalls nicht so wie heute die jungen Frauen. Dein Willy, der war genauso weit weg wie mein Heinrich und all die anderen jungen Männer.«

»Ich hab dich sofort wiedererkannt, als du in der Wilhelmstraße zur Tür hereinkamst«, sagte Mia Hüwel zu Wagner.

»Warum hast du nichts gesagt?«

»Ich war doch ganz durcheinander. Und ob es dem Herrn Kriminalinspektor recht sein würde, an die alten Zeiten erinnert zu werden, das wusste ich ja auch nicht.«

»Kriminaloberinspektor«, sagte Trude.

»Warum sollte es mir nicht recht sein?«, fragte Wagner.

»Ich weiß nicht«, sagte Mia Hüwel.

Trude ging in die Küche, um für Wagner eine Kaffeetasse zu holen. Mia Hüwel zog ein Taschentuch aus ihrer Handtasche und wischte damit über ihre Nasenspitze. Ihr Blick irrte durchs Wohnzimmer der Holtbrinks, über die dunklen Möbel und den Fernsehschrank hinweg zur Küchentür. Sie starrte das Kreuz an, das darüber hing. Vielleicht sollte er sie jetzt fragen, wie es ihr ging, wie sie und ihr Mann mit allem fertigwurden. Aber Wagner fürchtete, sie könnte ihm eine Antwort geben, die er nicht hören wollte.

Mia Hüwel sah ihn flüchtig an. Als hätte sie seine unausgesprochene Frage gehört, sagte sie tonlos: »Jeder muss sein Kreuz auf sich nehmen.«

Wagner suchte nach seinen Zigaretten.

»Wir haben heute ein Schreiben von der Staatsanwaltschaft bekommen«, sagte Mia Hüwel. »Die Ermittlungen sind eingestellt worden. Gott sei Dank.«

»Ich war nicht damit einverstanden«, sagte Wagner.

»Was willst du denn noch?«, fragte sie argwöhnisch.

»Wissen, warum der Junge gestorben ist.«

»Der Herrgott hat ihn zu sich geholt. Lass es gut sein damit!«, sagte sie.

Trude kam mit der Tasse aus der Küche.

»Ich muss jetzt gehen«, sagte Mia und stand auf.

Trude stellte die Tasse vor Wagner auf den Tisch. »Bedien dich schon mal«, sagte sie.

Während sie Mia zur Haustür brachte, schenkte er sich einen Kaffee ein und zündete sich eine Zigarette an.

»Sie ist verstört«, sagte Trude, als sie zurück ins Wohnzimmer kam. Sie setzte sich Wagner gegenüber an den Tisch.

»Ist das denn nicht verständlich?«, fragte Wagner.

»Was in der Mia vorgeht, das kann ich nicht mehr verstehen«, sagte Trude aufgeregt. »So als wäre sie Gott dankbar für ihr Schicksal, so redet sie daher. Dass sie unserem Herrn Jesus jetzt ganz nah ist, während sie ihn auf seinem Leidensweg begleitet, dass Gott sich nur genommen hat, was ihm gehört, dass er ein gerechter Richter ist und dass sie froh ist, ihre Schuld schon in diesem Leben sühnen zu dürfen, lauter solche Sachen sagt sie. Das macht mich total verrückt.«

Wagner erinnerte sich noch gut daran, wie das damals war mit Gott und mit ihm. Er hatte nicht begreifen können, dass Gott all das Schreckliche zugelassen hatte, was im Krieg geschehen war, dass er die Sterbenden, die nach ihm geschrien hatten, im Stich gelassen hatte. Mit diesem Gott hatte er nichts mehr zu tun haben wollen. Er war nie mehr zur Kirche gegangen, nachdem er aus Krieg und Gefangenschaft zurückgekehrt war. Trude und Heinrich hatten ihm bittere Vorhaltungen deswegen gemacht. Ein Mensch muss das Schicksal annehmen, das Gott ihm zugedacht hat, hatten sie immer wieder gesagt.

»Verhält die Mia sich nicht so, wie eine fromme und gottesfürchtige Frau sich verhalten sollte?«, fragte er.

Trude sah ihn erstaunt an. Sie trank von ihrem Kaffee und dachte eine Weile nach.

»Ich bin auch eine gut katholische Frau«, sagte sie dann. »Aber die Mia hat gerade ihr Kind verloren. Ihre Dankbarkeit ist unnatürlich. So etwas kann ein Mensch doch nicht wirklich empfinden. Sogar Jesus hat am Kreuz gejammert, als er sich von seinem himmlischen Vater verlassen fühlte.«

Wagner hatte schon oft erlebt, dass Menschen sich aus großem Leid in eine überschwängliche Gottergebenheit flüchteten, als Soldat und auch als Polizist. Er hielt Mia Hüwels Gerede von der Gerechtigkeit des höchsten Richters und vom gemeinsamen Leidensweg mit Christus für verzweifelte Versuche, dem Sinnlosen einen Sinn zu geben.

»Was meint die Mia denn, wenn sie von einer Schuld spricht, die sie zu sühnen hat?«, fragte er.

»Was weiß ich«, sagte Trude. »So eine wie die Mia, die fühlt sich doch schon schuldig, wenn sie am Freitag aus Versehen in ein Brot beißt, das mit Wurst belegt ist.«

»Den Unsinn, dass es eine Sünde ist, wenn man freitags Fleisch isst, hat man uns doch beigebracht«, sagte Wagner.

»Das bringen wir auch heute noch unseren Kindern bei«, entgegnete Trude pikiert. »Es ist kein Unsinn, am Todestag unseres Herrn auf Fleisch zu verzichten. Nur wenn man alles übertreibt, wie die Mia, wenn man gleich zur Beichte rennt, weil man in ein Brötchen gebissen hat, von dem man nicht wusste, dass es mit Wurst belegt war, dann wird es natürlich närrisch.«

Wagner hatte keine Lust, mit seiner Schwägerin über den Sinn des Freitagsgebots zu debattieren.

»War die Mia schon immer so?«, fragte er.

»Ein bisschen sind wir wohl alle so, wir katholischen Mädchen aus dieser Generation«, sagte Trude. »Die Mia ist jeden Sonntag zur Kirche gegangen und regelmäßig zur Beichte und zur Kommunion, wie wir anderen auch. Sie hat wohl alles noch ein bisschen genauer genommen als die meisten von uns, auch als Mädchen schon.«

»Ich hab sie als eine hochnäsige junge Frau in Erinnerung«, sagte Wagner.

Trude schüttelte entschieden den Kopf. »Nein, das war sie nicht. Sie war schüchtern und übervorsichtig. Ständig hatte sie Angst, irgendwas falsch zu machen. Ich glaube, sie hat aus Unsicherheit den Menschen die kalte Schulter gezeigt, vor allem den Männern. Und die haben sie dann für eine eingebildete Person gehalten.«

»Wie lange kennst du die Mia eigentlich schon?«

»Wir sind beide Jahrgang dreiundzwanzig, wir waren in einer Klasse, beste Freundinnen, unzertrennlich.«

Acht Jahre lang hatten sie in der Volksschule nebeneinandergesessen, die Tochter des Schustermeisters Groothorst aus der Holtener Straße und die Tochter des Eisenbahnschaffners Roggenscheid, der mit Frau und drei Mädchen in einer geräumigen Mietwohnung in der Steinbrinkstraße lebte. Nach der Schulzeit, so erinnerte Trude sich, absolvierte Maria Roggenscheid eine Lehre als Textilverkäuferin bei Lantermann. Im Krieg kamen ihre Eltern und ihre beiden Schwestern bei einem der vielen schweren Luftangriffe auf das Ruhrgebiet ums Leben. Ein paar Monate später heiratete sie den Bergmann Willy Hüwel, sehr zur Verwunderung ihrer Freundin Gertrud.

»Verehrer gab's damals genug für die Mia. Sogar einer mit Abitur war dabei. Ich hab immer gedacht, dass die Mia mal einen Beamten abkriegen würde oder einen Ingenieur von der Hütte«, erzählte Trude. »Nun ja, Bergmann war damals noch ein angesehener Beruf. Das war anders als heute. Aber der Willy, der war so gar kein stattliches Mannsbild. Und aus einer Sterkrader Familie kam er auch nicht. Er war als junger Kerl von einem kleinen Kotten bei Sonsbeck hierhergekommen und hatte auf der Zeche Arbeit gefunden. Als die Mia ihn geheiratet hat, kurz vor unserer Hochzeit im Herbst vierundvierzig, da hatte der Willy schon lange um sie geworben, immer ein bisschen linkisch und schüchtern und immer ohne Erfolg. Aber er hat nie aufgegeben. Und die Mia, die wollte wohl nicht mehr allein sein, so ganz ohne Familie. Ihre Eltern und die Schwestern, die waren ja tot. Und der Willy, der war einfach da. Also hat sie ihn genommen. Aber viel gehabt hat sie nicht von ihm. Kurz nach der Hochzeit musste er wieder an die Front. Und dann hat sie ihn sechs Jahre nicht mehr gesehen.«

»Wie ist sie denn allein durch die schwere Zeit gekommen?«, wollte Wagner wissen.

»Wie viele andere auch, mit Müh und Not«, sagte Trude.

Zuerst wohnte Mia Hüwel auch nach ihrer Hochzeit noch in der Steinbrinkstraße. Das Haus, in dem sie mit ihren Eltern gelebt hatte, war zwar nicht mehr bewohnbar, aber sie hatte ein kleines Zimmer in der Nachbarschaft gefunden.

Kurz vor Kriegsende verlor sie auch dieses Zuhause. Ein letzter schwerer Bombenangriff auf Sterkrade Ende März 1945, vier Tage bevor die Amerikaner einmarschierten, verwandelte die Bahnhofstraße und die Steinbrinkstraße in einen Trümmerhaufen, zerstörte die alte Clemenskirche und auch das Haus, in dem Mia Hüwel ein Zimmer bewohnt hatte. Sie hätte mittellos auf der Straße gestanden, wie so viele in diesen Tagen, wenn sie nicht von einer Tante in Oberhausen auf der Düppelstraße aufgenommen worden wäre. Dort teilte sie sich mit zwei kleinen Cousinen ein Zimmer.

In der Nachkriegszeit versuchte sie, wie alle anderen, irgendwie über die Runden zu kommen. Wenn sie in der Holtener Straße bei Trude vorbeischaute, dann war sie oft mit dem Fahrrad unterwegs zu den Bauern in Hiesfeld, Hünxe oder Wesel, wo sie die Habseligkeiten ihrer Eltern, die sie aus den Trümmern gerettet hatte, gegen Lebensmittel zu tauschen versuchte.

Trude erinnerte sich, dass sie irgendwann Anfang siebenundvierzig verzweifelt auf der Suche nach Penicillin war. Eine ihrer beiden kleinen Cousinen war in diesem schrecklichen Winter an einer Lungenentzündung erkrankt. Der behandelnde Arzt hatte nur mit den Schultern gezuckt. Ohne Penicillin konnte er dem Kind nicht helfen. Mia hatte in Oberhausen vergeblich versucht, das Medikament zu bekommen. Als sie Trude in der Holtener Straße davon erzählte, hatte sie gerade den Tipp bekommen, in Sterkrade sei Penicillin auf dem Schwarzmarkt angeboten worden.

»Kurz danach, etwa zu der Zeit, als der Heinrich wiederkam, hab ich die Mia dann aus den Augen verloren«, erzählte Trude. »Sie ist einfach nicht mehr gekommen. Ich hab mir nicht viel draus gemacht. Ich war froh, den Krieg und die schwere Zeit überstanden zu haben und endlich mit dem Heinrich zusammen sein zu können. Die Mia, die hatte den Willy ja damals noch nicht wieder, und ich hab mir gedacht, dass es ihr bestimmt schwerfallen würde, mich mit dem Heinrich zusammen glücklich und zufrieden zu sehen, und dass sie deshalb nicht mehr kommen würde.«

Im Sommer achtundvierzig erkundigte Trude sich dann aber doch nach der Freundin. Sie besuchte deren Tante in der Düppelstraße. Mia war schon ein Jahr zuvor dort ausgezogen. Als der Onkel aus der Gefangenschaft gekommen war, hatte er Mia gedrängt, sich etwas anderes zu suchen. Der Tante hatte es leidgetan, Mia vor die Tür zu setzen, aber der Onkel hatte auf ihrem Auszug aus der kleinen Wohnung bestanden. Die Tante wusste, dass Mia irgendwo eine neue Bleibe gefunden hatte. Mehr konnte sie Trude nicht sagen.

Erst im Herbst neunundvierzig traf Trude ihre Freundin wieder. Bei einem Einkaufsbummel durch Sterkrade stand sie plötzlich in der Miederwarenabteilung des Bekleidungshauses Lantermann neben ihr. Mia arbeitete dort wieder als Verkäuferin.

»Damals ging es ihr nicht besonders gut«, erinnerte Trude sich. »Sie hatte immer noch nichts vom Willy gehört. Sie wusste nicht, ob er überhaupt noch lebte. In der ersten Zeit nach unserem Wiedersehen war sie sehr verschlossen und zurückhaltend. Wir hatten kaum Kontakt miteinander, obwohl sie nur ein paar Ecken weiter wohnte. Sie hatte ja schon die Wohnung in der Wilhelmstraße beim Krumpen. Aber erst nachdem der Willy zurück war, haben wir uns dann wieder regelmäßig gesehen.«

»Neunundvierzig hatte die Mia schon die Wohnung, in der die Hüwels heute immer noch leben?«, fragte Wagner erstaunt.

»Ja, ja«, sagte Trude. »Damals hat mich das auch sehr gewundert. Eine ganze Wohnung, zwei Zimmer und eine Küche für eine alleinstehende junge Frau. So etwas gab es eigentlich gar nicht. Es herrschte ja eine riesige Wohnungsnot. Die Ausgebombten, die Heimkehrer, die Flüchtlinge, alle suchten eine Bleibe, und vieles war noch nicht wieder aufgebaut. Zu der Zeit hausten noch Menschen in Kellerlöchern und in alten Bunkern.«

»Wann ist denn der Willy Hüwel zurückgekommen?«, fragte Wagner.

»Im Oktober 1950.«

»Und der Joachim, der ist im Sommer 1951 geboren worden. Hab ich das richtig in Erinnerung?«

Trude nickte. »Am ersten Juli«, sagte sie, »neun Monate nach Willys Rückkehr, so wie es sich gehört. Darauf willst du doch hinaus, oder?«

»Nun ja«, sagte Wagner. »Eine junge Frau ist allein. Sie denkt, ihr Mann käme vielleicht nie mehr zurück. Sie ist einsam, sie hat es schwer, wie alle in der damaligen Zeit. Sie ist anlehnungsbedürftig, genau wie vierundvierzig, als sie den Willy Hüwel geheiratet hat. Da liegt der Gedanke doch nahe, dass sie einen anderen gehabt haben könnte.«

Trude sah Wagner lange an. Dann schüttelte sie den Kopf. »Du begreifst das nicht, Manni«, sagte sie. »Unzucht zu treiben, während unsere Männer im Krieg und in der Gefangenschaft leiden mussten, dazu waren wir gar nicht fähig. Das war für uns die schlimmste Sünde, die wir uns vorstellen konnten.«

»Hör doch auf, Trude!« Wagner winkte ab. »Es gab genug junge Frauen, Bräute von Soldaten und Ehefrauen, die sich im Krieg mit irgendwelchen Kerlen eingelassen haben. Ich nehme an, sie haben es getan, um zu überleben oder um nicht einsam zu sein. Und nach dem Krieg, ist da nicht manche Frau mit einem Besatzungssoldaten ins Bett gegangen, weil sie endlich mal wieder ein Stück Fleisch essen oder einen Kaffee trinken wollte?«

»Natürlich ist so etwas vorgekommen. Es hat immer Frauen gegeben, denen Moral und Religion nicht viel bedeutet haben. Aber was für mich galt, Manni, das galt doch doppelt und dreifach für die Mia, die schon beichten geht, wenn sie freitags in ein Wurstbrötchen beißt. Als junges Mädchen hat die sich nicht mal von einem Jungen küssen lassen. Das war für sie schon eine Todsünde. Nein, Manni, die Mia, die hätte so etwas nie tun können.«

Trudes eindeutige Worte ließen keinen Widerspruch zu, aber ihre Entschiedenheit überzeugte Wagner nicht. Er hatte in seinen beinahe zwanzig Dienstjahren bei der Polizei immer wieder erfahren, dass Menschen Dinge tun konnten, die ihnen niemand zugetraut hatte.

Er behielt seine Skepsis für sich. Zu Trude sagte er: »Euer Fernsehschrank sieht so aus, als wäre er nagelneu.«

»Ist er auch, und er passt überhaupt nicht zu den alten Möbeln«, sagte Trude. »Der Heinrich wollte das Ding unbedingt vor der Weltmeisterschaft haben. Aber zu so einem Fernsehapparat gehört eine moderne Schrankwand. Das sieht der Heinrich inzwischen auch ein. Im Herbst wollen wir uns ein neues Wohnzimmer kaufen. Dann kommt der ganze alte Kram raus.«

***

Michael Holtbrink hörte Schritte auf den Holzdielen im Flur. Schnell schob er das Heftchen zwischen die Seiten des Lateinbuchs und tat so, als lerne er Vokabeln.

Die Tür zum Nebenzimmer wurde geöffnet und wieder geschlossen. Eine seiner beiden Schwestern war von der Arbeit gekommen.

Er zog das Heftchen wieder aus dem Lateinbuch hervor und las an der Stelle weiter, an der die Schritte vor der Zimmertür ihn unterbrochen hatten.

»Leider muss ich nun über einen Missbrauch der Geschlechtskraft etwas sagen, dessen sich auch Jungen schuldig machen können. Ich meine die Sünde der Unkeuschheit, durch die ein Junge seine Geschlechtskraft missbraucht, um sich selbst Genuss zu verschaffen.«

Ganz sicher war Michael sich nicht, was damit gemeint war. Auch wenn das kleine Heftchen den Titel trug »Wer sagt uns die Wahrheit?«, so nannte dieser Pater Pereira doch kaum einmal die Dinge beim Namen. Zumindest gebrauchte er nicht die Namen, die Michael kannte. Er vermutete aber, dass hier vom Wichsen die Rede war.

Es hatte ihm schon genug Kummer gemacht, dass er gegen das sechste Gebot verstieß, wenn er es tat. Aber dass alles noch viel schrecklicher war, als er bisher angenommen hatte, das wurde ihm immer klarer mit jedem Satz, den er in diesem Heftchen las.

»Wenn einer diese Sünde, die man auch Selbstbefleckung nennt, oft begeht, kann ihm das sehr wohl schaden! Er wird nicht gerade krank, aber er kann auf die Dauer schlapp und müde werden, kann sich nicht auf ernste Arbeit konzentrieren, lässt sportlich nach, seine Leistungen gehen zurück.«

Da stand, dass ein Teil der Samenzellen vom Körper als Aufbaukraft für das Wachstum eines jungen Mannes benutzt wird, und das erschreckte Michael sehr.

Würde er bald aufhören zu wachsen? Würde er vielleicht kein richtiger Mann werden, wenn er weiter an sich herumspielte?

Er las, dass man Tag für Tag hart und bitter um seine Reinheit kämpfen müsse, und er fand allerlei Ratschläge, wie man sich ablenken und abhärten könne, um diesen Kampf zu bestehen.

»Schließe dich eng an Christus an! Die Liebe zu ihm muss wie ein Feuer in deinem Herzen brennen. Er muss dein großer Freund werden, an dessen Hand du sicher durch alle Gefahren deiner Jugend schreitest. Ihm weihe die Reinheit deiner Seele und deines Leibes.«

Hatte er vielleicht die Freundschaft von Christus schon verspielt? Stand er schon mit einem Bein in der Hölle? Hatte er den Kampf um seine Reinheit nicht längst verloren? Was mit so einem geschieht, schrieb Pater Pereira auch: »Die Sünde aber lastet wie ein Druck auf seiner Seele. Das Gewissen macht ihm Vorwürfe, er hat Ekel vor sich selbst und fühlt sich minderwertig.«

Michael schob das Heftchen zwischen die Karl-May-Bücher, die in dem kleinen Regal über seinem Schreibtisch standen.

Mit dem Gewissen war das so eine Sache. Wenn er durch den Flur zur Badezimmertür schlich, hinter der Gerda oder Heidi in der Wanne saßen, dann spürte er keinen Druck auf seiner Seele, dann fühlte er sich so leicht, dass nicht ein Dielenbrett unter seinen Füßen knarrte. Wenn er aufgeregt durch das Schlüsselloch guckte und ein Stück weißer Mädchenhaut entdeckte, dann gab es überhaupt nichts Bedrückendes und Ekelhaftes auf dieser Welt.

Erst wenn er wieder zur Beichte musste, fühlte er sich minderwertig und empfand Ekel vor sich selbst, und seitdem er in diesem Heftchen las, wusste er, dass er nicht nur ein Sünder, sondern auch ein Versager war, einer von diesen Schwächlingen, die Tag für Tag aufs Neue den Kampf um ihre Reinheit verloren.

Trotzdem musste er weiterkämpfen, musste er sich ernsthaft vornehmen, nicht mehr zu onanieren. Wenn es nach hartem Kampf und trotz aller guten Vorsätze passierte, dann war es wenigstens keine Todsünde, sondern nur eine lässliche Sünde. So jedenfalls erklärte es Pater Pereira.

Der Vater hatte ihm die Broschüre »Wer sagt uns die Wahrheit? – Ein offenes Wort für reifende Jungen« vor einer Woche in die Hand gedrückt. »Ich glaube, du bist jetzt alt genug, um das zu lesen«, hatte er gesagt. Sonst nichts.

Die Vorstellung, dass die Eltern ihn zu dem, was er da las, irgendetwas fragen könnten, zum Beispiel, ob er das denn auch alles verstehe, war ihm äußerst unangenehm. Schon der Gedanke, seine Eltern könnten vielleicht ahnen, dass dieses kleine Heftchen ihn zurzeit viel mehr beschäftigte als seine lateinischen Vokabeln, war ihm peinlich.

Er vermisste Achim sehr. Mit ihm hätte er darüber reden können.

»Ich glaub meinen Eltern gar nichts mehr. Und die Lehrer und die Pfaffen schwätzen auch nur blöd daher. Die Erwachsenen sind scheinheilige Armleuchter. Sie lügen, alle, und die frömmsten sind die schlimmsten.«

Solche Sachen hatte Achim in letzter Zeit oft gesagt, und was ihm zu diesem Heftchen eingefallen wäre, das hätte sich bestimmt so ähnlich angehört.

Vor ein paar Wochen hatte der neue Quelle-Katalog bei Achim im Zimmer gelegen. Er hatte ihn sich vom alten Krumpen geliehen, angeblich weil er sich die Kofferradios und die Schallplattenspieler angucken wollte. In Wirklichkeit interessierten ihn nur die Seiten mit der Damenunterwäsche. Da konnte man Frauen sehen, die außer Büstenhalter und Höschen nichts anhatten. Achim hatte sie ihm gezeigt.

»Astreine Wichsvorlagen«, hatte er gesagt.

Michael hätte sich gern die himmlischen Bilder in aller Ruhe allein angeguckt. Aber als Achim sie ihm gezeigt hatte und übers Wichsen geredet hatte, da hatte er sich geniert.

Achim hatte es gemerkt und sich amüsiert. »Jetzt muss der kleine Michael aber schnell zur Beichte«, hatte er gesagt. »Ich habe mir Bilder in unkeuscher Absicht angeschaut. Und anschließend hab ich so unkeusche Gedanken gehabt, dass ich dann auch noch Unkeusches tun musste, obwohl ich das eigentlich gar nicht wollte.«

Achim hatte gelacht. Er hatte sich gekrümmt vor Lachen, bis er ganz plötzlich wütend geworden war und den Katalog zugeschlagen hatte.

»Du bist ein blöder Idiot!«, hatte er gefaucht. »Dauernd rennst du mit einem schlechten Gewissen durch die Gegend. Genau so, wie die Alten es wollen. Deshalb erzählen sie uns doch den ganzen Scheiß. Warum glaubst du ihnen eigentlich diesen verlogenen

Schwachsinn? Wichsen ist keine Sünde, und krank und schwach wird man davon auch nicht. Verdammt noch mal!«

Es hatte ihm gefallen, was Achim gesagt hatte, auch wenn er sich nicht sicher war, ob das alles so stimmte. Vielleicht hatte Achim sich ja die Dinge so zurechtgelegt, wie sie ihm in den Kram passten. Warum sollten Eltern und Priester lügen? Er hätte Achim gern gefragt, wie er darauf gekommen war. Er hätte sich gern von Achim überzeugen lassen. Wenn Achim Recht hatte, dann bekam er vielleicht doch keine Wachstumsstörungen, dann war er vielleicht gar kein Versager, dann sah Gott das vielleicht alles gar nicht so eng wie dieser Pater Pereira oder wie Kaplan Winkel, der im Beichtstuhl immer alles ganz genau wissen wollte.

Die Dielen knarrten. Seine Tür wurde geöffnet. Die Mutter kam herein.

»Dein Onkel ist hier. Er wollte dich mal begrüßen und dein Zimmer sehen.«

Manfred Wagner kam nicht herein. Er blieb in der Tür stehen.

»Nur wenn ich nicht störe«, sagte er.

»Na, wo sind wir denn hier«, sagte seine Mutter. »Noch müssen wir unsere Kinder nicht um Erlaubnis fragen, bevor wir ihre Zimmer betreten.«

Sein Onkel zuckte mit den Schultern und blieb im Türrahmen stehen. Die Mutter ging nach unten, weil sie dem Vater das Essen machen musste.

»Du kannst reinkommen«, sagte Michael.

Wagner kam herein und schloss die Tür. Er sah sich um, ging langsam an Michael vorbei zum Fenster und schaute lange hinaus.

»In diesem Zimmer hab ich ein Jahr lang gewohnt«, sagte er. »Ich hab damals oft hier am Fenster gestanden und zur Hütte rübergeguckt.«

»Die Hütte interessiert mich nicht«, sagte Michael.

»Ich hab da gearbeitet, bis ich Soldat werden musste.«

»Ich weiß.«

»Nach dem Krieg hätte ich wieder zur Hütte gehen können. Aber dann hab ich mir das alles von hier aus immer wieder angeschaut, die riesigen Werkshallen, die Schornsteine, den Qualm, den ganzen Dreck und die Arbeiter, die müde zur Schicht schlurften und noch müder zurückkamen. Und dann ist mir irgendwann klar geworden, dass ich auf keinen Fall wieder dahin wollte.«

»Du warst doch Technischer Zeichner und hast im weißen Kittel am Zeichenbrett gestanden. Mit der ganzen Drecksmaloche hattest du nichts zu tun. Jedenfalls sagt das mein Vater.«

Wagner drehte sich zu Michael um. »Ja, das stimmt«, sagte er. »Ich konnte einfach nicht mehr zur Hütte gehen. Das war es. Den Grund dafür, den hab ich damals für mich behalten, weil ich gedacht hab, der Heinrich und die Trude, die würden das sowieso nicht verstehen.«

Er machte eine Pause und kramte in seinen Jackentaschen herum. Bevor er fortfuhr, verschränkte er die Arme vor der Brust.

»Die Freunde, mit denen ich während der Lehrzeit am Reißbrett gearbeitet hatte, die waren alle tot. Keiner von denen war aus dem Krieg zurückgekommen. Ich hätte als Einziger aus meinem Lehrjahr wieder im alten Zeichensaal gestanden. Das konnte ich nicht. Ich hätte immer an die anderen denken müssen, und ich hätte mich jeden Tag gefragt, warum ich als Einziger übrig geblieben war.«

Michael dachte daran, wie er es zuerst nicht kapiert hatte, dass der Achim tot war, und wie weh es getan hatte. Er stellte sich vor, dass das, was sein Onkel erlebt hatte, so ähnlich war, nur noch viel schlimmer. Was mit Achim passiert war, das würde er vielleicht eines Tages noch verstehen, aber so ein Krieg, der war unbegreiflich. Wer darüber nachdachte, konnte verrückt werden. Deshalb hatte sein Onkel nicht dahin zurückgekonnt, wo er früher mit seinen Freunden zusammen gewesen war, wo er jeden Tag daran erinnert worden wäre, dass sie alle nicht mehr lebten.

»Ich glaube, ich verstehe, was du meinst«, sagte er unsicher.

»Ja, das glaub ich auch«, sagte Wagner.

Eine Weile schwiegen sie. Michael hätte jetzt gern über Fußball geredet. Aber dann fiel ihm noch etwas anderes ein.

»Meine Mutter hat gemeckert. Ich soll dich nicht Manni nennen, hat sie gesagt, sondern Onkel Manfred.«

»Das ist Blödsinn. Du sagst Manni zu mir und damit basta. Ich werde das mit deiner Mutter regeln.«

Wagner setzte sich auf das Sofa, das nachts auseinandergeklappt zu Michaels Bett wurde.

Über Fußball redeten sie nur kurz. Wagner entdeckte die Karl-May-Bücher im Regal. Er sagte, er hätte früher auch Karl May gelesen und wäre damals gern so gewesen wie Old Shatterhand oder Kara Ben Nemsi, so frei und so mutig.

»Der Achim hat mich drauf gebracht, vor zwei Jahren oder so«, sagte Michael. »Er hat ein Karl-May-Buch nach dem anderen gelesen, aber nur die aus dem Wilden Westen. Die aus dem Orient, die haben ihn nicht so interessiert. Er hat gesagt, dass er eines Tages nach Amerika gehen und bei den Indianern leben würde. So wie Old Shatterhand.«

»Ich weiß nicht, ob es heute bei den Indianern noch so zugeht wie in den Büchern von Karl May«, sagte Wagner.

»Nein, sie leben in Reservaten. Aber das ist egal. Sie haben immer noch ein ziemlich freies Leben. Die Vorschriften von irgendwelchen Idioten interessieren sie nicht. Für sie gelten die Gesetze der Natur. Und wenn sie tapfere und ehrenhafte Krieger sind, dann werden sie eines Tages vom großen Manitu in die ewigen Jagdgründe aufgenommen. Und dafür müssen sie nicht jeden Sonntag in die Kirche laufen und alle paar Wochen beichten gehen.«

»Schöne Vorstellung«, sagte Wagner.

»Bist du nicht katholisch?«, fragte Michael.

Wagner lachte. »Doch«, sagte er, »irgendwie schon.«

Michael gefiel es, dass sein Onkel die ewigen Jagdgründe nicht für eine Spinnerei hielt wie sein Vater und dass er den großen Manitu nicht für eine Götzengestalt hielt wie seine Mutter.

Er zog eine flache Zigarrenkiste aus seiner Schreibtischschublade. »Wenn wir irgendwelche tollen Sätze bei Karl May gefunden haben, dann haben wir sie aufgeschrieben und dem anderen geschenkt. Das hier ist der letzte Zettel vom Achim.«

Er gab Wagner das aus einem Schulheft gerissene Stück Papier. Darauf war in schnörkelloser Handschrift geschrieben: »So hat uns Klekih-petra gelehrt. Der Mensch wird in das Grab gelegt, aber jenseits des Todes steht er auf wie ein neuer Tag und wie ein neuer Frühling, um im Lande des großen, guten Geistes weiterzuleben.«

»Habt ihr über solche Sachen auch miteinander geredet?«, fragte Wagner.

»Ja, manchmal.«

»Und was hat der Achim hierzu gesagt?«

»Ihm gefiel die Vorstellung, nach seinem Tod mit tapferen Kriegern zusammen zu sein und die Friedenspfeife zu rauchen. Ewig auf einer Wolke sitzen und mit den Engeln halleluja singen wollte er nicht so gerne.«

»Glaubst du, dass der Achim gern zum großen Manitu wollte, ich meine, dass er lieber in den ewigen Jagdgründen sein wollte als auf dieser Welt?«

»Er hat sich nicht das Leben genommen, wenn du das meinst.«

Wagner sah ihn eine Weile nachdenklich an. »Deine Eltern haben bei Krumpens Beerdigung behauptet, der Achim wäre sehr leichtsinnig gewesen in letzter Zeit«, sagte er. »Irgendwas von einem schweren Fahrradunfall haben sie erzählt.«

Michael nickte. »Er ist immer viel zu schnell gefahren, ohne auf den Verkehr zu achten oder auf den Straßenbelag oder auf sonst irgendwas. Er war total unvorsichtig. So als könnte ihm überhaupt nichts passieren, so hat er sich benommen. Das hat mir Angst gemacht. Ich hab ihm gesagt, er wäre irre, aber das hat ihn überhaupt nicht gekümmert. Im Mai ist er auf dem Kopfsteinpflaster in der Steinbrinkstraße weggerutscht und hat sich ein paar Knochen gebrochen. Damals haben alle gesagt, dass er noch Glück gehabt hätte.«

»Das hört sich für mich aber so an, als hätte er Sehnsucht nach dem großen Manitu gehabt«, sagte Wagner.

»Nein, er wollte nicht sterben«, sagte Michael. »Er wollte nach Essen in die Grugahalle zu den Beatles. Da bringt man sich doch nicht eine Woche vorher um. Und nächstes Jahr wollte er nach der mittleren Reife irgendwas Kaufmännisches lernen und danach in das Geschäft vom alten Krumpen einsteigen. Der hatte ihm versprochen, ihm später mal die Fahrradwachen zu vermachen. Das hat dem Achim gefallen, weil einem da keiner was zu sagen hat. Als Fahrradwachenbesitzer ist man sein eigener Herr, und man verdient ziemlich viel. Und irgendwann hätte er genug Geld zusammengehabt, um nach Amerika zu gehen.«

»Der Krumpen wollte dem Achim seine Fahrradwachen vererben? Wieso das denn?«

Michael wusste es nicht. Er zuckte mit den Achseln.

Wagner stand auf, ging zum Fenster, lehnte sich gegen die Fensterbank und verschränkte die Arme vor der Brust. Er sah nachdenklich aus. Michael hätte gern gewusst, was in seinem Kopf vorging. Er vermutete, dass ein Kriminalpolizist aus allem, was er erfuhr, irgendwelche Schlüsse zog. Seinem Onkel traute er zu, dass er mit seinen Schlussfolgerungen ziemlich oft richtiglag.

»Deine Eltern haben bei Krumpens Beerdigung auch erzählt, dass der Achim kein Messdiener mehr sein wollte und am Schluss gar nicht mehr zur Kirche gegangen ist«, sagte Wagner.

Michael nickte. »Der Achim dachte, in der Kirche täten alle nur so, als wären sie fromm. Und zu den Messdienern ist er nicht mehr gegangen, weil er mit warmen Brüdern nichts zu tun haben wollte.«

»Mit Homosexuellen? Was hat er denn damit gemeint?«

»Er hat gesagt, der Kaplan Winkel, der wär so warm, dass dem jede Kerze in der Hand zerschmelzen würde.«

FÜNF

Auf der Rheinfähre von Walsum nach Orsoy fragte Wagner sich, was wohl aus Moby Dick geworden war. Vor ein paar Wochen hatte der weiße Wal sich in den Niederrhein verirrt. Der Duisburger Zoodirektor und seine Mitarbeiter hatten versucht, das verwirrte Tier mit Rettungsnetz und Betäubungsgewehr einzufangen, aber der weiße Riese, den die Nation Moby Dick getauft hatte, war seinen Häschern immer wieder entkommen.

Der Rhein war schmutzig. Wagner roch Chemikalien und Abwässer. Es wunderte ihn, dass der Belugawal seinen Ausflug in diese Kloake nicht mit dem Leben bezahlt hatte. Er war rheinaufwärts geschwommen bis nach Bonn zum Regierungsviertel, wo er einige Male vor dem Wasserwerk aufgetaucht war und den Abgeordneten gezeigt hatte, wie stark er inzwischen abgemagert war und wie sehr seine weiße Haut im Schmutzwasser des Rheins gelitten hatte. Dann hatte er noch einen kurzen Abstecher bis hinters Siebengebirge gemacht, hatte sich endlich besonnen und war zügig rheinabwärts geschwommen und in der Nordsee verschwunden.

»Schöne Maschine«, sagte ein grauhaariger Endvierziger, der neben seinem Opel Rekord stand und eine Zigarre rauchte. »Adler M zweihundertfünfzig. Hatte ich auch mal, aber in Grün und mit hochliegendem Auspuffrohr. Die Sportausführung. Baujahr dreiundfuffzig?«

»Vierundfünfzig«, sagte Wagner.

»Vierganggetriebe. Hundertsechzehn Spitze. Wenn der Tank voll ist mit zwölf Litern, kommt man gut dreihundert Kilometer weit. Stimmt's?«

Wagner nickte. Er zog den Reißverschluss seiner Lederjacke zu und schloss den Kinnriemen des Halbschalenhelms. Die Fähre hielt auf den Anleger unterhalb von Orsoy zu.

»Schöne Maschine«, sagte der Mann noch einmal. »Sieht man immer seltener in letzter Zeit. Und Ihre sieht so aus, als wäre sie noch richtig gut in Schuss.«

»Hat noch nie Probleme gemacht«, sagte Wagner.

»Oberhausener Kennzeichen«, stellte der Mann fest. »Mal raus aus grauer Städte Mauern hinaus ins weite Feld, was? Das ist das Beste, was man bei dem Wetter machen kann. Endlich noch mal Sonne. Im Kohlenpott wird es immer gleich so stickig, wenn es mal warm ist. Ich wohn in Essen, bin Repräsentant für Landmaschinen. Ich verkauf den Bauern alles, von der Egge bis zum Traktor, von der Drillmaschine bis zum Mähdrescher.«

»Haben Sie die im Kofferraum?«, fragte Wagner

Der Mann lachte. »Nein, da sind nur meine Kataloge drin. Die Geschäfte gehen gut.« Er tätschelte seinen chromblitzenden, dunkelroten Opel Rekord. »Die Bauern sind clever, die haben was übrig für die moderne Technik. Noch schneller noch mehr produzieren und noch mehr Geld verdienen, das wollen sie alle.«

»Schön für Sie«, sagte Wagner.

Als er die Gässchen von Orsoy hinter sich gelassen hatte, gab er Gas, besann sich jedoch schon nach wenigen hundert Metern, wurde wieder langsamer und fuhr bald in so gemächlichem Tempo über die Landstraße in Richtung Rheinberg, dass er sich in der Landschaft umschauen konnte. Er sah träge kauende, schwarzbunte Kühe auf saftigen Wiesen, weite Getreidefelder, an deren Rändern Kornblumen blau und Klatschmohn scharlachrot unter der Sonne leuchteten, Pappelalleen und stattliche Bauerngehöfte mit tief herabgezogenen Walmdächern, ziegelrote Inseln zwischen Weidengrün und Ährengold. Er sah Wiesen und Felder, die in der Ferne an den Rand des Himmels stießen.

So viel ländliches Idyll so wenige Kilometer von Hochöfen und Kühltürmen, von Schlackenbergen, Kohlenhalden und rußgeschwärzten Mauern entfernt, erstaunte Wagner jedes Mal aufs Neue, wenn er hinausfuhr an den Niederrhein.

Es roch nach Erde, nach gemähtem Gras, nach frischem Mist, nach einem Sommerblumenstrauß. Lachend widerstand Wagner der Versuchung, die Augen zu schließen.

Hinter Rheinberg fuhr er in einen Feldweg, stellte das Motorrad auf den Ständer, nahm seinen Helm ab, rollte seine Lederjacke zu einem Kopfkissen zusammen, zündete sich eine Zigarette an und legte sich auf den Wiesenstreifen am Feldrand.

Er war froh, seinen Urlaub genommen zu haben. Es gefiel ihm, keine Pläne zu haben, sich von einem Tag in den nächsten treiben zu lassen.

Er hatte gestern nicht vorgehabt, bis zum späten Abend bei den Holtbrinks zu bleiben, aber Heinrich hatte ihn aufgefordert, mit ihm und Michael das Eröffnungsspiel der Fußballweltmeisterschaft zu gucken, und er hatte gern eingewilligt.

Es war ein langweiliges Fußballspiel gewesen, nicht nur für ihn. Heinrich hatte erst über die mauernde Mannschaft aus Uruguay geschimpft und dann über die Engländer, die zu dämlich waren, den südamerikanischen Abwehrriegel zu knacken. Michael hatte gesagt, er hätte sich schon gedacht, dass in England so ein beschissener Defensivfußball gespielt würde und dass nur wenige Tore fielen.

Null zu null war das Spiel ausgegangen. »Wie die Landtagswahlen«, hatte Heinrich gesagt, »keiner hat verloren, aber so richtig gewonnen hat auch niemand.«

Als der Junge im Bett war, hatte Wagner seinem Bruder erzählt, dass er am Nachmittag mit Mia Hüwel zusammengetroffen war.

»Ich weiß. Hab ich schon von der Trude gehört, als du oben beim Michael warst«, hatte Heinrich gesagt. Und dann hatte er Bemerkungen gemacht, die Wagner überrascht hatten. Wahrscheinlich hatte Heinrich nur so unverblümt dahergeredet, weil er schon ein paar Flaschen Bier getrunken hatte.

Die Mia Hüwel sei eine Frau, die jedem Mann die Freude am Leben nehmen könne, hatte er gesagt. Eine prüde Trulla sei sie, die es schon für eine Sünde halte, mal zusammen lustig und ein bisschen ausgelassen zu sein. Der Willy Hüwel sei ein armer Sack. Der bekomme von der Mia doch niemals das, was einem Mann zustehe. Ein Trauerkloß sei die Mia, und das nicht erst seit dem Tod vom Joachim. Die Trude und er spielten hin und wieder Rommee mit den Hüwels, und dabei würde auch das eine oder andere Gläschen getrunken und schon mal ein Scherz gemacht. Nur die Mia, die trinke Selterswasser, und dass sie mal über einen Witz gelacht habe, daran könne er sich nicht erinnern. Schon bei der kleinsten Anzüglichkeit stoße sie dem Willy erbost in die Rippen oder fauche die Trude an, dass sich so etwas für eine christliche Frau nicht gehöre. Als ob irgendwo geschrieben stehe, dass man als gottesfürchtiger Mensch ohne Freude durchs Leben gehen müsse, so tue die Mia.

»Nein«, hatte Heinrich kopfschüttelnd gesagt, »als guter Katholik muss man nicht auf jedes Vergnügen in dieser Welt verzichten. Da sind die Trude und ich uns immer einig gewesen, auch was das Geschlechtliche angeht. Wenn der Papst die Antibabypille verbietet, dann ist das natürlich ein Gebot, an das wir uns halten. Das muss aber nicht das Ende von allem sein, auch nicht, wenn man keine Kinder mehr haben will. Eine naturgemäße Schwangerschaftsverhütung ist ja erlaubt, auch von der Kirche. Die Trude führt einen Ehekalender. Sie hat mir irgendwann mal erklärt, wie das funktioniert mit Knaus und Ogino. Ich hab es nicht ganz verstanden, aber wir richten uns seit Jahren danach, und die Trude ist seitdem nicht mehr schwanger geworden.«

»Da habt ihr aber Glück gehabt«, hatte Wagner gesagt. Kurz darauf hatte er sich verabschieden wollen, aber Heinrich hatte noch zwei Flaschen Bier geholt.

Wagner hatte abgewinkt, aber Heinrich hatte ihm eine Flasche in die Hand gedrückt und gesagt: »Jetzt mach keine Zicken! Hast doch erst zwei Bier getrunken. Außerdem hast du Urlaub, und ich hab morgen Mittagsschicht. Komm, lass uns anstoßen auf unseren ersten gemeinsamen Abend nach neunzehn Jahren!«

Wagner hatte sich überreden lassen. Er hatte kurz darüber nachgedacht, mit dem Bus zurück nach Buschhausen zu fahren. Die 1,3-Promille-Grenze hatte man schnell erreicht. Aber dann war er nach drei Flaschen Bier doch noch in sein Auto gestiegen.

Wagner setzte sich auf und zog die Lederjacke über, als sich ein weißes Wolkengebirge vor die Sonne schob. Er könnte weiterfahren bis Xanten, sich die Überreste des römischen Amphitheaters angucken oder den Dom, den er zuletzt Anfang 1947 als zerbombte Ruine gesehen hatte. Vor einiger Zeit hatte er in der Zeitung gelesen, dass Sankt Viktor inzwischen beinahe vollständig wiederhergestellt sei.

Er könnte auch über Issum und Geldern nach Kevelaer fahren und sich noch mal den Rummel rings um die Gnadenkapelle und die Marienbasilika anschauen, den er zuletzt als Junge miterlebt hatte. Damals, noch vor dem Krieg, hatte er als Messdiener eine Wallfahrt nach Kevelaer begleitet.

Ihm gefiel auch der Gedanke, umzukehren und sich in dem kleinen Gartenlokal in Orsoy, das er bei der Durchfahrt gesehen hatte, etwas zu essen zu bestellen.

Er könnte aber auch einfach hier sitzen bleiben, warten bis das Wolkenfeld vorbeigezogen war, sich wieder ins Gras legen und die Sonne genießen.

So viele Möglichkeiten zu haben und sich nicht entscheiden zu müssen, das schmeckte nach Freiheit. Das gefiel ihm sehr.

Heinrich hatte gestern Abend bei der letzten Flasche Bier plötzlich angefangen, von Freiheit zu sprechen, von einer Freiheit, die er nicht mehr hatte – und die er nicht vermisste.

»Mein eigener Herr zu sein, das hat für mich doch nur noch bedeutet, jeden Abend in eine leere Registrierkasse gucken zu müssen. Nein, Manni, eine Freiheit ohne ein Stück Fleisch auf dem Tisch, die taugt nichts«, hatte er gesagt.

Dann hatte er erzählt, wie es mit der Schusterei bergab gegangen war in den vergangenen Jahren und wie es wieder aufwärtsging, seitdem er bei der Hütte war.

Irgendwann war ihm klar geworden, dass er beim Verkauf von Damen-, Herren- und Kinderschuhen nicht mehr mithalten konnte mit den Angeboten von Deichmann, Salamander und Rüter, den großen Schuhhäusern in Oberhausen und Sterkrade. Also hatte er sein Sortiment umgestellt auf Arbeitsschuhe und Sportschuhe. Aber auch die verkauften sich nur schleppend. Mit den Schuhreparaturen lief es auch immer schlechter. Die Leute ließen ihre Schuhe nicht mehr so oft flicken wie früher. Sie kauften lieber preiswerte neue, die der aktuellen Mode entsprachen, und warfen die alten weg.

Als die Gute-Hoffnungs-Hütte einen Schrankenwärter suchte, bewarb er sich und bekam die Stelle. Jetzt saß er jeden Tag acht Stunden in seinem Wärterhäuschen und war dafür verantwortlich, dass die Schranken geschlossen waren, wenn ein Zug der Werksbahn die Dorstener Straße kreuzte. Er musste konzentriert bei der Sache sein, aber die Arbeit war nicht anstrengend. Nur die

Wechselschicht gefiel ihm nicht besonders. Er hätte lieber regelmäßig Frühschicht gehabt. Aber letztlich war's ihm doch egal, ob er am Morgen Schuhe flickte und am Nachmittag zur Hütte ging oder umgekehrt.

Trude verkaufte im Laden Arbeits- und Sportschuhe und nahm die Reparaturaufträge der Kunden entgegen. Immer öfter brachte Heinrich in letzter Zeit auch Schuhe, die zu flicken waren, von der Hütte mit. Unter den Kollegen hatte sich herumgesprochen, dass der Schrankenwärter Holtbrink ein Schustermeister war.

»Uns geht's gut«, hatte Heinrich gesagt, »wirklich gut. Wenn ich sehe, was im Bergbau los ist, wie viel Kohle auf Halde liegt, dass überall im Ruhrgebiet Stellen abgebaut und Schachtanlagen dichtgemacht werden und wie viele Feierschichten unsere Kumpels schon schieben mussten, dann bin ich heilfroh, dass ich mir deren Sorgen nicht machen muss. Ich hab bei der Hütte noch ein warmes Plätzchen gefunden.«

»Mit den Stahlwerken geht es auch bergab«, hatte Wagner gesagt.

Heinrich hatte ihm heftig widersprochen. »Unsinn, Manni! Nun sei mal nicht so pessimistisch! Die Werksbahn fährt noch über die Holtener Straße, wenn ich schon längst in Rente bin. Und auf der Gute-Hoffnungs-Hütte werden noch Stahlblöcke gepresst und Bleche gewalzt und Eisenteile gegossen, wenn der Michael Opa ist.«

Wagner hatte zweifelnd das Gesicht verzogen.

Heinrich hatte einen kräftigen Schluck aus der Bierflasche genommen, eine Weile nachgedacht und gesagt: »Zweitausendelf. Ich schätze, zweitausendelf wird der Michael Opa. Dann werden wir sehen, wer von uns beiden recht hat.«

»Na gut«, hatte Wagner vorgeschlagen, »dann lass uns um eine Kiste Bier wetten.«

»Aber mach dich nicht vorher wieder vom Acker!«, hatte sein Bruder gesagt.

»Wahrscheinlich haben wir uns bis dahin beide längst vom Acker gemacht«, hatte Wagner entgegnet.

Danach hatten sie noch eine Weile gemeinsam geschwiegen

und Bier getrunken und nur so dagesessen, Heinrich auf dem Sofa und Manfred Wagner auf einem der alten Stühle am Wohnzimmertisch.

***

Wagner hatte sein Motorrad vor dem düsteren Gebäude der Sterkrader Polizei abgestellt und war mit dem Helm unterm Arm zur Kleingartenanlage hinüberspaziert.

Als er auf dem Rückweg vom Niederrhein über die Weseler Straße stadteinwärts gefahren war, war ihm die Idee gekommen, einen Abstecher in die Wilhelmstraße zu machen und bei den Hüwels anzuklingeln.

»Niemand da!«, hatte eine Nachbarin gerufen. »Wollen Sie zum Krumpen oder zu den Hüwels?«

»Zu den Hüwels.«

»Na, dann ist gut. Den Krumpen, den haben wir nämlich am Samstag beerdigt.«

»Und die Hüwels?«

»Die Frau Hüwel finden Sie entweder auf dem Friedhof oder in der Kirche. Und er ist entweder auf Mittagsschicht oder in seinem Schrebergarten.«

»Wo ist der denn, der Schrebergarten?«

»Ein Stück die Wilhelmstraße runter. Hinter der Oskarstraße könnte man auch sagen. In der Nähe von der Polizei jedenfalls.«

Wagner spazierte langsam an den Parzellen der Kleingartenanlage entlang. Eine rundliche Frau in einem dunkelblauen Kittel hielt beim Bohnenpflücken inne.

»Wohin wollen Sie denn?«, rief sie, als er schon an ihrem Garten vorbei war.

»Zum Hüwel.«

»Da. Schräg gegenüber.«

Willy Hüwel lockerte mit einer Hacke die Erde in einem Gemüsebeet. Er drehte Wagner den Rücken zu. Der blieb am morschen Staketenzaun neben dem Gartentor stehen und beobachtete den hageren Mann mit dem schütteren Haar. Er arbeitete, ein wenig gebeugt, die langstielige Hacke mit beiden Händen fest umfassend, ohne Hast. Die Ärmel seines braunen Flanellhemdes waren hochgekrempelt. Ausgefranste Hosenträger hielten die blaue Arbeitshose. Sie endete oberhalb der Knöchel. Trotz der sommerlichen Wärme trug er graue Wollsocken. Sie steckten in verwitterten Holzschuhen.

»Guten Tag, Herr Hüwel«, sagte Wagner laut.

Willy Hüwel drehte sich um, stützte sich auf die Hacke, nickte ihm wortlos zu und musterte ihn skeptisch.

»Darf ich reinkommen?«, fragte Wagner.

»Ach, Sie sind dat«, sagte Hüwel. »Ich hab Sie gar nich erkannt, so ohne Schlips und Kragen.«

Das Gartentor hing schief in den Angeln. Es quietschte, als Wagner es öffnete und hinter sich wieder schloss.

Jeder Quadratmeter der kleinen Parzelle war genutzt. Das Gemüse stand in schnurgeraden Reihen, das Kartoffelfeld war schon zur Hälfte abgeerntet, an den Sträuchern hingen pralle Stachelbeeren, leuchtend rote und schwarze Johannisbeeren.

Wagner ging langsam über den schmalen Trittpfad, der an den Sträuchern entlangführte. Er zupfte eine Stachelbeere ab und schob sie sich in den Mund.

»Die will ich heute noch pflücken. Meine Frau macht Marmelade davon«, sagte Hüwel, während er die Erde zwischen seinen Grünkohlpflanzen hackte.

Wagner legte seinen Sturzhelm zwischen die Beerensträucher, zündete sich eine Zigarette an und sah Hüwel zu.

»Ich mach dat hier noch fertig.«

»Lassen Sie sich Zeit«, sagte Wagner. »Ich hab Urlaub.«

»Ich war schon auf Frühschicht«, sagte Hüwel und bückte sich nach ein paar Unkräutern. Er zupfte sie aus der gelockerten Erde und warf sie auf den Weg neben Wagner.

»Ich glaube, das könnte ich nicht. Erst acht Stunden Maloche unter Tage oder auf der Hütte und dann noch Gartenarbeit.«

»Mach ich gern«, sagte Hüwel.

Ein paar Minuten später saß er neben Wagner auf der Bank vor dem mattgrün gestrichenen Holzhäuschen in der hintersten Ecke seines Gartens, zündete sich eine Roth-Händle an und inhalierte tief.

»Ganz schön hier. Und so ruhig«, sagte Wagner.

»Ab und zu quietschen die Straßenbahnen«, sagte Hüwel, »wenn sie die Weseler runterkommen und bei Markett halten.«

Zwischen Wagner und Hüwel lag der Oberhausener Teil des General-Anzeigers. Auf der Zeitung stand ein aus Eisen gegossener Aschenbecher voller filterloser Zigarettenkippen. Wagner schob ihn zur Seite, um die Schlagzeile sehen zu können.

»Landtagswahl brachte politischen Erdrutsch«, las er laut.

»Hatte ich mit gerechnet«, sagte Hüwel. »Unsere Wirtschaftswunder-Partei hat ja alles runtergewirtschaftet.«

Auch Wagner hatte erwartet, dass die Wähler in Nordrhein-Westfalen, vor allem die im Ruhrgebiet, die CDU für die Bergbaukrise und die Probleme der Stahlindustrie verantwortlich machen würden. Aber ein für die Regierenden in Bonn und Düsseldorf dermaßen niederschmetterndes Ergebnis hatte ihn doch überrascht. Fast fünfzig Prozent hatte die SPD im Land erreicht, in den beiden Oberhausener Wahlbezirken über achtundfünfzig, in anderen Ruhrgebietsstädten sogar über sechzig. Das sah nicht nur nach dem Ende für Ministerpräsident Meyers in Düsseldorf aus, das roch danach, dass auch die Tage des Wirtschaftswunder-Kanzlers Ludwig Erhard in Bonn gezählt waren.

»Glauben Sie, dat der Kühn dat jetz machen wird in Düsseldorf?«, fragte Hüwel.

»Ich weiß nicht«, sagte Wagner. »Kommt drauf an, was der Innenminister Weyers und seine Liberalen vorhaben. Die eiern ja im Augenblick ziemlich herum.«

»Ich würd mir schon wünschen, dat wir ma drankommen. Die Sozis, mein ich. Aber letztlich bringt dat wahrscheinlich auch nix. Ich glaub nich, dat der Ruhrbergbau noch zu retten is. Fünfzehn Millionen Tonnen Kohle liegen schon auf Halde. Die will kein Schwein mehr haben.«

»Unsere Kohle ist zu teuer.«

»Dat liegt aber nich am Kumpel«, sagte Hüwel mürrisch. »Heute holt jeder Bergmann fast drei Tonnen pro Schicht da unten raus, ungefähr doppelt so viel wie vor zehn Jahren.«

»Öl ist trotzdem billiger«, sagte Wagner.

»Und die scheiß Kohle aus Amerika auch. Wenn unsere Stahlkocher demnächst auf die billige Amikohle umsteigen, dann is der Bergbau an der Ruhr endgültig im Arsch.«

»Und wenn die Stahlindustrie weiter die teure Ruhrkohle verkoksen muss, dann ist sie selbst bald hinüber. Dann haben wir außer der Kohlenkrise auch noch eine Stahlkrise.«

Hüwel nickte. »Irgendwie is dat alles Kappes.«

»Machen Sie sich Sorgen um Ihren Arbeitsplatz?«, fragte Wagner.

Hüwel lachte bitter. »Eine verfluchte Angst hab ich. Manchmal lieg ich die halbe Nacht wach, weil mir dat alles immer wieder im Kopp rumgeht. Mit Feierschichten fängt et an. Die hatten wir ja schon. Dann wird ein Pütt nach em anderen dichtgemacht, und die Kumpels kriegen en Tritt in den Hintern und können stempeln gehen. So wird dat kommen.«

Er drückte im gusseisernen Aschenbecher heftig seine Zigarette aus.

»Ich bin nu ma Hauer. Wat anderes kann ich nich. Hab sonst nix gelernt. Wat soll ich denn mit fast fuffzich noch machen, wenn se mich freisetzen? Ich hab schon geträumt, dat ich vor der Clemenskirche rumgesessen und meinen Hut aufgehalten hab. Und dann is einer auf mich zugekommen, und ich hab gedacht, jetz schmeißt der mir en Groschen rein. Aber der hat nur seinen Hut abgenommen und sich neben mich gesetzt. Und dann sind immer mehr gekommen, bis der ganze Kirchplatz voll war. Alles Kumpels von e Zeche, und alle haben se ihren Hut aufgehalten.«

»Sind Sie nicht zu pessimistisch? Vielleicht ist das ja alles nur eine vorübergehende Flaute, und es geht bald wieder aufwärts.«

»Dat glauben Se doch selbst nich.«

Wagner zuckte mit den Achseln. »Mein Bruder Heinrich ist jedenfalls fest davon überzeugt. Der glaubt, dass auch in fünfzig Jahren noch die Hochöfen glühen und der Stahl fließt.«

»Der Heinrich. Ja, dat sieht dem ähnlich. Wo der immer seinen Optimismus hernimmt, dat hab ich mich schon oft gefragt. Wahrscheinlich denkt er, der liebe Gott würd dat schon alles irgendwie regeln.«

»Glauben Sie das nicht?«

»Nee, wirklich nich«, sagte Hüwel. »Da versprech ich mir mehr von e SPD. Dat der da oben wat für die kleinen Leute an e Ruhr tut, da hab ich bisher noch nix von gemerkt.«

Wagner war erstaunt. Vom Ehemann der gottergebenen Mia Hüwel hatte er so wenig Gottvertrauen und so viel Zuneigung zur Sozialdemokratie nicht erwartet.

Er zog sein Zigarettenpäckchen aus der Innentasche der Lederjacke und hielt es Willy Hüwel hin.

»Nee, danke, ich rauch keine mit Filter«, sagte Hüwel und steckte sich eine Roth-Händle zwischen die Lippen.

Wagner gab ihm Feuer und zündete sich eine Güldenring an.

»Wat wollen Se denn eigentlich von mir?«, fragte Hüwel. »Wegen dem Wahlergebnis und der Krise im Bergbau wollten Se doch wohl nich mit mir sprechen.«

»Das stimmt«, sagte Wagner.

»Meine Frau hat gesacht, dat Sie persönlich die Ermittlungen nich einstellen wollten. Sie würden dat einfach nich glauben, dat der Jung von e Brücke gefallen is, hat se gesacht.«

»Ich will keineswegs ausschließen, dass es ein Unglücksfall war«, entgegnete Wagner. »Wir haben ja keine Hinweise auf ein Tötungsdelikt oder auf eine Selbsttötungsabsicht gefunden.«

»Also, wat wollen Se dann noch?«

»Ein paar Dinge klären«, sagte Wagner. »Zum Beispiel wüsste ich gern, warum der Achim in den letzten Monaten so furchtbar leichtsinnig war. Für mich sieht das so aus, als hätte er mit seinem Leben gespielt.«

»Wollen Se auch en Bier?«, fragte Hüwel. »Ich hab en paar Flaschen im Regenfass kalt gestellt.«

»Nein, danke. Wenn ich mit dem Motorrad unterwegs bin, trinke ich nicht.«

Hüwel stand auf, holte eine Flasche Bier aus dem kühlen Regenwasser, rieb sie an seiner blauen Hose trocken, öffnete sie mit einem Daumen, trank sie in einem Zug beinahe halb leer und setzte sich wieder.

»Dat is doch Quatsch. Der Joachim hat nich mit seinem Leben gespielt. Er war unvorsichtig. Sind dat nich alle Jungens in dem Alter? Sicher, er hat den Sturz gehabt mit dem Fahrrad. Aber so wat passiert doch jeden Tag. Und beim Achim machen Se jetz ein Gedöns deswegen, als würd wat Geheimnisvolles dahinterstecken.«

»Wissen Sie denn, warum er nicht mehr zur Kirche gehen wollte?«, fragte Wagner.

»Er war eben nich nach seiner Mutter geraten«, sagte Hüwel kurz angebunden.

»Haben Sie nie mit ihm darüber gesprochen?«

»Er hat gemacht, wat er wollte. Viel erzählt hat er uns nich mehr in letzter Zeit.«

Während Hüwel mit Zeigefinger und Daumen der rechten Hand seine fast abgebrannte Kippe hielt, zog er mit der linken eine neue Roth-Händle aus der Packung. Er steckte sie zwischen die Lippen und entzündete sie mit dem noch glühenden Zigarettenstummel.

»Dem Michael Holtbrink hat der Achim erzählt, dass der Arnold Krumpen ihm seine Fahrradwachen vermachen wollte.«

»Davon weiß ich nix.«

»Halten Sie das denn für möglich?«

»Warum sollte der Krumpen dem Jungen irgendwat vererben?«

»Das frag ich mich auch«, sagte Wagner.

Er sah Willy Hüwel von der Seite an. Der trank von seinem Bier, zog an seiner Zigarette, beugte sich nach vorn, legte seine Ellenbogen auf die Oberschenkel und ließ den Tabakqualm durch die Nase entweichen, während sein Blick ziellos durch den Garten irrte.

»Der Achim wollte nach der mittleren Reife was Kaufmännisches lernen und dann in Krumpens Geschäft einsteigen. Und der wollte ihm später einmal die Fahrradwachen überlassen. Darüber muss der Junge doch mit Ihnen geredet haben.«

»Nee, hat er nich.«

»Das ist eigenartig«, sagte Wagner.

Hüwel schwieg.

»Was hatten der Achim und der Krumpen denn für ein Verhältnis zueinander?«

Hüwel ließ sich Zeit mit der Antwort. Er leerte seine Bierflasche und stellte sie neben die Bank.

»Der Achim hat ab und zu für ihn gearbeitet, in e Ferien und auch schon ma nachmittags«, sagte er.

»Was hatte er da zu tun?«

»Für die Fahrradwache muss jeder Kumpel am Anfang vom Monat bezahlen. Dann kriegt er en Märkchen. Ich hab auch so 'n Ding. Ich fahr ja jeden Tag mit dem Rad zur Zeche. Der Achim hat die Märkskes kontrolliert und während der Schicht auf die Fahrräder und die Mopeds aufgepasst. War 'ne leichte Arbeit, und der Krumpen hat ihm ab und zu en paar Mark dafür gegeben.«

»Und sonst?«

»Der Junge hat öfter beim Krumpen Fernsehen geguckt. Wir haben ja keins. Meine Frau will so 'n Ding nicht in e Wohnung haben.«

»Mochte der Achim den Krumpen?«

»Wie meinen Sie dat denn jetz?«

»Na, ich wüsste gern, was der Achim von dem Alten gehalten hat. Hat er ihn geschätzt? Hat er ihn bewundert? Oder hat er ihn für einen komischen Kauz gehalten?«

»Dat weiß ich doch nich.«

Wagner bemerkte, dass Hüwel allmählich griesgrämig wurde. Die Fragen missfielen ihm ganz offensichtlich. Die Antworten, die er gab, waren nicht sehr glaubhaft. Wagner konnte sich nicht vorstellen, dass ein Vater tatsächlich so wenig von seinem vierzehnjährigen Sohn wusste.

»Und Sie, wie sind Sie mit Arnold Krumpen ausgekommen?«, fragte er.

»Er war unser Vermieter.«

»Was heißt das?«

»Man hat sich guten Tag gesagt.«

»Sie wohnten seit fast zwanzig Jahren zusammen in einem Haus. Da hat man doch ein Verhältnis zueinander, entweder ein gutes oder ein schlechtes.«

»Wat wollen Se eigentlich von mir, Herr Wagner?«, fragte Hüwel unwirsch. »Dat hat doch alles nix mit dem Unfall von dem Jungen zu tun. Jetz machen Se ma weiter Urlaub und lassen Se mich in Ruhe! Ich muss meine Stachelbeeren pflücken.«

***

Manfred Wagner saß im Sessel, hatte seine Füße auf den Couchtisch gelegt und rauchte. Er beobachtete durchs Fenster die vorbeihuschenden Waggons eines Güterzuges, der hinterm Haus über den Bahndamm rollte. Er ahnte das rumpelnde Lärmen der Eisenbahnwagen, während er die Trompete von Miles Davis hörte, dessen Album »Seven Steps to Heaven« sich auf dem Plattenteller drehte.

Das eigenartige Gespräch mit Willy Hüwel ging ihm nicht aus dem Kopf.

Wenn Arnold Krumpen die Absicht gehabt hatte, dem Jungen irgendwann mal seine Fahrradwachen zu überschreiben, dann hätten Willy und Mia Hüwel doch davon wissen müssen!

Wenn ein Vierzehnjähriger eine kaufmännische Ausbildung machen möchte und vorhat, sich demnächst um eine Lehrstelle zu bewerben, dann spricht er mit seinen Eltern darüber. Wenn der Grund für seine Berufswahl die Aussicht auf die Erbschaft mehrerer einträglicher Fahrradwachen ist, dann tut er das erst recht.

Wagner hatte gehofft, von den Hüwels zu erfahren, wie es zu dem erstaunlichen Angebot von Arnold Krumpen gekommen war.

Mit einem leisen Knacken hob sich der Tonarm von der Schallplatte. Während er sich geräuschlos zur Seite bewegte, stand Wagner auf und ging zur Nussbaumvitrine neben dem Fenster, auf der die neue Musikanlage mit Plattenwechsler, Verstärker und zwei schlanken Lautsprecherboxen so gerade Platz gefunden hatte. Er drehte die Platte um und ließ die Diamantnadel des Tonkopfs vorsichtig in die Rille sinken.

Eine Weile stand er am Fenster und versuchte, auf die Musik zu achten, aber Willy Hüwel drängte sich immer wieder vor Miles Davis.

Warum war er so grimmig geworden? Hatte er wirklich nichts von Joachims Zukunftsplänen und von Krumpens Offerte gewusst? Oder hatte er gelogen? Hatte es dieses Angebot überhaupt gegeben? Hatte Joachim seinem Freund Michael etwas vorgeflunkert, weil er sich wichtigmachen wollte? War die Erbschaft eines lukrativen Geschäftes etwa nur seinen Wunschvorstellungen entsprungen? Oder hatte Joachim den Alten missverstanden?

Vielleicht hatte Krumpen dem Jungen die Übernahme der Fahrradwachen gegen einen Pachtzins oder eine Leibrente in Aussicht gestellt.

Es ärgerte Wagner, dass er nur spekulieren konnte. Michael hatte ihm gesagt, was er wusste. Dass von Mia Hüwel mehr zu erfahren war als von ihrem Mann, konnte er sich nicht vorstellen. Ob Arnold Krumpen mit irgendjemandem darüber gesprochen hatte, was er einmal mit seinen Fahrradwachen vorhatte, wusste er nicht.

Er selbst hatte Krumpen nach dem Tod von Joachim Hüwel befragt. Krumpen hatte damals angegeben, ein gut nachbarschaftliches Verhältnis zu den Hüwels zu haben. Den Jungen hätte er gemocht, und er hätte ihm erlaubt, ab und zu bei ihm fernzusehen, hatte der Alte mit Tränen in den Augen gesagt. Wagner war nicht weiter in ihn gedrungen.

Von seiner Absicht, dem Jungen einmal seine Geschäfte zu übertragen, hatte Krumpen kein Sterbenswörtchen verlauten lassen. Er hatte auch nicht davon gesprochen, dass er Achim hin und wieder als Aushilfe in seinen Fahrradwachen beschäftigt hatte.

Vielleicht hatte er es absichtlich verschwiegen. Vielleicht hatte er nie daran gedacht, dem Jungen irgendwas zu vererben. Es war aber auch möglich, dass er, geschockt vom Tod des Jungen, ganz einfach vergessen hatte, darüber zu sprechen.

Ein roter Schienenbus fuhr in Richtung Oberhausen.

Als die Schallplatte abgelaufen war, ging Wagner zum Telefon. Der schwarze Apparat, den die Musikanlage von der Vitrine verdrängt hatte, hatte jetzt seinen Platz in der Schrankwand zwischen den Büchern.

Wagner nahm den Hörer von der Gabel und drehte die Wählscheibe. Die Rufnummer des Kollegen Trappe hatte er im Kopf. Es klingelte eine ganze Weile, bevor abgehoben wurde.

»Trappe!«

»Guten Abend, Artur. Manfred Wagner hier.«

»Bist du verrückt? Was ist passiert?«

»Nichts Besonderes. Wieso? Ich hab eine Bitte.«

»Aber doch nicht mitten im Spiel! Es steht drei zu null für Deutschland. Ich ruf dich nachher zurück.«

Wagner hörte ein gleichmäßiges Tuten in der Leitung. Trappe hatte aufgelegt.

Was hatte er gesagt? Es steht drei zu null für Deutschland? Wagner hatte bei seiner Rückkehr am späten Nachmittag kurz daran gedacht, sein Motorrad zu Jupp Möllmann zu bringen und sich zusammen mit ihm das erste Gruppenspiel der deutschen Nationalmannschaft anzugucken. Aber dann hatte er an das öde Null-zu-null vom Vorabend gedacht und daran, dass Michael gesagt hatte, in England würde es wahrscheinlich nur langweilige Spiele und wenige Tore geben.

Also hatte er sich entschlossen, den Abend lieber zu Hause zu verbringen, noch einmal in den Protokollen zum Fall Joachim Hüwel zu blättern, Musik zu hören, im neuen »Spiegel« zu lesen und über ein paar Ausflugsziele für die nächsten Tage nachzudenken.

Jetzt schaltete er das Radio ein. Die Direktübertragung aus Sheffield lief im ersten Hörfunkprogramm des Westdeutschen Rundfunks.

Der Sprecher bejubelte gerade das vierte Tor der Deutschen gegen die Schweizer. Ein Spieler aus München mit dem Namen »Franz Beckenbauer«, der fünf Minuten vor der Pause auch schon das Drei-zu-null geschossen hatte, hatte es nach einem schönen Sololauf erzielt. Der junge Mann war gerade zwanzig und hatte erst im vergangenen September sein erstes Länderspiel gemacht. Wagner hatte den Namen »Beckenbauer« noch nie gehört.

Als Helmut Haller nach einem Foul an Uwe Seeler per Elfmeter das Fünf-zu-null markierte, stellte Wagner erleichtert fest, dass ihm die Namen der meisten Nationalspieler doch noch geläufig waren.

Nach dem Schlusspfiff ärgerte er sich, dass er das torreiche Spiel, von dem der Radiosprecher sagte, es sei aus deutscher Sicht ganz ausgezeichnet gewesen, nicht gesehen hatte.

Michael war bestimmt begeistert vom triumphalen Sieg. Der Junge würde ihn wahrscheinlich nicht mehr für voll nehmen, wenn er erfuhr, dass ihm die Fernsehübertragung durch die Lappen gegangen war. Er könnte ja behaupten, das Spiel bei den Trappes geguckt zu haben, aber dafür wusste er nach nur sechsunddreißig

Minuten Radioreportage vielleicht doch nicht genug über den Spielverlauf.

Das Telefon schellte.

Wagner bemühte sich wortreich darum, dem Kollegen Artur Trappe verständlich zu machen, warum er heute Abend keine Lust auf eine Fußballübertragung gehabt hatte. Es gelang ihm nicht.

»Weil die Engländer gestern zu blöd waren, gegen Uruguay ein Tor zu schießen, deshalb guckst du dir heute unser Spiel nicht an? Das glaub ich einfach nicht.«

Trappe schwärmte von der großartigen Leistung der deutschen Elf. Er erzählte ausführlich, wie die neunzig Minuten im Hillsborough-Stadion von Sheffield verlaufen waren, bevor er endlich fragte: »Was wolltest du denn eigentlich von mir?«

»Du hast doch guten Kontakt zu den Kollegen von der Sitte«, sagte Wagner.

»Bei denen war ich mal eine Zeitlang. Worum geht es denn?«

»Paragraph hundertfünfundsiebzig.«

»Was treibst du denn im Urlaub, lieber Manfred?« Artur Trappe lachte siegestrunken und bierselig in den Telefonhörer. »Lass mich raten: Du hast einen neuen Liebhaber, und jetzt willst du wissen, ob du sein erster Schatz bist oder ob er schon mal was Fieses mit anderen Männern angestellt hat.«

»Genau so ist es.«

»Also, wie heißt der Knabe?«

»Winkel. Hubert Winkel. Ich wüsste gern, ob der bei den Kollegen von der Sitte aktenkundig ist.«

»Wohnt der Mann in Oberhausen?«

»Ja, in Sterkrade.«

»Beruf?«

»Katholischer Priester.«

Eine Weile war es still in der Leitung. Dann sagte Artur Trappe: »Ach du Scheiße.«

SECHS

Die Hoffnung, dass vielleicht doch noch eine Schleie an seinen Köder ging, hatte Jupp Möllmann aufgegeben. Gute Aussichten, den scheuen Fisch an die Angel zu bekommen, hatte man nur noch zu Beginn der Morgendämmerung oder am späten Abend. Tagsüber biss die Schleie allenfalls, wenn es trüb und neblig war. Auch die Möglichkeit, dass sich eine Brasse den Wurm schnappte, bestand an einem Tag wie diesem kaum.

Das alles war Jupp Möllmann klar gewesen, als er sich an seinem Lieblingsplatz zwischen Westmarkstraße und Schleuse in der Böschung des Rhein-Herne-Kanals auf den alten Klappstuhl gesetzt hatte.

Eigentlich war die Angelausrüstung heute nicht mehr als eine Rechtfertigung dafür, hier zu sein, in der sommerlichen Wärme am Wasser zu sitzen, zwischen all den jungen Menschen, die ringsum in der Böschung ihre Decken und Handtücher ausgebreitet hatten und sich halbnackt unter der trüben Ruhrgebietssonne räkelten.

Möllmann stopfte seine Pfeife. Als plötzlich die Spitze der Angelrute zuckte und der Schwimmer unter der glatten Wasseroberfläche verschwand, schlug er überrascht und ein wenig zu heftig die Rute an. Ein Rotauge hing aufgeregt zappelnd an der Leine. Möllmann löste vorsichtig den Haken aus dem Maul des Tieres und warf den kleinen Weißfisch zurück in Wasser.

Er holte einen neuen Köder aus dem Schraubglas mit der Gartenerde und den Würmern, befestigte ihn am Haken und warf die Angel noch einmal aus.

Vor der Schleuseneinfahrt war ein Schleppkahn vor Anker gegangen. Dahinter hatten drei Frachtschiffe festgemacht, die so tief lagen, dass Möllmann von der Uferböschung aus durch die offenen Ladeluken die schwarz glänzenden Kohlenberge in den Schiffsbäuchen sehen konnte. Zwei Binnenschiffer scherzten übers Wasser hinweg miteinander und sahen lachend herüber. Ein paar junge Frauen, die am Ufer lagen, trugen zweiteilige Badeanzüge.

Ein halbwüchsiger Kerl schmiegte sich innig an ein Mädchen und küsste es lange und ungeniert.

So etwas hätte es in seiner Jugendzeit nicht gegeben, am hellichten Tag vor aller Augen, dachte Jupp Möllmann, und er dachte auch, dass früher nicht alles besser war als heute und dass er manches versäumt hatte.

Ein tollkühner Bursche sprang kopfüber von der Kanalbrücke. Es dauerte eine Weile, bis er prustend wieder auftauchte. Die Oberfläche des schmuddeligen Kanalwassers glänzte trügerisch hell unter der fahlen Sommersonne.

Möllmann versuchte, den Gedanken zu verdrängen, dass die Welt nicht so vollkommen war, wie sie in diesem Augenblick zu sein schien. Es gelang ihm nicht. Das Wasser roch abgestanden. Früher hatte er mehr Fische aus dem Kanal gezogen. Schwimmen gehen würde er in dieser Brühe auf keinen Fall. Die jungen Leute konnten sich nur darin vergnügen, weil sie kein sauberes Wasser mehr kannten. Entweder badeten sie im vollgepinkelten Chlorwasser der Badeanstalten oder in der Jauche, die durch den Rhein, die Ruhr und den Kanal trieb.

Seine Pfeife war ausgegangen. Möllmann zündete sie noch einmal an.

Drüben am Liricher Ufer schrie ein Kind.

Der kühne junge Mann stand wieder mit ausgebreiteten Armen auf der Brückenbrüstung.

Möllmann kam in den Sinn, dass Joachim Hüwel vielleicht genauso auf dem Geländer über den Eisenbahnschienen gestanden hatte, bevor er gestorben war. Er glaubte nicht, dass ihn jemand hinuntergestoßen hatte. Und gesprungen war der Achim auch nicht. Er war neugierig gewesen auf das Leben.

Aber er war auch verstört und unberechenbar gewesen in letzter Zeit.

Vielleicht hatte er deshalb das Schicksal herausgefordert, so wie der junge Mann da oben auf der Brüstung. Vielleicht hatte Joachim übers Brückengeländer balancieren wollen. Vielleicht hatte er die Gefahr spüren und seine Furcht besiegen wollen. Vielleicht hatte er geglaubt, dass jedes Leben einen Sinn haben müsse und dass kein Leben enden könne, bevor sich dieser Sinn erfüllt hatte. Junge Menschen, die den Krieg nicht erlebt hatten, konnten so etwas glauben.

Es bekümmerte Möllmann, nicht zu wissen, was in dem Jungen vorgegangen war. Es war gut, dass Manni Wagner in der Angelegenheit nicht lockerließ.

Möllmann hatte an den vergangenen Tagen viel über ihn nachgedacht und sich gefragt, was ihn antrieb, so hartnäckig an diesem Fall dranzubleiben.

Er hatte sich daran erinnert, wie sich der einundzwanzigjährige Manni Wagner nach dem Krieg und all dem sinnlosen Sterben verzweifelt in seinem Kämmerchen verkrochen hatte.

Der Tod des Jungen hatte bei ihm Wunden wieder aufgerissen, die niemals ganz verheilt waren. Wagner war fassungslos, so wie damals, aber dieses Mal verkroch er sich nicht.

Diesen Tod wollte er aufklären, unter allen Umständen, so als würde dadurch auch das Unbegreifliche begreifbar, an dem er damals verzweifelt war.

Möllmann zog ein paar Mal vergeblich an seiner Pfeife. Der Tabak war verbrannt, die Glut erloschen. Er klopfte die Pfeife auf dem flachen Stein aus, der neben ihm in der Böschung lag.

Er wollte Manni Wagner bei seinen Nachforschungen helfen, so gut er konnte. Er musste ihm helfen.

Wenn er seine Erinnerungen für sich behielte, dann würde Wagner von manchen Dingen niemals etwas erfahren. Er musste ihm das Foto zeigen, das in seiner Schublade lag. Er war sich zwar nicht sicher, ob es einen Zusammenhang gab zwischen Joachims Tod und den alten Geschichten, aber es war immerhin möglich.

Wagner sollte Arnold Krumpen kennenlernen, und das konnte er nur durch ihn. Er hatte diesen Mann, der vor einer Woche gestorben war, schon gekannt, als sie beide noch Kinder waren, und er hatte ihn nie ganz aus den Augen verloren, auch wenn sie zeit ihres Lebens niemals Freunde geworden waren. Jupp Möllmann war immer darauf bedacht gewesen, diesen Nöll Krumpen nicht zu nah an sich heranzulassen.

Ein Schiff verließ die Schleuse und zog gemächlich an Lirich vorbei. In den Wellen, die es gegen die Uferböschung drückte, tanzte der Schwimmer. Möllmann zog die Angelschnur aus dem Wasser. Der Haken war leer. Der Wurm war verschwunden.

Arnold Krumpen hatte nicht immer alles bekommen, was er wollte, auch wenn die Leute das von ihm sagten. Er hatte sich genommen, was er kriegen konnte. Das war etwas anderes.

Während der Schulzeit war er einer gewesen wie alle anderen, ein wenig vorlauter vielleicht. Danach war er zur Zeche gegangen wie Jupp Möllmann und wie viele andere auch. Damals, mitten im Ersten Weltkrieg, gab es nicht genug Männer im Pütt, weil so viele an der Front waren. Schon die ganz jungen Burschen mussten als Schlepper und Lehrhauer mit ran wie die Alten. Die Arbeit war hart, viel zu hart für ein paar fünfzehnjährige Jungen.

Sie hatten das zusammen durchgestanden, der Nöll und er. Aber für Krumpen war damals schon klar gewesen, dass er nicht unter Tage alt werden würde.

»Die Maloche macht doch alle kaputt auf Dauer. Wenn dir nicht der Berg auf den Kopf fällt, dann krepierst du an deiner Staublunge. Das mach ich nicht mit. In ein paar Jahren bin ich hier weg«, hatte er immer wieder gesagt. Aber so hatten viele geredet, und die meisten blieben dann doch im Berg, bis sie nicht mehr konnten.

Auch Arnold Krumpen erging es nicht anders. Aber er war noch nicht alt und verbraucht wie die anderen, als er zum Berginvaliden wurde. Gerade Anfang zwanzig war er, ein kräftiger junger Mann, als er unter Tage zwischen zwei Loren geriet. Sein zerquetschter linker Arm wurde oberhalb des Ellenbogengelenks amputiert. Wochenlang lag der junge Krumpen auf Leben und Tod. Damals dachten viele, das wäre sein Ende.

Aber sie hatten sich geirrt. Der einarmige Arnold Krumpen kehrte so kraftvoll und entschieden, so rücksichtslos und unbedingt ins Leben zurück, als müsse er sich selbst an jedem Tag aufs Neue beweisen, dass er immer noch lebendig war.

Von seinem Ersparten und einer Entschädigungszahlung kaufte er sich eine Trinkhalle in der Nähe der Zeche Sterkrade. Das Büdchen florierte. Es wurde zum Treffpunkt für die Bergleute. Auch Jupp Möllmann trank damals regelmäßig nach der Schicht bei Krumpen eine Flasche Bier und schwatzte mit ihm über die alten Zeiten in der Postwegschule oder über die alltäglichen Begebenheiten im Pütt.

Anfang der Dreißiger kam Krumpen dann auf die Idee mit den Fahrradwachen. Er war zeit seines Lebens Rad gefahren. Der Verlust seines Armes hatte ihn davon nicht abhalten können. Er hatte lediglich sein Herrenrad mit Stange gegen ein Damenfahrrad vertauscht, um mühelos auf- und absteigen zu können. Mit der rechten Hand hatte er den Lenker fest im Griff. Nahezu alle seine Wege erledigte er auf zwei Rädern.

Fast alle Kumpel, die nicht direkt neben der Zeche wohnten, fuhren damals mit dem Fahrrad zur Schicht. Bei Krumpen an der Trinkhalle schimpften sie über allerlei Ungemach, das ihren Stahlrossen drohte, während sie unter Tage schufteten. Banausen, die sich einen Spaß draus machten, die Luft aus den Reifen zu lassen, trieben die Kumpel zur Weißglut. Besonders ärgerlich war es, wenn die Übeltäter die Ventile gleich mitgehen ließen. Und es kamen nicht nur Ventile abhanden. Klingeln, Ketten und Sättel wurden abmontiert, und hin und wieder verschwanden ganze Fahrräder auf Nimmerwiedersehen. Auch jeder Regenschauer wurde zu einer Heimsuchung für die Radfahrer. Sie konnten sich zwar mit einem Cape vor den Güssen von oben schützen, aber wenn die Ledersättel während ihrer Schicht das Regenwasser aufgesogen hatten, dann kamen die Männer mit durchnässten Hosen und einem feuchten Hintern zu Hause an.

Arnold Krumpen verkaufte seine Trinkhalle für einen guten Preis, pachtete ein Stück Brachland am Rande des Zechengeländes, zäunte es ein, ließ aus Rohrstangen und gewelltem Blech einfachste Unterstände bauen und stellte Fahrradständer hinein. Die wenigen Groschen, die jeder Bergmann gern dafür zahlte, dass sein Fahrrad während der Schicht sicher und trocken stand, ließen sich Monat für Monat zu erklecklichen Summen addieren.

Auch Möllmann hatte sein Fahrrad bei Krumpen untergestellt, und hin und wieder setzte er sich zu dem alten Kumpel in das kleine Holzbüdchen am Rande der Fahrradwache und rauchte eine Zigarette oder trank eine Flasche Bier mit ihm. Damals begann Krumpen, mit seinen Weibergeschichten zu prahlen.

Einmal erzählte er Möllmann: »Dass der Arm weg ist, stört die

Frauen überhaupt nicht. Ich sag ihnen immer, dass ich ihn im Ersten Weltkrieg fürs Vaterland geopfert hab. Dann werden sie ganz schwach.«

»Als der Krieg zu Ende ging, da waren wir doch gerade erst siebzehn«, sagte Möllmann erstaunt.

»Die Frauen, mit denen ich zusammen bin, die können doch nicht rechnen. Deren Begabung liegt woanders«, sagte Krumpen und lachte schmutzig.

»Wenn du Geld hast, dann hast du auch Weiber«, sagte er gern, und er erzählte von Frauen, die er meistens »Flittchen« nannte, die zu allem bereit seien, wenn man ihnen einen zusammengerollten Geldschein in den Ausschnitt schiebe.

Möllmann beneidete ihn nicht um seine Geschichten. Er hatte einige Zeit zuvor Hilde geheiratet, und er war sich sicher, dass Krumpen von seinen Flittchen niemals das bekommen würde, was Hilde ihm gab.

Noch vor dem Zweiten Weltkrieg eröffnete Krumpen an der Zeche Osterfeld eine zweite Fahrradwache und beschäftigte Schüler und Rentner, die für ein paar Groschen den Wachdienst übernahmen. Er wurde wohlhabend und kaufte das Haus in der Wilhelmstraße.

In der Nachkriegszeit kümmerte er sich nur wenig um seine Fahrradwachen. Er hatte ein lukrativeres Geschäft entdeckt: den Schwarzmarkt.

Damals verlor Möllmann ihn aus den Augen, aber unter den Bergleuten kursierten Gerüchte. In seinem Haus organisierte Krumpen angeblich Partys mit billigen Mädchen für die Besatzungssoldaten, erst für die Amerikaner, dann für die Engländer.

Jedenfalls hatte er blendende Kontakte zu den Besatzern und Zugang zu allem, was damals knapp und teuer war. Brot und Fleisch ohne Lebensmittelkarten, Butter und Eier, Stoff für einen warmen Mantel, Medikamente ohne Rezept, Tabak und Kaffee, von Krumpen konnte man das alles bekommen. Zu Beginn des Jahres 1947, als die Versorgung im Ruhrgebiet vollständig zusammenbrach, weil Straßen und Wasserwege unter Schnee und Eis unbefahrbar waren, als die Lebensmittel-Zuteilungen pro Person keine tausend Kalorien am Tag mehr erreichten, wurden auf dem Schwarzmarkt sechzig Reichsmark für ein großes Roggenbrot und das Dreifache für ein Pfund Butter bezahlt, mehr als ein durchschnittlicher Monatsverdienst. Wer in dieser Zeit das hatte, was die anderen brauchten, um zu überleben, war ein gemachter Mann – und ein mächtiger Mann. Kompensationsgeschäfte waren an der Tagesordnung. Wer kein Geld hatte, gab die Wertgegenstände, die er über den Krieg gerettet hatte, für Lebensmittel her.

Damals erzählten die Kumpel sich, die billigen Flittchen, die reichten dem Krumpen nicht mehr. Er prahle jetzt damit, dass er alle Frauen haben könne, die er wolle, auch die tugendhaften und die unnahbaren.

In den Fünfzigern, Arnold Krumpen hatte inzwischen an den Concordia-Schachtanlagen zwei weitere Fahrradwachen eröffnet, hatte Möllmann wieder ab und zu Kontakt mit ihm. Sie trafen sich gelegentlich bei Markett an der Theke, hin und wieder spielten sie auch zusammen in der Wilhelmstraße eine Partie Schach.

Mehr wollte Jupp Möllmann nicht. Er hielt Arnold Krumpen auf Distanz, weil sein Lebenswandel ihm missfiel, weil seine Ansichten ihm gegen den Strich gingen, weil seine exzessive Sauferei ihn abstieß und weil sein Umgang mit den Frauen ihn anwiderte.

Er wendete sich nie ganz ab von dem Mann, mit dem er als Junge durch die Wälder gestreift war und unter Tage Seite an Seite malocht hatte, aber er ließ nicht zu, dass sich eine Freundschaft zwischen ihnen entwickelte.

Arnold Krumpen hatte keine Freunde. Er verbrachte seine Zeit mit Menschen, die er bezahlte, mit Nutten und Wirtsleuten, die für ihn da waren, solange er großzügig sein Geld auf die Betten und auf die Theken legte.

Er hörte nie damit auf, sich Menschen zu kaufen, durch Kneipen und Bars zu ziehen, sich zu besaufen und Huren und Bardamen mit zu sich nach Hause zu schleppen. Und er hörte nie damit auf, Jupp Möllmann mit seinen zotigen Geschichten abzustoßen.

Auch nach seinem Herzinfarkt änderte Krumpen seinen Lebenswandel nicht. Er soff, hurte herum und qualmte dicke Zigarren, obwohl die Ärzte ihn gewarnt hatten und er genau wusste, dass er sich damit umbringen würde.

***

Wagner schob seine Adler in den Schuppen. Jupp Möllmanns Moped stand nicht an seinem Platz.

Er stellte das Motorrad ab, verschloss die Schuppentür und legte den Schlüssel zurück ins Versteck. Dann setzte er sich auf die Bank hinterm Haus. Heute Abend hatte er nichts mehr vor. Vielleicht kam Möllmann ja bald nach Hause.

Wagner war ein paar Stunden durch die Gegend gefahren. An der Grafenmühle hatte er in der Sonne gesessen und einen Kaffee getrunken. Er hatte über die vergangenen Tage nachgedacht, über die Begegnungen mit den Holtbrinks und den Hüwels, über ihr Leben im Schatten von Fördertürmen und Kirchtürmen, ihren Alltag zwischen Zeche und Hütte, zwischen Schusterwerkstatt und Küche und über ihre Sorgen ums tägliche Brot und ums Seelenheil.

Er hatte an Michael und an Achim gedacht und an die Träume der beiden Jungen.

Michael hatte vor, nach dem Abitur abzuhauen, und Achim hatte den Wunsch gehabt, irgendwann zu den Indianern nach Nordamerika zu gehen. Die Jungen wollten weg. Sie wollten nicht so leben wie ihre Eltern. Aber sie wollten leben.

Für Joachims Tod hatte Wagner in den Begegnungen und Gesprächen der vergangenen Tage keine Erklärung gefunden.

Gerade hatte er sich eine Zigarette angezündet, als Jupp Möllmann in den Hof gefahren kam. Er lachte, als er ihn auf der Bank sitzen sah. Er stellte sein Moped auf den Ständer und lud sein Angelzeug ab.

»Kann ich dir helfen?«, rief Wagner.

»Tach, Manni. Bleib sitzen! Ich bring nur dat Moped in en Schuppen und den Kram ins Haus.«

»Hast du was gefangen?«, fragte Wagner über den Hof.

»Heute ausnahmsweise nich«, gab Möllmann zur Antwort. »Aber dat muss auch gar nich sein.«

Das klang so ähnlich wie Polizeidirektor Kerkhoffs Feststellung, nicht jede erfolgreiche Ermittlung müsse mit der Festnahme eines Täters enden.

»Ich glaube, wenn ich angeln ginge, dann wäre ich unzufrieden, wenn ich nichts fangen würde«, sagte Wagner, als Jupp Möllmann sich zu ihm setzte.

»Dat war ich früher auch. Aber wenn man älter wird, dann ändert sich manches. Heute is et einfach schön, bei so 'nem Wetter am Wasser zu sitzen. En bissken leid tut et mir, dat ich mir keins von den jungen Dingern mehr angeln kann, die da in e Böschung rumliegen in ihren knappen Badeanzügen.«

»Ach, so ist das.« Wagner lachte.

Über der Westmarkstraße begann der Abendhimmel zu glühen. Die Getreidefelder versanken in einem warmen Rot.

»Als Kind hab ich geglaubt, dat et so 'n Himmel nur bei uns im Ruhrgebiet gibt«, sagte Möllmann. »Die Leute haben damals immer gesacht, dat Leuchten käm vom glühenden Stahl beim Anstich in e Hochöfen.«

»Uns hat die Mutter erzählt, der Himmel würde so rot, wenn die Engel Plätzchen für Weihnachten backen.«

»Irgendwie hat dat wat mit der Brechung vom Sonnenlicht zu tun. So wat hab ich jedenfalls ma gelesen.«

»Das weiß ich nicht. Davon hab ich keine Ahnung.«

»Jedenfalls sieht man jetz ma, dat der Kohlenpott nich so grau is, wie die Leute immer sagen.«

Möllmann stopfte seine Pfeife, und Wagner zündete sich eine Zigarette an. Eine Weile schwiegen beide und sahen rauchend zu, wie die Sonne hinter der Westmarkstraße immer tiefer sank, die Purpurröte mit sich nahm und ein mattes Violett am Himmel zurückließ, das sich ganz allmählich in einem düsteren Blau verlor. Als alles Farbige im unvermeidlichen Schwarz der Nacht zu versinken drohte, fragte Wagner: »Vermisst du deine Frau?«

»Manchmal schon«, antwortete Möllmann.

»Ich bin gern allein«, sagte Wagner.

»Aber doch nich immer.«

»Manchmal geh ich zu einer Hure.«

»Ich bin noch nie bei einer gewesen. Auch als ich jung war nich.«

»Ich gehe immer zu derselben. Sie gefällt mir.«

»Bis'e verliebt in die Frau?«

»Nein.«

»Kann et sein, dat du Angst has vor der Liebe?«

»Schon möglich«, sagte Wagner. »Es hat sehr wehgetan damals, als ich zurückgekommen bin und die Lisbeth nicht mehr da war. Das spür ich manchmal heute noch.«

»Als die Hilde so plötzlich weg war, da hab ich en paar Jahre lang nur malocht und gesoffen. Dann hab ich die Paula getroffen. Glaub et mir, Manni, die Liebe kann auch zweimal zu einem Mann kommen. Aber sie kommt nich ohne den Schmerz. Dat hab ich gelernt. Und ich musste zweimal damit fertigwerden. Dat war nich leicht. Aber wat am Schluss übrig geblieben is, dat is eben nich der Schmerz, dat is die Erinnerung an schöne Zeiten und an die Liebe und an zwei wunderbare Frauen.«

Manfred Wagner schwieg.

Es wurde kalt.

»Komm, wir gehen ins Haus«, schlug Möllmann vor.

In der kleinen Küche setzte Wagner sich auf die Holzbank neben dem Fenster. Jupp Möllmann kochte ihm einen Kaffee. Für sich goss er einen Pfefferminztee auf.

Wagner schaute ihm zu und redete über Heinrich. Der unerschütterliche Optimismus seines Bruders habe ihn früher immer angekotzt, sagte er. Heute könne er sich darüber nur noch amüsieren. Er frage sich, wie ein Mann das hinkriege, niemals seine rosarote Brille abzunehmen, was immer er sich auch anschaue, seine eigenen Aussichten, die seiner Kinder oder die Zukunft des Ruhrgebietes.

»So is der Hein eben«, sagte Möllmann. »Und bisher is er gut damit durchs Leben gekommen.«

»Gestern hab ich mit dem Willy Hüwel gesprochen«, sagte Wagner. »Der ist das genaue Gegenteil vom Heinrich. Der sieht sich schon als Bettler vor der Clemenskirche sitzen. Er glaubt, dass die Kohlenkrise der Anfang vom Ende des ganzen Ruhrgebiets ist.«

»Und? Wat glaubs du? Wer von den beiden is näher dran an e Wirklichkeit?«, fragte Möllmann.

»Ich weiß nicht«, sagte Wagner. »Entweder stecken wir nur in einer Konjunkturflaute, die bald wieder vorbei ist, oder die Ruhrkohle und der deutsche Stahl sind einfach nicht mehr konkurrenzfähig. Dann geht es langfristig den Bach runter. Aber wie es wird, das wissen ja nicht mal die Experten.«

»Die Planer vom Siedlungsverband scheinen et zu wissen. Die tun so, als würde dat Ruhrgebiet immer weiter wachsen, und spekulieren jetz schon auf acht Millionen Einwohner in en paar Jahrzehnten.«

Wagner nickte. »Das hab ich auch gelesen.«

»Ich bin froh, dat ich mir keine Sorgen mehr machen muss um die Konjunktur und den ganzen Kram. Als Rentner bin ich fein raus«, sagte Möllmann, stellte eine Tasse Kaffee neben Wagner auf die Bank, zog sich die graue Strickweste über, die am Haken neben der Tür gehangen hatte, und setzte sich an den Küchentisch.

Der Kaffee war schwarz, heiß und süß, so wie Wagner ihn mochte. Er fingerte eine neue Zigarette aus der Packung.

Jupp Möllmanns Pfeife lag kalt auf dem Tisch.

»Sonst gibt et nix Neues?«, fragte er.

»Eigentlich nicht«, sagte Wagner.

»Hast du mit dem Willy Hüwel über den Joachim gesprochen?«

Wagner nickte.

»Und dabei is nich irgendwat Interessantes rausgekommen?«

»Jedenfalls nichts, was irgendwie den Tod des Jungen erklären könnte«, antwortete Wagner.

Möllmann stand auf, ging zum Küchenschrank und öffnete eine Schublade. Er kramte darin herum, zog eine vergilbte Fotografie heraus, gab sie Wagner und setzte sich wieder an den Tisch.

»Ein altes Klassenfoto«, sagte Wagner.

»Von 1916. Abschlussklasse Postwegschule«, sagte Möllmann. »Ich bin der neben dem Lehrer.«

»Das hätte ich nicht erkannt«, gab Wagner zu. »Aber ja, wenn man es weiß, dann sieht man schon, dass du das bist.«

»Der Junge neben mir ist der Arnold Krumpen.«

»Ach«, sagte Wagner.

»Und? Fällt dir irgendwat auf?«, fragte Möllmann.

Wagner sah sich das Foto genau an. Ungefähr dreißig Schüler, vierzehn oder fünfzehn Jahre alt, und ein Mann um die fünfzig standen auf den Treppenstufen vor einer Schultür. Die Jungen waren so schlicht und eintönig gekleidet, als trügen sie eine Schuluniform. Alle hatten dunkle, einfarbige Wolljacken oder Pullover an und kurze Hosen, die knapp oberhalb der Knie endeten, dazu Kniestrümpfe oder lange Strümpfe, die, wie Wagner sich erinnerte, mit Strumpfhaltern an der Unterwäsche befestigt wurden. Die Jungen in den beiden vorderen Reihen trugen hochgeschnürte Lederschuhe. Wagner wusste vom Hörensagen, dass die, die Holzklumpen an den Füßen hatten, auf alten Klassenfotos in den hinteren Reihen standen, wo man ihr ärmliches Schuhwerk nicht sehen konnte. Die Haare der Jungen waren kurz geschnitten und brav gescheitelt. In ihren Gesichtern entdeckte Wagner Zuversicht und Skepsis, Schüchternheit und Übermut. An alledem war nichts Auffälliges. So sahen Schulbilder aus, die zu Beginn des Jahrhunderts entstanden waren.

Möllmann ging noch einmal zu der Schublade im Küchenschrank, holte ein Farbfoto heraus und gab es Wagner.

Es zeigte Michael Holtbrink und Joachim Hüwel. Sie standen am Rande eines Stoppelfeldes. Joachim hatte die Hände in die Taschen seiner kurzen Hose gesteckt. Michael hatte einen Arm um die Schulter seines Freundes gelegt. Die beiden Jungen schauten fröhlich in die Kamera. Im Hintergrund war Möllmanns Haus zu sehen.

»Dat Foto is im letzten Herbst gemacht worden«, sagte Möllmann.

»Die beiden sind ungefähr so alt wie du und der Krumpen auf dem Schulbild«, stellte Wagner fest.

»Sonst fällt dir nix auf?«

Während er den Kopf schüttelte, erkannte Wagner endlich, worauf Möllmann hinauswollte.

»Der Joachim und der Arnold Krumpen sehen sich ziemlich ähnlich«, sagte er.

Jupp Möllmann lachte auf. »Der Jung war dem Arnold aus 'm Gesicht geschnitten«, sagte er.

»Aber das kann nicht sein.« Wagner legte die Fotos neben sich auf die Bank, drückte seine Zigarette aus und zündete sich eine neue an. Möllmann hielt ein brennendes Streichholz an den Tabak in seiner Pfeife.

Eine Weile rauchten die beiden wortlos, dann sagte Wagner: »Ich hatte ja auch schon mal den Gedanken, dass die Mia Hüwel und der Arnold Krumpen damals was miteinander gehabt haben könnten. Es ist mir in den Kopf gekommen, als die Trude erzählt hat, dass die Mia schon neunundvierzig die Wohnung im Haus vom Krumpen hatte, als der Willy noch in Gefangenschaft war. Aber die Trude hat's mir gleich wieder ausgeredet. Sie hat gesagt, dass es ausgeschlossen wäre, weil die Mia schon damals so fromm und bieder war, dass sie niemals was mit einem anderen Mann angefangen hätte.«

»Manni, du weiß doch selbst, wie die Zeiten waren«, sagte Möllmann. »Damals ging et nich um Moral und Religion. Et ging nur darum, zu überleben. Da haben viele Menschen Dinge getan, die sie in normalen Zeiten nich getan hätten und an die sie heute nich mehr erinnert werden wollen.«

Manfred Wagner nickte. Er hatte nicht vergessen, dass er selbst in diesem schrecklichen Hungerwinter nie darüber nachgedacht hatte, ob es recht oder unrecht war, was er tat. Er hatte an sich gedacht und ein bisschen an Trude und die alte Frau Groothorst, aber nie an die anderen, die er bestohlen und betrogen hatte. Wenn er Kohle von den Güterzügen geklaut hatte, wenn er nachts auf einen Bauernhof geschlichen war, um eine Gans oder ein Huhn zu erwischen, wenn er die schlechte Kohle von den Abraumhalden gegen gute Lebensmittel getauscht hatte, dann hatte er das ohne irgendwelche Skrupel getan, gerade so, als wäre es sein gutes Recht gewesen.

Betrug und Diebstahl waren zwei Wörter, die die Menschen aus ihren Gedanken und ihrem Wortschatz gestrichen hatten. Man zog damals los, um zu kompensieren und zu hamstern, um zu organisieren oder zu fringsen. Die Not diktierte den Menschen, was sie zu tun und zu lassen hatten. Eine Moral konnte sich niemand leisten, der hungernd und frierend dem Tod gegenüberstand.

»Aber es passt einfach nicht«, sagte Wagner. »Der schreckliche Winter war von sechsundvierzig auf siebenundvierzig. Die Währungsreform war achtundvierzig. Spätestens danach ging es doch für alle wieder aufwärts. Neunundvierzig hat die Trude die Mia wiedergetroffen. Da hatte sie schon eine Arbeit als Verkäuferin bei Lantermann. Und der Achim, der ist im Oktober 1950 gezeugt worden. Damals musste niemand mehr ums Überleben kämpfen, auch eine alleinstehende Frau wie die Mia nicht. Und außerdem ist im Oktober 1950 der Willy aus der Gefangenschaft gekommen, neun Monate bevor der Achim geboren wurde. Es ist doch blödsinnig anzunehmen, dass eine Frau wie die Mia Hüwel sich in dieser Situation von ihrem Vermieter schwängern lässt.«

Möllmanns Pfeife war ausgegangen. Er klopfte sie im Aschenbecher aus und legte sie zur Seite.

»Ich glaub, dat war so Ende der Vierziger«, sagte er, »da hat der Nöll ma zu mir gesagt, mit Geld oder mit 'nem Sack Kartoffeln oder mit 'ner schönen Wohnung könnte er sich jede Frau kaufen. Ich hab damals nich gewusst, dat er die Wohnung in seinem Haus an die Mia Hüwel vermietet hatte. Dat hab ich erst später erfahren, und da bin ich dann schon en bissken nachdenklich geworden. Aber ich kannte ja die Mia, weil die als Mädchen und als junge Frau oft nebenan bei der Trude gewesen war. Und dat der Krumpen en Angeber war und viel dummes Zeug geredet hat, dat war auch klar. Also hab ich mir gedacht, dat is Quatsch. Die Mia hat sich doch nich mit dem Nöll eingelassen. Aber vor en paar Jahren hab ich dann gemerkt, dat der Achim dem Arnold Krumpen immer ähnlicher wurde, und seitdem glaub ich, dat doch wat dran is an der Sache.«

»Ich weiß nicht«, sagte Wagner skeptisch. »Manchmal sehen sich auch Menschen ähnlich, die überhaupt nichts miteinander zu tun haben. Die beiden Fotos hier, die beweisen jedenfalls gar nichts.«

»Der Arnold Krumpen und der Joachim waren aber doch nich zwei Menschen, die nix miteinander zu tun hatten. Die Mutter von dem Jungen hat mit dem Nöll unter einem Dach gelebt, als der Junge gezeugt worden is. Nee, Manni, dat die Ähnlichkeit en reiner Zufall is, dat kanns'e mir nich erzählen.«

»Der Krumpen hat anscheinend vorgehabt, den Jungen als Erben einzusetzen«, sagte Wagner.

»Wat wollte der?«

»Er hat dem Achim vorgeschlagen, in sein Geschäft einzusteigen und später einmal die Fahrradwachen zu übernehmen.«

»Wat heißt ›zu übernehmen‹? Ohne Pachtzins? Ohne Rentenzahlung? Ganz ohne Gegenleistung?«

»So genau weiß ich das nicht. Der Achim hat dem Michael irgendwann mal erzählt, dass er die Fahrradwachen vom alten Krumpen kriegen könnte.«

»Wenn dat stimmt, dann bin ich davon überzeugt, dat der Nöll den Achim für seinen Sohn gehalten hat. Ich kann mir nich vorstellen, dat der dem Jung wat vererben wollte, nur weil der so 'n netter Kerl war. Nee, dat würde überhaupt nich zum Arnold passen.«

»Wusste der Joachim von der Ähnlichkeit? Hat er das Schulbild irgendwann mal gesehen?«, wollte Wagner wissen.

»Um Gottes willen«, sagte Möllmann. »Ich hab dem Jungen doch nich dat Foto gezeigt. Dat hätte den doch völlig durcheinandergebracht.«

SIEBEN

Als Manfred Wagner den Jungen in der Sakristeitür sah, rief er: »Ist Kaplan Winkel noch da drin?«

Der Junge nickte.

»Dann lass mich mal rein!«

Wagner stürmte die alte Steintreppe hinauf. Mit jedem Schritt überwand er zwei der verwitterten, grauen Stufen.

»Ich war auch mal Messdiener«, sagte er, als er neben dem Jungen stand.

Der nickte. Die Erklärung reichte ihm. Er ließ die Sakristeitür offen stehen, sprang die Treppe hinunter und lief davon.

Wagner trat ein und schloss leise die Tür hinter sich. Er stand in einem kleinen Raum. Ein schmales Buntglasfenster ließ den hellen Schein der Sommersonne zu trübem Dämmerlicht verkümmern. Die dem Eingang gegenüberliegende Längswand war mit dunklen Holzschränken zugestellt. Hinter einer unverschlossenen Schranktür hingen rote Messdienerröcke und weiße Chorhemden auf Kleiderbügeln.

Die Zwischentür zum Nachbarraum stand halb offen. Wagner drückte sie ein wenig weiter auf und sah Hubert Winkel, der, mit dem Rücken zu ihm, seine Albe auszog und sie auf dem Ankleidetisch sorgfältig zusammenlegte. Er band sein weißes Schultertuch ab, küsste es und legte es auf die Albe.

»Guten Morgen«, sagte Wagner.

Hubert Winkel drehte sich zu ihm um. Er fuhr mit einem Finger zwischen seinem Hals und dem steifen Römerkragen seines weißen Priesterhemdes hin und her, so als wolle er den Stoff von der schwitzenden Haut fernhalten.

»Kann ich etwas für Sie tun?«, fragte er.

»Mein Name ist Wagner. Oberinspektor Wagner von der Kriminalpolizei Oberhausen.«

»Ach Gott, nicht schon wieder«, sagte Hubert Winkel, zog seinen schwarzen Rock übers weiße Hemd und sah Wagner durchdringend an.

»Wie ist Ihr Name?«, fragte er.

»Wagner.«

»Manfred Wagner? Von der Friesenstraße?«

»Da hab ich früher mit meinen Eltern gewohnt, als wir noch zur Schule gingen.«

»Manfred Wagner. Du bist das tatsächlich«, sagte Hubert Winkel lachend, machte ein paar Schritte auf ihn zu und streckte ihm eine Hand entgegen. Während Wagner sie schüttelte, stellte er erstaunt fest, dass sie nicht feucht war und dass Hubert Winkel sich über das Wiedersehen freute.

Als von seinem Lachen nur noch ein leises Lächeln übrig geblieben war, sagte Winkel: »Kriminalbeamter bist du also geworden. Ja, das passt schon. Einer von den Bösen warst du jedenfalls nie.«

»Ich weiß nicht«, sagte Wagner. »Es gibt Leute, die das anders sehen. Mein Bruder zum Beispiel.«

Winkel zuckte mit den Achseln. »In der Schule warst du ein anständiger Kerl, keiner von denen, die mir das Leben schwer gemacht haben.«

Die Kirchenuhr schlug neunmal. Als der letzte Glockenklang verhallt war, stand Wagner unschlüssig in der anhaltenden Stille. Messgewänder, nach Farben sortiert, grün, weiß und rot, violett und schwarz, füllten einen geräumigen Wandschrank, dessen Türen weit offen standen. In den schweren Stoffen hingen aufdringliche Düfte. Die Sakristei war angefüllt mit Gerüchen, die in Manfred Wagners Kindheit gehörten und nicht in seinen Sommerurlaub des Jahres 1966. Es roch nach erloschenen Kerzen, verbranntem Weihrauch, geputztem Messing, versteckten Lavendelsäckchen, vergossenem Wein und zerriebenem Bohnerwachs.

Hubert Winkel sah ihn mit schief gehaltenem Kopf lächelnd an. Wagner suchte in seinen Jackentaschen nach der Zigarettenpackung. Als er sie gefunden hatte, dachte er, dass es sich nicht gehöre, in einem Kirchenraum zu rauchen. Diese Umgebung und Hubert Winkels Freundlichkeit verunsicherten ihn. Um einen dienstlichen Tonfall bemüht, sagte er: »Ich muss mit dir reden, nicht als alter Klassenkamerad, sondern als Kriminalbeamter.«

»Ist schon klar«, sagte Winkel und hörte endlich auf zu lächeln. »Gehen wir zu mir. Meine Wohnung ist gleich um die Ecke.«

Schweigend verließen sie die Sakristei.

Trappe hatte gestern Abend noch spät angerufen und erzählt, was er bei den Kollegen von der Sitte über Hubert Winkel erfahren hatte.

Drei Aktenvermerke aus den letzten vier Jahren gab es über ihn. 1962 war er in Köln am Ostermannbrunnen, einem bekannten Homosexuellentreffpunkt, in eine nächtliche Polizeikontrolle geraten. In Düsseldorf war er im Sommer 1964 bei einer Razzia in einer Gaststätte angetroffen worden, in der nachweislich homophile Männer sexuelle Kontakte suchten. Dasselbe war ihm vor einem Jahr auch in Essen passiert.

Obwohl einige Beamte besonders gründlich ermittelt hatten, nachdem sie erfahren hatten, dass Winkel ein katholischer Geistlicher war, hatte man ihm kein Vergehen gegen den Paragraphen hundertfünfundsiebzig nachweisen können. In Köln hatte er in der fraglichen Nacht ein Zimmer in einem Altstadthotel gemietet. Seine Angabe, er sei auf dem Weg zu seinem Hotelzimmer nur zufällig am Ostermannbrunnen vorbeigekommen, war nicht zu widerlegen gewesen. Nachdem er in den Gaststätten in Düsseldorf und Essen angetroffen worden war, war er eingehend verhört worden. Er hatte nicht abgestritten, davon gewusst zu haben, dass in beiden Lokalen überwiegend schwule Männer verkehrten, hatte jedoch behauptet, er selbst hätte nie die Absicht gehabt, sexuelle Kontakte zu einem Mann zu knüpfen. Die ungewöhnliche Atmosphäre und ein gewisses seelsorgerisches Interesse hätten ihn bewogen, diese Lokalitäten aufzusuchen, hatte er bei den Polizeiverhören angegeben. Die Beamten hatten Winkel zwar nicht geglaubt, aber es war nie zu einem Ermittlungsverfahren gegen ihn gekommen. Der Paragraph hundertfünfundsiebzig stellte nun mal nicht die Kontaktaufnahme zu Homosexuellen unter Strafe, allein für die vollzogene widernatürliche Unzucht zwischen Männern sah das Gesetz eine Gefängnisstrafe vor.

»Ich hatte den Eindruck, dass ein paar Kollegen den Herrn Kaplan regelrecht auf dem Kieker haben, dass sie ihm furchtbar gern irgendeine Schweinerei nachweisen würden«, hatte Trappe am Telefon gesagt.

Wagner saß in Hubert Winkels kleiner Küche am Tisch. Die Kaffeebohnen in der elektrischen Handmühle zerbarsten knirschend zu Pulver, das Mahlwerk surrte, der Wasserkessel auf dem Kochherd ließ schrill pfeifend Dampf ab.

Als es wieder still war und der frisch aufgebrühte Kaffee duftend vor Wagner stand, fragte Winkel: »Willst du wirklich nichts essen? Die Brötchen sind ganz frisch, und im Schrank hab ich noch Schwarzbrot und Stuten.«

»Ich hab zu Hause schon gefrühstückt«, sagte Wagner. »Eine Tasse Kaffee trink ich aber gerne.«

Winkel nahm ein Brötchen und schnitt es in zwei Hälften. »Anfangs ist es mir schwergefallen, morgens nüchtern die heilige Messe zu feiern«, sagte er. »Aber man gewöhnt sich an vieles.«

Wagner goss Kaffee in Hubert Winkels und in seine Tasse. Winkel bestrich eine Brötchenhälfte mit Margarine und sagte unvermittelt: »Der Oberhausener Polizei scheint es Vergnügen zu bereiten, einen Priester der Unzucht zu verdächtigen. Wo bin ich denn dieses Mal in inniger Umarmung mit einem Mann gesehen worden?«

Wagner war perplex. »Ich versteh nicht ganz«, sagte er.

»Ich hatte schon zweimal in diesem Jahr Besuch von Kriminalbeamten, die behauptet haben, ich wäre bei unzüchtigen Handlungen mit einem anderen Mann beobachtet worden, einmal im Grillopark und einmal in einem einschlägigen Lokal.«

»Und?«, fragte Wagner.

»Hätte ich nicht zufällig an den beiden fraglichen Abenden ein Treffen mit unseren Kindergärtnerinnen und eine Besprechung mit meinen Jugendgruppenleitern gehabt, wäre ich wohl ernsthaft in Schwierigkeiten geraten.«

Die beiden Vorwürfe gegen Hubert Winkel hatte Trappe am Telefon nicht erwähnt. Anscheinend waren sie nicht aktenkundig geworden. Wagner schloss daraus, dass die Verdächtigungen äußerst fragwürdig gewesen waren.

»Ich bin nicht bei der Sitte«, sagte Wagner.

»Ach.«

»Ich ermittle im Todesfall Joachim Hüwel.«

»Ach so.«

»Der Junge war jahrelang Messdiener, und dann hat er sich plötzlich von der Kirche abgewandt.«

Winkel nickte stumm.

»Einem Freund gegenüber hat er geäußert, dass er nichts mehr mit seinem schwulen Kaplan zu tun haben wolle.«

Winkel verschränkte die Arme vor der Brust, lehnte sich auf seinem Stuhl zurück, neigte seinen Kopf zur Seite und sah Wagner lange an.

»Du willst aber jetzt nicht von mir wissen, ob ich mich dem Kind unsittlich genähert habe«, sagte er endlich.

»Ich möchte wissen, wie der Junge drauf gekommen ist, du könntest homosexuell sein.«

»Wie seid ihr denn damals in der Schule darauf gekommen? Warum habt ihr mich ›Hubertine‹ gerufen? Wieso habt ihr Geschichten erfunden von mir und anderen Jungs auf dem Klo?«

»Ich weiß nicht«, sagte Wagner und zog seine Zigarettenschachtel aus der Jackentasche. Auf der Anrichte stand ein Aschenbecher. Winkel holte ihn und stellte ihn neben Wagners Kaffeetasse.

»Du warst zwar keiner von den Wortführern, aber widersprochen hast du den anderen auch nicht, soweit ich mich erinnere. Warum habt ihr mich denn für schwul gehalten? Das musst du doch wissen.«

Wagner zündete sich eine Zigarette an. So hatte er sich das Gespräch nicht vorgestellt. Dass Hubert Winkel hier die Fragen stellte, anstatt Antworten zu geben, ärgerte ihn.

»Du warst irgendwie anders«, sagte er ausweichend.

»Zu weich? Kein richtiger Junge? Weibisch?«, fragte Winkel provozierend.

»Was soll das jetzt?«

»Ich weiß, dass ich so wirke«, sagte Winkel. »Wahrscheinlich bin ich auch so. Der Prototyp eines Schwulen.« Er lachte. »Du solltest mal mit mir in ein einschlägiges Lokal gehen. Da könnte ich dir homosexuelle Männer zeigen, die du vermutlich für Preisboxer oder für Holzfäller halten würdest. Die Vorurteile der Heterosexuellen gegen Männer, die sich von Männern angezogen fühlen, die sind unsäglich dumm.«

Wagner fühlte sich in die Enge getrieben. »Ich gebe ja zu, dass ich nicht viel über homophile Männer weiß«, sagte er ärgerlich. »Woher auch? Ich weiß, dass sie gegen Gesetze verstoßen, wenn sie widernatürliche Unzucht treiben. Mehr brauche ich nicht zu wissen.«

»Ja natürlich. Mehr braucht ein Polizist nicht zu wissen«, sagte Winkel bissig. »Wenn das alles ist, was dich interessiert, dann kann ich dir nur sagen: Ich habe in meinem Leben noch keine Straftat begangen, noch kein Verbrechen und kein Vergehen, auch keins gegen die Sittlichkeit.«

»Bist du homosexuell?«, fragte Wagner ein wenig zu laut.

»Ich bin katholischer Priester. Ich habe gelobt, ein keusches Leben zu führen und auf meine Sexualität zu verzichten.«

»Du weichst meiner Frage aus.«

»Hast du denn unseren Pastor auch schon gefragt, ob er heterosexuell ist?«

»Was soll denn der Blödsinn jetzt?«

»Das will ich dir gern erklären«, sagte Hubert Winkel und trank einen Schluck Kaffee. »Jeder Mensch hat eine Sexualität, jeder, weil Gott sie uns mitgegeben hat. Wenn es dir besser gefällt, kannst du auch sagen, weil der Mensch von Natur aus ein sexuelles Wesen ist. Es gibt Männer, die sich zu Frauen hingezogen fühlen, und Männer, die sich zu Männern hingezogen fühlen. Es gibt Frauen, die Männer lieben, und Frauen, die Frauen lieben. Das gilt auch für Pastoren und Kapläne, für Mönche und Nonnen. Nur diese geistlichen Menschen, lieber Manfred, die haben sich darauf eingelassen, zölibatär zu leben, ohne Ehe, ohne Sexualität. Und niemand, kein Polyp und kein vorlauter Messdiener, käme auf die Idee, einen Priester zu fragen, ob er heterosexuell ist, weil eben jeder weiß, verdammt noch mal, dass so ein Mann unter seiner Soutane hin und wieder auch Empfindungen hat und Sehnsüchte spürt und dass es ihm nicht immer leichtfällt, damit fertigzuwerden.«

Winkel machte eine Pause. So als wolle er die Wirkung seiner Worte auf Manfred Wagner prüfen, sah er ihn über den Rand seiner Kaffeetasse an, während er sie langsam leerte.

»Unser Pastor hat beim Pfarrkarneval mit ein paar Damen getanzt, und das fanden alle irgendwie nett. Hochwürden hatte endlich mal gezeigt, dass er auch ein Mensch ist, der am Leben teilhaben möchte. Ein junger Kaplan ist vor einiger Zeit mit einigen Mitgliedern des Kirchenvorstandes bei einem Ausflug in einer Bar gelandet, in der recht freizügig gekleidete Weibsbilder die Gäste unterhielten. Er hat sich dort sichtlich wohlgefühlt, und alle haben gesagt: Natürlich ist ein junger Mann gern unter schönen Frauen. Da ist doch nichts dabei.«

Winkel legte seine Unterarme auf den Tisch und beugte den Oberkörper nach vorn. Wagner lehnte sich auf seinem Stuhl zurück, legte seine Zigarette in den Aschenbecher und verschränkte die Arme vor der Brust.

»Niemand ist auf die Idee gekommen, einem der beiden geistlichen Herren zu unterstellen, er sei nur darauf aus gewesen, eine Karnevalstänzerin oder eine der Bardamen ins Bett zu zerren«, fuhr Winkel fort. »Wenn aber ein Priester gern in der Gesellschaft von Männern ist, wenn er sich an Orten wohlfühlt, an denen attraktive Kerle miteinander reden, lachen, flirten, tanzen, dann ist gleich für alle klar, dass der warme Bruder Unzucht treiben will. Dabei ist es völlig egal, ob ein Geistlicher heterosexuelle oder homosexuelle Neigungen hat. Er lebt im Zölibat. Er verzichtet auf seine Sexualität.«

Wagner drückte seine Zigarette aus und schüttelte den Kopf.

»Das sind doch schiefe Vergleiche«, sagte er. »Du bist an Orten angetroffen worden, an denen homophile Männer Kontakte knüpfen. Und du warst nicht in Begleitung einiger Herren des Kirchenvorstandes. Was denkst du denn, was passiert, wenn ein Priester allein in eine Nachtbar oder in ein Freudenhaus geht und dabei erwischt wird? Natürlich muss der sich auch fragen lassen, was er da gewollt hat. Man geht nicht in ein Bordell, wenn man keusch leben will, und auch nicht in eine Schwulenkneipe.«

»Ein Geistlicher, der in einem Freudenhaus ertappt wird, braucht sich nicht vor der Polizei zu rechtfertigen«, sagte Winkel empört.

»Der steht auch nicht im Verdacht, widernatürliche Unzucht getrieben zu haben«, sagte Wagner und zündete sich noch eine Zigarette an.

»Ja, so ist das«, sagte Winkel, und Wagner vernahm deutlich die Bitterkeit, die sich hinter diesen Worten verbarg. »Dass ein Mann eine Frau begehrt, das ist so vorgesehen in der Schöpfungsordnung, und dass ein Mann einen Mann begehrt, das ist wider die Natur. So sieht es der Staat, und so sieht es auch die Kirche.«

»Siehst du es etwa nicht so?«, wollte Wagner wissen.

Winkel stand auf, ging zum Küchenfenster und schaute eine Weile hinaus. Ohne sich Wagner wieder zuzuwenden, sagte er: »Natürlich sehe ich es auch so. Sonst könnte ich kein Priester in dieser Kirche sein. Aber ich leide darunter. Seitdem ich meine Sexualität entdeckt habe, kämpfe ich dagegen an. Ich versuche, diese schrecklichen Wünsche zu unterdrücken und meine sündigen Begierden zu besiegen. Mit Gottes Hilfe schaffe ich es meistens. Aber manchmal werde ich schwach. Dann zieht es mich unwiderstehlich an diese Orte, an denen die Liebe zwischen Männern so normal und selbstverständlich ist, als sei nichts Schlechtes und nichts Sündhaftes daran.«

Eine Weile blieb Hubert Winkel noch am Fenster stehen, dann kam er wieder zum Tisch, setzte sich und goss sich noch eine Tasse Kaffee ein.

»Willst du auch noch eine?«

Wagner nickte.

»Sollte ich der Grund dafür sein, dass Joachim Hüwel sich von der Kirche abgewendet hat, dann bedaure ich das zutiefst«, sagte Winkel. »Ich habe ihm keinen Anlass dazu gegeben.«

»Du hast nicht …?« Wagner suchte nach einem passenden Ausdruck. »Du hast nicht irgendwas mit ihm angestellt?«

Es schien nur einen Augenblick so, als würde Winkel wütend. Dann legte sich ein Schleier aus Enttäuschung und Traurigkeit über seinen aufkeimenden Groll. Er verschränkte die Arme vor der Brust und sagte leise: »Ich hatte gehofft, du hättest wenigstens ein bisschen von dem verstanden, was ich dir gerade über mich erzählt habe.«

»Joachim Hüwel wollte nichts mehr mit der Kirche zu tun haben. Auch deinetwegen. Deshalb muss ich dich das fragen«, sagte Wagner entschuldigend.

»Es ist niederträchtig und verwerflich, sich einem Kind unsittlich zu nähern. Ich könnte so etwas nie tun«, sagte Hubert Winkel und fügte leise hinzu: »Gott sei Dank.«

***

Das Foto der deutschen Mannschaft hing zwischen den beiden großen Wandspiegeln.

»Schnellinger oder lieber Tilkowski?«, fragte Franz Josef Haselkamp, Inhaber des Damen- und Herrensalons in der Friesenstraße.

Wagner verstand nicht.

»Ich weiß nicht, was Sie meinen«, sagte er.

»Na, wie ich Ihnen die Haare schneiden soll.« Haselkamp tippte mit dem Zeigefinger auf den blonden Schopf des Verteidigers vom AC Mailand und auf das dunkle, dichte Haar des Torwarts von Borussia Dortmund.

»Ich dachte eigentlich, wie immer«, sagte Wagner.

»Die Frisur vom Hans Tilkowski, die würde gut zu Ihnen passen, zu Ihrem Haar und auch zu Ihrem Typ. Die ist oben ein bisschen voller, und die Koteletten sind ein klein wenig länger als bisher«, sagte der Friseur. »Das wirkt insgesamt etwas legerer und jugendlicher.«

»Na gut«, sagte Wagner. »Hauptsache, ich sehe nachher nicht so aus wie Willi Schulz.«

»Nein, nein«, sagte Haselkamp und lachte. »Der hat ja doch schon eine recht fortgeschrittene Glatze für sein Alter, der Willi. Genau wie unser Uwe. Das liegt wahrscheinlich an der feuchten Luft in Hamburg oder am rauen Wind, der über die Elbe bläst.«

»Ich meine, der Willi Schulz hatte auch schon eine hohe Stirn, als er noch auf Schalke gespielt hat«, sagte Wagner und sah im Spiegel das entzückte Lächeln auf dem Gesicht von Meister Haselkamp, der sich jetzt anscheinend sicher war, einen Fußballexperten in seinem Friseurstuhl sitzen zu haben.

Während er den Stuhl durch einige Tritte aufs Fußpedal anhob und die Bändchen des Frisierumhangs in Wagners Nacken zu einer Schlaufe band, sprach er begeistert von den famosen Aussichten der deutschen Mannschaft im weiteren Turnierverlauf.

»Unsere Jungs müssen nur noch trainieren, wie man sich vor der Königin verbeugt, dann können sie sich den Pokal bei ihr abholen«, fasste er seine Einschätzung der Lage in England zusammen.

»Na ja, ein bisschen Fußball spielen müssen sie schon auch noch«, sagte Wagner. »Aber wenn die Achillessehne vom Uwe Seeler hält, dann haben sie gute Chancen.« Das hatte er mal von Artur Trappe gehört.

»Die Achillessehne vom Uwe, ja, die muss unbedingt halten. Es ist schon ein Wunder, dass der Mann überhaupt wieder Fußball spielt. Nach so einer Operation ist normalerweise jede Fußballerkarriere zu Ende. Und der Kerl, der steht ein halbes Jahr später wieder auf dem Platz. Einfach großartig. Das ist die Haltung, die man braucht, wenn man Weltmeister werden will.«

»Erst mal geht's jetzt gegen Argentinien. Und das wird ein völlig anderes Spiel als gegen die Schweiz«, sagte Wagner. Das hatte er im Radio gehört.

Haselkamp sah das etwas anders. Auch gegen Argentinien ginge es darum, Tore zu schießen und Gegentore zu verhindern. Und das hätten die deutschen Fußballer noch nie so gut gekonnt wie heute. Vor zwölf Jahren in Bern seien die Deutschen ja bekanntlich durch ein Wunder Weltmeister geworden, aber jetzt könnten sie es allein durch Fußballspielen schaffen, weil das eben zurzeit keine Mannschaft auf der Welt besser könne als die deutsche.

Er schilderte Wagner ausführlich das Spiel der Argentinier gegen die Spanier, das er sich gestern im Fernsehen angeguckt hatte, den äußerst knappen und ein wenig glücklichen Sieg der Südamerikaner, den Enthusiasmus ihres stimmgewaltigen Anhangs und den fiesen Regen von Birmingham, mit dem die Spanier überraschenderweise noch schlechter zurechtgekommen seien als die Argentinier.

Als Haselkamp den Spielbericht beendet hatte, begann er umgehend mit einer noch ausführlicheren Schilderung des Spiels der Deutschen gegen die Schweizer. Der Friseur war anscheinend überzeugt davon, dass seine Kunden, auch die, die das Spiel gesehen hatten, gern noch einmal aus seinem Mund hören wollten, wie hervorragend die deutsche Elf gespielt und wie sie diese fünf wunderbaren Tore erzielt hatte.

Wagner schloss die Augen und schaltete ab. Er glaubte, den Spielverlauf von Sheffield einigermaßen zu kennen, seitdem er Artur Trappes telefonischen Bericht gehört hatte. Er spürte den Kamm auf seiner Kopfhaut, hörte das Schnippen der Schere und roch das ein wenig zu aufdringliche Aftershave des Friseurmeisters.

In diesen Tagen dem Hans Tilkowski ähnlich zu sehen, war vermutlich gar nicht so schlecht. Wagner verspürte plötzlich eine große Lust darauf, eine legere und jugendliche Frisur verpasst zu bekommen, zu Ilona zu gehen und sie zu fragen, wie ihr der neue Haarschnitt gefiele.

Haselkamp hörte auf zu reden, und Wagner kehrte mit seinen Gedanken in den Salon zurück. Er war in dieser Mittagsstunde der einzige Kunde in der Herrenabteilung. Die plötzliche Stille beunruhigte ihn. Hatte Haselkamp ihm eine Frage gestellt, die er überhört hatte?

Als die Haarschneidemaschine zu surren begann und Wagner den kühlen Stahl in seinem Nacken spürte, hörte er auch die Stimme des Friseurs wieder. Anscheinend wartete Meister Haselkamp nicht auf irgendeine Antwort, sondern hatte nur seine Fußballberichterstattung kurz unterbrochen.

Wagner dachte an seine Begegnung mit Hubert Winkel, an dessen überraschende Freude über das Wiedersehen und an seine Enttäuschung zum Ende ihres Gespräches. Er glaubte, dass Winkel die Wahrheit gesagt hatte, dass nichts vorgefallen war zwischen ihm und dem Jungen.

Er dachte an den gestrigen Abend, an das Schulbild, das Jupp Möllmann aus der Schublade geholt hatte.

Konnte Arnold Krumpen tatsächlich Achims Vater sein?

Die Ähnlichkeit der beiden und die Absicht des Alten, wenn es sie denn gegeben hatte, dem Jungen sein Geschäft zu vererben, sprachen dafür. Aber Willy Hüwel war im Oktober 1950 schon wieder in Sterkrade gewesen. Das machte Krumpens Vaterschaft höchst unwahrscheinlich, zumal Mia, wie Trude glaubwürdig erzählt hatte, schon immer eine äußerst fromme und sittsame Person gewesen war. Aber warum hatte Krumpen ihr dann die viel zu große Wohnung in seinem Haus überlassen?

Wagner nahm an, dass es nach Arnold Krumpens Tod nur noch einen Menschen gab, der wusste, was damals geschehen war. Er musste mit Mia Hüwel sprechen. Die Wahrscheinlichkeit, dass sie reden würde, war zwar gering, aber er musste es versuchen.

Wenn der alte Krumpen der leibliche Vater von Joachim Hüwel gewesen war, dann konnte es sein, dass der Junge irgendwie davon erfahren hatte. Vielleicht hatte ihn das aus der Bahn geworfen, vielleicht erklärte das sein Verhalten in den letzten Monaten, seine Auflehnung gegen Elternhaus und Kirche und seinen gefährlichen Leichtsinn.

Wagner fragte sich, ob Joachims Tod vor diesem Hintergrund nicht völlig anders betrachtet werden musste als während der offiziellen Ermittlungen. War dem Jungen eine Geschichte zu Ohren gekommen, die er niemals hätte hören sollen? Konnte das zu seinem Tod geführt haben? Gab es Motive für ein Tötungsdelikt, an die bisher noch niemand gedacht hatte?

»Gut so?« Die Frage von Meister Haselkamp beendete Wagners Überlegungen. Der Friseur hielt einen Spiegel hinter seinen Kopf, so dass Wagner sich und seine neue Frisur im großen Wandspiegel von vorne und von hinten sehen konnte.

Es kam ihm so vor, als sähe er, wenn man die paar grauen Strähnen mal außer Acht ließ, dem Torwart der deutschen Nationalmannschaft ziemlich ähnlich.

»Ja, das gefällt mir gut«, sagte er.

***

Wagner hatte einige Male bei den Hüwels geklingelt. Niemand hatte geöffnet.

»Er hat Mittagsschicht, und sie ist vor einer halben Stunde weggegangen!«, hatte die Nachbarin über den Zaun gerufen.

Wagner war wieder in sein Auto gestiegen und hatte es zögernd gestartet. An der Einmündung der Wilhelmstraße in die Weseler Straße hatte er überlegt, ob er links oder rechts abbiegen sollte, ob er über Biefang oder über die Rampe zurück nach Buschhausen fahren sollte. Dann war ihm die Idee gekommen, dass er, da er nun schon mal in Sterkrade war, noch kurz bei den Holtbrinks reinschauen könnte.

Nachdem er vergeblich an der Seitentür angeklopft hatte, war er durch die offene Ladentür ins Haus gegangen, hatte Heinrich in seiner Werkstatt arbeiten sehen und sich zu ihm gesetzt.

Trude war zu einem Einkaufsbummel in die Stadt gegangen, Michael war mit seiner Schwester Heidi im Alsbachtal in der Badeanstalt, und Gerda war noch bei ihrer Arbeit in der Bank.

»Die Mädchen kriegt man ja kaum mal zu Gesicht«, sagte Wagner. »Sie haben mir nur einmal kurz guten Tag gesagt.«

»Backfische in dem Alter finden nun mal andere Kerle interessanter als ihren alten Onkel«, sagte Heinrich und lachte vergnügt.

Wagner fühlte sich nicht alt. Er strich vorsichtig mit der flachen Hand übers frisch geschnittene Haar.

Heinrich bemerkte seine neue Frisur nicht. Er saß auf dem alten Hocker. Vor ihm auf dem Dreifuß steckte ein Damenschuh. Es roch nach Klebstoff und nach Leder. Heinrich legte den Schusterhammer zur Seite. Er hatte die blaue Arbeitsschürze umgebunden. Auf seinem Schoß lag ein frisch besohlter hellbrauner Herrenhalbschuh.

»Ist das immer noch die Schürze, die du siebenundvierzig schon hattest?«, wollte Wagner wissen.

Heinrich lachte ungestüm. »Ich schätze, das ist die sechste oder die siebte seit dem Krieg«, sagte er.

»Sie unterscheidet sich nicht von der alten«, sagte Wagner und sah sich um. »Eigentlich ist alles noch so, wie es damals war. Sogar die uralte Nähmaschine steht noch da.«

»Die hatte schon Trudes Vater«, sagte Heinrich. »Sie funktioniert noch tadellos, braucht nur ab und zu ein Tröpfchen Öl.«

»Die Schleifmaschine hast du dir angeschafft, kurz bevor ich gegangen bin.«

»Ich weiß«, sagte Heinrich und fügte unvermittelt die Frage an: »War ich eigentlich damals ungerecht zu dir?«

»Ach Heinrich, jetzt lass uns mal die alten Geschichten vergessen«, sagte Wagner irritiert.

Heinrich Holtbrink schüttelte den Kopf. »Das geht nicht, Manni. Die alten Geschichten verfolgen uns.«

Wagner sah sich nach einem Aschenbecher um. Er entdeckte keinen. Natürlich hatte Heinrich recht, aber er verspürte keine Lust, an diesem sonnigen Sommertag, an dem Meister Haselkamp ihm eine jugendliche Frisur verpasst hatte, die alten Konflikte mit seinem Bruder heraufzubeschwören.

Weil Heinrich eine Antwort erwartete, sagte er: »Damals haben deine Vorwürfe mich gekränkt. Schließlich hatte ich nicht nur mich, sondern auch deine Frau und deine Schwiegermutter mit meinen Gaunereien durch den schlimmen Winter gebracht. Aber im Sommer siebenundvierzig, als du wieder hier warst, da war es wohl an der Zeit, einen anderen Weg einzuschlagen. Es war schon richtig, dass du mich dazu gedrängt hast. Nur hab ich das damals noch nicht gewusst.«

»Nachher, als du weg warst, hab ich mich oft gefragt, ob ich dich nicht nur deshalb wie einen Taugenichts behandelt hatte, weil ich eifersüchtig war.«

»Du warst eifersüchtig?«, fragte Wagner verblüfft.

»Die Trude und du, ihr wart ein Herz und eine Seele, als ich aus der Gefangenschaft zurückkam.«

»Wir hatten zusammen eine schwere Zeit durchgestanden.«

»Ja, ich weiß heute auch mehr als damals, genau wie du. Aber nach meiner Rückkehr, da war mir alles so fremd. Auch die Trude war mir fremd geworden. Ich hab gespürt, dass du ihr viel näher warst als ich. Und sie war eine schöne junge Frau.«

»Ja, das war sie«, sagte Wagner. »Als ihr verlobt wart, als ich siebzehn oder achtzehn war, da hab ich dich um sie beneidet. Aber nach dem Krieg, als die Eltern und die Lisbeth tot waren, da war ich ein Wrack. Da stand mir nicht der Sinn danach, die Frau meines Bruders zu verführen. Und selbst wenn ich es gewollt hätte, hätte die Trude so etwas niemals mitgemacht. Sie und die alte Frau Groothorst und der Jupp Möllmann, die haben mir geholfen, wieder auf die Beine zu kommen. Und danach konnte ich den beiden Frauen helfen, den Hungerwinter zu überleben. So war das.«

Heinrich nickte. »Das weiß ich ja inzwischen auch alles. Aber damals war ich sehr verunsichert. Und deshalb war ich hart und vielleicht auch ungerecht.«

Er stand von seinem Hocker auf und ging mit dem besohlten Schuh zur Schleifmaschine hinüber. »Ich hab mir all die Jahre Vorwürfe gemacht. Das sollst du wissen«, sagte er und setzte mit einem Knopfdruck die Maschine in Gang. Ihr Lärmen erfüllte die kleine Werkstatt. Der Motor polterte, die Antriebswelle rotierte dröhnend. Mit ihr drehten sich ratternd Absatzfräser, Schleifbänder und Polierblöcke. Heinrich drückte den Schuh gegen ein Band. Laut quietschend schliff es die Kante der Ledersohle ab.

Wagner sah seinem Bruder dabei zu, wie er mit beiden Händen den hellbraunen Halbschuh mal an dieses und mal an jenes rotierende Werkzeug hielt, manchmal so behutsam, dass es nur zu einer flüchtigen Berührung kam, manchmal mit einem kräftigen Druck. Zwischendurch überprüfte er seine Arbeit immer wieder mit Augen und Fingerspitzen.

Wagner war noch nie in den Sinn gekommen, dass Heinrich gern Schuster sein könnte.

Der ältere Bruder hatte nicht zur höheren Schule gehen dürfen, weil die Eltern nicht das Geld dafür gehabt hatten. Nach der Volksschule hatten sie ihn zum alten Groothorst in die Schusterlehre geschickt.

Für ihn, den kleinen Manfred, hatten die Eltern das Schulgeld aufbringen können. Er war von Vater und Mutter verhätschelt worden. Wenn Heinrich Kohlen aus dem Keller hochgeschleppt hatte, hatte er mit einem Buch auf dem Sofa gesessen. Wenn Heinrich den Garten umgegraben hatte, hatte er Bleistift kauend in der Sonne gelegen. Er hatte keine Zeit für niedere Arbeiten gehabt. Er musste lernen. Er ging ja zur höheren Schule. Er war etwas Besonderes. Das Glück war immer auf seiner Seite gewesen, nie auf der von Heinrich.

Dessen leiblicher Vater, Wilhelm Holtbrink, war unter Tage tödlich verunglückt, als Heinrich zwei Jahre alt war. Im Herbst 1922 war das gewesen. Anfang 1924 hatte die Mutter den Dreher Karl Wagner geheiratet. Ein Jahr später war Manfred zur Welt gekommen.

Heinrich war nur der Stiefsohn des Vaters. Der einzige richtige Sohn seiner Eltern war Manfred. So hatte er es jedenfalls immer gesehen. Und er hatte sich etwas darauf eingebildet, solange sie Kinder waren. Später war ihm der Gedanke gekommen, dass Heinrich ihn vielleicht deswegen hassen könnte.

Scheppernd lief die Schleifmaschine aus.

»Ich hatte mich schon als Lehrling in die Trude verliebt«, sagte Heinrich und stellte den Schuh auf den kleinen Holztisch neben der Maschine. »Als ich Geselle war, hab ich es dann gewagt, ihr den Hof zu machen. Aber sie hat mir die kalte Schuler gezeigt. Bis Anfang vierundvierzig. Da hat sie plötzlich meinem Werben nachgegeben. Ich war natürlich selig, aber ich war auch misstrauisch. Kurz vorher war ihr Bruder gefallen, und ihr Vater war schon einundvierzig gestorben. Ich hab damals gedacht, dass die Trude und ihre Mutter vielleicht nur einen Schuster brauchten, damit sie das Geschäft weiterführen konnten. Ob die Trude mich wirklich liebte, wusste ich lange nicht. Deshalb war ich so argwöhnisch, als ich aus der Gefangenschaft zurückkam, nicht weil ich schlecht über dich gedacht hätte. Das hab ich nie getan.«

Heinrich setzte sich auf den Hocker.

Wagner sah ihne ein Weile an, bevor er fragte: »Als wir noch Kinder waren, warst du da eigentlich nie neidisch auf mich?«

»Neidisch?«, wiederholte Heinrich verständnislos.

»Ich durfte zur höheren Schule. Du nicht. Ich bin von den Eltern verhätschelt worden. Du musstest die Kohlen aus dem Keller holen. Ich war das Kind von beiden. Du warst nur Vaters Stiefsohn.«

»Was redest du denn da für einen Unsinn«, sagte Heinrich ungehalten. »Die Eltern hatten nicht das Geld, uns beide zur Realschule zu schicken, und ich hab mich beim Lernen schwergetan. Für mich wäre die höhere Schule eine Strafe gewesen. Als Junge hab ich immer unsere Schuhe zu einem Schuster in der Friesenstraße gebracht. Da durfte ich manchmal in der Werkstatt zugucken. Das hat mir gefallen. Seitdem wollte ich Schuster werden. Die Eltern wussten das, und der Vater hat mit dem alten Groothorst gesprochen und mir die Lehrstelle verschafft. Dass er nicht mein leiblicher Vater war, das hab ich erst erfahren, als ich in die Schule kam und mir plötzlich auffiel, dass ich Holtbrink und nicht

Wagner hieß. Da hat's mir die Mutter erklärt. Damit war die Sache für mich erledigt. Der alte Karl Wagner war immer für mich da, er hat für mich gesorgt, und er hat mich gerngehabt. Es hat für mich nie eine Rolle gespielt, dass er nicht mein Erzeuger war, und für ihn auch nicht. Er war genauso mein Vater, wie er dein Vater war.«

Wagner fingerte nach seiner Zigarettenschachtel.

»Im Wohnzimmer steht ein Aschenbecher. Da kannst du rauchen«, sagte sein Bruder.

»Wann erwartest du denn die Trude zurück?«

»Wenn sie mal einen Einkaufsbummel macht, dann kann das dauern.« Heinrich lachte. »Willst du was von ihr?«

»Ich wollte sie eigentlich fragen, an welchem Tag der Willy Hüwel aus der Gefangenschaft gekommen ist. Das genaue Datum im Oktober fünfzig, das interessiert mich. Ich dachte, dass die Trude sich vielleicht daran erinnern könnte.«

»Am fünfzehnten Oktober war das«, sagte Heinrich.

»Woher weißt du das denn so genau?«

»Wir haben den Jahrestag seiner Heimkehr früher immer ein bisschen gefeiert, der Willy und ich, meistens bei Markett an der Theke.«

ACHT

Im Treppenhaus roch es nach gebratenem Fisch. Michael wusste nicht, in welchem Stockwerk Manni Wagner wohnte. Er stieg zögernd die Stufen hinauf. Als er den Onkel auf der ersten Etage in der offenen Wohnungstür stehen sah, freute er sich, ihn gefunden zu haben.

»Der Michael! Mit dir hatte ich ja gar nicht gerechnet«, sagte Manni Wagner. Er streckte ihm eine Hand entgegen und zog ihn in die Wohnung. »Komm schnell rein, dass ich die Tür wieder zumachen kann. Hier stinkt es freitags immer nach Fisch.«

Im Wohnzimmer seines Onkels entdeckte Michael auf einem Schränkchen neben dem Fenster eine gewaltige Musikanlage. In einer Schrankwand lagen Zeitschriften und Bücher. Die cremefarbene Tapete war mit kleinen bunten Trapezen, Kreisen und Rechtecken verziert. Unter einer weißen Kugellampe stand ein rundes Tischchen, das aus dem gleichen hellen Holz gefertigt war wie die Schrankwand. Die beiden Sessel und die Couch waren blau bezogen und hatten chromblitzende Metallbeine.

Der Raum gefiel ihm. Es schien Michael so, als ließe es sich hier leichter leben als zwischen den schweren Möbeln im düsteren Wohnzimmer seiner Eltern.

»Ich sollte dem Onkel Jupp Schuhe bringen, die der Vater repariert hat«, sagte er. »Aber der Onkel Jupp war unterwegs. Ich hab die Tüte mit den Schuhen im Hof auf die Bank gelegt. Und dann hab ich gedacht, ich könnte ja mal gucken, ob du zu Hause bist.«

»Gute Idee«, sagte Manni Wagner. »Bist du mit dem Fahrrad?«

Michael nickte. »Hab ich unten vors Haus gestellt.«

»Abgeschlossen?«

»Na klar.«

»Willst du was trinken? Ich hab eine Flasche Cola im Haus.«

»Cola trink ich gern«, sagte Michael.

Sein Onkel ging in die Küche. Michael sah sich die Stereophonie-Geräte auf dem Schränkchen am Fenster an. Genau so eine

Anlage hatte er vor ein paar Wochen zusammen mit Achim im Radiogeschäft Baldow in der Bahnhofstraße bewundert. Der Verkäufer, der sie beobachtet hatte, hatte grinsend gesagt: »Kostet nur einen Monatslohn vom Vatter.«

Manni Wagner kam mit einem Glas Cola zurück ins Wohnzimmer. Er stellte es auf das runde Tischchen.

»Tolle Musikanlage«, sagte Michael. »War bestimmt teuer.«

»Was schätzt du denn?«

»Zwischen achthundert und neunhundert Mark.«

»Mensch, du kennst dich aber gut aus«, sagte Wagner anerkennend.

»Wo sind denn deine Schallplatten?«

»Unter dem Plattenspieler im Schränkchen. Kannst ja mal gucken, ob dir was gefällt. Ich mach mir in der Zeit einen Kaffee.«

Michael setzte sich auf den Fußboden und öffnete die Schranktür. Er war beeindruckt. Kein Mensch, den er kannte, hatte so viele Platten. Sein Onkel war anscheinend ein Liebhaber von Jazzmusik. Damit kannte er sich nicht aus. Aber da gab es auch ein paar Langspielplatten von Musikern, von denen er schon mal was gehört hatte, von Bill Haley, Chuck Berry und Elvis Presley. Er zog »Elvis is back« heraus. Die Plattenhülle gefiel ihm. Die Titel kannte er nicht. Dann entdeckte er »Rubber Soul«, das neueste Album der Beatles. So etwas hörte sein Onkel? Der Bruder seines Vaters? Kaum zu glauben!

»Du hast ja sogar Hottentottenmusik«, sagte er, als Manni Wagner mit einer Tasse Kaffee ins Zimmer kam.

»Was meinst du?«

»Na das hier. Wenn ich so etwas höre, regen meine Eltern sich immer fürchterlich auf.«

»Soll ich sie auflegen?«

»Ja klar!«

»Habt ihr zu Hause einen Plattenspieler?«

»Ja, so 'n olles Ding«, sagte Michael. »Aber ich hab nur ein paar Singles. Langspielplatten sind zu teuer. Außerdem kann ich meine Sachen nur hören, wenn die Eltern im Laden sind oder aus dem Haus. Die finden Beatmusik doof. Meine Schwestern haben mehr Platten, aber die gefallen mir nicht. Roy Black, Rex Gildo,

Connie Francis, Peter Alexander und solche Sachen. Ich hätte gern ein Kofferradio. Dann könnte ich auf meinem Zimmer Musik hören. Oder draußen. Aber so ein Ding kostet auch einen Hunderter ungefähr.«

»Mochte der Achim dieselbe Musik wie du?«, fragte Wagner.

»Eher die härteren Sachen. Die Stones und die Animals fand er gut.«

»Er hatte einen eigenen Plattenspieler, oder?«

»Wie kommst du denn darauf?«

»Ich hab mich vor ein paar Wochen mal in seinem Zimmer umgeguckt. Da stand ein Plattenspieler, wenn ich mich richtig erinnere.«

»Den hatte der alte Krumpen ihm geliehen, weil der sowieso nie Musik gehört hat. Er hatte dem Achim gesagt, dass er sich das Gerät ruhig mal für ein paar Tage mit raufnehmen könnte. Und dann hat er nie mehr danach gefragt. Ein halbes Jahr hatte der Achim den Plattenspieler bestimmt schon. Wir haben oft zusammen bei ihm Musik gehört. Der hatte es ja auch echt gut da oben unterm Dach. Früher waren wir fast immer bei mir, weil ich ein eigenes Zimmer hatte und der Achim nicht. Da hat er noch im Wohnzimmer auf der Couch geschlafen. Vor einem Jahr oder so hat der alte Krumpen dann den Dachboden ausgebaut. Seitdem hatte der Achim sein eigenes Zimmer. Total ungestört. Da konnte man richtig laut Musik hören.«

Michael saß auf einem der beiden blauen Sessel und trank von seiner Cola. Manni Wagner saß auf dem Sofa und sah nachdenklich aus. Die Beatles sangen »Nowhere Man«.

»Der alte Krumpen wollte dem Achim seine Fahrradwachen vererben. Er hat ihn bei sich Fernsehen gucken lassen und ihm seinen Plattenspieler praktisch geschenkt. Dabei war er doch nur der Vermieter der Hüwels. Ist dir das nicht komisch vorgekommen?«

»Doch«, sagte Michael. »Weil der Krumpen eigentlich ein ziemlicher Kotzbrocken war. Fand ich jedenfalls. Aber der Achim hatte Glück, dass der Alte ihn gemocht hat.«

»Und der Achim, was hat der dazu gesagt? Ich meine, der muss sich doch auch über die Großzügigkeit vom Krumpen gewundert haben.«

Auf irgendwas schien sein Onkel hinauszuwollen. Michael fragte sich, was das sein könnte. Achim hatte viele verrückte Sachen gesagt in letzter Zeit. Auch über den alten Krumpen. Manches davon hatte er nicht verstanden. Vieles hatte er wieder vergessen, weil es so wirres Zeug gewesen war.

»Nein«, sagte er. »Ich glaube, gewundert hat der Achim sich nicht.«

Manni Wagner zündete sich eine Zigarette an. Anscheinend dachte er angestrengt nach. Michael kam es so vor, als suche er nach den passenden Worten für irgendetwas, was sich nicht so einfach sagen ließ.

»Hatte der Achim denn nie die Idee, dass er vielleicht mit Arnold Krumpen verwandt sein könnte?«, fragte er endlich.

Die Frage kam Michael äußerst seltsam vor. »Du meinst, so als hätte man einen Onkel, von dem man gar nicht weiß, dass es ihn gibt?«, fragte er zurück.

»Ich meine eher, dass der Achim gedacht haben könnte, der Krumpen wäre vielleicht sein Vater.«

»Der Joachim kannte seine Eltern doch«, sagte Michael verstört. »Die Tante Mia und der Onkel Willy Hüwel sind seine Mutter und sein Vater.«

»Schon klar«, sagte Wagner. »Willst du noch eine Cola?«

Michael nickte verwirrt.

Manni Wagner war doch nicht blöd! Wenn der fragte, ob Achim den alten Krumpen für seinen Vater gehalten hatte, dann dachte er sich irgendwas dabei. Aber was musste man denken, um eine solche Frage zu stellen?

Hatte sein Onkel, dieser Kriminaloberinspektor, etwa irgendein Geheimnis entdeckt? Vielleicht hatte Krumpen ja irgendwann mal eine Frau gehabt, und die beiden hatten einen Sohn bekommen. Und dann war die Frau gestorben, und Krumpen hatte das Kind an die Hüwels abgegeben. Aber so etwas passierte doch nur in irgendwelchen abscheulichen Märchen.

Oder dachte Manni Wagner etwa daran, dass der Arnold Krumpen und die Tante Mia Achims Vater und Mutter sein könnten?

Vor ein paar Tagen hatte Michael in seinem Aufklärungsheftchen gelesen, was Männer und Frauen miteinander machen mussten, um Kinder zu kriegen. Diese Sache war ihm seitdem nicht mehr aus dem Kopf gegangen.

»Wenn Eltern sich ein Kindchen wünschen, lässt der Vater in der körperlichen Vereinigung mit der Mutter, dem Ausdruck der elterlichen Liebe, die Samenzellen in den Mutterschoß überströmen.«

Er hätte gern gewusst, wie so eine körperliche Vereinigung funktionierte. Achim hatte es ihm mal erklärt. Er hatte gesagt, dass ein Mann und eine Frau sich erst voreinander nackt auszögen und dass der Mann dann sein Glied unten in die Frau hineinstecke. Michael hatte geglaubt, Achim hätte sich das ausgedacht. Aber der hatte behauptet, alle Erwachsenen würden das so machen. Vielleicht hatte er ja recht. Diese körperliche Vereinigung war anscheinend eine schmutzige Angelegenheit. Pater Pereira hatte erst gar nicht versucht, sie zu beschreiben. Wahrscheinlich gab es dafür keine Worte, die ein anständiger Mensch benutzen konnte. Achim hatte immer vom »Poppen« gesprochen, wenn sie darüber geredet hatten.

So etwas konnte aber zwischen Mia Hüwel und Arnold Krumpen nicht passiert sein. Das war unmöglich! Der Onkel Willy war der Mann von der Tante Mia. Dass die beiden so etwas zusammen getan hatten, dass alle Mütter dieser Welt irgendwann mal gepoppt worden waren, seine Mutter sogar drei Mal, das war für Michael schon schwer genug zu begreifen. Dass die Tante Mia diese fiese Sache mit dem alten Krumpen gemacht haben sollte, das war unvorstellbar.

Ob Manni Wagner tatsächlich an so etwas dachte? Ob vielleicht sogar Achim solche Gedanken gehabt hatte? Hatte das wirre Zeug, das er in letzter Zeit dahergeredet hatte, vielleicht doch einen Sinn gehabt, einen, den man nur verstehen konnte, wenn man sich das Unvorstellbare vorstellte?

»Michelle«, hauchten die Beatles schmachtend aus den Stereo-Lautsprecherboxen. »I want you. I want you. I want you.«

Manni Wagner stellte ein Glas Cola vor Michael auf den Tisch. Er ging zur Musikanlage und drehte die Platte um.

»Wie hat dir denn das Fußballspiel am Dienstag gefallen?«, fragte er.

»Das war toll«, sagte Michael erleichtert. Über Fußball redete er gern. Das war nicht peinlich und nicht schwierig. Über Fußball wusste er genauso viel wie die Erwachsenen.

»Fand ich auch«, sagte Wagner und setzte sich wieder auf die Couch.

Es sei blöd gewesen, dass der Schweizer Torwart sich so aufgeregt hätte nach dem Elfmeter, sagte Michael. Angeblich hätte der Helmut Haller ja seinen Anlauf unterbrochen, also zwischendurch kurz abgestoppt. Davon hätte er allerdings gar nichts gesehen. Aber selbst wenn es so gewesen wäre, könne das doch wohl jeder Elfmeterschütze machen, wie er wolle.

»Wenn der Torwart sich veräppeln lässt und sich zu früh eine Ecke aussucht, dann ist er das selber schuld«, sagte Michael. »Dass der Tilkowski auf so was reinfallen würde, kann ich mir nicht vorstellen.«

»Glaub ich auch nicht«, sagte Wagner.

Sein Onkel hatte eine neue Frisur und sah jetzt ein bisschen so aus wie Hans Tilkowski. Das war Michael schon im Treppenhaus aufgefallen. Na ja, etwas grauer als der deutsche Torwart war Manni Wagner schon, aber er war ja auch zehn Jahre älter.

Es kam Michael ziemlich verrückt vor, dass ein Mann in dem Alter sich Beat-Platten kaufte und dass so einer der Bruder von seinem Vater war. Der nannte Paul, John, George und Ringo »Pilzköpfe« und regte sich schon auf, wenn er sie nur auf einer Plattenhülle sah.

»What goes on?«, fragten die Beatles.

»Der Vater hat erzählt, dass er dich zu seinem Geburtstag eingeladen hat«, sagte Michael.

»Ja, gestern, als ich bei ihm in der Werkstatt war.«

»Und dass du kommst, hat er auch gesagt, und dass du deine Braut mitbringst.«

»Das möchte er gern. Aber daraus wird wohl nichts.«

»Warum nicht?«

»Weil ich keine Braut habe.«

»Aber du hast doch bestimmt ein paar Freundinnen. Von denen könntest du doch eine mitbringen.«

»Du traust mir ja allerhand zu.« Manni Wagner lachte und zündete sich eine Zigarette an.

»Run for your life«, sangen die Beatles.

»Ich werde mal sehen, was sich machen lässt«, sagte Manni Wagner.

***

Zwischen dem fahlen Grau des Himmels und dem glänzenden Grau des Asphalts, den der Nieselregen mit unzähligen Pfützen bedeckt hatte, vermisste Manfred Wagner die Farben des Sommers.

Er fuhr an betongrauen Wohnsiedlungen, schwarzgrauen Schlackenbergen und stahlgrauen Industrieanlagen vorbei in die Innenstadt. Als er sein Auto abgestellt hatte, lief er mit gesenktem Kopf eilig durch den Regen. Die Menschen hatten anthrazitgraue Regenschirme aufgespannt oder trugen dunkelgraue Kleppermäntel.

Auf der Marktstraße flüchtete Wagner aus der diesig grauen Schmuddelwelt in die Neonhelligkeit eines Kaufhauses. Zwischen den Verkaufstischen strich er sich die Nässe aus den Haaren. Auf der Rolltreppe öffnete er die Knöpfe seines Trenchcoats.

Eine Weile hielt er sich in der Musikecke auf, nahm Schallplatten, die in bunten Hüllen steckten, aus den Regalen und stellte sie wieder zurück. Er streifte durch die Herrenabteilung, kaufte sich einen fein gestrickten, flaschengrünen Pullover aus reiner Wolle für sechsundzwanzig Mark, ein bügelfreies Freizeithemd mit rotbraunem Karomuster und eine geblümte Krawatte.

Gegen Mittag aß er im Wienerwald ein halbes Grillhendl und trank eine Cola. Als er wieder in seiner Wohnung in der Lindnerstraße war, suchte er in seiner Schallplattensammlung etwas beschwingend Leichtes. Er legte eine alte Swing-Platte auf, zündete sich eine Güldenring an, setzte sich auf die blaue Couch, blätterte ein wenig durch den »Spiegel«, drückte die Zigarette im Aschenbecher aus, legte die Zeitschrift zur Seite, streckte sich aus, hörte Duke Ellington und Glenn Miller zu und nickte ein, bevor die erste Seite der Platte abgelaufen war.

Als er wach wurde, war der Himmel immer noch grau, aber es hatte aufgehört zu regnen.

Er wäre jetzt gern ein bisschen mit dem Motorrad durch die Gegend gefahren, aber die Straßen waren noch nass, und es war zu kühl. Seit Mittwoch stand seine Maschine unberührt in Jupp Möllmanns Schuppen. Das Wetter musste besser werden!

Wagner setzte sich ins Auto und fuhr nach Sterkrade in die Wilhelmstraße. Die Hüwels waren auch an diesem Samstagnachmittag nicht zu Hause. Er wollte nicht schon wieder umsonst gekommen sein und machte sich auf die Suche nach Mia Hüwel.

Auf dem Friedhof an der Wittestraße schlenderte er zwischen den Grabreihen umher und hielt Ausschau nach ihr. Sie saß auf einer Bank unter dem dichten, grünen Dach einer Linde, aus dem hin und wieder ein Tropfen fiel.

Mia Hüwel hatte einen schwarzen Popelinemantel an und ein schwarzes Kopftuch um ihr graues Haar gebunden. Mit beiden Händen hielt sie die schwarze Handtasche fest, die auf ihrem Schoß lag.

Wagner war nur noch wenige Schritte von ihr entfernt, als sie aufschaute und ihn entdeckte. Sie sah ihn erstaunt an.

»Guten Tag, Mia«, sagte er. »Darf ich mich zu dir setzen?«

Mia Hüwel zog kurz die Schultern hoch, so als wolle sie zum Ausdruck bringen, dass sie zwar keinen Wert auf seine Gesellschaft legte, es aber für aussichtslos hielt, sich dagegen zu sträuben.

Die Sitzfläche war trocken. Anscheinend hatte Mia sie abgewischt.

Wagner setzte sich an das Ende der Bank, ein gutes Stück von Mia Hüwel entfernt.

»Das ist kein Sommerwetter«, sagte er. »Es ist viel zu kalt und zu nass.«

»Vorigen Monat haben die Leute gejammert, weil es zu trocken und zu heiß war«, sagte Mia.

Wagner zündete sich eine Zigarette an.

»Es gehört sich nicht, auf dem Friedhof zu rauchen«, sagte Mia barsch.

»Warum denn das nicht?«, fragte Wagner irritiert.

»Es ist pietätlos.«

»Ach was«, sagte Wagner. »Ich schmeiß meine Kippen doch

nicht zwischen die Gräber. Ich trete sie aus und werfe sie dahinten in den Mülleimer.«

Mia schüttelte unwillig den Kopf, zog ein Taschentuch aus ihrer Handtasche, wischte sich über die Nase und fragte: »Hast du mich etwa gesucht?«

Wagner nickte.

»Und was willst du von mir?«

Obwohl er nur zu gut wusste, was er wollte, dachte Wagner lange nach. Dieses Gespräch war vielleicht seine einzige Chance, herauszufinden, ob Arnold Krumpen tatsächlich Joachims Vater war. Wenn Mia damals ein Verhältnis mit ihm gehabt hatte, dann hatte sie dieses Geheimnis in all den Jahren gut gehütet, und es war nicht anzunehmen, dass ihr der Sinn danach stand, jetzt darüber zu plaudern.

Er wollte sie nicht mit einer allzu plumpen Frage verschrecken, aber ganz ohne Druck würde es ihm auch nicht gelingen, sie zum Reden zu bringen. Er musste ihr klarmachen, dass er sie nicht in Ruhe lassen würde, dass er nicht aufhören würde, in den alten Geschichten herumzustochern, bis er wusste, was damals passiert war.

»Es haben sich Anhaltspunkte dafür ergeben, dass Arnold Krumpen Joachims Erzeuger gewesen sein könnte«, sagte er umständlich.

Er sah Mia von der Seite an. Sie schien weder verärgert noch überrascht zu sein. Sie schaute ausdruckslos über die Grabfelder hinweg und schwieg.

Wagner folgte ihrem Blick. Das Holzkreuz mit der Inschrift »Joachim Hüwel – 1. Juli 1951 – 17. Juni 1966« entdeckte er am Ende einer kurzen Grabreihe, die neben der Linde begann. Um das Kreuz herum standen gelbe und blaue Stiefmütterchen.

In den Gräbern ringsum steckten Vasen mit bunten Sommerblumensträußen. Zwischen grünen Sträuchern und Hecken blühten Levkojen und Primeln, Veilchen und Nelken in allen Farben. Hier auf dem Friedhof erschien Wagner die Welt weniger trüb als heute Morgen in der grauen Stadt.

Ganz plötzlich fragte Mia schrill: »Gefällt es dir, mich zu quälen, Manfred Wagner?«

»Nein«, entgegnete er.

»Weißt du eigentlich, wie ungeheuerlich das ist, was du da andeutest?«

»Für mich hat der Gedanke nichts Ungeheuerliches, dass in der Nachkriegszeit eine verheiratete junge Frau, die allein war, ein Verhältnis mit einem älteren Mann gehabt haben könnte, der ihr durch die schwere Zeit geholfen hat.«

»Für einen wie dich ist das Schlechte und das Sündhafte eben alltäglich und normal geworden«, sagte Mia erbost.

»Vielleicht ist das so«, entgegnete Wagner und zündete sich eine neue Zigarette an.

»Für mich ist das eine furchtbare Sünde, was du mir da unterstellst.«

»Ja, ich weiß.«

Ein älteres Paar blieb vor einem Grab in der Nähe stehen. Die Frau wischte mit einem weißen Taschentuch durch ihre Augen. Der Mann legte einen Arm um ihre Schulter.

»Warum behelligst du mich mit so einem Schmutz?«, fragte Mia Hüwel aufgebracht.

»Wenn dein Mann nicht Joachims Vater ist, dann könnte es sein, dass der Junge das herausgefunden hatte. Das ist vielleicht der Grund dafür, dass er in den Wochen vor seinem Tod vollkommen durcheinander war. Das könnte sogar ein Motiv für irgendjemanden gewesen sein, ihn zum Schweigen zu bringen.«

Mia Hüwel schüttelte heftig den Kopf. »Was du dir da zusammenreimst, das ist doch völlig wirr. Unsinn ist das.«

»Der Joachim sah dem alten Krumpen ähnlich. Und der wollte ihm seine Fahrradwachen vererben«, sagte Wagner.

Mia Hüwel sah ihn aus zusammengekniffenen Augen an.

»Sind das etwa deine sogenannten Anhaltspunkte?«, fragte sie mit schneidender Stimme.

»Und du hast neunundvierzig und fünfzig allein mit Arnold Krumpen unter einem Dach gelebt«, sagte Wagner.

Mia stand auf und schaute wütend auf ihn herab.

»Du hast kein Recht dazu, in meinem Leben herumzuwühlen«, sagte sie so laut, dass das ältere Paar zu ihnen herüberschaute. »Lass mich in Ruhe! Und meinen Mann auch! Die Ermittlungen im Todesfall unseres Sohnes sind abgeschlossen. Wenn du uns noch ein einziges Mal belästigst, dann werde ich mich im Polizeipräsidium über dich beschweren.«

Noch bevor Wagner irgendwas erwidern konnte, drehte Mia Hüwel sich um. Sie ging hocherhobenen Hauptes davon, durch die Grabreihen hindurch, an der Leichenhalle vorbei und durch das gusseiserne Tor hinaus auf die Wittestraße. Wagner sah ihr nach, bis sie jenseits der Friedhofsmauer verschwunden war.

Er sammelte seine Zigarettenkippen vom feuchten Erdboden auf. Er war kläglich gescheitert. Mia Hüwel hatte sich nichts vormachen lassen. Sie hatte erkannt, dass er nichts wusste, dass seine Anhaltspunkte äußerst dürftig waren. Mit ihnen konnte er gar nichts beweisen. Sie reichten nicht einmal für einen Verdacht, den er offen aussprechen konnte. Mit dem Hinweis auf die Ähnlichkeit zwischen Krumpen und dem Jungen könnte er allenfalls ein Gerücht in die Welt setzen, das niemand ernst nehmen würde, der Mia Hüwel kannte. Das alles war zu wenig, um sie unter Druck zu setzen.

***

Am Abend regnete es wieder. Wagner bemerkte es erst, als er schon in der Haustür stand. Er ging noch einmal zurück in die Wohnung und holte seinen Knirps. Fünf Minuten später hängte er seinen Trenchcoat in Jupp Möllmanns Flur an den Mantelstock und legte den nassen Schirm daneben.

Im Wohnzimmer stellte er eine Flasche Wacholder auf den dunklen Holztisch und wunderte sich, dass der Fernsehapparat nicht eingeschaltet war.

»Wat has'e vor?«, fragte Möllmann. Ohne eine Antwort abzuwarten, ging er zum Schrank, öffnete eine Tür, die in den Scharnieren quietschte, und holte aus der Tiefe des alten Wohnzimmerschranks zwei Schnapsgläschen hervor.

»Setz dich doch!«, sagte er.

»Warum läuft denn dein Fernseher noch nicht?«, fragte Wagner.

»Warum sollte er?«

»Weil ich gekommen bin, um mit dir Fußball zu gucken.«

»Mexiko gegen England?«, fragte Möllmann überrascht.

»Quatsch«, sagte Wagner. »Deutschland gegen Argentinien.«

»Mensch, Manni! Dat war heute Nachmittag um drei.«

Wagner sah ihn fassungslos an.

»Das kann doch wohl nicht wahr sein«, murmelte er, schraubte den Verschluss von der Wacholderflasche, goss sich einen Schnaps ein, kippte ihn hinunter und sagte: »Ich Trottel!«

Dann füllte er beide Schnapsgläschen und schob eins zu Möllmann hinüber.

»Prost Jupp!«

Möllmann lachte vergnügt, und Wagner lamentierte noch eine Weile. Es ärgerte ihn, dass er jetzt schon das zweite Spiel der deutschen Mannschaft in England verpasst hatte.

»Samstag! Das darfst du dir auf keinen Fall wieder durch die Lappen gehen lassen! Seit Mittwoch hab ich mir das eingetrichtert. Nicht eine Sekunde hab ich daran gedacht, dass das Spiel am Nachmittag sein könnte. Ich hätte ja nur mal in die Zeitung gucken müssen. Aber auf die Idee bin ich gar nicht gekommen. Für mich war immer klar, dass die heute Abend spielen.«

»Jetzt beruhig dich mal!«, sagte Möllmann. »Du has nich viel verpasst.«

Er erzählte Wagner von einem Fußballspiel, das eigentlich gar keins gewesen sei.

»En Massaker war dat. Die Argentinier haben die deutschen Spieler umgerannt, getreten und geschlagen.« Viel zu spät habe der Schiedsrichter einen argentinischen Spieler vom Platz gestellt, und danach habe es dann auch noch minutenlange, höchst unsportliche Proteste und Spielverzögerungen durch die Südamerikaner gegeben.

»Dat alles kann aber nich entschuldigen, dat unsere Dösköppe kein Tor geschossen haben«, stellte Möllmann fest. »Die haben viel zu vorsichtig gespielt, zu ängstlich, würd ich sagen.«

»Also wieder so ein langweiliges Null-zu-null«, fasste Wagner zusammen.

»Nee, langweilig war dat nich, aber ärgerlich. Die fünf Tore gegen die Schweiz, die sind jetz nix mehr wert. Wenn die Jungs am Mittwoch gegen Spanien verlieren, dann können se nach Hause fahren.«

Eine fußballerische Delikatesse hatte Wagner also wohl nicht verpasst, aber anscheinend doch ein Spiel, über das es in den nächsten Tagen viel zu diskutieren gab. Er ärgerte sich immer noch ein wenig, aber vielleicht hätte er sich ja noch mehr geärgert, wenn er wieder eineinhalb Stunden vor der Mattscheibe gesessen hätte, ohne ein einziges Tor zu sehen.

»Jetz mach ma langsam!«, sagte Möllmann, als Wagner die beiden Schnapsgläschen wieder füllte, und stopfte gemächlich seine Pfeife.

Eine Weile redeten sie noch über die jetzt nicht mehr ganz so rosigen Aussichten der deutschen Mannschaft in England. Dann kam Jupp Möllmann auf die Aussichten von Rot-Weiß Oberhausen zu sprechen, in der kommenden Saison endlich den Sprung von der Regionalliga in die Bundesliga zu schaffen. Die seien so schlecht nicht, meinte er. Beim Trainingsauftakt an der Landwehr hätten die Kleeblätter gerade ein paar höchst interessante neue Spieler vorgestellt, zum Beispiel einen ganz jungen Mann aus Persien und einen gestandenen Abwehrrecken von Bayern München.

Bis in die Niederungen der Regionalliga reichte Wagners Fußballinteresse nicht. Er sagte, was gerade in Düsseldorf vor sich gehe, das finde er äußerst spannend. Er glaube, dass die Aussichten der SPD, den künftigen Ministerpräsidenten zu stellen, nicht besonders gut seien, obwohl sie im neuen Landtag nur einen Sitz weniger hätten als CDU und FDP zusammen.

Möllmann war der Meinung, darüber, wie es in der Landeshauptstadt weitergehe, könne man nur spekulieren. Das sei genauso ungewiss wie das Wetter der kommenden Wochen. Obwohl das ja eigentlich nur besser werden könne. Für die nächsten Tage seien die Aussichten allerdings noch recht bescheiden. Jedenfalls behaupteten das die Wetterpropheten. Das sei natürlich für sie beide ausgesprochen beschissen, für den Angler Jupp ebenso wie für den Motorradfahrer Manni, sagte Möllmann und schob sein leeres Schnapsglas zu Wagner hinüber.

»Willst du noch einen?«

»Ja, kanns noch ma vollmachen. Geht ja kaum wat rein in die kleinen Pinnekes.«

»Jetzt bist du also doch auf den Geschmack gekommen«, stellte Wagner grinsend fest.

»Is nicht schlecht, der Schabbau«, sagte Möllmann.

Als die Wacholderflasche halb leer war und dichte Schwaden von Pfeifen- und Zigarettenqualm über dem Wohnzimmertisch hingen, erzählte Wagner Jupp Möllmann in allen Einzelheiten von seiner Begegnung mit Mia Hüwel auf dem Friedhof.

»Vielleicht hab ich es falsch angestellt«, sagte er. »Wahrscheinlich hatte ich aber gar keine Chance, sie zum Reden zu bringen. Sie weiß genau, dass sich Krumpens Vaterschaft heute nicht mehr beweisen lässt.«

Möllmann nickte. »Wenn sie damals wat mit dem Krumpen hatte, dann will sie die Geschichte mit ins Grab nehmen. So sehe ich dat.«

»Irgendwo, verdammt noch mal, muss es doch einen Menschen geben, der was weiß«, sagte Wagner. »Wenn der Achim der Sohn vom Krumpen war, dann hat der irgendwann mal mit jemandem darüber gesprochen. Das kann gar nicht anders sein. So etwas kann ein Mann nicht ein Leben lang für sich behalten. Das muss er sich doch mal von der Seele reden, vielleicht bei einem Saufabend mit einem guten Freund oder bei einer Geliebten im Bett.«

»Der Nöll hatte keine guten Freunde. Dat er mal einer Hure sein Herz ausgeschüttet hat, dat is schon möglich. Aber wie wills'e dat rausfinden? Wills'e durch die Puffs und die Bars im Kohlenpott ziehen und alle Weibsbilder fragen, ob se mal einen Freier aus Sterkrade hatten, der ihnen irgendwat über seinen unehelichen Sohn erzählt hat?«

Wagner nippte zweimal an seinem Wacholderglas, bevor er es in einem Zug leerte. Vielleicht wäre ein Streifzug durch die Freudenhäuser des Ruhrgebiets ja eine ganz nette Urlaubsbeschäftigung. Aber kriminalistisch gesehen wäre er so unsinnig wie die Suche nach einer Stecknadel im Heuhaufen. Und wenn er diese Nadel tatsächlich finden sollte, dann wusste er immer noch nicht, ob sie auch stechen würde. Sie bliebe stumpf, wenn Mia Hüwel nur kalt lächelnd sagen würde, es interessiere sie nicht, welche Lügengeschichten der versoffene Krumpen seinen Huren erzählt habe.

Möllmann beugte sich über den Tisch und griff nach der Wacholderflasche.

»Schieb mal dein Glas rüber!«, sagte er.

»Ich kann mich da noch nicht mit abfinden, dass wir nie erfahren sollen, ob an unserem Verdacht was dran ist oder nicht«, sagte Wagner mürrisch.

»Dat brauchs'e vielleicht auch nich.«

Möllmann füllte die beiden Schnapsgläschen.

»Ich hab nach unserem Gespräch am Mittwoch viel nachgedacht über die ganze Sache«, sagte er, während er Wagners randvolles Glas vorsichtig über den Tisch schob. »Wenn Krumpen der Vatter vom Achim is, dann muss et in der Wohnung vom Nöll irgendeinen Hinweis darauf geben. Dat denk ich mir jedenfalls so. Vielleicht hat die Mia ihm ja mal irgendwann en Brief geschrieben, zum Beispiel damals, als der Willy zurückgekommen is. Ich kann mir auch vorstellen, dat der Nöll selbst irgendwelche Aufzeichnungen gemacht hat, dat et vielleicht so 'ne Art Tagebuch gibt. Außerdem hat er bestimmt nich vorgehabt, dem Achim dat Geschäft zu vermachen, ohne dem Jung dat zu erklären. Vielleicht hat er ja irgendwat aufgeschrieben, wat der Achim nach seinem Tod lesen sollte. Oder er hat en Testament aufgesetzt. Irgendwat muss et da geben, Manni.«

Wagner gelang es, das bis zur Oberkante gefüllte Schnapsglas vom Tisch zu heben, Möllmann damit zuzuprosten, es zum Mund zu führen und den Wacholder hinunterzukippen, ohne einen Tropfen zu verschütten.

»Ich werde keine Genehmigung für eine Hausdurchsuchung bekommen«, sagte er.

Möllmann stellte sein geleertes Schnapsglas geräuschvoll auf der hölzernen Tischplatte ab und schüttelte sich.

»Ich glaub, jetz hab ich genug. Mehr geht nicht rein«, sagte er. Und dann erzählte er von Helmut Pott.

Dieser Mann, einst Finanzbeamter im mittleren Dienst, seit einigen Jahren im Ruhestand, sei ein Vetter von Arnold Krumpen und dessen einziger noch lebender Verwandter. Die beiden hätten kein sehr inniges Verhältnis zueinander gehabt, aber auch kein schlechtes. Seit seiner Pensionierung habe Helmut Pott seinem Vetter Arnold Krumpen bei der Buchführung geholfen und seine Steuersachen erledigt. Weil es keine anderen Angehörigen gäbe und weil Pott das Geschäft in allen Einzelheiten kenne, kümmere er sich seit Krumpens Tod um die Fahrradwachen. Außerdem verwalte er vorübergehend das Anwesen in der Wilhelmstraße und habe die Schlüssel zum Haus, zum Stall, zum Keller und zu Krumpens Wohnung.

»Und woher weißt du das alles?«, fragte Wagner neugierig.

»Weil Helmut Pott et mir erzählt hat«, sagte Möllmann. »Wir sind seit Jahrzehnten im selben Angelverein. Ne Zeitlang waren wir sogar beide im Vorstand. Wir verstehen uns gut und trinken ab und zu im Vereinslokal en Bier zusammen.«

»Und du glaubst, dieser Mann würde uns Krumpens Wohnung durchsuchen lassen?«

»Dat vielleicht nich«, sagte Möllmann, »aber er weiß, dat ich hin und wieder mit dem Nöll Schach gespielt habe.«

»Hast du jetzt einen Wacholder zu viel getrunken?«, fragte Wagner irritiert.

»Nee! Schütt uns ma noch einen ein! Jetz machen wir die Pulle auch leer. Da sind ja höchstens noch zwei oder drei Pinnekes für jeden drin.«

Wagner goss ein.

Möllmann nuckelte an seiner Pfeife.

»Also«, sagte er. »Et geht um en richtig schönes Schachspiel. Dat liegt in 'ner Schatulle im Wohnzimmerschrank vom Krumpen. Handgeschnitzte Figuren aus Lindenholz. Wenn ich ma beim Nöll zum Schach war, dann haben wir immer damit gespielt. Schon als ich die dat erste Mal in e Finger hatte, war ich ganz begeistert davon. Und dat hab ich irgendwann ma dem Helmut Pott erzählt. Und gestern Abend, da haben wir bei 'nem Bier gesessen, und da hat er mir die Schlüssel von e Wilhelmstraße auf en Tisch gelegt und gesacht, dat ich mir dat Schachspiel doch einfach holen soll. Er interessiert sich nich dafür, und sonst weiß kein Mensch, dat et die Figuren überhaupt gibt. Ich bin ja der Einzige, der ab und zu mit dem Nöll gespielt hat. Und wat ma aus dem Haus und allem Drum und Dran wird, dat weiß ja auch noch niemand. Vielleicht hat der Arnold en Testament gemacht, vielleicht auch nich. Dat muss jetz erst ma alles geprüft werden. Jedenfalls hat der Helmut dat so gesacht. Und dat am Ende vielleicht noch eine von Krumpens Nutten den ganzen Kram erbt, dat hat er auch gesacht, und dat so eine kein Schachspiel brauchen würde.«

»Na und?«, fragte Wagner. »Hast du dir die Figuren geholt?«

»Nee, hab ich nich. Irgendwie is mir dat peinlich. Der Krumpen, der hat mir nie wat geschenkt. Ich hab dat Gefühl, dat et nich richtig wär, wenn ich mir jetz sein Schachspiel unter 'n Nagel reißen würde.«

»Versteh ich.«

»Helmut Pott hat dat auch verstanden. Aber er hat gesacht, ich könnt et mir ja noch ma überlegen. Bis Sonntag. Morgen haben wir nämlich Versammlung vom Fischereiverein. Solange könnt ich die Schlüssel ja ma mitnehmen, hat er gesacht.«

»Hast du sie etwa?«

Möllmann kramte in seiner Hosentasche.

»Hier«, sagte er und legte einen Schlüsselbund auf den Tisch. »Haustür, Wohnung, Stall und Keller.«

Wagner verteilte den Rest aus der Flasche auf die beiden Schnapsgläser.

»Die muss ich morgen Abend zurückgeben«, sagte Möllmann. »Und jetz denk ich mir, et wär vielleicht doch nich schlecht, wenn ich mir vorher die Schachfiguren wenigstens noch ma ganz in Ruhe angucken würde. Also, wenn e Zeit has, würd ich mich freuen, wenn e mich morgen zur Wilhelmstraße kutschieren könntes. Bei dem Scheißwetter möcht ich nich gern mit em Moped fahren.«

»Prost, Jupp!«, sagte Wagner.

NEUN

Die Nachbarin der Hüwels stand am Zaun.

Wagner winkte grüßend zu ihr hinüber.

»Die sind wieder nicht zu Hause!«, rief sie. »Sie ist bestimmt in der Kirche, und er kann nur im Schrebergarten sein.«

»Das macht nichts«, sagte Wagner. »Wir wollen in die Wohnung vom Krumpen.«

»Da kommen Sie aber nicht rein«, sagte die Nachbarin.

»Doch, kommen wir«, sagte Wagner. »Müssen wir sogar, gewissermaßen von Amts wegen.«

Die Frau schwieg verdutzt. Mit offenem Mund sah sie zu, wie Wagner und Möllmann mit einem Schlüssel die Tür zu ihrem Nachbarhaus öffneten und darin verschwanden.

»Wat mag die sich jetz wohl denken?«, fragte Möllmann, als er im Hausflur Krumpens Wohnungstür aufschloss.

»Ist mir egal«, sagte Wagner.

Durch einen kleinen Vorraum betraten sie Arnold Krumpens Wohnzimmer.

Wagner rümpfte die Nase. Es roch, als hätte sich der Qualm tausender Zigarren auf die Möbel gelegt, an die Tapeten gehängt und in die Polster und Vorhänge gefressen. Aus dem Teppich stieg das beißende Aroma einer eingetrockneten Schnapslache empor und vermischte sich mit dem Nikotingestank zu einem kaum erträglichen, abgestandenen Mief.

Als Wagner vor ein paar Wochen in diesem Zimmer dem Vermieter der Hüwels gegenübergesessen und mit ihm über Joachim gesprochen hatte, hatte es nicht so muffig gerochen. Anscheinend hatte hier seit Krumpens Tod niemand mehr gelüftet.

»Puh, dat kann ich aber heute gar nich haben. Da kommt mir ja der Schabbau von gestern Abend wieder hoch«, sagte Möllmann, riss das Fenster zum Hof und zum dahinterliegenden Garten weit auf und lehnte sich hinaus.

Wagner sah sich im Zimmer um. Nichts deutete auf den Wohlstand des verstorbenen Fahrradwachenbesitzers hin. Die Tapeten waren schmierig braun, die Polster von Couch und Sessel verschlissen, die Sofakissen schmuddelig, die Farben des Teppichs verblichen, und die düsteren Holzmöbel aus der Vorkriegszeit waren fleckig und stumpf. Allein der klobige Fernseher in der Ecke neben dem Schrank ließ die Vermutung zu, dass hier jemand gelebt hatte, dem es auf einen Hundertmarkschein mehr oder weniger nicht angekommen war.

»Im Garten verkommt alles. Eine Schande is dat«, sagte Möllmann, wandte sich vom offenen Fenster ab und ließ sich auf das Sofa fallen. »Wer sät, der wird auch ernten«, murmelte er vor sich hin. »Es sei denn, zwischen Frühling und Herbst holt ihn der Sensenmann.«

»Geht's dir wieder besser?«

»Die frische Luft tut gut.«

»Ich bin heute Morgen nur schlecht aus dem Bett gekommen«, sagte Wagner.

»Ach, wieso dat denn?«, fragte Möllmann und grinste.

»So viel wie gestern Abend hab ich schon ewig nicht mehr getrunken.«

»Eine Pulle Wacholder für zwei gestandene Männer, dat ist doch nich der Rede wert.«

»Na, jetzt gib mal nicht so an. Wer hat sich denn gestern Abend geschüttelt und behauptet, er könne nicht mehr, als die Flasche noch halb voll war?«

»War nur 'ne vorübergehende Schwäche«, sagte Möllmann. »Ich hatte jedenfalls heute Morgen keinen Kater. Dat war nur die beschissene Luft hier drin. Die hat mir gerade den Magen umgedreht.«

Wagner ging zum offenen Fenster.

»Der Krumpen hätte die Wacholderpulle allein leer gemacht, ohne mit der Wimper zu zucken«, sagte Möllmann.

Wagner lehnte sich mit dem Rücken gegen die Fensterbank und zündete sich eine Zigarette an.

»Da im Sessel hat er gesessen«, sagte Möllmann leise. »Mausetot. Und neben ihm hat die fast leere Schnapsflasche gestanden.«

»Und in diesem Zimmer hast du auch mit ihm Schach gespielt?«

»Ja, hier am Tisch. Hin und wieder.«

Wagner zog an seiner Zigarette. Der Qualm, den er ausstieß, schwebte mit der warmen Zimmerluft zum Fenster hinaus. Ein beunruhigender Gedanke drängte sich in seinen Kopf.

»Die Korridortür, also die Tür vom Treppenhaus zu Krumpens Wohnung, war die eigentlich immer abgeschlossen?«, fragte er.

Möllmann zog unsicher die Schultern hoch. »Dat weiß ich nich genau«, sagte er. »Ich glaub aber nich. Wenn wir hier reingegangen sind oder wenn der Nöll mich rausgelassen hat, dann hat er jedenfalls nie mit ‘nem Schlüssel hantiert.«

»Es könnte also sein, dass jeder in die Wohnung konnte?«

Möllmann nickte. »Wenn der Nöll zu Hause war, dann war dat wohl so. Er hat wahrscheinlich nur abgeschlossen, wenn er dat Haus verlassen hat.«

Wagner warf seine Zigarettenkippe aus dem Fenster.

»Worauf willst du eigentlich hinaus?«, fragte Möllmann.

»Meine Phantasie geht gerade mit mir durch«, sagte Wagner. »Das macht vermutlich die Umgebung.«

»Also sach schon! Wat geht dir im Kopp rum?«

»Ich frag mich, ob Arnold Krumpen tatsächlich eines natürlichen Todes gestorben ist. Er hat in der Nacht besoffen im Sessel gesessen und geschlafen. Wenn die Korridortür nicht abgeschlossen war, dann könnte es doch sein, dass jemand hier reingekommen ist, sich ein Sofakissen geschnappt und den wehrlosen Krumpen damit erstickt hat.«

»Doktor Rötering hat als Todesursache Herzversagen festgestellt.«

»Das hätte ich als Arzt auch getan, wenn ich einen schwer herzkranken Patienten so aufgefunden hätte. Der Krumpen lag tot im Sessel vor dem Fernseher, und neben ihm standen ein Aschenbecher voller Stumpen und eine fast leere Schnapsflasche.«

»Ich weiß nich«, sagte Möllmann und wiegte den Kopf hin und her.

»Ich weiß es ja auch nicht«, sagte Wagner. »Wahrscheinlich wäre ich gar nicht auf die Idee gekommen, wenn ich nicht von dir erfahren hätte, was der Krumpen für ein Mensch war. So einer hat sich in seinem Leben bestimmt viele Feinde gemacht.«

»Ja, dat hat er ohne Frage«, sagte Möllmann nachdenklich.

Wagner verschränkte die Arme vor der Brust. Möllmann stand auf und ging zum Schrank. Er holte eine hölzerne Schatulle heraus und trug sie zum Tisch. Dort öffnete er sie, entnahm ihr einige Schachfiguren und stellte sie nebeneinander auf die Tischplatte: den schwarzen König und die weiße Dame, einen Läufer, ein Pferd, einen Turm und ein paar Bauern.

»Die sind sehr schön«, sagte Wagner. »Ich würde sie mitnehmen an deiner Stelle.«

Möllmann zuckte mit den Achseln. »Meinst du wirklich?«

»Der Krumpen braucht sie nicht mehr.«

»Ja schon«, sagte Möllmann zögerlich. »Aber ich frag mich, ob sein Vetter überhaupt en Recht dazu hat, sie mir zu schenken. Sie gehören ihm ja nich. Er verwaltet nur dat Haus, solange die Besitzverhältnisse nich geklärt sind.«

»Mensch, Jupp, hör doch auf! Wo kein Kläger ist, da ist auch kein Richter. Du bist wahrscheinlich der einzige Mensch, der jemals mit dem Krumpen Schach gespielt hat, also auch der einzige, der die Figuren kennt. Und du hast deine Freude an den Dingern. Also nimm sie mit!«

»Weißt du überhaupt, wat die wert sind? Dat sind bestimmt en paar hundert Mark. Und wenn man et genau nimmt, dann stehle ich sie demjenigen, dem dat alles hier demnächst gehört.«

Die beiden standen vor dem Tisch und den handgeschnitzten Schachfiguren aus Lindenholz. Möllmann nahm die weiße Dame in die Hand, betrachtete sie eingehend und seufzte.

»Wenn man es so genau nimmt«, sagte Wagner, »dann haben wir beiden hier gar nichts verloren, dann sind wir gerade im Begriff, eine illegale Hausdurchsuchung vorzunehmen. Aber ich seh das nicht so eng, Jupp. Ob Krumpens Vetter befugt ist, das Schachspiel zu verschenken, weiß ich auch nicht. Aber ich weiß, dass kein Hahn danach krähen wird, wenn du es dir mitnimmst und wenn wir uns hier ein bisschen umsehen. Also was soll es?«

»Wenn ich dich so reden hör, dann frag ich mich, ob du wirklich en Polizeibeamter bis«, sagte Möllmann, schmunzelte und legte die Figuren vorsichtig zurück in die Schatulle.

»Ich hab Urlaub«, sagte Wagner.

»Ein deutscher Beamter is immer korrekt, auch wenn er nich im Dienst is.«

Wagner lachte. »Vielleicht steckt ja immer noch ein bisschen vom kleinen Gauner und Schwarzhändler der Nachkriegszeit in mir.«

»Ja sicher«, sagte Möllmann ernst. »In uns steckt alles drin, wat wir irgendwann ma gewesen sind.«

»Ja, wahrscheinlich ist das so.«

»Warum bis'e eigentlich damals Polizist geworden?«

»Weil junge Männer für den Polizeidienst gesucht wurden«, sagte Wagner.

Möllmann strich mit der Hand über die Schatulle mit den Schachfiguren. »Ich denke, ich werd se mitnehmen«, sagte er.

Wagner ging zum Fenster und zündete sich eine Zigarette an.

»Wo fangen wir denn jetz an zu suchen, Herr Oberinspektor?«

»Welche Zimmer gibt es denn noch außer diesem?«, fragte Wagner zurück.

»Da geht et zur Küche und da zum Schlafzimmer. Vor der Küche ist 'ne Veranda. Die siehs'e, wenn e aus em Fenster gucks. Hinter der Tür im Vorraum is dat Badezimmer. Und dann gibt et natürlich noch den Schuppen und den Keller.«

»Also finden wir das, was wir suchen, am ehesten hier im Wohnzimmer.«

Möllmann nickte. »Dat denk ich auch. Entweder in dem großen Schrank oder im Schränkchen unterm Fernseher.«

»Ich schau im Schrank nach«, sagte Wagner.

Möllmann ging vor dem Fernsehschränkchen auf die Knie.

»Dat hier sieht gut aus«, sagte er. »Lauter Papiere, Mappen, Aktenordner und so 'n Kram und 'ne Blechkiste.«

Wagner warf seine Zigarettenkippe zum Fenster hinaus, ging zum Wohnzimmerschrank und öffnete den linken Türflügel. Auf den Einlegeböden standen Gläser und Geschirr.

»Geschäftskram«, hörte er Möllmann sagen. »Rechnungen, Quittungen, Steuersachen.«

Wagner klappte die beiden Mitteltüren des Schrankes auf. »Hier gibt es ja auch noch ein passendes Schachbrett zu den Figuren«, stellte er fest.

»Ja, dat könnte ich mir auch mitnehmen«, sagte Möllmann.

Neben dem Brett lagen zwei Kartenspiele, ein Schreibblock, ein paar Zigarren, ein Zigarrenabschneider und ein Mensch-ärgere-dich-nicht-Spiel in einem roten Pappkarton.

»Die Blechkiste is interessant«, sagte Möllmann. »Briefe, Dokumente und Fotos. Die guck ich mir ma näher an.«

Er stand auf und ging zum Tisch. Wagner hörte, wie er hinter seinem Rücken in der Kiste kramte.

Hinter der rechten Schranktür lag eine Armprothese. Daneben stand ein Fotoalbum.

Wagner nahm es heraus und blätterte es am Fenster durch. Auf einigen vergilbten Fotos erkannte er den jungen Arnold Krumpen. »Ach, sieh mal an«, sagte er. »Der Krumpen hatte ja auch euer altes Schulfoto.«

»Natürlich hat er dat gehabt«, entgegnete Möllmann. »Ich glaub, alle Jungs aus der Klasse haben dat damals gekriegt.«

»Ich kann mit den alten Bildern nichts anfangen«, sagte Wagner. »Außer dem Krumpen erkenne ich niemanden darauf. Wenn du willst, kannst du ja noch mal durch das Album gucken. Ein Foto von Mia Hüwel gibt es jedenfalls nicht.«

Möllmann saß auf einem Stuhl am Tisch. Er hatte sich eine Lesebrille aufgesetzt und studierte aufmerksam ein handbeschriebenes Blatt Papier. Plötzlich schlug er mit der flachen Hand auf den Tisch und lachte.

»Manni, wir haben et«, sagte er aufgeregt. »Dat ist mehr, als ich erwartet hatte.«

Wagner legte das Fotoalbum auf die Fensterbank und suchte in seinen Jackentaschen nach den Zigaretten.

»Dat ist so 'ne Art Testament, ein Entwurf für en Testament, würd ich sagen. Jedenfalls is dat eindeutig dem Nöll seine Handschrift, und obendrüber steht: Folgendes ist mein letzter Wille.«

Wagner zündete sich eine Zigarette an.

»Meinen Grundbesitz in der Wilhelmstraße in Sterkrade mit allen Aufbauten und allem darin vorhandenen Inventar vermache ich«, las Möllmann vor.

»Na, wem denn?«, fragte Wagner ungeduldig.

»Dat wusste er wohl selbs noch nich«, antwortete Möllmann.

»Hier stehen zwei Frauennamen. Uschi und Waltraud. Hinter beide hat Krumpen ein Fragezeichen gemalt.«

»Na ja«, sagte Wagner enttäuscht.

»Aber jetz kommt et«, sagte Möllmann und las langsam und überdeutlich. »Ich verfüge weiterhin, dass mein Geschäft, bestehend aus allen Fahrradwachen, deren Inhaber ich zum Zeitpunkt meines Todes bin, in den Besitz meines leiblichen Sohnes Joachim Hüwel, geboren am ersten Juli 1950 in Sterkrade, übergehen soll. Sollte Joachim Hüwel zum Zeitpunkt meines Todes noch nicht voll geschäftsfähig sein, soll das Geschäft bis zum Eintritt seiner vollen Geschäftsfähigkeit treuhänderisch verwaltet werden von einer von ihm zu benennenden Person seines Vertrauens.«

***

Ilona hielt ihn mit beiden Armen umschlungen. Ihr linkes Bein lag über seinem Becken. Obwohl sie schon längst am Ziel ihrer Lust angekommen waren, ließ sie ihn nicht los. Sie verbarg ihr Gesicht in seiner Achselhöhle und drückte ihren nackten Bauch gegen seinen.

Ihre Leiber waren feucht. Ein Schweißtropfen, der vielleicht von Ilonas Brust getropft war, rann über seine Haut. Wagner spürte, wie er unter seinem Körper in die Bettdecke sickerte.

Er hätte sich gern den Schweiß abgewischt und eine Zigarette geraucht, aber er konnte sich Ilona nicht entziehen, nicht jetzt. Ihr Herz schlug schneller als seins. Als er in ihrem Schoß gewesen war, hatte er aufgehört, an irgendwas zu denken oder irgendwas zu wollen. Er hatte ihr in den Hals gebissen, und Ilona hatte sich gehen lassen.

Jetzt hatte er das Gefühl, dass er sich für sein Geld etwas genommen hatte, das ihm nicht zustand. Er fürchtete, dass Ilona verärgert sein könnte. Aber als sie ihre Arme von seinem Hals nahm und ihr Gesicht aus seiner Achselhöhle hob, lächelte sie.

Sie kroch über ihn weg. Wagner hörte, wie sie hinter seinem Rücken zum Nierentisch ging. Sie zog den Aschenbecher über die Tischplatte. Ein Feuerzug klickte.

Ilona drängte sich hinter ihm auf die Liege, stellte den Aschenbecher vor ihm aufs Betttuch und hielt ihm eine glimmende Zigarette vors Gesicht. Er nahm sie. Eine Weile rauchten sie schweigend. Er spürte Ilonas Brüste an seinem Rücken.

»Eine junge Frau hat nach dem Krieg jahrelang auf ihren Mann warten müssen, bis zum Oktober 1950«, sagte Wagner irgendwann.

»Viele Frauen haben damals gewartet«, sagte Ilona leise.

»Achteinhalb Monate nachdem ihr Mann zurückgekommen war, hat die Frau einen Sohn zur Welt gebracht.«

Ilona schmiegte sich an ihn.

»Der Vater des Jungen war aber nicht der zurückgekehrte Ehemann, sondern der Vermieter der Frau, ein Kerl, der damals schon fast fünfzig war.«

»So etwas kann passieren«, sagte Ilona.

»Ich verstehe es nicht«, sagte Wagner.

Ilona hob ihren Kopf und legte ihn auf Wagners Schulter. Ihr langes, rotbraunes Haar streichelte seinen Hals, und ihr Mund war nah an seinem Ohr.

Sie sagte: »Das ist doch nicht schwer zu verstehen. Die Frau war allein und hat jemanden gebraucht. Der ältere Mann war für sie da. Das war auch neun Monate vor der Geburt ihres Kindes noch so. Da wusste sie ja noch nicht, dass ihr Ehemann bald zurück sein würde. Bis zu dem Tag, als er vor der Tür stand, dachte sie, er würde vielleicht nie mehr kommen. So lange hat sie den anderen Mann gebraucht. Und sie hat ihm das gegeben, was er von ihr wollte. Dann war plötzlich ihr Mann wieder da, und kurz darauf hat sie gemerkt, dass sie schwanger war. Sie hat vielleicht nicht einmal genau gewusst, von wem. Jedenfalls hat sie nie mehr wieder mit dem anderen Kerl geschlafen, nachdem ihr Mann zurückgekehrt war.«

Wagner drückte seine Zigarette aus. Ilonas Geschichte gefiel ihm. Sie war einfach und einleuchtend.

»Und der Ehemann, wusste der, dass er nicht der Vater war?«, fragte er.

»Nein, ich glaube nicht.«

Ilona strich ihm übers Haar. »Deine neue Frisur gefällt mir«, sagte sie. Nach einer Weile fügte sie hinzu: »Ich glaube, du bist gar kein Polyp. Das hast du nur erzählt, um mich zu beeindrucken.«

»Was bin ich denn in Wirklichkeit?«, fragte Wagner.

»Musiklehrer an einer Mädchenoberschule«, sagte Ilona ohne nachzudenken. »Du bist der Schwarm aller Schülerinnen. Und zu Hause hast du fünf Kinder und eine nette Frau, die dir ein bisschen zu langweilig ist. Deshalb kommst du sonntags immer zu mir.«

»Wenn ich Musiklehrer wäre, dann hätte ich dir doch nicht erzählt, ich wäre Bulle«, sagte Wagner.

»Warum nicht?«

»Weil ich glaube, dass Frauen Musiklehrer interessanter finden als Polizisten.«

»Mich beeindrucken Männer, die Verbrecher jagen, viel mehr als Männer, die Kindern die Tonleiter beibringen«, sagte Ilona, gab ihm einen Kuss auf die Wange und stand auf.

Wagner fürchtete, dass sie sich anziehen würde. Er hörte das Feuerzeug klicken und hoffte, dass sie sich wieder zu ihm legen würde.

»Warum bist du eigentlich Polizist geworden?«, hörte er sie fragen.

»Das wollte heute schon mal jemand von mir wissen«, sagte er.

»Und?«

»1947 wurden junge Männer für den Polizeidienst gesucht«, sagte Wagner, »und ich wollte irgendwas tun, was Neues anfangen.«

»Bist du gern bei der Kriminalpolizei?«

Wagner drehte sich auf den Rücken und sah zu Ilona hinüber. Sie saß nackt in einem der beiden Cocktailsessel und hatte die Beine übereinandergeschlagen. Sie hatte sich eine Zigarette aus seiner Packung genommen und rauchte.

»Ich weiß es nicht«, sagte Wagner. »Wenn ein Täter böse ist, wenn er seine Verbrechen aus Habgier oder aus Mordlust begeht, dann macht es mich zufrieden, ihn zu überführen. Dann hab ich das Gefühl, die Menschen zu beschützen, die Menschen, die einfach nur ihr Leben leben wollen.«

»Sind nicht alle Verbrecher böse?«

»Nein«, sagte Wagner. »Manche sind nur verzweifelt. Und es gibt auch Kriminalfälle, in denen die Opfer die Bösen sind.«

Ilona stand auf, kam zur Liege zurück, setzte sich rittlings auf Wagners Bauch, streifte die Zigarette im Aschenbecher ab und gab sie ihm. Während er rauchte, sah sie ihn unverwandt an.

»Ich glaube, du bist ein guter Polizist«, sagte sie nach einer Weile.

Wagner drückte die Zigarette aus, griff in Ilonas Haare und zog ihren Kopf zu sich herunter. Sie drückte seine Hände aufs Betttuch und richtete sich wieder auf.

»Als Mädchen hab ich davon geträumt, Balletttänzerin zu werden«, sagte sie. »Aber dann kam der Krieg und danach der Hungerwinter. Ich war zwanzig Jahre alt und allein. Ich wollte leben. Also hab ich getanzt. Aber nicht auf der Bühne, sondern in den Bars, in denen die Besatzungssoldaten verkehrten. Es hat mich überrascht, wie einfach es war, ein angenehmes Leben zu haben. Ich bin nur mit den Jungs ins Bett gegangen, die mir gefielen. Am Anfang jedenfalls. Dann kam die Währungsreform, und ich hab's nicht mehr für ein Pfund Butter oder für irgendeinen Bezugsschein gemacht, sondern für Geld. Aber ich hab mir damals immer noch eingeredet, ein Mädchen zu sein, das ein paar nette Freunde hat, von denen es ausgehalten wird. Dass ich eine Hure geworden war, das hab ich mir erst viel später eingestanden. Und da hatte ich mich dran gewöhnt, an das leichte Leben und an das viele Geld. Also hab ich mir gedacht, dass Hure vielleicht gar kein schlechter Beruf ist.«

»Es muss Huren geben und Polizisten«, sagte Wagner, »sonst können die braven Mädchen und die frommen Frauen nicht ruhig schlafen.«

Ilona lachte. »Aber nächstes Jahr höre ich auf«, sagte sie.

»Und dann machst du eine Kneipe auf?«

»Wie kommst du darauf?«

»Wollen nicht alle Huren irgendwann Bordellbesitzerin oder Wirtin werden?«

»Ich will eine Gaststätte haben, eine bürgerliche, mit gutem Essen und einer Kegelbahn und einem kleinen Saal, wo Vorstandssitzungen stattfinden und der Gesangsverein seine Proben abhält. Das Geld, das ich dafür brauche, hab ich beinahe zusammen.«

»Das ist schade«, sagte Wagner. »Du bist eine gute Hure.«

»Nein, das bin ich nicht«, sagte Ilona und seufzte. »Was ich hier mit dir mache, das gehört sich nicht für eine anständige Hure.«

Wagner griff lachend in ihre Haare.

»Zieh mich bloß nicht wieder zu dir herunter!«, sagte sie, und es klang so, als wäre sie ärgerlich. »Ich hab mich gefreut, als du gekommen bist, ich hab mich beim Vögeln benommen, als wäre ich deine Geliebte, und jetzt schlawenzel ich mit dir hier rum. Und draußen gehen die Freier vorbei und sehen, dass mein Vorhang zugezogen ist, und bringen ihr Geld woandershin. Nein, verdammt noch mal, ich bin keine gute Hure.«

»Ich hab keine Lust, mir eine andere zu suchen, wenn du aufhörst«, sagte Wagner und ließ ihre Haare nicht los.

»Eine Gastwirtin nimmt keine Freier mit in ihr Bett«, sagte Ilona.

»Aber vielleicht einen Freund? Hin und wieder?«

Ilona griff nach seinen Händen, drückte sie gegen ihren Kopf, schloss die Augen und antwortete ihm nicht.

»Möchtest du meine Familie kennenlernen? Meine Frau und meine fünf Kinder?«, fragte Wagner.

»Du bist ein verrückter Kerl«, sagte Ilona sanft.

»Nein, bin ich nicht«, entgegnete Wagner. »Ich möchte dich um etwas bitten, aber nicht hier, sondern in einem netten Lokal, irgendwo in der Stadt. Kannst du nicht Schluss machen für heute?«

»Natürlich kann ich das«, sagte Ilona, legte sich auf ihn und küsste seinen Hals.

Wagner streichelte ihren Hintern. »Wir müssen ja nicht sofort gehen«, sagte er ganz leise.

»Nein, wir haben Zeit«, sagte Ilona, und Wagner bemerkte, dass sie lächelte.

***

Wagner sah sich vergeblich nach einem Aschenbecher um. Er fühlte sich unbehaglich und war angespannt. Mia Hüwel saß ihm gegenüber auf ihrem Sofa, steif, mit zusammengekniffenen Lippen und herabhängenden Armen.

Dass sie da hockte wie ein Torwart, der einem Elfmeter entgegensah, ging Wagner durch den Kopf. Alle Chancen waren in dieser Situation auf der Seite des Schützen. Auf seiner Seite. Er könnte es vielleicht so machen wie Helmut Haller gegen die Schweiz: erst anlaufen, dann verzögern, die Reaktion des Torwarts beobachten und entschlossen verwandeln.

Über dem Sofa hing der Druck eines süßlichen Kinderbildes von Maria Innocentia Hummel, daneben eine Holzkonsole, auf der eine in Rot und Blau gewandete Gottesmutter aus Gips betrübt ihr Haupt senkte. Die Sommerblumen in der schlanken, gläsernen Vase neben der Marienstatue waren bunt und frisch. Mia trug einen langen, schwarzen Rock und eine graue Bluse, deren Kragen sich eng um ihren Hals schloss.

Sie hatte die Haustür geöffnet und sie gleich wieder zuschlagen wollen, als sie ihn gesehen hatte. Wagner hatte von außen gegen die Tür gedrückt und Mia daran gehindert, sie zu schließen. Durch den offen gebliebenen Türspalt hatte er in den Hausflur hineingerufen, dass es besser für sie sei, ihn einzulassen. Dass es neue Erkenntnisse im Zusammenhang mit Joachims Tod gebe, hatte er gesagt, und dass er umgehend für eine Wiederaufnahme des Ermittlungsverfahrens sorgen werde, wenn sie nicht mit ihm rede.

Mia hatte die Haustür losgelassen und war wortlos die hölzernen Stufen hinauf in die erste Etage gestapft.

Im Treppenhaus hatte Wagner einen kurzen Blick auf die Tür zu Krumpens Wohnung geworfen, in der Möllmann und er gestern das Stück Papier gefunden hatten, das er gleich vor Mia auf den Tisch legen wollte. Er hatte sich noch einmal vergewissert, dass Krumpens letzter Wille in der Innentasche seines Jacketts steckte, und er hatte sich vorgenommen, Mia Hüwel heute nicht wieder davonkommen zu lassen wie am Samstag auf dem Friedhof.

Dann war er hinter ihr hergegangen, die Holztreppe hinauf, durch die offen stehende Wohnungstür, war ihr ins Wohnzimmer gefolgt und hatte sich ihr gegenüber in einen Sessel gesetzt.

Mia stand auf, öffnete hinter Wagners Rücken den Wohnzimmerschrank, schloss ihn wieder und stellte einen Aschenbecher auf den Tisch.

»Kannst ruhig rauchen«, sagte sie. »Hier stinkt sowieso alles nach den Roth-Händle vom Willy.«

»Danke«, sagte Wagner überrascht und zündete sich eine Zigarette an. »Ist dein Mann zur Arbeit?«

»Nein, im Schrebergarten«, sagte Mia, während sie sich wieder aufs Sofa setzte. Als Wagner sie ansah, wich sie seinem Blick aus. Sie war beunruhigt, vielleicht sogar ängstlich. Dass er gekommen war, obwohl sie damit gedroht hatte, sich über ihn zu beschweren, verunsicherte sie ganz offensichtlich. Sie schien zu ahnen, dass er mehr wusste als am Samstag auf dem Friedhof, dass er etwas gegen sie in der Hand hatte, was ihre Drohung wirkungslos machte.

Das war anders als bei Hallers Elfmeter. Das war so, als läge der Torwart schon in einer Ecke des Tores, während der Schütze sich noch den Ball auf dem Punkt zurechtlegte. Es bedurfte keines langen Anlaufs oder irgendwelcher Täuschungsmanöver mehr.

Wagner zog Krumpens Schreiben aus der Innentasche seiner Jacke und faltete es auf dem Tisch auseinander.

»Ich habe hier ein Testament von Arnold Krumpen, ein vorläufiges, einen handgeschriebenen Entwurf.«

Mia zog ein weißes Taschentuch hinter einem Sofakissen hervor. Es roch nach Kölnisch Wasser. Sie tupfte sich die Stirn und die Nase ab.

»Hieraus geht hervor, dass Joachim Krumpens leiblicher Sohn war«, sagte Wagner. »Arnold Krumpen hatte die Absicht, dem Jungen sein Geschäft zu vererben.« Er schob das Schreiben zu Mia hinüber. Sie beugte sich vor und überflog es.

»Das ist nichts, gar nichts. Da hat dieser alte Mann sich was zurechtgesponnen. Er hätte gern einen Sohn gehabt. Den Achim, den hat er gemocht«, sagte sie mit dünner Stimme.

Wagner zog das Papier zurück, faltete es und schob es wieder in die Innentasche seine Jacketts.

»Der Krumpen war vielleicht ein Scheißkerl, aber er war kein Spinner. Als er das hier geschrieben hat«, Wagner tippte mit dem

Zeigefinger auf seine Brust, »da wusste er ganz genau, dass er Achims Erzeuger war. Und das, liebe Mia, das wird der Staatsanwalt auch so sehen. Darauf kannst du dich verlassen. Und Krumpens Vaterschaft ist ein Sachverhalt, der völlig neue Fragen aufwirft, Fragen zu Joachims Tod, die bisher niemand gestellt hat. Ich bin mir sicher, dass die Staatsanwaltschaft die Wiederaufnahme der polizeilichen Ermittlungen anordnen wird, wenn sie das hier kennt.« Er tippte noch einmal auf seine Brust. Dann lehnte er sich zurück.

»Ich hatte gehofft, dass ich dir das ersparen könnte«, sagte er und zündete sich eine neue Zigarette an.

Mia zerknüllte mit beiden Händen das weiße Taschentuch.

»Rede endlich mit mir!«, sagte Wagner. »Dein Leugnen ist doch unsinnig. Ich weiß, dass du damals was mit Arnold Krumpen hattest. Und du weißt, dass ich es weiß. Ich kann mir vorstellen, wie schrecklich das für dich ist, was gerade hier passiert. Du wolltest alles vergessen, was damals gewesen ist. Du hattest gehofft, dass es niemals ein Mensch erfahren würde. Und jetzt sitze ich dir gegenüber und zwinge dich, darüber zu reden. Es tut mir leid, Mia. Glaub mir das bitte! Aber es geht nicht anders. Es gibt ein paar Fragen, auf die ich Antworten haben muss. Hat der Junge etwas geahnt? Weiß dein Mann, dass der Achim nicht sein leiblicher Sohn war? Warum war der Krumpen sich so sicher, dass er der Vater war? Wenn die alte Geschichte nichts mit dem Tod des Jungen zu tun hat, dann werde ich sie wieder vergessen. Das versprech ich dir. Dann wird auch der Staatsanwalt nichts von diesem Testament erfahren.«

»Und auch sonst niemand?«, fragte Mia zaghaft.

»Nein.«

»Du wirst niemandem davon erzählen?«

»Natürlich nicht.«

»Auch der Trude und dem Heinrich nicht?«

Wagner schüttelte den Kopf.

»Er hat mich gezwungen«, sagte Mia.

Sie machte eine lange Pause, bevor sie weitersprach. »Meine kleine Cousine lag auf Leben und Tod. Mit einer Lungenentzündung. Im Februar siebenundvierzig war das. Sie brauchte Penicillin. Das war nirgendwo zu bekommen. Da bin ich auf dem Schwarzmarkt auf Krumpen gestoßen. Er konnte welches beschaffen. Er hat mich in seine Wohnung bestellt. Da musste ich mit ihm ins Bett. Erst danach hat er mir das Penicillin gegeben. Natürlich nicht genug. Ich musste schon am nächsten Abend wieder zu ihm. Für die nächste Ration. Ich hab damals mit meiner Tante und zwei Cousinen in Oberhausen auf der Düppelstraße gewohnt. Als das Fieber der Kleinen endlich runter war, hatten wir nicht genug zu essen, um sie wieder auf die Beine zu kriegen. Alles, was man gegen Lebensmittel eintauschen konnte, hatten wir längst zu den Bauern gebracht. Und zum Heizen hatten wir auch nichts mehr. Die Küchenstühle hatten wir schon klein gehackt und verstocht. Also bin ich wieder zum Krumpen. Mehl, Butter, Eier, Zucker, einen Sack Kohlen, ich hab von ihm alles bekommen. Nicht nur die Kleine wäre uns weggestorben. Wir wären alle vier verreckt damals, wenn ich mich nicht geopfert hätte. Das kannst du mir glauben.«

»Das tu ich«, sagte Wagner. »Ich hab die Zeit miterlebt.«

»Als der Onkel aus der Gefangenschaft zurückkam, hat er mich rausgeworfen. Nach allem, was ich für seine Frau und die Mädchen getan hatte. Ich hab verzweifelt nach einer Bleibe gesucht. Und da hat der Krumpen mir hier die Wohnung angeboten.«

»Das war im Herbst achtundvierzig?«, fragte Wagner.

Mia nickte. »Damals ging es nicht mehr ums Überleben. Ich wäre schon durchgekommen, auch ohne den Arnold Krumpen. Irgendeine Bleibe hätte ich bestimmt gefunden, aber ich hab sein Angebot angenommen. Obwohl ich den Mietpreis kannte. Das war dic größte Sünde meines Lebens. Und dafür hat Gott mich jetzt bestraft. Er hat mir den Jungen weggenommen.«

Sie wischte sich mit dem Taschentuch durch die Augen.

»Es ist damals so gekommen, wie es kommen musste. Ich bin schwanger geworden vom Krumpen, und ein paar Tage später stand der Willy plötzlich vor der Tür. Das ist die ganze Geschichte.«

Wagner sah Mia an. Sie hielt den Kopf gesenkt und hatte die Augen niedergeschlagen, gerade so wie die Jungfrau Maria, die über ihr an der Wand hing. Was sie gerade erzählt hatte, war nicht die ganze Geschichte. Es war eine Zusammenfassung, die Fragen offenließ. Warum hatte sie sich nach dem schrecklichen Winter nicht von Krumpen abgewendet, sondern war stattdessen in sein Haus eingezogen? Warum hatte sie im Oktober 1950 immer noch ein Verhältnis mit ihm gehabt?

Wagner wusste, dass er nicht das Recht hatte, Mia diese Fragen zu stellen.

»Ich wollte unbedingt hier ausziehen, als der Willy wieder da war«, sagte sie. »Ich hab ihn gedrängt, eine andere Wohnung zu suchen. Aber er hat nur den Kopf geschüttelt. So etwas Günstiges würden wir doch nie mehr wieder finden, hat er gesagt. Damit hatte er natürlich recht. Und weil der Krumpen mich in Ruhe gelassen hat, hab ich mich schließlich damit abgefunden, hier wohnen zu bleiben. Seit dem Tag, an dem der Willy wieder hier war, hat Arnold Krumpen nie mehr irgendwas von mir gewollt. Wenn wir uns zufällig begegnet sind, haben wir uns gegrüßt. Das war alles. Über das, was vorher war, haben wir nie mehr gesprochen.«

»Und wer wusste davon, dass der Achim Krumpens Sohn war?«, fragte Wagner.

»Niemand außer mir«, entgegnete Mia entschieden.

»Und du wusstest von Anfang an, dass das Kind nicht von deinem Mann war?«

»Eine Frau spürt so was.«

»Und Krumpen?«

»Der hat es vielleicht geahnt.«

»Er war sich ganz sicher. Sonst hätte er dem Jungen nicht sein Geschäft vererben wollen.«

Mia zuckte mit den Schultern. »Anscheinend ist der Achim ihm in den letzten Jahren immer ähnlicher geworden. Aber das kann ich nur vermuten. Ich weiß nicht, wie Arnold Krumpen als junger Mensch ausgesehen hat.«

»Und dein Mann und der Junge, die haben überhaupt nichts gewusst?«

Mia schüttelte energisch den Kopf. »Nein, ganz bestimmt nicht«, sagte sie.

Wagner drückte seine Zigarette im Aschenbecher aus. Die Entschiedenheit, mit der Mia behauptete, Willy Hüwel und Joachim seien ahnungslos gewesen, machte ihn misstrauisch.

ZEHN

Möllmann legte die Zeitung zur Seite, setzte seine Brille ab und rieb sich die Augen. Was da nebenan in Gelsenkirchen passierte, das war eine ausgemachte Schweinerei. Es sah so aus, als würden sie die Zeche Graf Bismarck tatsächlich dichtmachen.

Seit Monaten kochte die Volksseele. Die Gelsenkirchener Zeche war eine der modernsten im Revier, eine der größten und rentabelsten. Sie gehörte zur Deutschen Erdöl AG, und die war eine Tochter der amerikanischen Texaco. Die hohen Herren in irgendwelchen fernen Konzernzentralen hatten den aberwitzigen Entschluss gefasst, Graf Bismarck zu schließen und eine Stilllegungsprämie in Millionenhöhe einzusacken.

Die Politiker waren erbost. Sie hatten mit der Prämie eigentlich einen Anreiz zur Stilllegung unrentabler Zechen schaffen wollen. Die Bergleute waren verzweifelt. Sie zogen zu Tausenden über die Straßen und flehten auf ihren Transparenten: »Denkt an unsere Frauen und Kinder!«

Aber die Konzernbosse hielten ungerührt an ihrer Idee fest. Ende September sollte endgültig Schluss sein in Gelsenkirchen. Dann würden, so schrieb die Zeitung, etwa vierzigtausend Arbeitsplätze vernichtet sein, die direkt oder indirekt von Graf Bismarck abhingen.

So konnte es nicht weitergehen! Die Nachrichtensprecher redeten inzwischen so unverblümt vom Zechensterben an der Ruhr, und die Zeitungsredakteure schrieben so selbstverständlich darüber, dass die Menschen anfingen, es für ein unabwendbares Naturereignis zu halten. Aber wenn die Zechen starben, dann gingen auch Eisenhütten und Stahlwerke vor die Hunde, die ein Jahrhundert lang auf der Kohle gewachsen waren. Dann stand das Ende des Reviers bevor!

Was sollte aus den jungen Leuten werden, die zwischen Fördertürmen und Hochöfen groß wurden? Wo sollten die Kumpel hin, die ihre Arbeitsplätze verloren? Im Bottroper Knappschaftskrankenhaus versuchte man, aus Hauern Krankenpfleger zu machen, in Bochum ließen Bergleute sich als Verwaltungsangestellte für die neue Ruhruniversität ausbilden, und die Gewerkschaft bot Kurse an, in denen ehemalige Steiger zu Fachleuten für die Datenverarbeitung umgeschult wurden, angeblich ein Beruf mit Zukunft.

Aber viele konnten und wollten nach dreißig oder vierzig Jahren im Pütt nicht mehr ganz von vorn anfangen. Für sie würde es kommen wie für Möllmanns alten Kumpel Fritz Kaltenbach, den er vor ein paar Tagen am Kanal getroffen hatte. Gut und gerne neunhundert Mark hatte er als Hauer gehabt, bis ganz plötzlich Schluss war für ihn, mit Anfang fünfzig. Jetzt bekam er jeden Monat fünfhundert Mark vom Arbeitsamt. Wenn er die Miete, den Strom und die Raten für den Fernsehapparat bezahlt hatte, blieben ihm und seiner Familie noch knapp dreihundert Mark. »Bei uns in der Küche ist es wieder so wie nach dem Krieg«, hatte Kaltenbach gesagt. »Eintöpfe, kein Fleisch, Stullen mit Rübenkraut, vielleicht mal ein Stück Blutwurst, und statt Bohnenkaffee gibt's wieder Muckefuck.«

Jupp Möllmann seufzte. Er hatte Glück gehabt, verdammtes Glück, trotz all der schlimmen Zeiten. Die beiden Kriege, dazwischen die schwere Wirtschaftskrise, danach die schlechten Jahre bis zur Währungsreform, er hatte alles ohne große Not überstanden. Einmal, während der Krise Anfang der Dreißiger, hatte er kurzarbeiten müssen. Damals war er froh gewesen, den Garten zu haben, die Hühner und die Kaninchen. Damit waren er und Hilde immer über die Runden gekommen, auch im Hungerwinter 1947.

Als Bergmann hatte er sein Auskommen gehabt. Auch während der letzten Jahre auf der Zeche, als ihm die Maloche im Berg zu viel geworden war und er als Waschkauenwärter eine ruhige Kugel geschoben hatte, war er noch anständig entlohnt worden. Und jetzt hatte er eine ordentliche Rente, die ihm niemand mehr nehmen konnte. Für den neuen Fernseher hatte er zwar ein Jahr gespart, aber dann hatte er ihn bar bezahlt.

Möllmann schob die Zeitung noch ein Stück weiter zur Seite und zog das Schachspiel zu sich heran, das seit gestern Nachmittag auf seinem Tisch stand. Er hatte damit begonnen, eine der Weltmeisterschaftspartien zwischen Petrosjan und Spasski nachzuspielen. Die beiden hatten sich von April bis Juni in Moskau ein packendes Duell geliefert, das der Titelverteidiger Tigran Petrosjan schließlich knapp für sich entschieden hatte. Möllmann ärgerte sich nicht allzu sehr darüber, dass ihm so mancher Zug der beiden großen Meister rätselhaft blieb. Sehr viel größer war seine Freude über die schönen Schachfiguren. Seitdem sie in seinem Wohnzimmer standen, hatte er das Gefühl, dass sie hierhin gehörten.

Helmut Pott hatte sich auch gefreut, als er ihm gestern Abend die Schlüssel zurückgegeben hatte.

»Es ist gut, dass du die Dinger jetzt hast«, hatte er gesagt. »Die Nutte vom Arnold hätte sie ja doch nur verscherbelt. Wahrscheinlich macht sie alles zu Geld, das Haus und den ganzen Kram, der da drin ist.«

Sie hatten sich auf ein Bier zusammengesetzt, und Pott hatte ihm erzählt, es sei ein Testament aufgetaucht. Darin habe Krumpen verfügt, dass sein Vetter, also er, Helmut Pott, die Fahrradwachen erben solle. Das Haus in der Wilhelmstraße habe Krumpen der Besitzerin der »Wassermühle«, einer bekannten Striptease-Bar am Duisburger Hafen, vermacht. Von der Dame wusste Pott, dass sie Anfang fünfzig war und Uschi Obermüller hieß und dass Krumpen sie schon vor vielen Jahren kennengelernt hatte, als sie noch als Animierdame und Hure ihr Geld verdiente.

Pott hatte Möllmann auch erzählt, das Testament könne noch nicht vollstreckt werden, weil erst überprüft werden müsse, ob es noch einen nahen Verwandten von Krumpen gäbe, der Anrecht auf einen Pflichtteil haben könnte. Das sei aber wohl nur eine Formsache, obwohl man beim Nachlassgericht Arnold Krumpens letzten Willen mit einer gewissen Skepsis betrachte. Er habe nämlich das Testament erst eine gute Woche vor seinem Tod einem Notar übergeben und gleichzeitig ein früher abgefasstes zurückgezogen.

Möllmann stand auf, ging zum Fenster und öffnete es. Dem Gemüse im Garten und dem Getreide auf den Feldern war anzusehen, dass ihnen die Sonne fehlte. Die ließ sich seit Tagen kaum noch blicken. Am Nachmittag war er mit einer Hacke in den Gemüsegarten gegangen, aber die Schwüle und die stickige Luft hatten ihn schon nach kurzer Zeit zurück ins Haus getrieben.

Bei dem Wetter würde Manni Wagner sicher vorläufig nicht vorbeikommen, um sein Motorrad aus dem Schuppen zu holen. Möllmann hätte ihm gern erzählt, was er über Krumpens Testament erfahren hatte. Natürlich könnte er einfach mal rüberspazieren zur Lindnerstraße und bei Wagner anklingeln. Aber er fürchtete, dass Manni Wagner nicht viel von Besuchern hielt, die ihm unangemeldet auf die Pelle rückten.

Andererseits würde ihn das, was Helmut Pott erzählt hatte, sicher interessieren.

Möllmann beugte sich aus dem Fenster. Es war längst nicht mehr so schwül wie am Nachmittag. Er könnte gut noch einen kleinen Spaziergang machen und bei der Gelegenheit in der Lindnerstraße nach dem Taunus Ausschau halten. Vielleicht war Manni Wagner ja zu Hause. Dann könnte er ihm vielleicht doch kurz die Neuigkeiten mitteilen. Er brauchte sich ja nicht lange bei ihm aufzuhalten.

***

Die Roulade war zart, über den Stampfkartoffeln hing ein Hauch von Muskat, und der Rotkohl war nicht so verkocht, wie Wagner es befürchtet hatte.

Er saß in einem Ausflugslokal am Hirschkamp und ließ es sich schmecken.

Am Vormittag war er kreuz und quer durch die Stadt gefahren, war in Lirich und Alstaden gewesen, hatte am Ruhrufer eine Zigarette geraucht, hatte sich in Dümpten und Osterfeld umgesehen und hatte festgestellt, dass sich in den vergangenen zwei Jahrzehnten viel verändert hatte.

Er hatte kein Ziel gehabt, war mit dem Wagen über Kopfsteinpflaster und Straßenbahnschienen gerumpelt, hatte mehrmals Kanal und Emscher überquert und war unter den gewaltigen Rohren der Gichtgasleitungen hindurchgefahren, die die Straßen rings um die Hüttenwerke überspannten.

Er hatte vor geschlossenen Schranken gestanden und die Waggons der Güterzüge gezählt. Im Schritttempo war er hinter dem Pferdewagen eines Klüngelskerls hergefahren und hatte den schrägen Tönen seiner Blechflöte gelauscht. Er hatte den Kindern zugehört, die kreischend und lachend neben dem Pferdegespann hergelaufen waren und gesungen hatten: »Lumpen, Eisen, Knochen und Papier, ausgefall'ne Zähne sammeln wir.«

An einer Trinkhalle auf der Essener Straße hatte er sich zwei Päckchen Güldenring gekauft, eine Limonade getrunken und die Dampfschwaden und Rauchfahnen über den Kühltürmen und Schornsteinen beobachtet. Sie waren nicht zum Himmel aufgestiegen, sondern hatten sich unter der Dunstglocke, die auch heute wieder über dem Ruhrgebiet hing, auf die Stadt herabgesenkt.

An der Duisburger Straße hatte er am Fuß des Schlackenberges angehalten. Er hatte mit dem Gedanken gespielt, ihn zu besteigen und einmal von oben auf das Hüttenwerk, die Zeche Concordia und den Kaisergarten hinunterzuschauen. Aber dann hatte er es vorgezogen, die helle Sommerhose und den neuen, grünen Pullover zu schonen und nicht auf dem schwarzen Berg herumzuklettern. Auf einen Spaziergang durch den Kaisergarten, den größten Park der Stadt, dessen alte Bäume sich stur zwischen Hochöfen und Fördertürmen in den diesigen Himmel reckten, hatte er keine Lust gehabt. An den Tiergehegen vorbeizulaufen und am Schloss Oberhausen ein Eis zu essen, das war unvermeidlicher Höhepunkt sonntäglicher Familienausflüge, aber nicht sein Ding.

Er hatte sich wieder ins Auto gesetzt, war von der Duisburger Straße in die Buschhausener Straße abgebogen und am Schlachthof vorbei in Richtung Innenstadt gefahren. Eine Weile hatte er sich das Treiben auf dem Bahnhofsvorplatz angesehen, der schon seit ein paar Wochen eine Großbaustelle war. Straßenbahnschienen verschwanden unter Asphalt, und neue Bussteige wuchsen aus dem Erdboden.

Wagner war nicht so gefahren, wie er es tat, wenn er ein Ziel hatte, nicht bloß an allem vorbei, sondern er hatte hingeguckt wie einer, der die Stadt nicht kannte.

Er hatte Siedlungshäuser gesehen, von deren grauen Fassaden der Putz bröckelte, alte Zechenhäuser, durch deren braune Ziegelwände sich lange Risse zogen, und er hatte sich darüber gewundert, dass die Gardinen, die hinter den Fenstern hingen, so weiß waren.

Er war durch Sterkrade gefahren und weiter in den Norden der Stadt, wo es keine Industrie mehr gab und nur noch wenige Häuser. Er hatte sein Auto am Rande der Franzosenstraße stehen gelassen, war eine gute Stunde lang durch den Hiesfelder Wald gelaufen und hatte sich zur Mittagszeit in dem Lokal am Hirschkamp eine Rindsroulade bestellt.

In der großen Gaststube waren nur wenige Tische besetzt. Drei ältere Damen, denen man ansah, dass sie nach einer Wanderung durch die Wälder müde und hungrig waren, warteten auf ihr Essen. Ein junges Paar scherzte miteinander. Ein adrett gekleideter Mittvierziger saß am Fenster und hielt den frisch polierten Opel Kadett im Auge, der neben dem Ford Taunus vor dem Gasthaus stand.

Wagner wischte sich mit einer Serviette den Mund ab, schob den leeren Teller zur Seite und trank sein Colaglas leer.

Es war ein Tag nach seinem Geschmack. Das zu tun, was einem gerade in den Sinn kam, war ein Vergnügen, das sich nicht einmal Alfried Krupp und die Königin von England leisten konnten. Die verrückte Idee, kreuz und quer durch die Stadt zu fahren, sich Halden, Hochöfen und Zechensiedlungen einmal so anzusehen, wie er sich vor ein paar Jahren in Paris den Montmartre, den Louvre und Notre-Dame angeschaut hatte, war ihm beim Frühstück gekommen.

Er hätte gern das Motorrad genommen, aber danach war das Wetter nicht. In diesem trüben Juli wäre es vielleicht keine schlechte Idee, in den Süden zu entfliehen. Er hatte noch fast zwei Wochen Urlaub. Er könnte sich sofort ins Auto setzen und nach Italien fahren. Aber was sollte er da?

In der vergangenen Nacht hatte er von Achim Hüwel geträumt. Der Junge hatte tot unter der Brücke gelegen. Er hatte neben ihm gestanden und ihn angeschrien, dass er nicht so liegen bleiben könne, dass er sofort aufstehen müsse.

Er war aus seinem Traum aufgeschreckt und hatte danach lange wach gelegen, und er hatte gedacht, dass Kriminalrat Kerkhoff und der Staatsanwalt recht haben könnten mit der Auffassung, dass der Junge Opfer eines tragischen Unglücksfalls geworden war.

Nach dem Gespräch mit Mia Hüwel sah es so aus, als hätte das, was damals zwischen ihr und Arnold Krumpen gewesen war, nicht das Geringste mit Achims Tod zu tun. Sie hatte all die Jahre verbissen geschwiegen. Der alte Krumpen hatte sein Wissen mit ins Grab genommen. Achim hatte nie erfahren, dass Willy Hüwel nicht sein Vater war, und der war nie auf die Idee gekommen, dass seine Frau von einem anderen Mann geschwängert worden sein könnte.

Wenn das alles so war, wie Mia behauptet hatte, dann konnten die Geschehnisse der Nachkriegszeit und das Unglück an der Weierstraße nicht Anfang und Ende ein und derselben Geschichte sein.

Wagner winkte den Wirt heran und bestellte einen Kaffee.

Die drei älteren Damen aßen schweigend. Der junge Mann und die junge Frau tranken und lachten laut. Der adrett gekleidete Mittvierziger verließ grußlos die Gaststube. Vor dem Haus blieb er kurz stehen, betrachtete kopfschüttelnd den Himmel, stieg in seinen Kadett und fuhr in Richtung Hünxe davon.

Der Wirt stellte ein Kännchen Kaffee vor Wagner auf den Tisch.

»Da zieht ganz gewaltig was heran«, sagte er.

In der Ferne donnerte es.

Wagner trank Kaffee und rauchte eine Zigarette. Er sah zum Fenster hinaus.

Ein heftiger Wind zerrte an den Kronen der Bäume. Darüber zogen tief hängende, schwarze Wolken auf. Von einer Minute auf die andere wurde es finster. Die plötzliche Dunkelheit erstaunte Wagner. Der gewaltige Blitz, der sie zerriss, faszinierte ihn. Der unmittelbar folgende, krachende Donnerschlag erschreckte ihn.

»Um Himmels willen«, sagte eine der älteren Frauen. Ihre beiden Gefährtinnen sahen verängstigt aus. Das junge Paar hielt sich schweigend an den Händen. Der Wirt schaltete das Licht an und stellte sich ans Fenster.

Als es zu regnen begann, trat er einen Schritt zurück.

Eine Frau sagte: »Mein Gott.«

Die jungen Leute schwiegen.

»Die Sintflut«, sagte der Wirt leise.

Wassermassen stürzten aus den Wolken, ergossen sich über die Erde, überschwemmten den Platz vor dem Gasthaus und überfluteten die Straße. Die Welt verschwand hinter einer Regenwand. Wagner konnte nicht einmal mehr sein Auto sehen.

Der Wind toste. Blitze zuckten. Die Donnerschläge klangen dumpf. Der Regen rauschte, prasselte aufs Hausdach und klatschte gegen die Fensterscheiben.

»Hoffentlich ist niemand mehr im Wald«, sagte der Wirt.

»Das kam so plötzlich«, sagte die junge Frau.

»Bestimmt hört es genauso plötzlich wieder auf«, sagte der junge Mann.

Wagner trank Kaffee und rauchte.

Das Unwetter endete nicht plötzlich. Nach zwanzig Minuten legte der Wind sich ganz allmählich, es wurde etwas heller, der Donner grollte leiser, der Wolkenbruch verlor an Heftigkeit, aber es regnete immer noch in Strömen.

Wagner ging zur Toilette, pinkelte und wusch sich die Hände. Als er an der Theke vorbeikam, sah er den Apfelkuchen. Er bestellte ein Stück und dazu noch einen Kaffee.

»Das ist vernünftig«, sagte der Wirt. »Wenn Sie jetzt rausgehen, sind Sie ja klatschnass, bevor Sie im Auto sitzen.«

»Ich hab es nicht eilig«, sagte Wagner.

»Mit Sahne?«, fragte der Wirt.

Wagner nickte.

Er ließ sich Zeit mit dem Kuchen. Er genoss Stück für Stück. Zwischendurch trank er Kaffee mit viel Zucker, rauchte und schaute durchs Fenster. Auf der Straße stand das Wasser knöchelhoch. Er sah ein paar Autos, die mit eingeschaltetem Licht sehr langsam fuhren.

Hoffentlich war Jupp Möllmann nicht von dem Unwetter überrascht worden. Er hatte vorgehabt, heute zum Angeln an den Kanal zu fahren.

Gestern Abend war der Jupp kurz bei ihm gewesen und hatte ein paar interessante Neuigkeiten erzählt.

Ein Testament von Krumpen war aufgetaucht.

»Der Arnold hat et kurz vor seinem Tod noch geändert«, hatte Jupp Möllmann gesagt.

Er hatte ihm widersprochen. »Ich würde eher sagen, dass er es kurz nach Achims Tod neu abgefasst hat. Den Entwurf seines alten Testaments kennen wir ja. Krumpen wollte dem Jungen die Fahrradwachen vererben. Das musste er natürlich ändern, als der Achim tot war. Dass er kurz drauf selbst gestorben ist, halte ich für einen Zufall.«

»Und wenn et kein Zufall war?«, hatte Möllmann gefragt. »Vielleicht war deine Idee, dat jemand dem Krumpen ein Sofakissen aufs Gesicht gedrückt hat, ja gar nich so verkehrt.«

Sie waren sich schnell einig geworden, dass Helmut Pott für einen Mord aus Habgier nicht in Frage kam. Er war ein anständiger Kerl, hatte eine gute Pension und war sicher nicht darauf aus gewesen, die Fahrradwachen seines Vetters zu erben.

Dass die Inhaberin der »Wassermühle«, die das Anwesen in der Wilhelmstraße bekommen sollte, für das vorzeitige Ableben Krumpens gesorgt haben könnte, war auch nicht mehr als eine gewagte Spekulation.

»Man müsste diese Uschi aus Duisburg ma kennenlernen. Et würd mich schon interessieren, wie diese Madam so gestrickt is und ob se gewusst hat, dat der Nöll ihr dat Haus vermachen wollte«, hatte Möllmann gesagt.

Wagner aß das letzte Stück Apfelkuchen und trank seinen Kaffee aus. Er konnte sich zwar nicht vorstellen, dass die Barbesitzerin den alten Krumpen ins Jenseits befördert hatte, aber Jupp Möllmanns Idee, die Dame einmal kennenzulernen, gefiel ihm trotzdem.

Krumpen hätte ihr nicht sein Haus hinterlassen, wenn er nicht sehr vertraut mit ihr gewesen wäre. Wahrscheinlich hatte er mit dieser Uschi Obermüller auch über persönliche Dinge gesprochen, vielleicht sogar irgendwann mal über seinen Sohn Joachim.

***

Wagner lockerte den Krawattenknoten ein wenig und öffnete den Kragenknopf seines weißen Sporthemds.

»Jupp, das war ein Wetter, so was hast du noch nicht gesehen«, sagte er.

Möllmann lachte. »Meins'e, ich hätte nix davon mitgekriegt? In Buschhausen hat et genauso gegossen wie am Hirschkamp. Ich war verdammt froh, dat ich nich mehr am Kanal gesessen hab. Als et anfing zu plästern, war ich gerade zu Hause.«

»Und ich bin da durchgefahren. Ich konnte ja nicht den ganzen Tag in dem Gasthaus sitzen bleiben. Also bin ich irgendwann zum Auto gespurtet und hab mich auf den Heimweg gemacht. Eine fürchterliche Fahrt war das. Das Wasser floss teilweise kniehoch durch die Straßen. Die Kreuzung vom Postweg mit der Holtener Straße war gesperrt. Da stand das Wasser angeblich über einen Meter hoch. Und zwei Unfälle hab ich gesehen, Auffahrunfälle. Man konnte ja kaum die Hand vor Augen sehen, so hat es gegossen. Ich war wirklich froh, als ich endlich in der Lindnerstraße war.«

»Has'e dir ma dat Getreide auf e Felder angeguckt?«, fragte Möllmann. »Dat liegt alles flach.«

Eine junge Frau blieb neben ihrem Tisch stehen. Ihr Kleid war sehr kurz, ihr Ausschnitt sehr tief und ihr hochgestecktes Haar platinblond.

»Was darf ich euch beiden Süßen denn bringen?«, fragte sie.

»Pils und Korn«, sagte Jupp Möllmann.

»Mir auch.«

»Zweimal das kleine Gedeck«, sagte die Blondine lächelnd und ging zum Tresen. Wagner sah ihr nach. Sie trug Schuhe mit sehr hohen Absätzen und hatte einen etwas zu üppigen Hintern.

»Fräulein Wunderbar«, sang Peter Alexander. Die Musik kam von einem Tonbandgerät.

An der Theke saßen drei Frauen und plauderten miteinander. Sie waren sehr jung.

»Gehs'e öfter in solche Schuppen?«, fragte Möllmann.

Wagner schüttelte den Kopf. »Früher hab ich gern Striptease gesehen. Inzwischen finde ich das nicht mehr so spannend.«

»Ich hab noch nie 'ner Frau dabei zugeguckt, wie se sich auszieht«, sagte Möllmann.

»Dann wird es aber Zeit.«

»Und wo treten die gleich auf?«

»Da vorne.«

»Auf dem Tisch?«

»Das ist die Bühne.«

»Na, da bin ich aber ma gespannt.«

»Ein bisschen musst du dich noch gedulden. Das Programm fängt erst um zehn Uhr an.«

»Machen die et denn noch wat heller hier, wenn die Mädchen tanzen?«, fragte Möllmann. »Dat Licht ist so schummrig, da sieht man ja nix.«

»Da oben an der Decke hängen Scheinwerfer. Du wirst alles sehen, was du sehen möchtest.«

»Na, dat will ich auch hoffen. Sieben Mark für en Pils und en Korn. Dat ist ja Wahnsinn.«

Die blonde Frau brachte die Getränke.

»Euch hab ich aber noch nie in der ›Wassermühle‹ gesehen«, sagte sie freundlich.

»Wir waren auch noch nie hier«, sagte Wagner.

»Du siehst aus wie der Hans Tilkowski. Weißt du das?«

»Wie wer?«

»Wie der Tilkowski, der Torwart.«

»Handballtorwart?«

»Quatsch. Fußball«, sagte die Blonde irritiert.

»Kenn ich nicht«, sagte Wagner.

Die junge Frau sah hilfesuchend Jupp Möllmann an. Der hob sein Schnapsglas und sagte: »Prost!«

»Ihr nehmt mich auf den Arm, oder?«, fragte die Blondine.

Wagner musste lachen. Dann sagte er: »Ich bin der große Bruder vom Hans.«

»Jetzt ist aber gut«, sagte die Blonde. »Wollt ihr Gesellschaft haben? Ich kann euch zwei von den Mädchen rüberschicken.«

Möllmann schüttelte den Kopf.

»Wir würden gern mit der Uschi sprechen«, sagte Wagner.

»Mit wem?«

»Mit deiner Chefin. Ist geschäftlich.«

Die junge Frau zuckte mit den Schultern und verschwand hinter einem roten Vorhang neben dem Tresen.

»Die hat übrigens recht«, sagte Möllmann. »Du siehs dem Tilkowski ziemlich ähnlich mit der neuen Frisur. Dat war mir noch gar nich aufgefallen.«

Wagner prostete Möllmann zu. Beide tranken von ihrem Bier. Mal Sondock sang: »Ich mach mir Sorgen um dich.«

Die Frau, die mit der Blonden durch den roten Vorhang kam, sah nicht so aus, wie Wagner sich eine fünfzigjährige Exhure, die zur Barbesitzerin aufgestiegen war, vorgestellt hatte. Sie hatte keine barocke Figur, die in ein zu enges Mieder gezwängt war, ihre Kleidung war nicht bunt, ihre Schminke nicht schrill, ihr Haar nicht blondiert und ihr Schmuck nicht protzig. Sie war schlank, ihr dunkles, glattes Haar war kurz geschnitten, über einer hochgeschlossenen weißen Bluse trug sie ein elegantes, dunkelblaues Jackenkleid.

Sie kam an Wagners und Möllmanns Tisch und musterte die beiden ungeniert.

»Mein Name ist Uschi Obermüller«, sagte sie. »Was Sie von mir wollen, sollte wichtig sein, sonst würde ich gern weiter Fußball gucken.«

»Heute ist Fußball?«, fragte Wagner erstaunt.

»Was meinen Sie, warum hier so wenig los ist? Schöne Frauenbeine stehen zurzeit nicht hoch im Kurs. Die deutschen Männer sind nur noch verrückt nach krummen Fußballerbeinen.« Sie lachte. »Und die deutschen Frauen auch.«

»Argentinien gegen Schweiz«, sagte Jupp Möllmann.

»Genau«, sagte Uschi Obermüller. »Die Argentinier sind gerade in Führung gegangen.«

»Wir würden gern mit Ihnen über Arnold Krumpen sprechen«, sagte Wagner.

»Kommen Sie vom Nachlassgericht?«

»Mein Name ist Manfred Wagner. Ich bin Oberinspektor bei der Oberhausener Kriminalpolizei. Und das ist Josef Möllmann, ein Freund.«

»Ein Freund von Ihnen oder von Arnold Krumpen?«

»Sowohl als auch.«

»Und Sie können sich ausweisen?«

Wagner legte seinen Personalausweis auf den Tisch. »Meinen

Dienstausweis hab ich nicht dabei. Ich hab Urlaub. Wir beide möchten eher privat mit Ihnen reden.«

»Das hört sich ja spannend an«, sagte Uschi Obermüller und setzte sich neben Wagner auf die kunstlederbezogene, rote Sitzbank.

Vom Tonbandgerät flehte Gerhard Wendland: »Tanz die ganze Nacht mit mir!«

»Sie glauben also, ich hätte Arnold Krumpen um die Ecke gebracht, damit ich endlich dieses Haus in Sterkrade erbe. Sie haben aber keinerlei Beweise, deshalb kommen Sie erst mal ganz privat vorbei, um mir ein bisschen auf den Zahn zu fühlen.«

Die Frau gefiel Wagner. Auch Jupp Möllmann schien entzückt von der forschen Barbesitzerin zu sein. Er grinste eifrig.

»Hat tatsächlich jemand nachgeholfen bei Arnolds Tod?«, fragte sie.

»Der Arzt hat einen natürlichen Tod festgestellt«, sagte Wagner ausweichend.

»Aber Sie glauben nicht daran?«, fragte Uschi Obermüller geradeheraus.

»Die Möglichkeit besteht, dass der Arzt sich geirrt hat«, sagte Wagner.

Uschi Obermüller winkte die Blondine an den Tisch. »Bring mir bitte einen trockenen Martini und den beiden Herren jeweils noch ein Gedeck. Auf Kosten des Hauses.«

Die Blonde lächelte.

»Ich besitze zwei Mietshäuser in Duisburg und ein Sommerhaus auf Sylt«, sagte Uschi Obermüller. »Für ein Zweifamilienhaus in Sterkrade würde ich keinen Mord begehen. Außerdem wusste ich gar nicht, dass der Arnold mich in seinem Testament bedacht hat.«

»Eigentlich sind wir gekommen, um mit Ihnen über Krumpens unehelichen Sohn zu sprechen«, sagte Wagner.

»Reicht ihm das nicht, dass er die Fahrradwachen erbt? Erhebt er jetzt auch noch Anspruch auf das Haus?«

Wagner schüttelte den Kopf.

»Der Jung is tot«, sagte Möllmann.

»Oh Gott, das wusste ich nicht. Das ist ja schrecklich.«

Wagner hatte den Eindruck, dass Uschi Obermüllers Betroffenheit aufrichtig war. Er bot ihr eine Zigarette an. Sie nickte und zog eine Güldenring aus dem Päckchen. Ihre Fingernägel waren dunkelrot lackiert. Wagner gab ihr Feuer und zündete sich auch eine Zigarette an.

»Er hat vor einem Monat tot zwischen den Bahngleisen unter einer Straßenbrücke gelegen«, erklärte er. »Allem Anschein nach ein Unfall. Aber wir sind uns nicht ganz sicher.«

»Das ist ja furchtbar. Der arme Arnold«, sagte Uschi Obermüller.

»Sie wussten also, dat der Krumpen einen Sohn hatte?«, fragte Möllmann.

Die junge Blondine brachte die Getränke.

»Du bist nicht allein«, hauchte Roy Black durch die Lautsprecherboxen.

»Der Arnold war viele Jahre lang mein großzügigster Freier, und als ich dann die ›Wassermühle‹ aufgemacht hab, ist er mein treuester Gast geworden«, sagte Uschi Obermüller, nachdem sie Wagner und Möllmann zugeprostet und einen kleinen Schluck von ihrem trockenen Martini getrunken hatte. »Anfangs hat er hier immer noch versucht, mich zum Beischlaf zu überreden. Er wollte nicht akzeptieren, dass das für mich vorbei war. Er hat mir immer höhere Summen angeboten, und ich hab immer abgelehnt. Aber ich habe mich jedes Mal wieder zu ihm gesetzt, weil er großzügig war und weil ich gespürt habe, dass es ihm etwas bedeutet hat. Wir haben viel geredet, über alles Mögliche, über Geschäftliches und Privates, und irgendwann hat das Sexuelle dabei kaum noch eine Rolle gespielt. Der Arnold war ja dann auch schon über sechzig. Sicher, die Mädchen hier, die hat er sich immer noch gern angeguckt, aber das Wichtigste für ihn war wohl, dass er mir sein Herz ausschütten konnte. Ich glaube, er hatte sonst niemanden zum Reden. Irgendwann hat er mir mal erzählt, er hätte in der Nachkriegszeit mit einer verheirateten Frau ein Kind gezeugt. Niemand wüsste davon, auch der Ehemann und der Junge nicht. Die Familie wohnte in seinem Haus. Darüber war er froh, weil er so miterleben konnte, wie sein Sohn heranwuchs. Anscheinend ist der Junge ihm von Tag zu Tag ähnlicher geworden. Jedenfalls hat der Arnold das so gesehen. Und irgendwann im vorigen Jahr hat er dann zum ersten Mal davon gesprochen, dass er den Jungen als Erben einsetzen wollte.«

»Uns interessiert vor allem, ob der Joachim gewusst hat, dass Krumpen sein Vater war«, erklärte Wagner.

»Das ist durchaus möglich«, sagte Uschi Obermüller. »Der Arnold wollte es ihm erzählen. ›Ich kann doch nicht dem Jungen das Geschäft vererben, wenn er nicht mal weiß, dass er mein Sohn ist‹, hat er gesagt. Ich war in dieser Angelegenheit nicht seiner Meinung. Ich denke, das war so etwa vor einem halben Jahr, als wir uns darüber gestritten haben. Der Arnold hatte gar keine Vorstellung davon, was die Konfrontation mit einer solchen Geschichte für einen Heranwachsenden bedeutet. Für einen Jungen in dem Alter bricht doch die Welt zusammen, wenn er erfährt, dass seine Mutter mit einem anderen Mann zusammen gewesen ist und dass er nicht das leibliche Kind seines Vaters ist. Ich hab versucht, das dem Arnold klarzumachen.«

»Hat er dat denn verstanden?«, fragte Möllmann.

Uschi Obermüller zuckte mit den Schultern. »Ich glaub schon. Aber es hat ihm nicht gefallen. Er hätte dem Jungen gern erzählt, dass er sein Vater war.«

»Ob er es getan hat, wissen Sie also nicht?«, fragte Wagner nach.

»Nein«, sagte Uschi Obermüller. »Wir haben später nie mehr darüber gesprochen.«

Sie drückte ihre Zigarette aus.

»Ich muss jetzt mal nach den Mädchen sehen. Das Programm beginnt in ein paar Minuten.« Sie sah sich um. »Dabei lohnt es sich eigentlich gar nicht für die wenigen Gäste heute«, sagte sie kopfschüttelnd.

»Dat will ich aber jetz nich gehört haben«, sagte Möllmann.

Seine Stimme klang so empört, dass Wagner lachen musste. Uschi Obermüller lachte mit ihm.

»Ich werde den Mädels sagen, dass zwei nette Herren aus Oberhausen in der Bar sitzen und dass sie sich heute besonders ins Zeug legen sollen«, versprach sie.

ELF

Manni Wagner spazierte lustlos durch den Kaisergarten. Hubert Winkel hatte sich unbedingt hier mit ihm treffen wollen.

Die Wege durch die Parkanlage waren an diesem Mittwochnachmittag von den Regengüssen des Vortages aufgeweicht und mit Pfützen übersät. Aus den Tiergehegen roch es muffig. Es war schwül. Die Sommersonne war im trüben Dunst des Himmels zu einem blassen Fleck verkümmert. Die Luft schmeckte abgestanden.

Wagner begann zu schwitzen. Er zog sein Jackett aus. Winkel trug unter seinem schwarzen Anzug ein graues Hemd mit einem eng um den Hals liegenden Collarkragen. Die drückende Wärme schien ihm nichts auszumachen.

»Wir hätten uns lieber in ein Café setzen sollen«, sagte Wagner.

»Sei doch froh, dass es heute nicht regnet und dass man mal vor die Tür kann.«

»Wenn hier wenigstens nicht so ein Matsch wäre!«

Hubert Winkel lachte.

»Warum wolltest du mich ausgerechnet hier treffen?«, fragte Wagner.

»Warum nicht?«

»Der Volkspark in Sterkrade wäre näher für dich gewesen.«

»Aber für dich nicht.«

»Wenn ich einmal im Auto sitze, ist es mir egal, ob ich fünf Minuten oder eine Viertelstunde fahre.«

»Ich wollte nicht gern mit einem Kriminalpolizisten durch Sterkrade spazieren. Das hätte den Leuten nur Anlass zu törichten Spekulationen gegeben.«

Der schmuddelige Wasserlauf, an dem sie entlangspazierten, war ein Überbleibsel der alten Emscher, die sich hier einmal durch die Auen geschlängelt hatte. Vor gut einem halben Jahrhundert war sie in ein dreihundert Meter nördlich verlaufendes Betonbett gezwängt worden, durch das sie heute als übel riechende Kloake die Abwässer des Ruhrgebietes rheinwärts transportierte. Der alte Emscherarm mündete in einen Weiher. Hubert Winkel steuerte auf eine Bank am Ufer zu.

»Wollen wir uns setzen?«, fragte er.

Wagner nickte.

Ein paar Schwäne glitten langsam heran. Einer von ihnen war schwarz. Wagner zündete sich eine Zigarette an.

»Es war nicht richtig, dass ich am Donnerstag so abweisend auf deine Fragen reagiert habe«, sagte Winkel. »Du musstest sie mir stellen.«

»Ja, das musste ich.«

Die Schwäne steckten ihre Köpfe ins Wasser.

»Ich würde auch zornig, wenn ein alter Klassenkamerad mich fragen würde, ob ich mich an einem Kind vergangen habe«, sagte Wagner nach einer Weile.

»Ich war eher enttäuscht als zornig.«

»Ich wollte dich nicht verletzen. Ich habe dich gefragt, ob du dich Achim Hüwel unsittlich genähert hast, weil ich nach einer Erklärung für seinen Tod suche. Du hast gesagt, dass du so etwas niemals einem Kind antun könntest, und das glaube ich dir. Für mich ist die Angelegenheit damit erledigt.«

In den Tiergehegen hinter Wagners Rücken schrie ein Esel.

»Für mich nicht«, sagte Winkel.

Wagner zog seine Jacke wieder über. Ihm war nicht ganz klar, worum es hier ging. Warum hatte Hubert Winkel ihn um dieses Treffen gebeten? Um sich zu beklagen, offenbar nicht.

»Ich glaube, dass es meine Schuld ist, dass der Joachim nichts mehr mit der Kirche zu tun haben wollte«, sagte Winkel.

Wagner sah ihn fragend an.

»Ich habe ihn enttäuscht.«

Die Schwäne steuerten auf eine kleine Bucht zu. Eine alte Frau ging allein am Ufer entlang. Der Esel hörte nicht auf zu schreien.

»Er hatte Vertrauen zu mir. Er ist zu mir gekommen, wenn er Kummer hatte. Und er hatte oft Kummer. Er hatte das Gefühl, von seinen Eltern nicht geliebt zu werden. Ich hab das lange nicht begriffen. Ich kenn ja die Maria Hüwel. Sie ist eine fromme Frau. Und der Willy Hüwel ist zwar kein regelmäßiger Kirchgänger, aber ein anständiger Kerl, soviel ich weiß. Ich konnte mir nicht vorstellen, dass solche Eltern ihr Kind nicht genug lieben. Ich hab den Jungen für undankbar gehalten. Es hat lange gedauert, bis ich verstanden hab, was da los war. Die Mia und der Willy Hüwel liebten immer noch den braven kleinen Sohn, der sich, ohne zu murren, die Haare schneiden ließ und zur Beichte ging, wenn er mal ein Bonbon aus der Küchenschublade geklaut hatte. Der Achim war aber inzwischen ein Halbwüchsiger mit langen Haaren geworden, der gern Rockmusik hörte, in Bluejeans herumlief und lieber in die Diskothek als in die Kirche ging. Seine Eltern haben mit Zurückweisung und Ablehnung darauf reagiert, besonders seine Mutter. Darunter hat der Achim sehr gelitten.«

»So ist das eben manchmal, wenn Kinder erwachsen werden«, sagte Wagner.

»Ich dachte, es würde dich interessieren, dass der Junge solche Sorgen hatte.«

»Lass uns noch ein bisschen gehen«, schlug Wagner vor und stand auf.

»Um den See herum?«

Wagner nickte.

»Im Frühjahr kam der Achim mit einer seltsamen Frage zu mir. Ob Jesus ein Bastard gewesen sei, wollte er wissen. Ich war zuerst schockiert. Aber er meinte es gar nicht böse«, erzählte Winkel, während sie nebeneinander am Seeufer entlanggingen.

»Der Junge hatte ein sehr eigenwilliges Bild von der Heiligen Familie. Jesus war nicht der leibliche Sohn von Josef, also war er unehelich. Und solche Kinder nennt man Bastarde. Das war seine Logik. Theologisch gesehen ist das natürlich schwachsinnig. Maria hat Jesus schließlich nicht durch eine Zeugung empfangen. Aber das wollte der Achim nicht einsehen. Der Gedanke, Jesus sei ein Bastard gewesen, gefiel ihm anscheinend. Und so nach und nach stellte sich dann auch heraus, was dahintersteckte. Der Achim hatte sich in den Kopf gesetzt, selbst ein Bastard zu sein. Irgendein älterer Mann hatte ihm ein Jugendfoto von sich gezeigt, das ihn völlig verstört hatte. Anscheinend war die Ähnlichkeit zwischen dem Jungen auf der Fotografie und dem Achim so groß, dass er glaubte, er hätte ein Jugendbildnis seines leiblichen Vaters gesehen.«

Wagner unterbrach Hubert Winkel: »War das nur ein vager Verdacht des Jungen oder mehr?«

»Er hatte eine Vermutung aufgrund des Fotos. Das war alles. Und ich hab versucht, ihm den Blödsinn auszureden. Ich hab ihm gesagt, dass es viele zufällige Ähnlichkeiten zwischen Menschen gäbe. Und ich hab ihm vorgehalten, dass es ungeheuerlich sei, was er seiner Mutter mit so einem Verdacht unterstellen würde. Ich glaube, ich hab ihn sehr schroff zurechtgewiesen.«

Auf dem Weg zwischen Weiher und Rhein-Herne-Kanal kamen ihnen eine junge Frau und zwei kleine Jungen entgegen. Die Kinder hatten Gummistiefel an den Füßen und sprangen von einer Wasserpfütze zur nächsten. Als sie Wagner und Winkel sahen, rannten sie vom Weg auf die Wiese und liefen in einem großen Bogen an den beiden Männern vorbei. Die Frau ließ die Jungen nicht aus den Augen.

Für Wagner und Winkel hatte sie nur ein flüchtiges Kopfnicken übrig.

»Meine Reaktion war falsch. Das weiß ich heute«, sagte Winkel, als sie am Kanal angekommen waren. »In der Sache hatte ich ohne Frage recht. Ich kenne ja die Mia Hüwel. Der Achim hatte sich da was völlig Unsinniges zusammengereimt. Aber er war verstört, und ich hab ihn damit alleingelassen. Ich hab ihn nicht ernst genommen. Nach dem Gespräch ist der Junge nie mehr wieder zu mir gekommen, und auch in der Kirche hab ich ihn nicht mehr gesehen.«

Sie setzten sich auf eine Bank am Kanalufer. Wagner sah zum Stadion Niederrhein hinüber. Einmal hier zu sitzen, wenn da drüben vierzigtausend grölten und johlten, durch das Wasser von ihnen getrennt, das würde ihm gefallen. Heute war es still rings um die graue Arena am anderen Ufer. Sogar im Schwimmstadion war es ruhig an diesem diesigen Julinachmittag. Auf dem Kanal glitt ein Schleppkahn mit tuckerndem Dieselmotor an ihnen vorbei in Richtung Dellwig.

»Es ist gut, dass du mir das erzählt hast«, sagte Wagner. »Zu wissen, was den Jungen in den Monaten vor seinem Tod beschäftigt hat, ist wichtig für mich.«

»Das dachte ich mir«, sagte Winkel.

»Warum hast du nicht schon am Donnerstag darüber gesprochen?«

»Weil ich als Seelsorger mit dem Achim geredet hatte. Was ich in solchen Gesprächen erfahre, behalte ich für mich. Nur weil der Junge auf so rätselhafte Weise ums Leben gekommen ist, hab ich mich entschlossen, dir das alles anzuvertrauen.«

Wagner zündete sich eine Zigarette an.

»Außerdem hast du mich am Donnerstag nicht gefragt, ob ich irgendwas über den Jungen wüsste. Du hast nichts anderes in mir gesehen als einen Mann, der vielleicht kleine Jungs verführt. Dir ist überhaupt nicht in den Sinn gekommen, dass der Achim mir als Priester vielleicht seinen Kummer und seine Nöte anvertraut haben könnte.«

Wagner inhalierte tief und ließ den Rauch durch die Nase ausströmen. Nein, auf die Idee war er nicht gekommen.

»Den Seelsorger hast du gar nicht in mir gesehen, sondern nur einen Kerl mit homophilen Neigungen. Das hat mich verletzt«, sagte Winkel. »Wenn ich nachts in meinem Bett liege und nicht schlafen kann, dann denke ich nicht an kleine Jungs und auch nicht an starke Männer.«

Wagner schwieg. Es interessierte ihn nicht, worüber Hubert Winkel in schlaflosen Nächten nachdachte.

»Ich grüble oft darüber nach, warum immer mehr Menschen sich von Gott abwenden. Das ist etwas, was ich einfach nicht verstehe. In den Jahren des Wirtschaftswunders fing das an. Kaum konnten die kleinen Leute sich ein Motorrad und eine Mietwohnung leisten, schon wollten sie ein Auto und ein Eigenheim. Alle wollten immer mehr. Urlaub im Süden, einen Fernsehapparat, noch höhere Löhne und die Fünf-Tage-Woche. Die Kirchen wurden in der Zeit immer leerer. Je besser es den Menschen ging, desto weniger Platz war für Gott in ihrem Leben.«

»Ja, so sind die Menschen wohl«, sagte Wagner.

»Inzwischen begreifen viele, dass es nicht immer weiter aufwärtsgeht. Das goldene Zeitalter des Ruhrgebiets ist vorbei. In meiner Pfarre gibt es schon einige Familien, deren Ernährer ohne Arbeit sind. Ich treffe immer öfter Männer, die kurzarbeiten müssen oder Angst davor haben, dass ihr Pütt bald dichtmacht. Die

Menschen haben Existenzängste. Aber anstatt in ihrer Not Zuflucht bei Gott zu suchen, hadern sie mit ihm. Wenn es den Menschen gut geht, wenden sie sich von Gott ab, und wenn es ihnen schlecht geht, machen sie ihn für ihr Elend verantwortlich.«

»Und das verstehst du nicht?«, fragte Wagner.

»Nein«, sagte Hubert Winkel, »das verstehe ich nicht.«

***

Für Michael war die Sache ganz einfach. »Der Held hat eingeworfen. Zum Emmerich. Und der hat den Ball mit Schmackes ins Tor gedroschen.«

»Und was war daran so umwerfend?«, fragte sein Onkel.

»Also, Manni, der Ball war schon fast im Aus. Der Emmerich stand praktisch neben dem Tor. Von da aus kann man eigentlich gar nicht treffen«, versuchte sein Vater zu erklären.

»Der Helmut Rahn, der hätt so 'n Ding auch machen können«, sagte Onkel Jupp.

»Schade, dass du das Tor nicht gesehen hast«, sagte seine Schwester Heidi. »Es war gerade gefallen, als du gekommen bist.«

»In der achtunddreißigsten Minute«, sagte seine Mutter. »Es ist gut, dass wir noch vor der Pause den Ausgleich gemacht haben.«

»Wenn es so bleibt, sind wir im Viertelfinale«, sagte Heidi.

»Aber besser ist, wenn wir gewinnen. Als Gruppensieger können wir in Sheffield bleiben«, sagte Michael.

»Ich glaube, die Spanier schießen noch ein Tor«, sagte Gerda. »Und dann sind unsere raus.«

Das war typisch für seine große Schwester. Die wollte mal wieder provozieren.

»Quatsch«, sagte sein Vater.

»Aber die Klebe vom Emmerich, die hättes'e wirklich sehen müssen«, sagte Onkel Jupp. »Dat war 'n Jahrhunderttor. Alle haben gedacht, der würd flanken. Und dann knallt der dat Ding unter de Latte. Unglaublich war dat!«

»Hol dem Onkel Manfred mal ein Bier!«, sagte seine Mutter.

Michael nahm an, dass sie Heidi oder Gerda meinte. Auf deren Diskussionsbeiträge könnte man gut verzichten.

»Bitte, Michael!«, sagte die Mutter.

»Ich? Ich soll jetzt in den Keller? Das Spiel geht doch jeden Moment wieder los«, sagte Michael entrüstet.

»Jetzt stell dich nicht an! Wenn die zweite Halbzeit anfängt, bist du längst wieder hier.«

»Ich geh schon«, sagte Heidi.

Michael war erleichtert.

»Bring mir auch noch eine Flasche mit. Und dem Onkel Jupp auch«, sagte sein Vater.

»Drei Flaschen kann ich nicht tragen«, entgegnete Heidi schnippisch.

»Dann nimm dir den Korb aus der Küche mit. Und mach voran!«, sagte der Vater energisch.

Als Heidi endlich verschwunden war, fragte die Mutter: »Warum bist du eigentlich so spät gekommen, Manni? Du hast doch Urlaub.«

»Ach, das war ganz blöd. Erst wollte ich zu meinem Kollegen Artur Trappe. Der hatte gesagt, ich könnte mir bei ihm jedes Spiel angucken, und irgendwann im Urlaub wollte ich ihn sowieso mal besuchen. Also hab ich mich um kurz vor halb acht auf den Weg nach Dümpten gemacht«, erzählte Manni Wagner. »Aber der Artur war nicht zu Hause. Die ganze Familie Trappe war irgendwo anders Fußball gucken. Ein Nachbar meinte, bei einem Schwager vom Artur. Von Dümpten aus bin ich dann nach Buschhausen zum Jupp gefahren. Aber bei dem in der Emschertalstraße war alles dicht. Also hab ich mich wieder ins Auto gesetzt und bin hierhergekommen. Und als ich endlich vor eurer Tür stand, hab ich euch über das Tor vom Emmerich jubeln gehört.«

»Wir sind also nur deine dritte Wahl«, sagte sein Vater lachend.

»Ach, Quatsch!«, sagte Manni Wagner und zündete sich eine Zigarette an.

»Dat du heute Abend zu mir kommen würdest, dat konnt ich ja nich ahnen. Ich hatte keine Lust, mir so ‘n spannendes Spiel allein anzugucken«, sagte Onkel Jupp und zog an seiner Pfeife.

»Es ist doch schön, dass ihr jetzt alle hier seid«, sagte seine Mutter. »Ich bin richtig froh, dass wir den Fernseher haben.«

»Ach, sieh mal an«, sagte sein Vater und lachte schon wieder.

Als Heidi mit dem Bier ins Wohnzimmer kam, sah Michael auf dem Bildschirm, dass die Spieler im Villa Park von Birmingham den Rasen betraten.

»Es geht wieder los!«, rief er aufgeregt.

In der zweiten Halbzeit wurde es einige Male brenzlig für die deutsche Mannschaft. Michael kaute an seinen Fingernägeln. Ein Tor für die Spanier, und alles wäre vorbei! Als Uwe Seeler kurz vor Spielende endlich das zweite Tor für Deutschland schoss, sprang er kreischend durchs Wohnzimmer. Auch die anderen jubelten, sogar seine große Schwester Gerda und sein Onkel Manni.

Nach dem Spiel gab es einiges zu besprechen, vor allem das Tor vom Lothar Emmerich und die Frage, wie es jetzt weiterging. Das fasste Onkel Jupp in einem Satz zusammen, den Michael sich unbedingt merken wollte: »Wenn wir die nächsten drei Spiele gewinnen, sind wir Weltmeister.«

Als die Bierflaschen des Vaters und der beiden Onkel fast leer waren, fragte er: »Soll ich euch noch Bier aus dem Keller holen?«

Es war kurz nach zehn. Seine Schwestern waren schon auf ihr Zimmer gegangen. Jetzt galt es, sich unentbehrlich zu machen, bevor jemand auf die Idee kam, ihn ins Bett zu schicken.

Die Männer tranken ihre Flaschen leer. Michael sammelte sie ein und ging in den Keller. Als er zurückkam, saßen nur noch sein Vater und Onkel Jupp im Wohnzimmer. Sie waren immer noch beim Thema »Fußball«, hatten aber inzwischen ihren Blick weit in die Zukunft gerichtet. Sie sprachen über die Weltmeisterschaft in acht Jahren, die in Deutschland stattfinden sollte, und vertraten sehr energisch die Auffassung, dass dann unbedingt auch einige Spiele im Oberhausener Niederrheinstadion ausgetragen werden müssten.

»Im Rathaus sieht man das Gott sei Dank auch so. Der Oberstadtdirektor will sich beim Deutschen Fußballbund dafür einsetzen«, sagte der Vater.

»Vielleicht spielt der Michael ja dann schon in e Nationalmannschaft. Dann is er zweiundzwanzig«, sagte Onkel Jupp.

»Bring dem Manni mal das Bier in die Küche«, sagte sein Vater. »Der hat sich da anscheinend mit deiner Mutter verquatscht.«

Als Michael in die Küche kam, sagte Manni Wagner gerade: »Ich versteh nicht, dass die Mia und der Willy nach dem Achim keine Kinder mehr bekommen haben.«

Der Onkel saß mit seiner Mutter am Küchentisch. Sie hatte Michael den Rücken zugewendet.

»Es hat damals Komplikationen gegeben bei der Geburt vom Joachim«, sagte sie. »Es sah zuerst gar nicht gut aus für die Mia.«

Seine Mutter hörte auf zu reden, als sie ihn bemerkte. Er stellte das Bier vor Manni Wagner auf den Tisch. Anscheinend interessierte sein Onkel sich brennend für alles, was mit der Tante Mia und ihrem früheren Leben zusammenhing. Am Freitag hatte er die seltsame Frage gestellt, ob der Achim den alten Krumpen für seinen Vater gehalten hatte. Das hatte er nicht vergessen. Er hatte darüber nachgedacht. In den Wochen vor Achims Tod hatte er oft nicht gewusst, was in dessen Kopf vorging. Es war möglich, dass er wirklich geglaubt hatte, Arnold Krumpen wäre sein Vater. Vielleicht hatte er deshalb gesagt, alle Frauen wären Huren, besonders die, die immer so fromm täten.

»Nun warte doch mal! Lauf nicht gleich wieder weg!«, sagte seine Mutter.

»Ich will lieber noch ein bisschen mit dem Onkel Jupp und dem Vater über das Spiel reden.«

»Ich glaub, du musst mal langsam ins Bett.«

»Der Jupp und ich, wir wollen auch jetzt gehen«, sagte Manni Wagner.

»Ich hab euch doch extra noch Bier geholt.«

»Trinkt der Jupp denn auch noch eine Flasche?«

»Ja klar.«

»Hast du morgen später Schule?«, fragte seine Mutter.

»Nein, um acht.«

»Dann gehst du jetzt ins Bett.«

»Fährst du mit dem Fahrrad zur Schule?«, fragte Manni Wagner.

»Bei dem Scheißwetter fahr ich lieber mit der Straßenbahn.«

»Eine schöne Schule ist das, das neue Gymnasium. Der Heinrich und ich haben es uns am Sonntag angeguckt«, sagte seine Mutter.

Michael setzte sich zu ihr und seinem Onkel an den Küchentisch. Wenn er sich nett mit den beiden unterhielt, vergaß die Mutter vielleicht für eine Weile, dass sie ihn eigentlich ins Bett schicken wollte.

»Hat der Michael die Schule gewechselt?«, fragte sein Onkel.

»Eigentlich nicht«, sagte die Mutter.

»Irgendwie schon«, sagte Michael. »Wir sind umgezogen.«

»Wie? Das Staatliche Gymnasium ist nicht mehr beim Polizeipräsidium um die Ecke?«

»Schon seit April nicht mehr. Als das Schuljahr angefangen hat, war das neue Haus an der Lohstraße gerade fertig.«

»›Haus‹ würde ich das nicht nennen. Das ist ein ganzer Komplex. Allein die Aula an der Mülheimer Straße ist ja schon ein tolles Gebäude für sich«, sagte seine Mutter. »Es gibt einen Sporttrakt, mehrere Häuser mit Klassen- und Fachräumen, zwei Schulhöfe und eine Pausenhalle, alles durch überdachte Gänge verbunden, ganz modern, viel Glas und Licht. Am Sonntag war Tag der offenen Tür. Da hat der Junge uns das alles mal gezeigt, dem Heinrich und mir.«

»Und sogar ein Sprachlabor haben wir jetzt. Da haben wir morgen die erste Stunde.«

»Und deshalb gehst du jetzt ins Bett, und zwar sofort«, sagte seine Mutter.

Michael gab sich geschlagen.

»War ein tolles Fußballspiel«, sagte sein Onkel, als er ihm zum Abschied die Hand gab.

»Das Beste hast du ja gar nicht gesehen«, sagte Michael.

Er verabschiedete sich von Jupp Möllmann und ging müde die Treppe hinauf. Im Flur begegnete ihm Heidi. Sie kam aus dem Bad und hatte nur einen sehr knappen Schlüpfer und ein dünnes Unterhemd an.

»Glotz nicht so!«, sagte sie.

Kurz darauf lag Michael in seinem Bett und fürchtete, er würde auch heute Abend wieder diesen schrecklich anstrengenden Kampf um seine Reinheit verlieren. Aber dann dachte er an das Tor vom Lothar Emmerich und stellte sich vor, bei der Fußballweltmeisterschaft 1974 als Linksaußen der Nationalmannschaft aufs Feld zu laufen, vielleicht beim Viertelfinale im Stadion Niederrhein. Darüber schlief er ein.

***

Wagner hielt den Sieg der deutschen Fußballer über die Spanier zwar für ein eher unbedeutendes Ereignis, aber die gemeinsame Siegesfreude im Wohnzimmer der Holtbrinks hatte ihm gefallen, und er war froh, das Tor von Uwe Seeler miterlebt zu haben, auch wenn es nur das zweitschönste des Abends gewesen war. Endlich hatte er, nach einem langweiligen Null-zu-null und zwei verpassten Spielen, sein erstes Weltmeisterschaftstor gesehen.

Kurz nachdem der Junge ins Bett gegangen war, hatte Heinrich gegähnt und über seine Frühschicht am nächsten Morgen lamentiert.

Jupp Möllmann und Wagner hatten ihr Bier ausgetrunken und sich von Trude und Heinrich verabschiedet. Jupp hatte vorgeschlagen, bei Markett noch ein Pils und einen Korn zu trinken.

»Es ist schon nach elf. Meinst du, die haben überhaupt noch auf?«, fragte Wagner auf dem Weg zum Gasthaus.

»Na klar. Die haben doch ein Fernsehgerät. Die Leute, die sich bei Markett dat Spiel angeguckt haben, die sind doch noch nich alle nach Hause. Da is jetz bestimmt noch Remmidemmi in e Bude.«

Jupp Möllmann hatte recht. Die Stimmung war so prächtig, dass Wagner am liebsten sofort wieder gegangen wäre.

Kaum hatten sie den Gastraum betreten, stürmte ein alter Kumpel von Jupp auf sie zu und umarmte sie mit glänzenden Augen.

»Habt ihr dat Tor vom Lodda gesehen? Ich glaub immer noch, ich bin am Träumen. Sacht mir ma, ob dat Ding wirklich drin war!«

»War drin«, sagte Wagner.

»Jetz hauen wir die anderen auch noch weg. Oder wat?«

»Klar, machen wir«, sagte Jupp und schob seinen Kumpel an die Theke.

Wagner entdeckte einen freien Tisch in der hinteren Ecke des Gastraums und setzte sich.

»Adios Amigo«, schluchzte Sacha Distel aus der Musikbox. Das war der Schlager der Stunde. »Adios Amigo«, brüllten fünfzig oder sechzig siegestrunkene Kerle. Frauen waren auch da. Einige hatten Tänzer gefunden und ließen sich zwischen Theke und Tischen hin- und herschieben.

In der Musikbox war alles gefragt, was irgendwie spanisch klang. »La Paloma«, schmetterte Freddy, und Peter Alexander besang die schönen Beine von Dolores.

Jupp Möllmann war an der Theke in einem Pulk palavernder Männer verschwunden. Wagner fühlte sich unbehaglich. Eine glücklich aussehende Mittfünfzigerin fixierte ihn mit glasigem Blick. Am liebsten hätte er schleunigst das Weite gesucht. Aber er konnte nicht abhauen, ohne sich vorher von Jupp Möllmann zu verabschieden. Dazu hätte er in dem wabernden Menschenhaufen vor der Theke nach ihm suchen müssen.

Die Mittfünfzigerin hatte ihn immer noch im Visier. Sie spielte offensichtlich mit dem Gedanken, ihn zum Tanzen aufzufordern. Wagner hielt es für das kleinere Übel, in das Menschengewühl einzutauchen. Gerade wollte er aufstehen, als er Jupp Möllmann entdeckte. Er schob sich mit einem Tablett in der Hand vorsichtig an den singenden und herumhüpfenden Menschen vorbei.

»Geschafft!«, sagte er erleichtert, als er den Tisch erreicht hatte. Er stellte das Tablett ab. »Ich hab uns wat mitgebracht. Bis 'ne Bedienung kommt, bei dem Betrieb, dat dauert mir zu lang.«

Er verteilte die Gläser. »Zwei Korn für dich, zwei Korn für mich. Zwei Pils für dich, zwei Pils für mich. Die erste Runde schütten wir sofort runter. Die zweite trinken wir dann ganz gemütlich.«

»Gemütlich? Bei dem Palaver?« Wagner lachte. »Na, dann mal prost!«

Jupp kippte einen Schnaps hinunter und sah sich um.

»So 'n bissken Stimmung um einen rum, dat is doch ma ganz schön.«

»Verrückt ist das. Die Leute führen sich auf, als hätten der Emmerich und der Seeler alle ihre Sorgen weggeschossen.«

»Ich glaub, die brauchen dat«, sagte Jupp Möllmann. »Die Kumpels stehen doch alle auf e Abschussliste. Denen tut dat ganz gut, heute Abend ma zu den Siegern zu gehören.«

»Ja, das kann sein«, sagte Wagner.

»Prost, Manni. Die Getränke gehen auf mich. Ich bin dir wat schuldig.«

»Du mir? Wieso das denn?«

»Wegen gestern Abend in e ›Wassermühle‹. Mensch, Manni, waren dat leckere Mädchen! Ich bin froh, dat ich so wat ma mit eigenen Augen gesehen hab. Ohne dich hätt ich mich in so 'n Schuppen doch nie reingetraut. Ehrlich, ich bin dir richtig dankbar. Dat hat mich irgendwie aufgemöbelt, dat ich mir so wat Schönes ma angucken konnte.«

»Na, dann nehm ich die Einladung gerne an«, sagte Wagner.

Aus der Musikbox dröhnte schon wieder »Adios Amigo«. Inzwischen kannten fast alle den Text und grölten mit. Als Lolita anschließend den weißen Mond von Maratonga besang, wurde es wieder etwas leiser.

»Da fällt mir noch wat anderes ein«, sagte Jupp. »Mir is da die Tage wat Interessantes durch en Kopp gegangen.«

Wagner sah ihn erwartungsvoll an.

»Wir haben uns doch überlegt, wie dat damals gewesen sein könnte mit der Mia und dem Nöll und dem Willy, als der nach Hause gekommen is.«

Wagner nickte.

»Der Willy is achtenhalb Monate vor der Geburt von dem Jung hier angekommen. Für uns hat dat immer bedeutet, dat er durchaus der Vater sein könnte. Inzwischen wissen wir zwar, dat er dat nich is, aber jetzt nehmen wir an, dat der Willy glaubt, er wär Achims Vater, weil er et ja sein könnte, rein zeitlich gesehen.«

Wagner zuckte mit den Schultern. »Na und?«

»Denk ma nach!« Jupp Möllmann schlug mit der flachen Hand gegen seine Stirn. »Versuch dir doch ma vorzustellen, wat dat heißt.«

Wagner hatte keine Ahnung, worauf Möllmann hinauswollte.

»Mensch, Manni, dat ist Quatsch, wat wir uns da überlegt haben. Dat en Mann, der nach sechs Jahren Krieg und Gefangenschaft endlich wieder zu Hause war, sich am nächsten Abend über seine Frau hergemacht hat, ich glaub, dat hat et nie gegeben.«

Wagner zündete sich eine Zigarette an.

»Ich erinner mich noch gut an en paar Kumpels, die Ende der

Vierziger aus Russland zurückgekommen sind. Die waren hinüber. Wat die alles erlebt hatten, dat mussten die erst ma verdauen. In den ersten Wochen hatten die noch gar nich kapiert, dat der ganze Scheiß jetz wirklich vorbei war. Die mussten erst ma zu Kräften kommen und sich wieder zurechtfinden. Hier war ja auch alles anders geworden. Auch die Frauen hatten sich verändert, durch den Krieg und alles. Die Paare, die mussten sich wieder richtig neu kennenlernen. Der Willy und die Mia zum Beispiel, die waren doch nur en paar Wochen verheiratet, und dann war der Willy jahrelang weg.«

Wagner nickte nachdenklich.

»Et gab Männer, die hatten in er Gefangenschaft jede Nacht von ihrer Frau geträumt. Und dann kamen se zurück, und wat war? In der Küche auf e Couch haben se geschlafen. Für die Liebe waren die noch viel zu kaputt, am Körper und an e Seele. Nee, Manni, jemand, der im Oktober 1950 aus Russland gekommen ist, der hat seine Zeit gebraucht, bis der sich zu seiner Frau ins Bett legen konnte.«

Es ging auf Mitternacht zu. Immer mehr Siegestrunkene verließen das Gasthaus. Für die, die morgen Frühschicht hatten, wurde es höchste Zeit. Die, die noch blieben und einen Groschen für die Musikbox übrig hatten, wählten immer seltener spanisch klingende Schlager. Zu dieser späten Stunde stand deutsches Liedgut hoch im Kurs. Während Willy Schneider sich wünschte, noch einmal zwanzig zu sein, wurde manches müde Auge feucht.

Wagner war von Jupp Möllmanns Überlegungen beeindruckt. Er hatte keinen Zweifel daran, dass sie zutreffend waren.

»Weißt du, was das bedeutet?«, fragte er ihn.

»Ja sicher«, sagte Jupp. »Für Willy Hüwel war immer klar, dat er gar nicht Achims Vater sein konnte.«

ZWÖLF

Manfred Wagner sah sich zwischen den Gräbern vergeblich nach Mia Hüwel um. Sie war nicht unter den wenigen Menschen, die an diesem Donnerstagmittag auf dem Friedhof an der Wittestraße unterwegs waren.

Eine Weile spazierte er ziellos an Grabsteinen vorbei. Hin und wieder entdeckte er darauf Namen, die ihn an Menschen denken ließen, die er einmal gekannt hatte. Die Jahreszahlen, die unter den Namen standen, beschworen Erinnerungen an unbeschwerte Kindertage und an schreckliche Zeiten herauf.

Vor der Wiese mit den Kriegsgräbern blieb er stehen und schaute sich die langen Reihen steinerner Kreuze an. Er ging nicht an ihnen entlang, wollte nicht wieder all die in Stein gemeißelten Schicksale betrachten und dabei an Lisbeth denken müssen und an die vielen anderen, die er seit damals vermisste.

Er schlenderte zu der Bank unter der Linde, auf der er vor ein paar Tagen mit Mia Hüwel gesprochen hatte, setzte sich, zündete sich eine Zigarette an, inhalierte tief und blies den Rauch in die laue Sommerluft.

Das Wetter war erträglich heute, aber immer noch zu unbeständig für eine Motorradtour. Schon fast zwei Urlaubswochen waren jetzt vorbei. Er war nicht oft aus der Stadt hinausgekommen. Weder nach Holland noch durch das Sauerland war er gefahren. Vieles war anders gelaufen als geplant. Noch nicht ein einziges Mal war er im Kino gewesen, und für die neue Stereoanlage und seine Schallplattensammlung hatte er viel zu wenig Zeit gefunden. Das war bisher nicht der Urlaub, den er sich vorgestellt hatte, und doch waren die vergangenen vierzehn Tage abwechslungsreich und überraschend angenehm verlaufen.

Bei den Holtbrinks ging er inzwischen so selbstverständlich ein und aus, als hätte es nie ein Zerwürfnis mit dem Bruder und der Schwägerin gegeben. Er kam besser mit Heinrich und Trude klar, als er es erwartet hatte, und Michael war ein verdammt netter Kerl. Es gefiel ihm, einen vierzehnjährigen Neffen zu haben.

Mit Jupp Möllmann hatte er seit dem ersten Wiedersehen bei Krumpens Beerdigung schon etliche Stunden verbracht. Er redete gern mit dem Älteren, weil der die Welt nicht aus der Enge einer Schusterwerkstatt oder aus dem Schatten eines Kirchturms heraus betrachtete. Der Jupp sah und hörte den Menschen zu, er war nicht einer von denen, die immer schon alles verstanden hatten.

Er führte ein einfaches Leben zwischen Kanal und Karnickelställen, beklagte nichts, was ihm im Leben widerfahren war, und wollte nichts, was er nicht hatte. Er war ein zufriedener Mann. Das Alleinsein in dem kleinen Haus in der Emschertalstraße schien ihm nichts auszumachen.

Auch Wagner hatte jahrelang geglaubt, ohne einen Menschen in seiner Nähe auskommen zu können. Es hatte ihm gereicht, tagsüber im Präsidium mit den Kollegen zusammen zu sein, mit Verdächtigen und mit Zeugen zu sprechen. Nach Dienstschluss war er froh gewesen, niemanden mehr um sich haben zu müssen. Nur an den Wochenenden war er hin und wieder durch Kneipen oder Bars gezogen, hatte sich mit irgendwelchen Kerlen an irgendwelchen Theken unterhalten, hatte ab und zu Artur Trappe und seine Familie besucht oder war zu Ilona gegangen.

Er war gut allein zurechtgekommen. Er hatte sich daran gewöhnt, ohne eine Frau zu leben und ohne eine Familie. Er hatte nie einen Menschen gebraucht, außer Ilona vielleicht. Aber die hatte er bezahlt, und er hätte genauso gut eine andere bezahlen können. Jedenfalls hatte er sich das eingeredet.

Was am Sonntagabend passiert war, hatte ihn verstört. Nicht seine Lust, sondern ihre Lust in seinen Armen hatte ihn überrumpelt. Ganz plötzlich hatte der Gedanke, eines Tages nicht mehr zu Ilona gehen zu können, ihn beängstigt. Das hatte ihn erschreckt. Seitdem Lisbeth und seine Eltern tot waren, war er vor der Angst, noch einmal einen Menschen verlieren zu können, davongelaufen. Seit damals hatte er an niemandem mehr gehangen.

Jetzt gab es in seinem Leben eine Frau, die er zu Heinrichs Geburtstag mitnehmen wollte, als wäre sie seine Freundin und nicht irgendeine Hure. Es gab den Jupp, mit dem er gern bei einem Glas zusammensaß und redete, es gab einen Bruder und eine Schwägerin, in deren Haus er sich wohlfühlte, und einen Neffen, der ihm ans Herz wuchs.

Wagner trat heftig seine Zigarette aus.

Eine alte Frau schlurfte gebeugt durch die Grabreihen. Sie trug eine graue Strickweste und schleppte eine Blechgießkanne, aus der Wasser schwappte. Sie goss die Blumen auf einem Doppelgrab, auf dessen Grabstein nur ein Name stand. Dabei bewegten sich ihre Lippen, als redete sie mit jemandem.

Er hatte Mia Hüwel nicht kommen gesehen. Erst als sie auf Joachims Grab hockte und einen Strauß weißer Nelken in die Vase steckte, die vor dem Holzkreuz stand, bemerkte er sie. Er sah ihr dabei zu, wie sie an den Blumen zog und zupfte und sie so lange hin und her schob, bis sie gleichmäßig in der Steckvase verteilt waren.

Er wusste nicht, ob sie ihn gesehen hatte. Als sie vor dem Grab stand und das Papier, mit dem die Nelken umwickelt gewesen waren, zusammenknüllte, stand er auf. Sie schaute kurz herüber und nickte ihm zu.

Das sollte wohl heißen, dass sie gleich zu ihm kommen würde. Wagner nahm an, dass sie an Joachims Grab in Ruhe gelassen werden wollte, und setzte sich wieder. Er stellte fest, dass in seiner Güldenringpackung nur noch eine Zigarette war, nahm sie heraus, zündete sie an, bückte sich nach der Kippe, die vor seinen Füßen lag, und steckte sie in die leere Schachtel.

Mia blieb lange am Grab stehen. Als von Wagners Zigarette kaum mehr als der Filter übrig war, bekreuzigte sie sich, drehte ihm den Rücken zu und ging davon. Er war nur einen Augenblick lang verdutzt. Gerade wollte er ihr nachlaufen, da blieb sie vor einem Müllkorb stehen und warf das zusammengeknüllte Papier hinein. Dann drehte sie sich um, kam auf ihn zu, betrachtete im Vorbeigehen noch einmal die Nelken auf Achims Grab, sah Wagner an und lächelte, als würde sie sich freuen, ihn hier zu treffen.

»Guten Tag, Manfred«, sagte sie und setzte sich neben ihn auf die Bank. »Was machst du denn schon wieder hier? Hast du in deinem Urlaub nichts Besseres zu tun, als dich auf Friedhöfen herumzutreiben?«

Wagner steckte auch die zweite ausgetretene Kippe in die leere Zigarettenschachtel.

»Guten Tag, Mia«, sagte er. Er hatte nicht erwartet, dass sie ihm so freundlich begegnen würde.

Sie zog ein Taschentuch aus ihrer schwarzen Handtasche und tupfte sich die Stirn ab. Wagner wunderte sich darüber, dass das Tuch nicht nach Kölnisch Wasser roch.

»Es ist schwül heute«, sagte sie.

»Der Blumenstrauß ist sehr schön«, sagte Wagner.

»Ja«, sagte Mia und sah zu Achims Grab hinüber. »Weiß ist die Farbe der Unschuld.«

Wagner nickte.

»Ich wollte Margeriten, aber die gab es in der Gärtnerei nicht«, sagte Mia.

»Margeriten sind auch weiß.«

»Ja, natürlich.«

Wagner dachte an die volle Zigarettenpackung, die im Handschuhfach des Taunus lag.

»Gibt es etwas Neues?«, fragte Mia.

»Ich denke schon.«

»Hab ich mir gleich gedacht, als ich dich gesehen habe. Es ist gut, dass du nicht zu uns in die Wilhelmstraße gekommen bist. So kriegt der Willy wenigstens nichts mit.«

»Weiß er nicht, dass ich am Montag bei dir war?«

Mia schüttelte den Kopf. »Ich hab ihm nichts davon erzählt. Er würde doch sofort fragen, worüber wir gesprochen haben. Und dann wüsste ich nicht, was ich ihm antworten sollte.«

»Ich werde mit deinem Mann reden müssen«, sagte Wagner.

Mia sah ihn mit hochgezogenen Augenbrauen an.

»Worüber?«, fragte sie scharf.

Wagner zuckte mit den Achseln. »Ich fürchte, über das, was damals geschehen ist«, sagte er vieldeutig.

»Was soll das heißen?« Mias Stimme klang schrill. »Du hast mir versprochen, niemandem etwas zu erzählen, schon gar nicht dem Willy.«

»Wenn die alten Geschichten nichts mit Joachims Tod zu tun haben, dann vergesse ich sie wieder. Das hab ich gesagt.«

»Du hast versprochen, dass kein Mensch erfahren wird, wer Achims Vater war.«

»Du hast behauptet, dein Mann und der Junge hätten von nichts eine Ahnung gehabt. Aber du hast mir nicht die Wahrheit gesagt«, entgegnete Wagner.

Mia steckte das weiße Taschentuch zurück in ihre Handtasche und sah zum Grab des Jungen hinüber.

»Er hat nichts gewusst«, stieß sie hervor, »und der Willy auch nicht.«

»Der Achim hatte ein Jugendfoto vom Krumpen gesehen. Die Ähnlichkeit hat ihn verwirrt. Er hatte zumindest den Verdacht, dass Arnold Krumpen sein Vater sein könnte.«

»Davon weiß ich nichts«, sagte Mia wütend.

Wagner schwieg nachdenklich. Es war möglich, dass sie die Wahrheit sagte. Vielleicht hatte der Junge nicht die Courage gehabt, seiner Mutter die ungeheuerliche Frage zu stellen, ob der alte Krumpen sein Vater war. Vielleicht hatte er aus Scham so getan, als wäre er ahnungslos.

»Wie kommst du darauf, dass der Willy etwas weiß?«, fragte Mia.

Wagner wollte ihr nichts von den Überlegungen sagen, die er gestern Abend mit Jupp Möllmann angestellt hatte.

»Es gibt Hinweise, über die ich nicht sprechen kann«, antwortete er vage.

Die alte Frau mit der Blechgießkanne schlurfte an den Priestergräbern vorbei in Richtung Friedhofstor.

»Du bist dir nicht sicher«, sagte Mia kopfschüttelnd, »sonst hättest du dich direkt an den Willy gewandt. Stattdessen sitzt du hier mit mir. Was soll das?«

»Ich kann mich an das Versprechen, deinem Mann gegenüber Stillschweigen zu wahren, nicht mehr halten. Das wollte ich dir sagen. Ich wollte dich nicht hintergehen.«

»Und wenn du dich irrst? Wenn du einem ahnungslosen Mann zu verstehen gibst, dass er nicht der leibliche Vater seines Jungen ist? Hast du schon mal darüber nachgedacht, was du damit anrichten kannst in seinem Leben und in meinem?«

»Ich glaube nicht, dass ich mich irre«, sagte Wagner.

Mia schüttelte den Kopf und schwieg.

»Ich werde mit deinem Mann reden. Ich kann dir nur versprechen, dass ich dabei nicht mit der Tür ins Haus fallen werde. Die Fragen, die ich habe, werde ich so stellen, dass der Willy dadurch nichts erfährt, was er nicht sowieso schon weiß.«

***

Die Stühle im Wartezimmer waren hart. Ein hagerer Mann mit blasser Gesichtsfarbe und eingefallenen Wangen saß Manni Wagner gegenüber. Er war der einzige Patient, der kurz vor der Mittagspause noch darauf wartete, von Doktor Rötering ins Behandlungszimmer gerufen zu werden.

Er trug eine verwaschene Cordhose und eine graublaue Jacke, die ihm vielleicht einmal gepasst hatte, als er zwanzig oder dreißig Pfund schwerer war. Der Mann hustete keuchend in ein schmuddeliges Taschentuch und schnappte nach Luft.

»Die Bronchien«, sagte er entschuldigend zu Wagner. »Denen macht dat diesige Wetter zu schaffen.«

Wagner nickte. »Ist gar kein richtiger Sommer dieses Jahr«, sagte er.

»Wenn et nur nich so drückend wär! Der ganze Dreck hängt in e Luft und kann nich abziehen. Wenn die Lunge sowieso schon voll Kohlenstaub is, dann kommt man da nich gegen an.«

»Sind Sie Bergmann?«

»War ich. Vierzig Jahre unter Tage, bis et nich mehr ging. Der Doktor Rötering hat dafür gesorgt, dat ich nich mehr da runter muss. Der is ja Knappschaftsarzt. Voriges Jahr hat er mich kaputtgeschrieben. Gott sei Dank. Is en guter Mann, der Rötering. Aber die Bronchien kriegt er auch nich mehr hin. Abhorchen, Tabletten verschreiben, mehr kann er nich machen. Aber die Tabletten helfen gut.«

Der hagere Körper des Mannes wurde von einem heftigen Hustenanfall geschüttelt. Er drückte das Taschentuch gegen seinen Mund. Als die Hustenattacke vorüber war, atmete er rasselnd, räusperte sich wütend, spie ins Taschentuch und stopfte es in die Jackentasche.

»Alles Scheiße«, sagte er schnaufend.

Eine junge Arzthelferin im weißen Kittel kam aus der Tür, an der das kleine Emailleschild mit der Aufschrift »Behandlungsraum« hing. Sie hielt einen weißhaarigen Alten am Arm.

»Es geht schon«, sagte der. »Ich hab ja meinen Stock.«

»Ich bring Sie bis zur Tür«, sagte die Arzthelferin.

»Kann ich reingehen?«, fragte der Bergmann.

Die junge Frau nickte ihm zu.

Er räusperte sich noch einmal kräftig, bevor er im Behandlungsraum verschwand und die Tür hinter sich zuzog.

Als die Arzthelferin wieder ins Wartezimmer kam, trug sie keinen weißen Kittel mehr, sondern eine cremefarbene Strickweste über einem hellblauen Sommerkleid.

»Mahlzeit«, sagte sie lächelnd zu Wagner.

Sie war hübsch. Sie trug nahtlose Nylons und Schuhe mit flachen Absätzen. Unter ihren Schritten knarrte eine Holzdiele im Flur. Die Haustür wurde geöffnet und wieder zugezogen.

Wagner hörte den Bergmann im Behandlungsraum husten. Ein paar Minuten später kam er heraus. Er murmelte etwas vor sich hin und schüttelte den Kopf.

»Der Doktor hat gesagt, der Nächste könnte reinkommen. Ich schätz ma, dat sind Sie«, sagte er zu Wagner. Er lachte und hustete.

»Alles Gute«, wünschte Wagner ihm, bevor er an die Tür des Behandlungszimmers klopfte und hineinging.

»Kommen Sie, nehmen Sie schon mal Platz«, sagte Doktor Rötering. Er saß an einem mächtigen Schreibtisch aus dunklem Holz und notierte irgendwas auf einem Blatt Papier. Ohne aufzublicken, deutete er mit der linken Hand auf einen Stuhl, der mitten im Zimmer stand.

Es roch nach Alkohol, vielleicht nach Franzbranntwein oder nach einem Desinfektionsmittel. Wagner setzte sich. Ein Fenster stand offen. Dahinter lag ein Garten mit Rhododendronbüschen.

Doktor Rötering schrieb eifrig. Er war ein korpulenter Mann mit weißen Haaren und einem roten Gesicht. Auf Ende fünfzig schätzte Wagner ihn. Eine silbern umrandete Brille hing auf seiner Nasenspitze. Unter seinem offenen weißen Kittel trug er ein kariertes Hemd.

»Entschuldigen Sie bitte«, sagte er nach einer Weile, legte seinen Füllfederhalter zur Seite, nahm seine Brille ab und sah Wagner an. »Sind Sie zum ersten Mal hier?«

»Ja. Mein Name ist Wagner. Ich hatte mich telefonisch angemeldet.«

»Ach, Sie sind das. Der Herr von der Kriminalpolizei. Sitzt denn kein Patient mehr im Wartezimmer?«

Wagner schüttelte den Kopf.

»Dann hab ich ein bisschen Zeit für Sie«, sagte Rötering, lehnte sich auf seinem schweren Schreibtischstuhl zurück und verschränkte die Arme vor der Brust. »Sie müssen mir aber noch mal genau erklären, worum es eigentlich geht. Am Telefon hab ich das nicht ganz verstanden.«

»Um den Tod von Arnold Krumpen.«

»Ja, ja, das sagten Sie schon.« Rötering drückte sich aus seinem Stuhl hoch. »Herr Krumpen war seit Jahren mein Patient«, sagte er, zog ein Stethoskop aus seiner Kitteltasche, warf es im Vorbeigehen auf eine Liege, verschloss die Tür eines Glasschrankes, in dem sich Medikamentenpackungen stapelten, und zog die Schublade eines Aktenschrankes auf.

»Haben Sie irgendeinen begründeten Zweifel daran, dass Krumpens Tod eine natürliche Ursache hatte?«, fragte er, zog eine Aktenmappe hervor, schloss die Schublade und sah Wagner fragend an, während er zurück zu seinem Schreibtisch ging.

»Nein, den hab ich ehrlich gesagt nicht. Es ist eher ein vager Verdacht.«

Rötering setzte sich wieder, schob seine Brille zurecht und sah Wagner über deren Rand hinweg an.

»Und das hier ist kein Verhör, sondern lediglich ein informelles Gespräch?«, fragte er.

»Genau so ist das, Herr Doktor. Ich möchte von Ihnen lediglich wissen, ob es aus Ihrer Sicht auch möglich ist, dass jemand den Krumpen mit einem Kissen erstickt hat, oder ob man ein Tötungsdelikt definitiv ausschließen kann.«

»Nun gut, Herr Wagner. Dann will ich Ihnen mal reinen Wein einschenken.« Rötering tippte mit dem Zeigefinger auf die Krankenakte, die er aus dem Schrank geholt hatte. »Es geht hier um einen Patienten, der schwer herzkrank ist. Einen Infarkt hat er nur knapp überlebt. Er trinkt und raucht, obwohl er weiß, dass er sich damit zugrunde richtet. Zu diesem Mann werde ich eines Morgens gerufen. Er sitzt tot in seinem Fernsehsessel, neben ihm ein Aschenbecher voller Kippen und eine Schnapsflasche. Auf eine Fremdeinwirkung gibt es keinen Hinweis. Es ist ganz offensichtlich genau das eingetreten, was zu erwarten war. Krumpen hat seinen zweiten Infarkt erlitten und ist daran verstorben. Es gibt keinen Grund für mich, eine andere Todesursache in Betracht zu ziehen. Wenn aber zwei Wochen später ein Kriminalbeamter vor mir sitzt und mich fragt, ob es auch möglich ist, dass jemand dem betrunken in seinem Sessel liegenden Krumpen ein Kissen aufs Gesicht gedrückt und ihn erstickt hat, dann muss ich sagen: Das kann ich keineswegs ausschließen.«

Wagner schwieg verblüfft. Mit so viel Offenheit hatte er nicht gerechnet.

»Was macht Sie jetzt sprachlos?«, fragte Rötering.

»Ich hatte nicht damit gerechnet, dass ein Arzt so freimütig zugibt, dass er einen Fehler gemacht haben könnte.«

»Meinen Sie, es war ein Fehler, dem Krumpen ein natürliches Ableben zu bescheinigen?« Rötering lehnte sich lächelnd in seinem Sessel zurück und verschränkte die Arme vor der Brust. »Ich seh das nicht so, lieber Herr Wagner. Ein Arzt hat gar nicht die Möglichkeit, jedes Tötungsdelikt zu erkennen. Ich bin davon überzeugt, dass auf jeden Mord, den Sie untersuchen, mindestens einer kommt, der nie entdeckt wird.«

Er machte eine Pause. Wagner sah ihn ungläubig an.

»Jeden Tag kommt irgendwo ein Arzt in eine Situation, wie ich sie bei Krumpens Tod vorgefunden habe«, erklärte Rötering. »Ein Patient stirbt, ein kranker Mensch. Alle Umstände seines Todes deuten darauf hin, dass er seiner Krankheit erlegen ist. Nun, in neunundneunzig von hundert Fällen wird das auch so sein, aber in einem Fall hat vielleicht ein Verwandter, der nicht mehr auf die Erbschaft warten wollte, ein bisschen nachgeholfen. Diesen einen Fall, Herr Wagner, den wird man aber nur entdecken, wenn man bei allen hundert Todesfällen eine polizeiliche Untersuchung und gegebenenfalls eine Obduktion veranlasst. Es liegt auf der Hand, dass das nicht geht. Wir können nicht brave Menschen und trauernde Hinterbliebene generell einem Mordverdacht aussetzen. Und wir können auch nicht bei jedem Todesfall, der sich in einem privaten Umfeld ereignet hat, die Kriminalpolizei einschalten. Deshalb glaube ich, dass ich mir in dieser Angelegenheit nichts vorzuwerfen habe.«

Wagner schwieg beeindruckt. Jeder Kriminalist wusste, dass es unentdeckte Tötungsdelikte gab. Aber er war davon ausgegangen, dass es sich dabei um äußerst seltene Ausnahmefälle handelte.

»Ich bin davon überzeugt, Herr Wagner, dass hunderte, wenn nicht tausende Mörder in diesem Land unbehelligt herumlaufen. Das liegt nicht daran, dass Sie schlecht arbeiten, und das liegt auch nicht daran, dass wir Mediziner nicht sorgfältig genug sind. Wir können einfach nicht jeden Sterbefall auf eine Fremdeinwirkung hin untersuchen. Das überstiege unsere Möglichkeiten, und es gäbe dafür auch keine gesellschaftliche Akzeptanz.«

»Es erschreckt mich sehr, was Sie da behaupten«, sagte Wagner.

Doktor Rötering nickte. »Ja natürlich. Das ist ja auch erschreckend«, sagte er. »Aber lassen Sie mich noch mal auf Arnold Krumpen zurückkommen. Wenn da wirklich jemand nachgeholfen hat, war der Täter entweder ein Idiot, oder er hat im Affekt gehandelt, oder er kannte sein Opfer nicht. Krumpens Tage waren gezählt. Beim Zustand seines Herzens und bei seinem Lebenswandel hätte er nach meiner Einschätzung dieses Jahr ohnehin nicht überlebt. Ich glaube sogar, dass er auch an einem Infarkt gestorben ist, wenn ihm tatsächlich jemand ein Kissen aufs Gesicht gedrückt hat. Sein Herz war so schwach, dass es in einem solchen Fall vermutlich ausgesetzt hätte, bevor es zum Erstickungstod kommen konnte.«

»Also würde uns nicht einmal eine Obduktion Sicherheit bringen?«, fragte Wagner nach.

»Ich vermute, eine Sektion des Leichnams würde die Todesursache Herzinfarkt bestätigen, so oder so, ob da jemand nachgeholfen hat oder nicht.«

Wagner sah an Doktor Rötering vorbei zum offenen Fenster

hinaus. Wenn die Einschätzung des Arztes richtig war, dann hieß das wohl, dass die Frage, ob Krumpen getötet worden war, für immer ohne Antwort bleiben musste.

»Da haben Sie jetzt vermutlich ein Problem«, sagte Rötering.

Wagner nickte.

»Nun, ich kann Ihnen leider nur sagen, dass sich das medizinisch nicht lösen lässt.«

»Ich fürchte, es gibt auch keine kriminalistischen Methoden, die da weiterhelfen«, sagte Wagner.

»Manchmal müssen wir wohl mit unseren Unzulänglichkeiten leben«, stellte Doktor Rötering fest und seufzte.

»Das fällt mir schwer«, gab Wagner zu.

Rötering nickte. »Mich macht es wütend, wenn ich Patienten nicht helfen kann, wenn ich genau weiß, dass es der Dreck und die Luftverpestung hier im Ruhrgebiet sind, die sie krank machen. Aber es gibt nun mal Lebensumstände, die ein Arzt nicht beeinflussen kann, sondern nur die Politik und die Wirtschaft.«

»Wir haben doch ein Gesetz zur Reinhaltung der Luft, seit vier Jahren immerhin schon. Das müsste sich doch allmählich positiv bemerkbar machen.«

»Sie meinen unser Landesimmissionsschutzgesetz.« Rötering machte eine wegwerfende Handbewegung. »Ein guter Ansatz allenfalls. Aber Maßnahmen müssen auch durchgesetzt werden, und dann müssen sie auch noch greifen. Bis dahin werden noch Jahre vergehen. Und so lange werden die Menschen weiter krank.«

Rötering schüttelte missmutig den Kopf.

»Es gibt im Ruhrgebiet heute doppelt so viele Fälle von Lungenkrebs wie Anfang der Fünfziger. Leukämie und Blutbildveränderungen müssen wir oft schon bei Kindern diagnostizieren. Das ist furchtbar. Untersuchungen haben ergeben, dass Jungen und Mädchen in Oberhausen doppelt so oft an Rachitis erkranken wie Kinder vom Lande. Ja, Sie haben schon recht, Herr Wagner, die Unzulänglichkeiten, mit denen wir leben müssen, sind manchmal kaum zu ertragen.«

***

Wagner stocherte mit der kleinen Holzgabel in den Pommes frites herum, spießte ein Kartoffelstäbchen auf, zog es durch die Mayonnaise und schob es sich in den Mund.

»Schmeckt gar nicht so schlecht«, sagte er.

»Hast du etwa noch nie Pommes gegessen?«, fragte Michael.

»Doch schon. Im Restaurant kriegt man die Dinger schon mal als Beilage, anstatt Kartoffeln. Aber in einer Pommesbude war ich gerade zum ersten Mal.«

»Ich ess Pommes am liebsten rot-weiß«, sagte Michael kauend. »Erst Currysoße drüber und dann einen Klatsch Mayonnaise obendrauf.«

»Ich hätte dich aber auch zu einem richtigen Essen in ein Lokal eingeladen«, sagte Wagner.

»Pommes find ich knorke«, sagte Michael. »Und hier im Park gefällt es mir besser als in einem Restaurant. Da muss man immer so fein tun. Das ist mir zu anstrengend.«

Wagner stellte das Pappschälchen mit den Pommes frites zwischen Michael und sich auf der Bank ab und wischte sich mit einem Taschentuch Mayonnaise vom Mund.

»Ich weiß nicht«, sagte er. »Hast du nicht das Gefühl, dass die Leute einen alle blöd angucken, wenn man hier mitten auf dem Friedensplatz sitzt und isst?«

Michael sah sich um. Dann schüttelte er den Kopf.

»Nee, hab ich überhaupt nicht«, sagte er.

Wagner nahm sein Pommesschälchen wieder in die Hand und versuchte, mehrere Stäbchen gleichzeitig aufzuspießen.

»Hast wohl recht. Ich bin es nur nicht gewohnt, in der Öffentlichkeit zu essen. Manchmal bin ich eben ein bisschen altmodisch«, sagte er und bugsierte drei Pommes frites zusammen mit einem Klecks Mayonnaise in seinen Mund.

»Bist überhaupt nicht altmodisch.«

Michael stampfte mit einem Fuß auf den Boden. Ein paar Tauben flatterten erschreckt davon.

»Das Einzige, was mich hier stört, sind die blöden Viecher. Die glotzen die ganze Zeit so, als würden sie uns am liebsten die Pommes aus den Händen reißen.«

Wagner lachte.

»Als ich das letzte Mal hier war, hat auf dieser Bank eine Frau gesessen, die die Tauben gefüttert hat. Die armen Tiere können ja nicht wissen, dass du deine Pommes selbst essen willst.«

»Werden sie schon merken«, sagte Michael und beobachtete die Tauben argwöhnisch.

»Sitzt du öfter hier?«, fragte er.

»Wenn ich Pause hab, rauch ich hier schon mal eine Zigarette und denk ein bisschen nach.«

Michael deutete mit dem Kopf zum Polizeipräsidium hinüber. »Kann man dein Büro von hier aus sehen?«

»Nein, das liegt nach hinten raus. Du kannst mich ja mal nach der Schule besuchen. Dann zeig ich dir meinen Arbeitsplatz und wie es bei der Kripo so zugeht.«

»Würd ich gerne machen.«

»Musst mir nur vorher Bescheid sagen.«

»Na klar. War übrigens ein toller Nachmittag bis jetzt. Dufte Idee von dir, mal zusammen was zu unternehmen.«

»Ja, find ich auch.«

»Und wie hat dir der ›Ölprinz‹ gefallen?«, fragte Michael.

»Hatte ich mir eigentlich besser vorgestellt.«

Michael nickte eifrig. »Ich auch. War jedenfalls nicht der beste von den Karl-May-Filmen, die ich gesehen hab.«

»War mein erster.«

»Ich hab schon ›Winnetou‹ eins und zwei und ›Old Shatterhand‹ gesehen. Die waren mehr so wie die Bücher. Und da war meistens auch Sam Hawkins dabei. Den fand ich dufte. Und einmal auch Nscho-tschi, die Schwester von Winnetou.«

»Marie Versini. Die hat die Nscho-tschi gespielt. Ein schönes Mädchen«, sagte Wagner.

»Ich denk, du hast noch keinen Karl-May-Film gesehen.«

»Nee, aber gelesen hab ich was über die Marie Versini. Die macht gerade einen anderen Film. ›Die dreizehn Sklavinnen des Doktor Fu Man Chu‹. Und in dem Artikel stand auch, dass sie Winnetous Schwester gespielt hat.«

»Am blödesten fand ich, dass nur Old Surehand dabei war. Ich mein, der beste Freund von Winnetou ist schließlich Old Shatterhand. Doof, dass der nicht mitgespielt hat.«

»Und wie hat dir die Lizzy gefallen?«

»Die Tochter von den Siedlern? Geht so.«

»Ich fand sie sehr schön«, sagte Wagner.

»Interessierst du dich immer nur für die Frauen?«

Wagner wusste nichts auf die Frage zu antworten. Er lachte.

»Die Fahrt mit dem Floß auf dem reißenden Fluss, die war toll«, sagte Michael.

»Die Landschaftsaufnahmen waren alle gut.«

»Eigentlich hat der Film mir doch gefallen. Er war ja auch ziemlich spannend. War eben nur nicht so richtig Karl May. Aber eigentlich ist Kino immer knorke.«

»Das find ich auch«, sagte Wagner. »Da kommt so ein flimmernder Schwarzweißfilm in der Fernsehkiste jedenfalls nicht mit.«

Michael nickte. Er nahm Wagners leeres Pommesschälchen von der Bank und warf es zusammen mit seinem in einen Müllkorb.

»In den drei anderen Karl-May-Filmen war ich zusammen mit dem Achim«, sagte er, als er sich wieder setzte.

Wagner zündete sich eine Zigarette an.

»Es kann schon sein, dass er gedacht hat, der olle Krumpen wär sein Vater«, sagte Michael.

»Wie kommst du jetzt darauf?«

»Danach hast du mich doch gefragt.«

»Ja, ich weiß. Das hätte ich nicht tun sollen. Es ist nicht gut, dass du dir über solche Sachen den Kopf zerbrichst.«

»Hab ich aber gemacht. Und dabei ist mir was eingefallen. Soll ich dir das erzählen?«

Wagner nickte.

»Ich konnte den alten Krumpen nicht leiden. Deshalb hab ich mal was Blödes über ihn gesagt. Ich glaub, ich hab ihn einen versoffenen Mistkerl genannt. Genau weiß ich das nicht mehr. Jedenfalls ist der Achim richtig sauer geworden. Das wäre eine Beleidigung, hat er gesagt. Nicht nur für den Krumpen, sondern auch für ihn, weil nämlich in seinen Adern das Blut von dem Alten fließen würde. Ich hab mich kaputtgelacht und ihn gefragt, ob der olle Krumpen jetzt auch sein Blutsbruder wär. Da hat der Achim gesagt, dass ich viel zu blöd wäre, um das zu kapieren.«

Wagner trat seine Zigarette aus.

»Meinst du, er hat so komisch rumgequatscht, weil er dachte, der Krumpen wär sein Vater?«, fragte Michael ihn.

»Das kann schon sein.«

»Irgendwann hat der Achim auch mal gesagt, alle Frauen wären Huren. Was er damit gemeint hat, hab ich auch nicht verstanden.«

»Manchmal hat er vielleicht einfach nur dummes Zeug geredet«, sagte Wagner.

Michael nickte erleichtert.

»Mir wird langsam kalt«, sagte Wagner. »Ich würde mich jetzt gern ins Auto setzen.«

Als sie am Europahaus vorbeigingen, sagte Michael: »Mir hat die Lizzy auch gut gefallen. Die war echt süß.«

Wagner gab ihm einen Klaps auf die Schulter und lachte.

»Was machen wir denn jetzt noch?«, fragte er, als sie in den Taunus gestiegen waren.

»Ein bisschen rumfahren«, schlug Michael vor.

»Sollen wir mal gucken, ob der Jupp zu Hause ist?«

»Können wir machen.«

Auf der Katharinenstraße in Lirich fragte Michael: »Warum hast du eigentlich keine Kinder?«

»Ich weiß nicht«, sagte Wagner. »Hat sich nicht ergeben.«

»Weil du keine Frau gefunden hast, mit der du gerne Kinder machen möchtest?«, fragte Michael nach.

»Könnte man wohl so sagen.«

»Aber eine Freundin hast du doch, oder?«

Wagner nickte.

»Und die bringst du morgen mit zur Geburtstagsfeier?«

»Na klar.«

»Da bin ich aber mal gespannt. Ist bestimmt 'ne tolle Frau. Oder?«

»Na klar.«

Auf der Westmarkstraße in Buschhausen sagte Wagner: »Guck mal ins Handschuhfach. Ich hab beim Tanken ein paar Fußballbilder gekriegt. Die sammelst du doch.«

»Fürs Aral-Album? Ehrlich? Und die kann ich haben?«

»Die hab ich für dich geholt.«

Michael nahm die sechs Karten aus dem Handschuhfach und sah sie durch. »Weber, Held und Netzer hab ich schon, aber die sind gut zum Tauschen. Szymaniak und Overath hab ich noch nicht. Und den Eusebio, den hat überhaupt noch keiner in meiner Klasse. Echt dufte. Danke.«

DREIZEHN

Jupp Möllmann hob sein Schnapsglas in die Höhe.

»Jetz trinken wir erst ma einen auf den Hein«, sagte er. »Sechsundvierzig, mein lieber Heinrich, dat ist en wunderbares Alter für en Mann. Da kanns'e noch jede Menge Bäume ausreißen. Wir wünschen dir von Herzen, dat du munter bleibs und dat du heute en richtig schönen Geburtstag has.«

Alle, die um den Tisch im Wohnzimmer der Holtbrinks saßen, hoben ihre Gläser und prosteten Heinrich zu.

»Also, bisher ist das ein sehr schöner Geburtstag«, sagte Heinrich und strahlte übers ganze Gesicht. »Vier zu null gegen Uruguay im Viertelfinale. Mensch, das hätte doch niemand gedacht.«

Da hatte er wohl recht. Jupp Möllmann hatte vor dem Spiel damit gerechnet, dass es äußerst knapp werden würde. Und anfangs hatte es gar nicht gut ausgesehen für die Deutschen. Die Urus hatten einen Ball an die Latte geköpft und so viel Druck gemacht, dass einem angst und bange werden konnte. Aber als Siggi Held dann völlig überraschend das Eins-zu-null geschossen hatte, war das Spiel gekippt. Die Südamerikaner hatten die Nerven verloren. Zwei von ihnen waren vom Platz geflogen, und am Schluss hatten die deutschen Kicker einen klaren Sieg herausgeschossen.

»Auf den Heinrich!«, sagte Trude und trank ihren Eierlikör. »Und den Fernseher, den machen wir jetzt mal aus. Die Ergebnisse von den anderen Spielen, die habt ihr ja schon gehört. Das ist genug Fußball für heute.«

Niemand protestierte, als sie auf den Knopf drückte. Zu ihren Töchtern gewandt, sagte sie: »Und die Gerda und die Heidi, die kommen mal mit mir in die Küche und helfen mir ein bisschen.«

»Früher haben die Leute nich so viel Theater gemacht, wenn Fußball war«, sagte Tante Stinna.

Möllmann wusste, dass sie die ältere Schwester von Heinrichs und Mannis Mutter war. Er war ihr hin und wieder bei Familienfeiern der Holtbrinks begegnet und sagte »Tante Stinna« zu ihr wie alle anderen. Sie war schon über achtzig.

»Habt ihr denn noch en Schlücksken für mich?«, fragte sie.

»Michael, schütt der Tante Stinna ma en Schnäpsken ein!«, sagte Heinrich.

»Früher haben wir überhaupt nicht Geburtstag gefeiert. Immer nur Namenstag«, sagte die Tante.

»Hast ja recht«, sagte Heinrich. »Aber heute ist Weltmeisterschaft und Geburtstag. Und morgen ist Sonntag, da können alle ausschlafen. Man muss doch die Feste feiern, wie sie fallen.«

»Prost, Tante Stinna! Ich freu mich richtig, dich zu sehen. Und dass du immer noch so munter bist, das ist prima«, sagte Manni Wagner, der zwischen der Tante und seiner Begleiterin Ilona saß.

»Ilona Grabowski, eine gute Bekannte«, hatte Manni gesagt, als die beiden gekommen waren.

Eine gute Bekannte? Möllmann stopfte seine Pfeife. Ilona Grabowski saß ihm schräg gegenüber. Er beobachtete sie verstohlen. Eine verdammt aufregende Frau war sie. Mitte dreißig vielleicht. Lange, rotbraune Haare und eine tadellose Figur. Sie trug ein helles Sommerkleid. Ihre Taille war hinreißend schlank, kaum mehr als Uwe Seelers Oberschenkel. Dass sie nur eine Bekannte vom Manni war, glaubte Möllmann nicht. Ilona war seine Geliebte. Darauf würde er jede Wette annehmen. Der Manni war doch nicht blöd.

Aber hatte er nicht gesagt, es gäbe in seinem Leben keine Frau, außer einer Hure, zu der er regelmäßig ginge?

Darauf konnte Jupp Möllmann sich im Augenblick keinen Reim machen. Eine Hure war diese Ilona Grabowski jedenfalls nicht. An der war nichts Vulgäres. Überhaupt nichts. Sie war die nette junge Frau von nebenan. Eine besonders nette sogar. Und vom Fußball verstand sie auch eine Menge. Als Beckenbauer nach einem tollen Doppelpass mit Uwe Seeler das Zwei-zu-null geschossen hatte, hatte sie gesagt: »Das war Weltklasse.«

Und eine Minute darauf hatte sie festgestellt: »Jetzt haben wir sie im Sack.«

Treffender hätte er selbst das Tor und seine Folgen nicht beschreiben können!

»Fünf Prozent der deutschen Frauen lassen sich kein Länderspiel entgehen. Die sind immer dabei, vorm Fernseher oder am

Radio. Habt ihr dat auch gelesen?«, fragte Möllmann in die Runde.

»Frauen und Fußball. Dat hat et früher nicht gegeben«, sagte Tante Stinna.

»Die Mia guckt sich nie en Fußballspiel an, auch nich, wenn Weltmeisterschaft is«, sagte Willy Hüwel.

»Prost, Willy!«, sagte Heinrich. »Es ist schön, dass du gekommen bist. Ich hatte schon Angst, dass ihr euch ganz verkriechen würdet, die Mia und du. Aber das bringt ja nichts. Ihr dürft nicht nur in euren vier Wänden hocken und vor euch hin grübeln.«

»Da has'e wohl recht. Aber du kenns ja die Mia. Ich hab gesagt: Komm, zum Hein und zur Trude kanns'e doch ruhig mitgehen. Aber sie wollte nich. Und so richtig zum Feiern is mir eigentlich auch noch nich zumute. Ich bin ja hauptsächlich wegen dem Fußball gekommen.«

»Aber jetzt bleibst du noch, bis wir essen. Das ist ja gleich so weit, wenn die Brühwürstchen warm sind. Die Trude hat Kartoffelsalat gemacht und Schnittkes.«

»Ja, so lang bleib ich noch. Und en Schlücksken Bier würd ich auch noch trinken.«

»Hast du nichts mehr? Mensch, Michael! Das ist doch deine Aufgabe. Du sollst aufpassen! Wenn irgendwo was leer ist, sorgst du für Nachschub. Dem Fräulein Grabowski kannst du auch noch einen Schluck Wein nachschütten.«

»Also, das Fräulein Grabowski, das will ich überhört haben. Ich heiß Ilona. Komm, Michael, gieß mal nach! Ich möchte mit deinem Vater anstoßen. So ist genug. Prost Heinrich!«

»Na, dann gibt es aber auch ein Küsschen für das Fräulein Schwägerin«, sagte Heinrich aufgekratzt und beugte sich über den Tisch. Ilona hielt ihm ihre Wange entgegen.

»Andere Backe auch. So ist gut. Prost, Ilona! Prost, Manni! Mensch, wat hast du en Glück. So 'ne hübsche Braut hast du eigentlich gar nicht verdient.«

»Was soll das denn heißen?«, fragte Manni Wagner mit gespielter Empörung.

Möllmann saugte geräuschvoll an seiner Pfeife und hüllte sich in eine Qualmwolke. Dem Fräulein Ilona einen Kuss gegeben hätte er auch ganz gern. Vielleicht ergab es sich ja noch im Laufe des Abends, ihr das Du anzubieten und mit ihr Brüderschaft zu trinken.

»Der Sachs, der fiese Möpp, der hat sich jetzt auch so ‘n lecker Mäusken geangelt, die aus Frankreich, die Bardot. Also, gegen den ist der Manni doch richtig stattlich. Wieso sollte der nicht so wat Feines abkriegen wie die Ilona?«, fragte Tante Stinna.

»Hat die Brigitte Bardot den Sachs etwa geheiratet?«, fragte Heinrich.

»Ja sicher. Vorige Woche in Las Vegas. Stand doch in allen Zeitungen.«

»Aber der Gunter Sachs, der ist doch kein fieser Kerl. Find ich jedenfalls nicht«, sagte Ilona.

»Wat denn?«, fragte Tante Stinna. »So richtig verlebt is der doch schon. Und dem seine Nase! Also mir würd der nich gefallen.«

»Wenn er dich irgendwann mal fragt, ich meine, wenn er wieder geschieden ist, dann solltest du dir das noch mal überlegen. Ein, zwei Jährchen hältst du es doch mit dem Kerl aus. Und dann kriegst du ein paar Millionen als Abfindung und machst dir ein schönes Leben«, schlug Manni Wagner vor.

»Na gut. Wenn er mich fragt, dann denk ich noch ma drüber nach«, sagte Tante Stinna und lachte glucksend.

»Aber wegen dem Geld hat die Bardot den bestimmt nicht geheiratet. Die hat doch selbst genug«, sagte Ilona.

Michael stellte vier Flaschen Bier auf den Tisch.

»Danke, mein Junge! Kannst dir auch ein Gläschen einschütten. Zur Feier des Tages«, sagte Heinrich.

»Meinst du das ernst?«, fragte Michael.

»Ja sicher. Ich hab heute Geburtstag. Und Deutschland ist im Halbfinale. Wenn das nicht der richtige Tag für dein erstes Glas Bier ist, dann weiß ich es nicht. Komm, ich will mal mit meinem Sohn anstoßen.«

»Und wenn die Mama das sieht?«

»Die soll sich bloß nicht anstellen. Das regele ich schon mit deiner Frau Mutter.«

»Ich hör genau, was da los ist. Gib dem Jung bloß kein Bier!«, rief Trude aus der Küche.

»Und ob der ein Bier kriegt, heute!«, rief Heinrich zurück. »Nu mach schon, Michael! Hol dir mal ein Bierglas aus dem Schrank.«

»Dat hätt et früher auch nicht gegeben. Mit vierzehn schon Bier trinken«, sagte Tante Stinna.

»Nu schimpf mal nicht! Das ist doch heute ein besonderer Tag. Da kann man schon mal eine Ausnahme machen«, sagte Manni Wagner zu ihr.

»Was war das eigentlich für ein Kerl, der dich gebracht hat, Tante Stinna?«, fragte Heinrich.

»Dat war mein kleiner Türke. Der Erkan.«

»Wie komms'e denn an den?«, fragte Willy Hüwel.

»Dat is der Älteste von meine Nachbarn. En richtig lieber Kerl. ›Oma Stinna‹ sacht der immer für mich. Dat sind überhaupt ganz nette Leute, die Özdemirs. Wenn die einkaufen gehn, dann fragen se mich immer vorher, ob ich irgendwat brauche.«

»Die sollen da bleiben, wo se hingehören. Hier sind schon viel zu viele Passelacken. Und wir können nachher alle stempeln gehen«, maulte Willy Hüwel.

Tante Stinna schaute verdattert.

Möllmann fand die Bemerkung ungehörig.

»Also, Willy, jetz red ma keinen Stuss!«, sagte er ärgerlich. »Erstens sind die nich von allein gekommen, sondern wir haben se geholt. Zweitens machen die hier die Drecksarbeiten, für die man keine Deutschen mehr findet, und drittens is wegen den Italienern und den Türken und den Jugoslawen noch kein Mensch arbeitslos geworden. Du auch nich.«

»Is doch nur noch 'ne Frage der Zeit, bis wir alle stempeln gehen müssen«, widersprach Hüwel. »Der Arendt, der Boss von e Gewerkschaft, der hat dat schon ganz richtig gesacht: Nach dem Krieg war der Bergmann der Aristokrat unter den Arbeitern, heute würde man ihn am liebsten in den Arsch treten.«

»Schluss mit der Debatte! An meinem Geburtstag wird nicht über Politik geredet«, sagte Heinrich energisch. »Jetzt stoßen wir erst mal mit dem Michael an. Prost, Jung! Lass es dir schmecken.«

Gerda und Heidi kamen mit Tellern und Besteck aus der Küche und deckten den Tisch.

Jupp Möllmann freute sich auf Trudes Kartoffelsalat. Sie machte ihn nicht mit Mayonnaise, sondern mit Essig, Öl, einem Schuss süßer Milch, Pfeffer, Salz und gerösteten Zwiebelstückchen, so wie ihn schon die alte Frau Groothorst zubereitet hatte.

***

Michael prostete seinem Vater zu und trank einen Schluck Bier.

»Na, wie schmeckt dir dat denn?«, fragte Onkel Jupp und zwinkerte ihm zu.

»Geht so«, sagte Michael. »Ziemlich bitter.«

Sein Vater lachte.

Onkel Jupp wusste genau, dass es nicht sein erstes Bier war. Er hatte damals die leeren Flaschen gefunden, die Achim und er an der Feuerstelle hinter Onkel Jupps Haus liegen gelassen hatten. Achim hatte die zwei Flaschen Bier an einer Trinkhalle gekauft.

»Seid ihr denn schon sechzehn?«, hatte der Mann in der Bude gefragt.

»Die sind für meinen Vatter«, hatte Achim gesagt. Der Mann hatte ihm geglaubt.

Dass sie irgendwann mal beim Onkel Jupp ihre erste Flasche Bier trinken würden, hatten sie sich schon lange vorher überlegt. Der ging manchmal früh ins Bett und ließ sie noch am Lagerfeuer sitzen. Das war eine gute Gelegenheit. Der Onkel Jupp würde ihre Alkoholfahnen nicht riechen. Und selbst wenn er was merken sollte, würde er deswegen kein Theater machen.

Jedenfalls hatten sie sich das vorher so gedacht. Und genau so war es dann auch gekommen. Als Onkel Jupp ins Bett gegangen war, hatten sie die beiden Flaschen aus dem Versteck geholt und sie ausgetrunken und sich gegenseitig den Besoffenen vorgespielt, obwohl sie eigentlich gar nicht viel gemerkt hatten vom Alkohol. Sie hatten ins Feuer gepinkelt, weil Onkel Jupp gesagt hatte, sie sollten es löschen, bevor sie ins Bett gingen. Und dann hatten sie die beiden leeren Flaschen an der Feuerstelle vergessen.

Onkel Jupp hatte nie ein Wort darüber verloren.

»Ich weiß nicht, ob das nötig ist, dass der Michael jetzt auch schon Alkohol trinkt«, sagte seine Mutter, als alle eine Portion Kartoffelsalat und ein Brühwürstchen auf dem Teller hatten.

»Mensch, Trude, hör auf! Jetzt vermies dem Jung nicht sein erstes Glas Bier!«, schimpfte sein Vater.

»Ist ja schon gut«, sagte die Mutter. »Dann kriegen die Mädchen aber auch einen Eierlikör.«

»Lieber Wein«, sagten Gerda und Heidi gleichzeitig.

»Na, guck ma an! Die Fräuleins wissen aber schon, wat se wollen«, sagte Onkel Willy.

»Der ist schön spritzig«, sagte Ilona zu seinen Schwestern. »Schmeckt gut zum Kartoffelsalat. Aber zu dem Kartoffelsalat kann man eigentlich trinken, was man will. Der ist richtig lecker.«

Seine Mutter strahlte.

Die Braut, die sein Onkel Manni mitgebracht hatte, war echt schnieke. Ein toller Schuss! Schöne Haare, stramme Titten, Superfigur und sagenhafte Beine. Und sie roch nach irgendwas, an das man am liebsten ganz nah ranwollte, mit der Nase und überhaupt. Es könnte sein, dass das ein Parfüm war.

Irgendwie hatte er sich schon gedacht, dass der Manni nur so getan hatte, als wüsste er nicht, welche Frau er mit zur Geburtstagsfeier bringen sollte. Dass ein Kerl wie der eine hübsche Braut hatte, ein Kriminalpolizist, der aussah wie Hans Tilkowski, das war doch wohl klar. Aber mit so einer duften Biene hatte Michael dann doch nicht gerechnet. Und richtig nett war sie auch noch.

»Heißt du eigentlich wirklich Grabowski?«, fragte er sie, als sie gerade in ihr Brühwürstchen biss.

»Na klar«, sagte sie und kaute. Als sie runtergeschluckt hatte, fragte sie: »Findest du den Namen blöd, weil er sich polnisch anhört?«

»Nee, überhaupt nicht«, sagte Michael. »Ich find den Namen echt knorke. Hört sich nach Fußball an, finde ich.«

»Wegen Jürgen Grabowski, meinst du?«

Michael war beeindruckt. »Sag bloß, den kennst du! Wetten, dass hier keiner weiß, wer das ist? Außer dem Onkel Jupp vielleicht.«

»Glaub ich nicht«, sagte Ilona und stieß Manni Wagner in die Rippen. »Nu sag schon, Manni! Du weißt doch, wer Jürgen Grabowski ist, oder?«

»Ja klar, weiß ich das. Das ist dein kleiner Bruder.«

»Jetzt red mal keinen Quatsch! Du weiß genau, dass ich keinen Bruder hab.«

»Na ja, ich glaub, das ist ein Fußballspieler«, sagte Wagner. Michael spürte, dass er eigentlich keinen blassen Schimmer hatte. »In England ist der aber nicht dabei.«

»Doch, ist er wohl«, sagte Michael. »Aber er ist einer von den ganz Jungen. Mitgespielt hat er noch nicht. Aber aus dem wird was. Garantiert.«

»Von Eintracht Frankfurt ist der«, sagte Ilona.

»Hast ja echt Ahnung von Fußball«, sagte Michael verblüfft.

»Na ja, ein bisschen.«

»War ein tolles Spiel heute. Mir hat das dritte Tor am besten gefallen, das vom Uwe. Eine richtige Granate! Ich glaub, jetzt kommen wir auch ins Endspiel«, sagte Michael.

»Na klar«, sagte Ilona.

»Die Russen packen wir auch noch«, sagte Onkel Willy.

»Deutschland gegen England im Wembleystadion. Nächsten Samstag. Davon bin ich überzeugt«, sagte sein Vater.

»Wenn wir die nächsten zwei Spiele gewinnen, sind wir Weltmeister«, sagte Onkel Jupp.

»Jetzt hört mal auf mit dem scheiß Fußball. Das geht mir langsam auf 'n Wecker«, sagte Tante Stinna.

»Hättest dir das Spiel angucken sollen. Dann könntest du jetzt mitreden«, sagte Gerda zu ihr.

»Quatsch! Ich hab früher kein Fußball geguckt, und damit fang ich jetzt auch nicht mehr an.«

Michael war froh, dass die alte Tante erst nach dem Spiel gekommen war. Er guckte nicht gern Fußball mit Leuten, die nicht kapierten, worum es eigentlich ging. Die dummen Bemerkungen seiner Schwestern über die Frisur vom Schnellinger und über die krummen Beine vom Willi Schulz, die reichten ihm schon.

»Kann ich noch Kartoffelsalat haben?«, fragte er seine Mutter.

»Ja, aber mach langsam. Es gibt auch noch Schnittchen.«

»Auch noch eine Wurst?«

»War für jeden eine da. Die sind alle.«

Michael schaufelte sich noch eine Portion Kartoffelsalat aus der Schüssel.

»Hau rein, Jung, dat e wat wirs«, sagte Onkel Jupp. »Wenn e bei der übernächsten Weltmeisterschaft mitspielen wills, muss'e noch anständig wat auf e Rippen kriegen.«

»Dann muss er aber erst mal in einen Fußballverein gehen«, sagte sein Vater.

»Hab genug anderes zu tun«, sagte Michael.

»Wat wills'e denn ma werden?«, fragte Tante Stinna.

»Erst muss ich Abitur schaffen. Und dann mal gucken.«

»Wills'e so 'n studierten Klugscheißer werden?«

»Klugscheißer ist er schon«, sagte Gerda.

»Früher ging et mit vierzehn auf e Zeche oder auf e Hütte. Da haben sich die jungen Kerle nicht bis zwanzig oder noch länger auf e faule Haut gelegt«, sagte die Tante.

»Das kannst du jetzt aber nicht sagen, Tante Stinna«, sprang ihm seine Mutter zur Seite. »Die Kinder, die zur höheren Schule gehen, die müssen ganz schön ran heutzutage, wenn sie da mitkommen wollen. Leicht haben die es wirklich nicht. Der Michael sitzt manchmal bis zum Abend in seinem Zimmer und büffelt.«

Michael fand nicht, dass er es schwer hatte. Aber es gefiel ihm, dass seine Mutter das so sah. Allen vorzumachen, dass er pausenlos für die Schule paukte, wenn er allein in seinem Zimmer saß, war gar nicht so einfach, weil jeder hereinkam, ohne anzuklopfen. Zum Glück knarrten einige der alten Dielen im Flur.

»Schieb mal dein Glas rüber!«, sagte Manni zu ihm.

»Warum?«

»Ich schütt dir noch einen Schluck Bier ein.«

»Ihr seid wohl verrückt!«, protestierte seine Mutter.

Sein Onkel Manni ließ sich nicht beirren. »Halb Bier, halb Schaum«, sagte er. »Das kann der Michael schon vertragen.«

»Dann ist aber Schluss!«, schimpfte die Mutter. »Wenn du noch Durst hast, dann holst du dir eine Brause.«

Michael nickte und hielt dem Onkel sein Bierglas hin.

»Die Bilder von dir hab ich schon eingeklebt«, sagte er.

»In dein Fußballalbum?«

»Ja klar. Jetzt fehlen mir nur noch drei Stück.«

»Du hast ein Album? Von der Fußballweltmeisterschaft? Kannst du uns das nicht mal zeigen?«, fragte Ilona.

»Jetzt sind die doch wahrhaftig schon wieder von Fußball dran«, schimpfte Tante Stinna.

»Ich kann euch das Album ja in meinem Zimmer zeigen«, sagte Michael zu Ilona und Manni. »Sonst kriegt die Tante Stinna gleich einen Herzanfall.«

»Sei nicht so frech!«, sagte Gerda.

»Quatsch!«, sagte sein Vater. »Hol das Album runter! Ich will da auch mal reingucken.«

»Ja, mach dat ma. Ich wür dat auch gern sehen«, sagte Onkel Jupp. »Der Tante Stinna gibs'e vorher noch en Schnäpsken. Dann hält die dat schon aus.«

***

Manni Wagner hatte mit der Frage gerechnet. Gestern Abend hatte er Musik gehört, an dieses und jenes gedacht und sich vorgestellt, Ilona würde antworten: »Ich arbeite als Hure in der Flaßhofstraße.«

Er hatte mit geschlossenen Augen auf seinem blauen Sofa gelegen und gesehen, wie Trude blass wurde, wie Heinrich sich am Kartoffelsalat verschluckte und wie Jupp sich verstört die Pfeife stopfte. Und er hatte die Kinder gesehen, Gerda, wie sie kicherte, Heidi, wie sie mit offenem Mund dasaß, und Michael, wie er ihn verständnislos ansah.

Die Antwort hätte zweifellos der schönen Familienfeier ein skandalöses Ende bereitet.

Wie erwartet, war es Trude, die die Frage stellte: »Sag mal, Ilona. Was machst du denn beruflich?«

»Ich arbeite in der Hotelbranche.«

»Hier in Oberhausen?«

»Nein. Seit ein paar Jahren bin ich in Essen im Handelshof.«

»Den kenn ich. Ein großes Hotel direkt am Hauptbahnhof«, sagte Heinrich.

»Und was machst du da so?«, fragte Trude.

»Büro, Telefonzentrale, Rezeption. Alles Mögliche. Und da hab ich auch den Manfred kennengelernt.«

»En Mord im Hotel?«, fragte Jupp Möllmann.

»Nein, eine Diebstahlserie«, sagte Wagner.

»Und? Hast du da noch Aufstiegsmöglichkeiten?«, fragte Trude nach.

»Schon möglich«, sagte Ilona. »Aber eigentlich hab ich andere Pläne. Ich möchte mich gern selbstständig machen. Ein eigenes Lokal, so eine richtig schöne Gaststätte mit Saal und Kegelbahn und gutem Essen, das ist mein Traum. Und nächstes Jahr, wenn ich vierzig werde, dann hab ich genug Geld gespart. Dann ist es so weit.«

»Was? Vierzig wirst du schon? Das glaub ich nicht. Dann bist du ja nur vier Jahre jünger als ich. Und ich hab mich schon gefragt, wie der Manni bloß an so 'n junges Ding gekommen ist. Neununddreißig? Ehrlich? Da bin ich aber wirklich von e Socken.«

Trudes Verblüffung machte Ilona verlegen. »Nu hör aber mal auf«, sagte sie. »Wenn ich in den Spiegel guck, dann seh ich da schon lange kein junges Mädchen mehr. Und spüren tu ich das auch, dass ich nicht mehr die Jüngste bin. Die Arbeit nimmt mich heutzutage viel mehr mit als früher. Ich bin oft richtig kaputt, wenn ich Feierabend hab.« Sie blickte mit einem unschuldigen Augenaufschlag in die Runde.

Wagner war beeindruckt. Wenn er nicht selbst die Geschichte von der Hotelangestellten erfunden hätte, hätte er Ilona jedes Wort geglaubt. Sie war überzeugend. Dabei hatte er immer gedacht, sie wäre keine gute Schauspielerin. Hatte er sich das nur eingebildet? Spielte sie auch für ihn eine Rolle, wenn er sie in der Flaßhofstraße besuchte?

Nein, das hier war etwas anderes. Ilona verstellte sich nicht. Sie war gern die von allen bewunderte Frau an seiner Seite. Sie spielte nicht irgendeine Geschichte nach, die er sich ausgedacht hatte. Sie war im Wohnzimmer der Holtbrinks diejenige, die sie gern sein wollte.

Ihr gefiel es, dass Trude sich für sie interessierte und dass Michael ihr ohne Umschweife seine Zuneigung zeigte. Ihr gefielen die neugierigen Blicke der Mädchen ebenso wie die verstohlenen Blicke vom Jupp und vom Willy Hüwel. Und ihr gefielen Heinrichs Komplimente, vielleicht gerade, weil sie ein wenig plump und unbeholfen waren.

Und Manni Wagner gefiel das alles auch. Es machte ihm nichts aus, dass jeder in diesem Zimmer glaubte, Ilona wäre seine Braut, obwohl er sie als eine gute Bekannte vorgestellt hatte.

»Hier ist das Album«, sagte Michael und drängte sich zwischen ihn und Ilona an den Tisch.

»Dafür muss'e dich aber doch nicht so eng an das Fräulein Ilona randrängeln«, sagte Tante Stinna und lachte meckernd.

Michael wurde rot.

Ilona legte einen Arm um seine Hüfte.

»Natürlich muss er das, sonst kann ich ja nichts sehen«, sagte sie.

Michael blätterte hektisch in seinem Fußballalbum herum.

»Zeig mir mal den Jürgen Grabowski«, sagte Wagner.

»Der ist da nicht drin. Als das Album gemacht wurde, wusste noch niemand, dass der Helmut Schön den mit nach England nehmen würde.«

Heidi hatte sich hinter Ilona gestellt und schaute ihr über die Schulter. »Da ist ja der Helmut Haller«, sagte sie. »Das steht dem gut, das schwarz-rot gestreifte Hemd.«

»Das ist das Trikot von Bologna«, sagte Michael.

»Ein schönes Tor hat der Haller geschossen«, sagte Heinrich. »Wie der durch die Abwehr spaziert ist und das Vier-zu-null gemacht hat, das war schon Klasse.«

»Schieb dat Album ma rüber!«, sagte Jupp.

»Ihr müsst auch mal von den Schnittchen nehmen! Sonst hab ich die ja ganz umsonst gemacht«, schimpfte Trude.

»Wir haben doch noch einen langen Abend vor uns«, sagte Heinrich.

Michael legte sein Fußballalbum zwischen Jupp Möllmann und Willy Hüwel auf den Tisch.

»Ich hab in der Zeitung gelesen, dat der Arnold Krumpen gestorben is, der olle Nazi«, sagte Tante Stinna.

Heinrich nickte. »Ja, den haben wir heute vor zwei Wochen beerdigt.«

»Wie kommst du denn darauf, dass der ein Nazi war?«, fragte Trude.

»Der is doch schon dreiunddreißig mit 'm Parteiabzeichen an e Brust durch Sterkrade gelaufen«, sagte Tante Stinna.

»Der Willy und die Mia wohnen bei dem im Haus. Wenn der ein Nazi war, dann hätten die das doch mitgekriegt«, sagte Trude und sah Willy Hüwel fragend an.

»Ich bin doch erst fünfzig aus e Gefangenschaft gekommen«, sagte Hüwel. »Vorher hab ich den Krumpen nich gekannt.«

»Aber er hat doch bestimmt mal mit dir über die alten Zeiten gesprochen«, wandte Trude ein.

»Ich hab nich viel mit dem zu tun gehabt«, sagte Hüwel, zündete sich eine Zigarette an, zog das Fußballalbum zu sich heran und begann darin zu blättern.

Wagner zündete sich auch eine Zigarette an und beobachtete ihn. Obwohl sie sich gegenübersaßen, waren ihre Blicke sich im Laufe des Abends nur hin und wieder flüchtig begegnet. Es kam ihm so vor, als vermeide Willy Hüwel es, ihm in die Augen zu sehen.

»Waren damals nicht alle Nazis?«, fragte Gerda.

»Nee, Mädchen. Dat kann man nu wirklich nich behaupten«, sagte Jupp. »Bei den Wahlen dreiunddreißig hatte die NSDAP hier nich mehr Stimmen als dat Zentrum. Beide gut dreißig Prozent, wenn ich mich richtig erinnere. Und der Rest waren Sozis und Kommunisten und wat et sonst noch so gab.«

»Dat stimmt. Et waren längst nicht alle für den Hitler. Die Katholischen, die haben alle Zentrum gewählt. Die waren gar nicht für die Nazis«, sagte Tante Stinna.

»Die Kommunisten und die Sozis erst recht nich«, sagte Hüwel, ohne vom Fußballalbum aufzugucken.

»Und so 'n richtiger Nazi war der Krumpen eigentlich auch gar nich«, sagte Jupp. »Der hat eben immer sein Fähnchen nach em Wind gehängt. Und als der Hitler dreiunddreißig drankam, da hat er sich eben in e Partei eingeschrieben.«

»Kanntest du den Arnold Krumpen?«, fragte Wagner seine Tante.

»Nich näher. Aber irgendwie kannte den doch fast jeder in Sterkrade. Der war so wat wie en bunter Hund. In fast allen Kneipen konnte man den damals treffen, den Krumpen mit seinem einen Arm.«

»Ihr esst ja gar keine Schnittchen«, schimpfte Trude. »Und guckt mal hier. An die Gürkchen, da sollt ihr auch drangehen.«

»Michael, ich glaub, du musst mal wieder für Nachschub sorgen«, sagte Heinrich. »Und nimm die leeren Flaschen mit!«

»Für mich nich mehr«, sagte Willy Hüwel. »Ich mach mich ma auf e Socken.«

»Früher ist nie so viel geraucht worden. Hier ist ja 'ne Luft drin, die kanns'e durchschneiden«, meckerte Tante Stinna.

»Ich mach mal ein Fenster auf«, sagte Gerda.

Ilona zog Wagner am Arm zu sich heran und gab ihm einen Kuss auf die Wange.

»Jetzt wird's aber gemütlich«, sagte Heinrich.

»Bevor es mir zu gemütlich wird, geh ich lieber«, sagte Wagner und stand auf.

»Was soll das denn jetzt?«, fragte Heinrich empört.

»Reg dich nicht auf, großer Bruder! Ich komm ja wieder. Ich geh nur mal gerade für kleine Mädchen.«

Er hörte noch beim Pinkeln das Gelächter aus dem Wohnzimmer. Als er fertig war, traf er im Flur auf Willy Hüwel.

»Klo ist frei«, sagte Wagner.

»Die Mia hat gesagt, dat Se mit mir reden wollen«, entgegnete Hüwel.

Wagner war verdutzt.

»Ich bin morgen den ganzen Nachmittag im Schrebergarten«, sagte Hüwel. »Kommen Se einfach vorbei!«

VIERZEHN

Als Manfred Wagner am späten Sonntagmorgen verschlafen in die Küche kam und einen Blick durchs Fenster warf, lagen die Getreidefelder, die sich von der gegenüberliegenden Straßenseite bis zum Kanal erstreckten, sonnendurchflutet unter einem strahlend blauen Himmel.

»Bilderbuchwetter« war das Wort, das ihm sofort in den Sinn kam.

Er goss einen Kaffee auf und bestrich eine Scheibe Stuten mit Butter und Marmelade. Mit Brot und Kaffeetasse stellte er sich ans Fenster.

Menschen mit Gebetbüchern in den Händen gingen über die Lindnerstraße, den läutenden Kirchenglocken von Sankt Josef entgegen. Die Frauen trugen pastellfarbene Sommerkleider, die Männer hatten ihre Anzugsjacken im Schrank gelassen und kamen in kurzärmeligen Hemden daher.

Das war das Wetter, auf das er gewartet hatte.

Jetzt hatte er schon den halben Vormittag dieses sonnigen Sonntags verschlafen, und so richtig fit fühlte er sich immer noch nicht.

Der Abend bei den Holtbrinks war lang geworden. Als Tante Stinna abgeholt worden und Willy Hüwel gegangen war, hatten Heinrich und Jupp angefangen, Witze zu erzählen. Irgendwann waren die Kinder ins Bett gegangen, und die Witze, auch die von Heinrich, waren immer anzüglicher geworden. Trude hatte sich einige Male die Hände vors Gesicht geschlagen, aber sie hatte genauso laut gelacht wie Ilona und er. Sie hatten Spaß gehabt. Es war schon beinahe Mitternacht gewesen, als sie ein Taxi bestellt hatten.

Er hatte Ilona vor ihrer Wohnung absetzen lassen. Sie hatte ihn nicht gebeten, noch mit hineinzukommen. Vielleicht hätte er sie fragen sollen. Jetzt wusste er nicht, wie es weitergehen sollte. Er wollte heute Abend nicht in die Flaßhofstraße fahren, sein Geld auf den Tisch legen und mit Ilona ins Bett gehen wie an all den

Sonntagen bisher. Er wollte aber auch nicht, dass sie vergeblich auf ihn wartete.

Er gähnte, goss sich noch eine Tasse Kaffee ein und stellte sich wieder ans Fenster.

Für eine lange Tour nach Holland oder ins Sauerland fehlte ihm der Elan. Außerdem wollte er am Nachmittag Willy Hüwel treffen. Der Gedanke, sich so lange im Wohnzimmer aufs Sofa zu legen und Musik zu hören, war verführerisch. Aber es wäre dumm, bei dem schönen Wetter im Haus zu bleiben. Er beschloss, wenigstens eine kleine Runde mit dem Motorrad zu drehen, endlich einmal Artur Trappe guten Tag zu sagen, anschließend irgendwo eine Kleinigkeit zu essen und dann nach Sterkrade zu Hüwels Schrebergarten zu fahren.

Was er am Abend tun würde, brauchte er jetzt noch nicht zu entscheiden.

Eine halbe Stunde später hielt Wagner auf der Rhein-Herne-Kanal-Brücke zwischen Buschhausen und Lirich seine Maschine an. Als er sie aus Jupp Möllmanns Schuppen geholt hatte, war Jupps Moped nicht an seinem Platz gewesen. Also war er unterwegs. Wagner vermutete, dass er irgendwo hier am Kanalufer saß und angelte. Aber er entdeckte zu beiden Seiten der Brücke nur Spaziergänger und Sonnenbadende. Ein Angler war nirgendwo zu sehen.

Das nächste Mal hielt Wagner vor einer Trinkhalle in Lirich, um Zigaretten zu kaufen.

»Schöne Maschine«, sagte einer der beiden Männer, die an der Bude standen und Flaschenbier tranken. Er hatte die Ärmel seines karierten Hemdes hochgekrempelt. Der andere hatte ein graues Unterhemd an.

»Adler M zweihundertfünfzig«, sagte Wagner.

Das kleine Verkaufsfenster in der Mitte der Trinkhalle stand offen. Wagner klopfte an die Scheibe daneben. Es tat sich nichts.

Der Mann im karierten Hemd steckte seinen Kopf durch die Fensteröffnung ins Büdchen und brüllte: »Herta! Kundschaft!«

Die Trinkhalle war an ein altes, grüngrau verputztes Mehrfamilienhaus angebaut. Irgendwo im Inneren rief eine Frau: »Ich komm gleich!«

»Die Herta kommt gleich«, sagte der Mann und wandte sich wieder seinem Kumpel zu.

»Danke«, sagte Wagner.

Die beiden Liricher redeten über Fußball.

»Gegen die Russen haben wir dat noch nich gewonnen«, sagte der eine.

»Quatsch«, sagte der im Unterhemd.

»Die haben den Jaschin. Dat ist der beste Torhüter auf e Welt. Gegen den muss'e erst ma einen machen«, sagte der im karierten Hemd. »Oder wat meinen Sie?«, fragte er Wagner.

»Jedenfalls dürfen wir die Sowjets nicht unterschätzen. Die haben gestern immerhin die Ungarn rausgeschmissen«, sagte Wagner.

Der Mann im karierten Hemd nickte. Der andere sagte: »Nee, unterschätzen dürfen wir die natürlich nich.«

Beide tranken von ihrem Bier.

Auf dem gegenüberliegenden Bürgersteig spielten ein paar Mädchen Gummitwist. Zöpfe und Pferdeschwänze flogen ihnen um die Köpfe, wenn sie über das ausgeleierte Gummiband sprangen. Ihre Kleider hielten sie fest, damit sie nicht zu hoch flogen. Manchmal vergaßen sie es. Zwei Jungen umkreisten sie mit Rollschuhen und Tretroller und sahen ihnen zu.

»Wat kann ich denn für den Herrn tun?«

Die Stimme hinter Wagners Rücken klang schrill. Er drehte sich zum Büdchen um und sah in das freundliche Gesicht einer dicken Frau. Die kurzen Ärmel ihres geblümten Kittels spannten sich um zwei fleischige Arme.

»Ein Päckchen Güldenring hätt ich gern.«

»Einmal Güldenring, die volle Würze goldener Tabake. Bitte sehr. Eine Mark krieg ich von Ihnen.«

Wagner bezahlte.

»Dann wünsch ich noch einen schönen Sonntag«, sagte er.

Die dicke Frau zeigte lachend zum Himmel. »Haben wir doch schon«, sagte sie.

»Und morgen wird et noch schöner, wenn die Russen ihre Abreibung kriegen«, sagte der Mann im Unterhemd.

Es ging schon auf Mittag zu. Wagner fuhr auf dem kürzesten

Weg zu den Trappes. Wenn es bei denen pünktlich um zwölf Essen gab, dann blieb nicht mehr viel Zeit, um ein Schwätzchen mit Artur zu halten.

Er klingelte. Niemand öffnete. Anscheinend war die Familie Trappe mal wieder ausgeflogen. Kein Wunder bei dem schönen Wetter, dachte Wagner. Als er gerade gehen wollte, kam Artur ums Haus.

»Ach, da ist ja tatsächlich jemand«, sagte er lachend. »Ich war mir nicht sicher, ob es geklingelt hatte. Ich hab auf der Wiese gesessen.«

Wagner folgte ihm in den Garten. Im Schatten eines alten Birnbaums standen zwei Klappstühle.

»Bist du allein?«, fragte Wagner und setzte sich.

»Die Jungs sind in der Badeanstalt, und die Leni ist bei ihrer Schwester. Hab den schönen Sonntag für mich. Das tut mal ganz gut. In einer Woche sind wir ja schon alle zusammen auf dem Campingplatz.«

Artur Trappe sah schon heute so aus, wie Wagner sich einen Camper vorstellte. Er hatte sich Frisiercreme in die Haare geschmiert, es aber offensichtlich unterlassen, sie anschließend zu kämmen. Ein weißes Feinrippunterhemd spannte sich über seinem Bauchansatz. Unterhalb der Gürtellinie demonstrierte er seine vorübergehende Abkehr von bürgerlichen Konventionen mit beigefarbenen Shorts, bleichen Beinen, grauen Socken und braunen Sandalen.

»Mit 'ner kurzen Buchse hab ich dich ja noch nie gesehen«, sagte Wagner.

»Ich wollte mal ein bisschen Sonne an die Beine lassen, damit sie auf 'm Campingplatz nicht mehr so käsig sind.«

Wagner öffnete das neue Güldenringpäckchen, schob sich eine Zigarette in den Mund, zündete sie an und blies Qualmwölkchen in die Sommerluft.

»Tach, Herr Trappe. Dat is en Wetterchen, wat!«, rief eine Nachbarin über den Gartenzaun.

Trappe winkte ihr zu.

»Wurde aber auch mal Zeit!«, rief er zurück.

»Und wat tippen Sie für morgen Abend?«

»Zwei zu eins für uns!«, rief Trappe in den Nachbargarten hinüber.

»Gegen den Jaschin muss man erst mal zwei Tore schießen«, sagte Wagner.

»Mensch, Manni, du wirst ja noch ein richtiger Fußballexperte.«

Trappe lachte.

»Bleibt einem zurzeit ja nichts andres übrig«, sagte Wagner.

Eine Weile redeten sie übers gestrige Viertelfinale und übers morgige Halbfinale und die Aussichten fürs Endspiel, bevor Trappe fragte: »Und sonst, was treibst du sonst so in deinem Urlaub? Hast ja bis jetzt nicht das beste Wetter gehabt.«

»Ich hab mich noch nicht gelangweilt. Jeden Tag war irgendwas anderes. Gestern war ich bei meinem Bruder Fußball gucken und Geburtstag feiern. War ein langer Abend. Ich bin immer noch ein bisschen verkatert.«

»Schön, dass du jetzt wieder Kontakt zu deinem Bruder hast.«

Wagner nickte.

»Willst du mal ein Glas Selters? Bei einem Kater ist das genau das Richtige.«

»Ja, gerne.«

Trappe ging ins Haus. Als er mit Sprudelflasche und zwei Gläsern zurückkam, fragte er: »Hast du eigentlich inzwischen mal diesem Herrn Kaplan auf den Zahn gefühlt? Treibt der es tatsächlich mit Männern?«

»Schwierige Frage«, sagte Wagner. »Dass er sich zu Männern hingezogen fühlt, streitet er nicht ab. Aber er kämpft dagegen an. Jedenfalls sagt er das. Er unterdrückt seine sexuellen Wünsche. Angeblich ist er genauso keusch wie jeder andere Priester auch.«

Trappe füllte die beiden Gläser mit Sprudelwasser.

»Wie jeder andere Priester auch«, wiederholte er grinsend. »Das glaubst du aber doch nicht wirklich, dass die alle so enthaltsam sind, wie sie tun, oder?«

Wagner zuckte mit den Achseln. »Ich weiß es nicht. Es ist mir eigentlich auch scheißegal, wie viele Pfaffen heimlich bumsen. Winkel jedenfalls hat den Joachim Hüwel nie sexuell bedrängt.«

Er leerte das Glas Sprudel in einem Zug.

»Du hast aber Nachdurst«, sagte Trappe lachend. »Mach die Flasche ruhig leer.«

Wagner füllte sein Glas noch einmal.

»Du beschäftigst dich also immer noch mit dem Fall Hüwel?«, fragte Trappe ihn.

»Es gibt noch ein paar Fragen, auf die ich gern Antworten hätte.«

Trappe schüttelte missbilligend den Kopf. »Dafür wär mir mein Urlaub zu schade. Den ließe ich mir nicht mal kaputt machen, wenn nächste Woche auf meinem Campingplatz irgendwo eine Leiche herumliegen würde. Dann würd ich mit der Leni und den Jungs ins Schwimmbad gehen und einen großen Bogen um die ermittelnden Kollegen machen.«

»Das würde ich auch tun«, sagte Wagner. »Aber der Fall Hüwel ist nun mal mein Fall.«

»Nein, das ist er nicht mehr. Die Ermittlungen sind abgeschlossen. Du könntest ganz in Ruhe deinen Urlaub genießen. Für deinen Übereifer wird dir niemand auf die Schulter klopfen.«

»Daran liegt mir nichts.«

Ein Sonnenstrahl fand einen Weg durch das Laub des Birnbaums und traf Wagners Gesicht. Er rückte den Klappstuhl ein Stück zur Seite und trank einen Schluck Sprudel.

»Kommst du denn wenigstens weiter mit deinen privaten Ermittlungen?«, fragte Trappe.

»Ja, sicher. Ich hab einiges über den Jungen erfahren, was wir vor zwei Wochen noch nicht wussten. Es gibt lang zurückliegende Geschichten, die sein Leben beeinflusst haben. In den letzten Monaten hat er sich recht eigenartig verhalten. Es gibt Äußerungen von ihm, die sehr aufschlussreich sind. Ja, ich denke schon, dass ich manches klarer sehe als vor meinem Urlaub.«

»Und? Was kommt am Schluss dabei raus? Wirst du den armen Eltern sagen müssen, dass ihr Junge sich das Leben genommen hat?«

»Nein, das glaub ich nicht. Der Joachim Hüwel hatte jede Menge Träume und Zukunftspläne.«

»Hatte den irgendjemand ein Motiv, ihn von der Brücke zu stoßen?«

»Nein«, sagte Wagner, obwohl er nicht hundertprozentig überzeugt von der Richtigkeit seiner Antwort war. Er fragte sich immer wieder, ob sich nicht doch irgendwo ein Motiv für einen Mord verbarg, das er bisher übersehen hatte.

Der Junge hatte in einer Geschichte herumgerührt, von der er niemals irgendwas hätte erfahren sollen. Könnte das für irgendjemanden ein Grund gewesen sein, ihn für immer zum Schweigen zu bringen? Für Mia oder Willy Hüwel vielleicht? Nein, der Gedanke war absurd, auch wenn sich möglicherweise beide darüber gegrämt hatten, dass Achim sich nach all den Jahren plötzlich für die Umstände seiner Zeugung interessiert hatte.

Für den alten Krumpen? Nein, auch das war abwegig. Er war Achims leiblicher Vater, und er hatte gewollt, dass der Junge das erfuhr. Er hatte die Absicht gehabt, ihn zum Erben seines Geschäfts zu machen.

»Also wirst du am Ende deines Urlaubs wahrscheinlich zu der Erkenntnis kommen, dass der Junge verunglückt ist«, sagte Trappe.

»Das ist gut möglich.«

»Das wussten wir aber schon vor ein paar Wochen. Dafür hättest du deinen Urlaub nicht verplempern müssen.«

»Nein, das wussten wir eben nicht«, sagte Wagner. »Das haben wir vermutet, weil wir keine Hinweise auf einen Suizid oder ein Tötungsdelikt gefunden hatten. Wie der Junge über das Geländer stürzen konnte, ob aus Übermut oder aus Leichtsinn, ob er Gründe hatte, sein Leben aufs Spiel zu setzen, ob ihn etwas aus der Bahn geworfen hatte, ob er sich auf dieser Brücke irgendwas beweisen wollte, all das wussten wir nicht. Nein, Artur, keiner von uns konnte wirklich erklären, warum der Junge da unten gelegen hat.«

»Mensch, Manni, das muss doch auch niemand. Wir haben festgestellt, dass es kein Verbrechen war. Damit ist die Sache für die Kripo erledigt.«

»Aber für mich nun mal nicht.«

»Ist ja dein Urlaub«, sagte Trappe achselzuckend. »Ich würd mich jedenfalls aufs Motorrad schwingen und in Richtung Süden brettern, wenn ich an deiner Stelle wär. Du könntest einfach abhauen, brauchtest niemanden zu fragen und niemanden mitzunehmen. Ich versteh dich nicht, Manni.«

»Wenn ich an deiner Stelle wär, dann würd ich mein Zelt hier auf der Wiese aufschlagen anstatt auf einem überfüllten Campingplatz im Sauerland. Du müsstest nicht vorm Lokus Schlange stehen, könntest gemütlich in deinem eigenen Bett schlafen, die Kinder zum Spielen zu ihren Freunden schicken, in der Sonne liegen, und wenn's mal wieder von Himmel hoch gießen würde, könntest du ins Haus gehen und den Fernseher anschalten.«

»Das meinst du jetzt aber nicht im Ernst«, sagte Trappe. »Wenigstens im Urlaub muss man doch mal raus aus dem ganzen Dreck hier. Die Natur, die Berge, der Wald und vor allem die Luft, von so was kann man doch hier nur träumen. Und mir gefällt es, mal zwei Wochen im Zelt zu leben, einfach und naturverbunden.«

»Ist ja dein Urlaub«, sagte Wagner und lachte.

Trappes Nachbarin erschien wieder am Gartenzaun.

»Drei zu null tippt mein Erwin! Und bisher hat er immer richtiggelegen«, rief sie.

»Wir werden sehen!«, rief Trappe zurück.

»So ist das, Artur. Wir werden sehen, was am Schluss herauskommt«, sagte Wagner.

»Was macht die denn jetzt?« Trappe stand auf, um besser in den Nachbargarten hinübersehen zu können. »Jetzt hängt die doch wahrhaftig am Sonntag ihre Wäsche auf die Leine. Das gehört sich ja nun wirklich nicht. Gut, dass die Leni nicht hier ist. Über so was kann die sich furchtbar aufregen.«

***

Das Holztor quietschte, als Wagner es hinter sich schloss. Er ging über den schmalen Trittpfad an den Stachelbeer- und Johannisbeersträuchern vorbei, die inzwischen abgeerntet waren. Über einem Arm hatte er seine Lederjacke hängen, im anderen hielt er seinen Helm. Sogar im kurzärmeligen Hemd schwitzte er noch.

Willy Hüwel saß auf der Bank vor dem grünen Häuschen am Ende des Schrebergartens.

Er hatte die Arme vor der Brust verschränkt. Der Kopf war ihm nach vorn gefallen. Als Wagner näher kam, hörte er sein Schnarchen. Neben Hüwel standen drei leere Bierflaschen auf dem Boden.

»Guten Tag, Herr Hüwel«, sagte er laut.

Willy Hüwel schreckte hoch. Er wischte sich über den Mund.

»Meine Güte, is dat warm heute«, sagte er leise und öffnete einen Knopf seines Hemdes. Es war dasselbe braune Flanellhemd, das er bei Wagners erstem Besuch im Schrebergarten getragen hatte. Die ausgefransten Hosenträger der blauen Arbeitshose hatte er von den Schultern gestreift. Als er einen weiteren Hemdknopf öffnete, kam darunter ein graues Unterhemd zum Vorschein.

Er strich mit beiden Händen durch sein schütteres Haar und gähnte.

»Ich hab schon gedacht, Sie kämen gar nich«, sagte er.

»›Am Nachmittag‹ hatten Sie doch gesagt. Und ich wollte nicht zu früh kommen, weil ich dachte, Sie würden vielleicht zu Hause auf der Couch ein Mittagsschläfchen machen und dann erst in den Schrebergarten gehen.«

»Dat hier is mein Zuhause«, sagte Hüwel. »Und schlafen kann ich auch im Sitzen. Na, kommen Sie, setzen Sie sich zu mir. Oder is Ihnen die Bank zu unbequem? Ich kann Ihnen auch einen Stuhl aus dem Häuschen holen.«

»Nee, danke. Geht schon«, sagte Wagner und setzte sich.

Hüwel stellte den schweren gusseisernen Aschenbecher zwischen ihnen auf die Bank.

»Heute rauchen Se ma 'ne Richtige mit mir«, sagte er und hielt Wagner die Roth-Händle-Schachtel hin.

»Na gut«, sagte Wagner und griff zu.

»War ganz gemütlich gestern bei den Holtbrinks«, sagte Hüwel nach dem ersten Zug. »Eigentlich gehört et sich ja nich, zu feiern, wo der Jung erst en paar Wochen unter der Erde is. Aber ich hab mir gedacht, dat ich wenigstens dem Heinrich gratulieren muss. Und dat Fußballspiel, dat wollt ich mir auch gerne angucken.«

»Der Kartoffelsalat war lecker«, sagte Wagner.

»Ja, da hat die Trude wat von los«, sagte Hüwel und fügte nach einer kleinen Pause hinzu: »Und Ihre Braut, dat ist wirklich en schönes Weibsbild.«

Wagner sah ihn von der Seite an. Vielleicht ging ein Mann, der eine Frau wie die Mia zu Hause hatte, ja auch ab und zu in die Flaßhofstraße.

»Die Ilona ist nur eine Bekannte«, sagte er.

Hüwel lachte ungläubig. Darüber bekam er einen Hustenanfall. Ärgerlich drückte er seine Zigarette im Aschenbecher aus. Aus seiner Hosentasche kramte er ein rotkariertes Taschentuch hervor und schnäuzte sich.

»Trinken Se auch 'ne Flasche Bier?«, fragte er. »Ich hab noch zwei kalte in e Regentonne.«

»Ich bin mit dem Motorrad unterwegs.«

»Dat seh ich«, sagte Hüwel und deutete auf den Helm und die Lederjacke, die Wagner neben der Bank auf die Steinplatten gelegt hatte. »Aber eins können Se trotzdem mit mir trinken. Ohne Flüssigkeit trocknet man aus bei dem Wetter.«

»Na gut«, sagte Wagner.

Hüwel verschwand um die Ecke des Gartenhäuschens. Wagner überlegte, ob es richtig wäre, ihn zu fragen, warum er ihn hierhergebeten hatte. Hüwel kam mit zwei Flaschen Bier zurück und gab ihm eine davon.

»Sogar dat Wasser im Regenfass is nich mehr so richtig kalt, obwohl et im Schatten steht.«

Er öffnete den Verschluss seiner Bierflasche mit beiden Daumen, nahm ein paar Schlucke und verschloss die Flasche wieder.

»Kann man aber trinken. Is noch kühl genug«, stellte er fest.

Wagner entschied sich, Hüwel nicht zu drängen. Er würde schon irgendwann von allein aufs Thema kommen.

»Prost!«, sagte er.

Das Bier war ihm zu warm.

»Mit dem Garten, dat macht dies Jahr überhaupt keinen Spaß«, sagte Hüwel. »Der Juni war viel zu trocken. Und vorige Woche dann dat Unwetter, dat hat alles kaputt gemacht. Die Äpfel lagen fast alle unterm Baum. Die Erbsen und die Bohnen, die haben ausgesehen, als hätt se jemand plattgetrampelt. Der Porree war regelrecht aus e Erde rausgeschwemmt. Ich hab die meisten Stangen wieder eingepflanzt. Aber ich weiß nich, ob dat jetz noch wat wird.«

Eine Blaumeise landete im Apfelbaum und zwitscherte aufgeregt. Ein Motorrad fuhr laut knatternd über die Weseler Straße. Hüwel trank einen Schluck Bier und hustete wieder. Er hielt sich die Hand vor den Mund. Die Finger waren gelb, und die Nägel hatten schwarze Ränder.

»Ich glaube, Sie wissen gar nich, wat Sie uns antun, meiner Frau und mir«, sagte er unvermittelt.

Es klang nicht wütend, sondern traurig. Er sprach leise. Wagner hatte Mühe, ihn zu verstehen.

»Die alten Geschichten, die gehen doch niemanden wat an außer uns beiden. Wir mussten damit fertigwerden. Und dat haben wir auch geschafft. Vergeben und vergessen. Nur so war et möglich, wie 'ne ganz normale Familie zu leben. Vatter, Mutter und Sohn. Und für die Menschen sind wir nie wat anderes gewesen. Und dann kommen Sie und wühlen den ganzen ollen Schlamassel wieder auf.«

»Tut mir leid«, sagte Wagner.

»Reden Se doch keinen Schmonses! Dat jemand den Jung von e Brücke geschubst hat, dat glauben Se doch selbst nich. Ein Unglück war das! Und dat geht niemanden wat an, auch die Kripo nich.«

»Das sehe ich anders«, sagte Wagner. »Solange nicht klar ist, wie der Junge gestorben ist, kann man auch ein Verbrechen nicht ausschließen.«

»Ja, ja, dat Sie keine Ruhe geben werden, dat haben wir inzwischen begriffen, meine Frau und ich. Die Mia hat mir erzählt, wat Se jetz wissen wollen.«

Hüwel schüttelte den Kopf und steckte sich an seiner heruntergebrannten Zigarette eine neue an.

»Ich werd Ihnen jetz erzählen, wie dat damals war. Und ich will, dat Sie die Mia und mich dann endlich in Ruhe lassen.«

»Wenn ich weiß, was ich wissen muss, werde ich Sie nicht mehr belästigen.«

»Und dat alles, wat Sie jetz von mir hören, unter uns bleibt, da kann ich mich drauf verlassen?«

»Ja, das ist doch selbstverständlich. Vorausgesetzt, Sie erzählen mir nichts, worüber ich den Staatsanwalt informieren muss.«

»Nee, den Staatsanwalt interessiert dat nich.«

Wagner trank einen Schluck Bier. Es war nicht kühler geworden, aber er hatte Durst.

Hüwel stand auf. Wortlos ging er zur Tür des Gartenhäuschens, öffnete sie und verschwand im Inneren. Wagner war überrascht. Er hatte erwartet, dass Willy Hüwel anfangen würde zu erzählen.

Es dauerte keine Minute, bis er wieder zum Vorschein kam. Es schien Wagner so, als schwanke er ein wenig. In der Hand hielt er einen vergilbten Umschlag. Als er sich gesetzt hatte, zog er daraus einen Brief hervor.

»Ich will, dat Se dat hier lesen. Dann brauch ich nich so viel zu erzählen. Ich glaub, dann wissen Se alles, wat Se wissen wollen.«

Er drückte Wagner den Brief in die Hand. Die Schrift war gut leserlich, auch wenn sie ein wenig unbeholfen wirkte. Die blaue Tinte war an einigen Stellen zerlaufen, so als wären irgendwann Wassertropfen oder Tränen auf das Blatt gefallen.

Auf dem Briefkopf las Wagner: »Sterkrade, 8. Juli 1951 im Josefshospital«. Mia hatte den Brief an Willy geschrieben.

»Meinen Sie wirklich, dass ich das lesen sollte?«, fragte Wagner unsicher.

»Dat Unkraut zwischen dem Grünkohl stört mich. Dem werd ich jetz ma zu Leibe rücken«, sagte Hüwel, stand auf, drehte Wagner den Rücken zu, zog die ausgefransten Hosenträger über seine Schultern und ging, ohne zu schwanken, zu den Gartenbeeten hinüber.

Wagner beugte sich über den Brief und las.

»Mein lieber Willy!

Jetzt ist unser Sohn schon eine Woche alt, und mir geht es endlich wieder so gut, dass ich in der Lage bin, Dir zu schreiben. Ja, der kleine Joachim ist unser Sohn, nicht nur für die anderen Menschen, sondern auch für uns beide. Du hast nie einen Zweifel daran gelassen, dass Du der Vater dieses unschuldigen kleinen Wesens sein wirst. Dafür danke ich Dir von Herzen.

Du hast mich nicht gerichtet, und Du hast mich nie mit Fragen und Vorwürfen bedrängt. Auch dafür bin ich Dir sehr dankbar. Die Zeiten waren schwer. Als dieser schreckliche Krieg endlich vorüber war, hat das Sterben hier nicht aufgehört. Viele Menschen sind in der Nachkriegszeit verhungert und erfroren.

Immer wieder bin ich damals nach Hiesfeld oder Hünxe hinausgefahren, um alles, was ich von der Habe meiner Eltern retten konnte, die Brosche, die Kette und die Ringe meiner Mutter, die Taschenuhr, die Krawattennadel und die Manschettenknöpfe meines Vaters, für Lebensmittel herzugeben. Irgendwann hatte ich nichts mehr zu tauschen. Ich hatte Angst vor dem Hunger und vor der Kälte. Und ich war so allein, so furchtbar allein. Dass Du noch einmal zurückkehren würdest, mein lieber Mann, das habe ich irgendwann nicht mehr geglaubt.

Ich will das, was passiert ist, nicht entschuldigen. Und schon gar nicht will ich das Leid, das ich hier hatte, aufrechnen gegen all das, was Du, lieber Willy, als Soldat und als Kriegsgefangener ertragen musstest.

Für das, was ich getan habe, werde ich mich eines Tages vor Gott verantworten müssen. Ob er so gnädig mit mir sein wird wie Du?

Ich fürchte seinen Zorn, und ich hoffe inständig, dass er mir Gelegenheit geben wird, zu sühnen und zu büßen, bevor er mich eines Tages vor seinen Richterstuhl ruft. An Dir und an dem Kind möchte ich wiedergutmachen, was ich Schlechtes getan habe.

In Liebe, Deine Mia.«

Wagner faltete den Brief zusammen, schob ihn zurück in den Umschlag und legte ihn unter den gusseisernen Aschenbecher.

Willy Hüwel hockte zwischen seinen Grünkohlpflanzen. Als Wagner sich eine Zigarette anzündete, erhob er sich.

Auf dem Weg zur Bank schwankte er wieder ein wenig. Schon während er sich setzte, begann er zu reden.

»Die Mia zu verlassen, da hab ich nie dran gedacht. Ich war doch froh, dat sie noch da war, als ich zurückkam. Mein Gott, sie war einundzwanzig, als wir geheiratet haben. Und dann war ich sechs Jahre weg. Wir haben uns gegenseitig Briefe geschickt, die nie angekommen sind. Ich hatte ihr in die Steinbrinkstraße geschrieben, aber da war ja alles kaputt, und die Mia war gar nich mehr in Sterkrade. Sie wusste nich, ob ich noch lebte oder ob ich gefallen war. Und ich hab gedacht, dat sie vielleicht bei den Bombenangriffen umgekommen wär oder dat sie längst einen anderen hätte. Dat haben ja genug Männer erlebt, dat en anderer Kerl in ihrem Bett lag, als se aus e Gefangenschaft zurückgekommen sind.«

Hüwel hustete und trank von seinem Bier. Er sah Wagner nicht an, während er redete.

»Die Mia war noch da. Ich hab et zuerst gar nich glauben können, als ich sie gefunden hatte, in der Wilhelmstraße. Ich hatte 'ne Frau, 'ne schöne Wohnung, und ich hatte sofort wieder Arbeit auf e Zeche. Dat war für mich alles wie en Traum nach den schlimmen Jahren in der Gefangenschaft. Und dann hab ich irgendwann gemerkt, dat die Mia in anderen Umständen war. So drei, vier Monate nachdem ich zurückgekommen war, ließ sich dat nich mehr übersehen. Ich hab sofort gewusst, dat ich nich der Vatter von dem Kind sein konnte, aber ich hab nich einen Augenblick dran gedacht, die Mia zu verlassen und alles aufzugeben.«

»Das versteh ich gut«, sagte Wagner.

»Ja, vielleicht. Sie haben ja auch erlebt, wat nach em Krieg hier los war. Ich wusste dat zuerst ja gar nich. So nach und nach hab ich erst mitgekriegt, wat die Menschen hier durchgemacht hatten. Für 'ne junge Frau, die allein war, muss dat 'ne furchtbare Zeit gewesen sein.«

Wagner nickte, während Hüwel sein Bier austrank. Die Blaumeise saß noch im Apfelbaum. Sie war still geworden.

»Vielleicht war et en Bauer vom Niederrhein oder en Besatzungssoldat oder irgend so 'n Schwarzhändler, der die Notlage von der Mia ausgenutzt hat. Ich hab dat gar nich so genau wissen wollen. Ich hab se nich gefragt, und sie hat nie wat erzählt. Nur den Brief hat die Mia mir geschrieben. Aus em Krankenhaus.«

Willy Hüwel war in sich gesunken. Seine Hände lagen still ineinander, und seine Blicke huschten unruhig durch den Garten, während er schnell und leise sprach, so als wäre Wagner gar nicht da. Der sah ihn lange von der Seite an.

Dann fragte er: »Sie haben nie darüber gesprochen? Auch später nicht, als die Mia mit dem Kind zu Hause war?«

Hüwel antwortete kopfschüttelnd: »Warum hätten wir dat tun sollen?«

Wagner brauchte eine Weile, bis er begriffen hatte, was die Antwort bedeutete.

»Das heißt also, dass Sie gar nicht wissen, wer Achims Vater war«, sagte er nachdenklich.

»Ich war sein Vater«, entgegnete Hüwel. Er kramte sein rotkariertes Taschentuch hervor, wischte sich durch die Augen und putzte sich die Nase. Dann knüllte er das Tuch zusammen, stopfte es in die Hosentasche und sagte noch einmal leise: »Ich war sein Vater.«

FÜNFZEHN

Am Frühstückstisch hatte Wagner sich an die Geschichte erinnert, die Michael ihm auf dem Friedensplatz erzählt hatte.

Achim hatte sich beleidigt gefühlt, als Michael den alten Krumpen einen versoffenen Mistkerl genannt hatte. Achims eigenartige Begründung dafür war Wagner auch nach dem Frühstück nicht mehr aus dem Sinn gegangen. Der Junge hatte nicht einfach gesagt, er stehe dem Alten nahe oder er habe ihn gern, sondern er hatte die ungewöhnliche Formulierung gebraucht, in seinen Adern fließe Krumpens Blut.

Wagner hatte Doktor Rötering angerufen. Der Arzt hatte ihm bereitwillig Auskunft gegeben.

Ja, Joachim Hüwel sei auch sein Patient gewesen.

Ja, nach seinem Fahrradunfall sei im Krankenhaus seine Blutgruppe bestimmt worden.

Ja, dass der Achim seitdem auch selbst gewusst habe, welche Blutgruppe er hatte, davon müsse man wohl ausgehen.

Der Junge habe die Blutgruppe Null gehabt.

Wagner hatte ein mulmiges Gefühl, als er bei den Hüwels klingelte. Mia und Willy würden nicht begeistert sein. Das war klar. Ob sie ihn überhaupt in Achims Zimmer ließen, war fraglich.

Während der offiziellen Ermittlungen habe er nur einen flüchtigen Blick in das Zimmer des Jungen werfen können. Deshalb wolle er sich dort noch einmal ein wenig umsehen. Er versuche eben immer noch herauszufinden, ob den Achim irgendwas bedrückt habe und was überhaupt in ihm vorgegangen sei in den letzten Monaten.

So oder so ähnlich wollte er versuchen, den Hüwels seinen Wunsch zu erklären. Er klingelte noch einmal. Niemand öffnete. Es rührte sich nichts. Mia und Willy waren anscheinend nicht zu Hause.

Ein elegantes Cabriolet hielt vor dem Haus. Ein Prinz von NSU. Aus dem Wagen stieg Uschi Obermüller.

Sie trug ein dunkelblaues Jackenkleid mit Nadelstreifen und

einen weißen Hut. Als sie Wagner vor der Haustür stehen sah, lachte sie.

»Schön, Sie zu treffen«, sagte sie und streckte ihm eine Hand entgegen. »Sind Sie dienstlich hier?«

Wagner gab ihr die Hand und fühlte, dass der weiße Handschuh aus Seide war. »Ja, gewissermaßen«, sagte er. »Ich wollte mich noch einmal im Zimmer des toten Jungen umsehen. Aber leider sind die Hüwels nicht zu Hause.«

»Da haben Sie aber Glück«, sagte sie und zog einen Schlüsselbund aus ihrer Handtasche, den Wagner schon einmal gesehen hatte.

Nein, es gebe noch nichts Neues in der Erbschaftsangelegenheit, erzählte sie. Dass die Mühlen der deutschen Bürokratie so schnell mahlten, könne man wohl auch nicht erwarten. Aber sie habe Kontakt mit Arnold Krumpens Vetter aufgenommen und ihn gebeten, ihr einmal das Anwesen zu zeigen. Helmut Pott habe gesagt, er hätte keine Zeit, sie zu begleiten, aber sie könne sich gern bei ihm die Schlüssel holen und sich allein in der Wilhelmstraße umsehen.

»Wenn Sie wollen, führe ich Sie ein bisschen herum«, sagte Wagner. »Inzwischen bin ich so oft hier gewesen, dass ich mich schon auskenne.«

Erfreut nahm Uschi Obermüller das Angebot an.

Wagner führte sie hinter das Haus.

»Schuppen und Hühnerstall«, sagte er. »Und die Treppe da, ich glaube, die führt runter in die Waschküche.«

»Die Veranda ist schön«, sagte Uschi Obermüller.

»Die gehört zu Krumpens Wohnung. Dahinter ist die Küche. Und das Fenster da, das gehört zum Wohnzimmer.«

»Dann lassen Sie uns mal in die Wohnung gehen. Schuppen und Waschküche interessieren mich nicht.«

Wagner nickte.

»Wie wird das Gebäude denn beheizt?«, fragte Uschi Obermüller, als sie die Haustür aufschloss.

»Kohleöfen.«

»Das hatte ich befürchtet.«

Im Hausflur sagte Wagner: »Das ist die Tür zu Krumpens Wohnung. Auf der ersten Etage ist die Familie Hüwel zu Hause, und oben unterm Dach sind auch noch zwei Zimmer, das von dem Jungen und ein Bad.«

»Schade, dass ich mir die Räume der Mieter nicht ansehen kann«, sagte Uschi Obermüller.

Wagner zuckte mit den Schultern. »Die Wohnungstür wird wohl abgeschlossen sein.«

»Auch wenn sie unverschlossen wäre, würde ich da nicht einfach so reingehen.«

»Natürlich nicht«, sagte Wagner. »Aber ich denke, ins Bad und in das Jungenzimmer unterm Dach können Sie ruhig einen Blick werfen.«

»Zuerst würde ich mir jetzt gern mal die Wohnung vom Arnold angucken«, sagte Uschi Obermüller. Wagner half ihr, am Schlüsselbund den passenden Schlüssel zu finden.

Der Mief, der ihnen aus Krumpens Wohnzimmer entgegenschlug, war genauso unerträglich wie vor acht Tagen. Es sah nicht so aus, als wäre seitdem jemand in der Wohnung gewesen. Gelüftet hatte in der Zwischenzeit jedenfalls niemand. Wagner öffnete das Fenster weit.

»Ach, du liebe Güte«, sagte Uschi Obermüller angewidert. »Das hätte ich nicht gedacht, dass der Arnold in so einer heruntergekommenen Bruchbude gehaust hat. Das muss ja alles von Grund auf renoviert werden.«

Da hatte sie ohne Frage recht. Wagner schlug ihr vor, sich in aller Ruhe in der Wohnung umzusehen.

»Ich könnte dann schon mal nach oben gehen«, sagte er.

Uschi Obermüller stellte sich ans offene Fenster.

»Haben Sie mal eine Zigarette für mich?«

Wagner bot ihr eine Güldenring an.

»Sie nicht?«, fragte sie, als Wagner ihr Feuer gegeben hatte.

»Im Zimmer des Jungen möchte ich nicht rauchen. Die Eltern brauchen nicht unbedingt zu riechen, dass ich mich da noch mal umgesehen habe.«

»Ach so. Ja, wenn Sie wollen, können Sie natürlich schon hochgehen.«

Wagner stieg eilig die Treppen hinauf. Die Tür zu Achims Zimmer war unverschlossen, wie er es erwartet hatte.

Über dem Bett lag eine buntkarierte Tagesdecke. Daneben stand auf einem Schränkchen der Plattenspieler, von dem Wagner inzwischen wusste, dass er Krumpen gehört hatte. Ein paar Schallplatten lagen auf dem Holzfußboden. Den Tisch vor dem Fenster hatte Achim als Schreibtisch genutzt. Darauf lagen Hefte, Bücher und eine Schultasche. Neben dem Tisch stand ein schmaler Kleiderschrank. An die Wand überm Bett hatte Achim aus Zeitschriften ausgeschnittene Bilder von Musikgruppen geheftet. Wagner erkannte nur die Rolling Stones. Ein Filmplakat mit den Schauspielern Pierre Brice und Lex Barker als Winnetou und Old Shatterhand hing neben einem Regal, auf dem ein Stapel Karl-May-Bücher lag.

Wagner setzte sich an den Tisch und zog die einzige Schublade auf. Darin lagen Buntstifte, ein Malkasten, Zeichenblock, Geodreieck, Radiergummi und ein Benzinfeuerzeug. Er blätterte durch die Hefte und Bücher, die auf dem Tisch lagen.

Ihn beschlich das Gefühl, im Nebel herumzutappen. Es erinnerte ihn an die Suche in Krumpens Wohnung vor acht Tagen. Irgendeinen Hinweis hatten Möllmann und er finden wollen, ohne recht zu wissen, was das sein könnte. So ging es ihm jetzt auch.

Achim hatte im Krankenhaus erfahren, dass er die Blutgruppe Null hatte. Hatte er danach versucht, etwas über die Blutgruppen von Arnold Krumpen und Willy Hüwel in Erfahrung zu bringen? Was hatte er gemeint, als er gesagt hatte, in seinen Adern fließe das Blut vom alten Krumpen? Was hatte er gewusst?

Wagner hoffte, irgendeine Antwort auf diese Fragen zu finden. Er durchsuchte das Schränkchen unterm Plattenspieler und schaute im Kleiderschrank nach, ohne irgendwas von Belang zu entdecken. Er nahm jedes Buch aus dem kleinen Wandregal und durchsuchte es. In Karl Mays »Unter Geiern« steckte ein gefaltetes Blatt Papier. Als er es herausnahm, fiel ein Ausweis auf den Fußboden. Es war ein alter Blutspenderausweis von Willy Hüwel. Das Blatt Papier war eine herausgerissene Illustriertenseite. Über einem ganzseitigen Artikel stand in großen Lettern der Titel »Er ist nicht mein Vater«.

Wagner setzte sich mit dem Ausweis und dem Zeitungsblatt an den Tisch. Er überflog den Artikel. Neben einem Satz waren mit einem Kugelschreiber zwei blaue Ausrufezeichen gemalt worden. Der Satz lautete: »Es ist nicht möglich, dass ein Kind mit der Blutgruppe Null ein Elternteil mit der Blutgruppe AB hat.«

Willy Hüwel hatte die Blutgruppe AB. Das stand deutlich und unübersehbar in seinem Blutspenderausweis.

Wagner hörte Schritte im Treppenhaus. Uschi Obermüller kam die Treppe herauf. Er schob das Zeitungsblatt und den Ausweis in das Karl-May-Buch und stellte es zurück ins Regal.

***

Vor dem Haus der Holtbrinks stand der VW-Bus des Milchbauern. Beinahe hätte Wagner die Frau im verwaschenen Kittel nicht erkannt. Sie trug Gummistiefel und hatte ein Tuch um den Kopf gebunden. Ihre Dauerwelle hatte sich in feuchte Strähnen aufgelöst, die an ihrer Stirn klebten. An ihrem Arm hing ein Korb, in den der Milchbauer ein paar Flaschen gestellt hatte.

»Trude, bist du das?«, fragte Wagner.

»Guten Tag, Manni. Darfst mich nicht so genau angucken heute. Große Wäsche«, sagte Trude.

Wagner nahm ihr den Korb ab.

»Soll ich den reinbringen?«

»Ja gern. Vorher könntest du aber mal kurz mitkommen in die Waschküche. Eigentlich wollte ich gerade den Hein aus der Werkstatt holen. Aber wenn du schon hier bist, kannst du mir auch helfen.«

Aus der Waschküche im Hinterhaus schlug Wagner heißer Dampf entgegen, der ihm für ein paar Augenblicke die Sicht nahm und den Atem verschlug.

»Pass auf, dass du dir keine nassen Füße holst!«

Wagner stieß mit dem Schienbein gegen den Griff einer Zinkbadewanne.

»Wehgetan?«

»Nein, ist gut gegangen«, sagte Wagner und suchte einen trockenen Platz zwischen Waschmaschine, Kochkessel, Blechschüsseln, Wanne und Wäschekorb.

Die dreckigen Klamotten, die in der Lauge schwammen, der

hölzerne Waschbottich mit den angerosteten Eisenreifen, der hochgeklappte Deckel mit dem Quirl und dem Wassermotor, der Wäschestampfer, der am Kessel lehnte, all das tauchte aus den Nebelschwaden auf wie ein Bild aus seiner Vergangenheit. Zuletzt war Manni Wagner als Kind in einer Waschküche gewesen und hatte seiner Mutter bei der Arbeit zugesehen.

»Noch ein Durchgang Kochwäsche«, sagte Trude. »Dann hab ich es erst mal satt.«

»Wie lange bist du denn hier schon zugange?«, fragte Wagner mitfühlend.

»Seit sechs Uhr heute Morgen.«

»Meine Güte!«

»Und fertig bin ich noch lange nicht. Alles auf die Leine hängen, trocknen, bügeln, falten. Morgen Abend, wenn das Wetter mir keinen Strich durch die Rechnung macht, liegt wieder alles schön sauber im Schrank. Und dabei bügele ich die großen Sachen, Tischdecken und Bettzeug, gar nicht mehr selbst. Die bring ich in die Heißmangel.«

Sie rieb sich den Rücken.

»Schaffen auch Sie den mühevollen Waschtag ab!«, sagte sie und lachte. »Den Spruch hab ich im neuen Quelle-Katalog gelesen. Und da drunter haben die Herrschaften dann ihre Wasch-Vollautomaten angeboten. Alle so um die achthundert Mark. Die haben gut reden. Wer soll das denn bezahlen?«

»Kann man so was nicht auf Raten kaufen?«

Trude winkte ab. »Nee, lass mal. Auf Pump haben wir noch nie was gekauft, der Hein und ich. Ich kann mir auch nicht vorstellen, dass die Wäsche richtig sauber wird, wenn man sie in so eine Maschine stopft. Das Einzige, was ich gern hätte, ist eine Schleuder. Das Gekurbele mit dem alten Wringer, das wird mir zu anstrengend. Jedes Mal wenn ich ein Laken da durchgequetscht hab, bin ich total erledigt. Manchmal hilft der Heinrich mir beim Wringen, aber im Moment hat er viel in der Werkstatt zu tun. Na ja, kostet auch hundert Mark, so eine Wäscheschleuder. Und jetzt haben wir gerade den Fernseher gekauft, und ein neues Wohnzimmer hätt ich ja auch gerne noch dieses Jahr. Alles auf einmal geht eben nicht.«

»Wie kann ich dir denn helfen?«

»Wär nett, wenn du mit mir den Wäschekorb auf die Wiese schleppen würdest.«

»Das kann ich auch allein.« Wagner hob den Korb vom feuchten Betonboden hoch.

»Puh, ist schwerer, als ich dachte«, sagte er.

»Ist eben nasse Wäsche«, sagte Trude und hielt ihm die Tür auf.

Als der Korb auf der Wiese zwischen den Wäschestangen stand und Wagner sich stöhnend reckte, lachte Trude.

»Jetzt weißt du, was auf dich zukommt, wenn du mal mit der Ilona verheiratet bist«, sagte sie.

»Ich glaube, sie gibt ihre Wäsche in die Wäscherei«, entgegnete Wagner.

»Dann sieh mal zu, dass du bald Kommissar wirst. Sonst könnt ihr euch die Wäscherei nicht mehr leisten, wenn erst mal Kinder da sind und die Ilona nicht mehr arbeiten geht.«

»Ich bring dann mal die Milch in die Küche und sag dem Heinrich guten Tag.«

Trude nahm zwei Hände voll Klammern aus dem Klammerbeutel und steckte sie in ihre Kitteltaschen.

»Hat es der Ilona denn bei uns gefallen?«, fragte sie.

»Ja, sehr. Ich soll mich noch mal bei euch bedanken für den schönen Abend, hat sie gesagt.«

Wagner war am Sonntag nicht mehr zu Ilona gefahren.

Einmal hatte er schon die Autoschlüssel in der Hand gehabt, aber dann war ihm klar geworden, dass er das, was Ilona in der Flaßhofstraße verkaufte, nicht mehr von ihr kaufen wollte.

Spät am Abend hatte sie ihn angerufen. Sie hatte sich bei ihm entschuldigen wollen.

»Ich war noch müde von dem langen Abend gestern. Deshalb war ich heute nicht in der Flaßhofstraße«, hatte sie gesagt.

»Ich war auch nicht da«, hatte er entgegnet.

Sie hatte ins Telefon gelacht und gesagt, dass sie sich das irgendwie schon gedacht hätte.

»Komm mich in meiner Wohnung besuchen, wenn du magst«, hatte sie ihm vorgeschlagen, »aber ruf vorher an, damit wir uns nicht verpassen.«

»Das mach ich.«

»Es war ein sehr schöner Abend gestern mit dir und deiner Familie. Ich wollte mich dafür noch mal bedanken«, hatte Ilona dann noch gesagt, und er hatte sie gefragt, woher sie seine Telefonnummer hatte.

»Aus dem Telefonbuch«, hatte sie geantwortet. Danach hatten sie sich gegenseitig eine gute Nacht gewünscht und aufgelegt.

»Sag dem Hein, dass er was essen soll, wenn er Hunger hat!«, rief Trude hinter ihm her. »Möhrengemüse steht auf dem Herd.«

Als Wagner in die Küche kam, saß Heinrich am Tisch.

»Ach, der Manni.«

»Guten Tag, Heinrich. Die Trude hat gesagt, du sollst ruhig schon mal essen, wenn du Hunger hast.«

»Ich bin gerade dabei, mir das Gemüse aufzuwärmen. Willst du auch was? Der Pott ist bis oben voll. Hat die Trude gestern Abend schon vorgekocht. Ein Stück Speck ist auch drin.«

»Wenn ihr wirklich zu viel habt.«

»Ja sicher, die Trude hat wieder für eine ganze Kompanie gekocht, obwohl der Junge nicht da ist.«

Wagner setzte sich.

Heinrich ging zum Herd und rührte im Eintopf herum.

»Ist heiß genug jetzt«, sagte er, füllte zwei Teller mit Möhren und Kartoffeln, untereinander gekocht, und brachte sie zum Tisch.

»Guten Appetit!«, wünschte er seinem Bruder.

»Das schmeckt ja richtig gut«, stellte Wagner schon nach wenigen Bissen fest.

»Ja, die Trude ist ein Goldstück. Die bringt sogar noch am Waschtag was Ordentliches auf den Tisch.«

»Isst der Junge denn nichts, wenn er aus der Schule kommt?«, fragte Wagner.

»Der Michael kommt heute nicht aus der Schule«, sagte Heinrich. »Der ist die ganze Woche nicht da.«

»Wieso das denn nicht?«

»Der ist mit seiner Klasse im Schullandheim. Bis Freitagabend.«

»Ach«, sagte Wagner.

»Das Staatliche Gymnasium hat ein Landheim in der Eifel«, erklärte Heinrich.

»Wo denn da?«

»Ich glaub, Kalterherberg heißt der Ort. In der Nähe von Monschau.«

»Kalterherberg. Ja, den Ort gibt es da.«

»Woher weißt du das denn?«

»In der Gegend bin ich als Soldat gewesen.«

Sie aßen schweigend weiter. Irgendwann sagte Wagner: »Ich hatte in der Wilhelmstraße zu tun. Da hab ich gedacht, ich sag mal kurz guten Tag.«

»Du musst nicht erklären, warum du vorbeigekommen bist«, sagte Heinrich. »Es ist schön, dass du jetzt öfter mal bei uns reinschaust.«

»Die Mutter hat meistens Spiegeleier zum Möhreneintopf gemacht«, sagte Wagner.

Heinrich nickte.

»Warst du bei den Hüwels?«, fragte er.

»War niemand zu Hause«, sagte Wagner. Dass er in Joachims Zimmer war und was er da entdeckt hatte, behielt er für sich.

Als ihre Teller leer waren, stellte Heinrich sie ins Spülbecken. Er blieb an der Spüle stehen und verschränkte die Arme vor der Brust.

»Patente Frau, die Ilona«, sagte er. »Lass dir die bloß nicht durch die Lappen gehen!«

»Es hat ihr gut gefallen bei euch.«

»Ja, das war ein schöner Abend. Wir waren alle gut in Stimmung. Der Jupp kann ja ein richtiger Witzbold sein, wenn er erst mal in Fahrt ist. Und die Ilona, die war so ungezwungen. Man konnte merken, dass die sich wohlgefühlt hat.«

»Waren wir der Trude nicht zu ausgelassen?«

»Quatsch! Die hatte doch auch so viel Spaß wie schon lange nicht mehr. Sie hat sich sonst immer viel zu sehr von der Mia beeinflussen lassen.«

Heinrich steckte die Hände in die Hosentaschen.

»Soll ich dir einen Aschenbecher aus dem Wohnzimmer holen?«, fragte er.

»Ich will so langsam wieder los«, antwortete Wagner.

»Und was machst du heute Abend. Wo guckst du das Halbfinale?«

»Ich denke, dass ich zum Jupp gehen werde.«

»Ich werde mir das Spiel nicht anschauen«, sagte Heinrich.

»Willst du mich auf den Arm nehmen?«

Heinrich schüttelte betrübt den Kopf. »Mittagsschicht«, sagte er. »Während des Spiels sitz ich in meinem Schrankenwärterhäuschen.«

»Ach, du Scheiße.«

»Ich kann es mir im Radio anhören. Das ist zwar kein Ersatz für die Fernsehübertragung. Aber besser als gar nichts.«

»Konntest du deine Schicht denn nicht mit einem Kollegen tauschen, der kein Interesse an dem Spiel hat?«

Heinrich lachte auf.

»Wo willst du denn in diesen Tagen einen Menschen finden, der sich nicht für Fußball interessiert?«

***

Die nette Frau Obermüller aus Duisburg hätte Jupp Möllmann auch gern wiedergesehen. Vielleicht ließ sich das ja einrichten. Bei Gelegenheit würde er Manni Wagner vorschlagen, noch mal einen schönen Abend in der »Wassermühle« zu verbringen.

Manni hatte ihm gerade von seiner morgendlichen Begegnung mit Uschi Obermüller im Haus von Arnold Krumpen und von seiner Entdeckung in Joachims Zimmer erzählt.

Der Junge hatte sich also intensiv mit der Frage beschäftigt, wer sein Vater war, und er hatte herausgefunden, dass Willy Hüwel es nicht sein konnte. Irgendwann zwischen seinem Krankenhausaufenthalt Anfang Mai und seinem Tod am 17. Juni war für den Jungen der Verdacht, Arnold Krumpen könnte sein Vater sein, zur Gewissheit geworden.

So sah Möllmann das jedenfalls, und so sah Manni Wagner es auch.

»Und wat bedeutet dat jetz?«, fragte Möllmann.

»Darüber muss ich noch nachdenken«, antwortete Manni.

Danach schwiegen beide. Sie saßen auf einer Bank am Ufer des Rhein-Herne-Kanals, gegenüber der Zeche Concordia, rauchten und sahen den Schiffen zu, die vor ihnen durchs Wasser glitten.

Der Himmel war bewölkt. Ein warmer Wind strich über den Kanal. Es roch nach modrigem Brackwasser und ein wenig nach Schwefel.

»Guten Tag, Herr Möllmann!«, rief ein rothaariges Mädchen, das mit dem Fahrrad an ihnen vorbeifuhr.

Möllmann winkte ihr zu.

»Die Petra«, sagte er und sah hinter dem Mädchen her.

»Die Petra?«, fragte Wagner.

»Aus der Hagelkreuzstraße«, sagte Möllmann. »Sie kauft manchmal Eier bei mir. Und vorigen Sommer, da hat sie mir die Jungs ganz verrückt gemacht.«

Lächelnd drückte er die Glut in seiner Pfeife fest.

Eines Nachmittags, als die Sommerferien schon halb vorüber waren, hatte das Mädchen bei Möllmann ein halbes Dutzend Eier holen wollen und die beiden Jungen auf dem Hof gesehen. Petra hatte sich auf die Bank hinterm Haus gesetzt, ihr Haargummi vom Pferdeschwanz gestreift, ihren roten Schopf geschüttelt und ihre weißen Beine weit von sich gestreckt.

Die Jungen hatten sich vor ihr gebalgt und Hahnenkämpfe ausgetragen, hatten sich aufgeführt wie die Gockel und dann wie die Clowns, waren wie Kriegsblinde über den Hof getappt und herumgestolpert wie Betrunkene. Sie hatten versucht, den Eindruck zu erwecken, ihre Tollheit hätte nicht das Geringste mit dem Mädchen auf der Bank zu tun, aber Petra hatte gewusst, dass es anders war. Sie hatte dagesessen mit dem gleichmütigen Gesicht einer Fürstin, die die Huldigungen ihrer Untertanen entgegennimmt.

Möllmann hatte ihr die Eier gebracht. Sie hatte sie achtlos zur Seite gelegt und die Jungen nicht aus den Augen gelassen. Erst viel später hatten Achim und Michael sich rechts und links neben sie gesetzt, und Petra hatte sie gefragt, ob sie auch am nächsten Tag wieder beim Herrn Möllmann wären.

Sie waren wieder da, und auch das Mädchen kam wieder.

Drei heiße Sommerwochen lang hüpfte Petra barfüßig, weißbeinig und mit wehenden roten Haaren durch das Leben der beiden Jungen und machte aus zwei unerschütterlichen Indianern zwei tollpatschige Narren.

Zu dritt rannten sie durch Möllmanns Garten und durch die Felder. Sie versteckten sich voreinander und miteinander im Schuppen, lagen auf der Wiese, verschwanden im beinahe reifen Getreide und tauchten lange nicht wieder auf. Sie fuhren mit den Rädern zum Kanal und zum Bahndamm, und schließlich nahmen die beiden Jungen das Mädchen sogar mit an den Ort, der ihnen bis zu diesem Tag ganz allein gehört hatte.

Dort gab es ein paar Tümpel, vergessene Überreste der alten Emscher, Kaulquappen, Frösche und das unablässige Surren der farbenprächtigsten Libellen, Schilf und weiches Gras, den Geruch nach wilder Kamille und ringsum eine fast undurchdringliche Umgrenzung aus dichtem Gestrüpp, in dem weiße Blüten hingen. Jenseits dieser Grenze waren die Felder und der Kanal und irgendwo in der Ferne die Welt.

Am Abend des schwülen Tages, an dem sie mit dem Mädchen dort gewesen waren, kamen die Jungen früher zurück, als Möllmann sie erwartet hatte. In der Ferne zog grollend ein Sommergewitter auf. Achim und Michael brachten ihre Räder in den Schuppen und setzten sich an den Tisch in der Küche. Sie waren erhitzt, wie immer wenn sie zu dritt unterwegs gewesen waren. Aber an diesem Abend alberten sie nicht herum wie sonst. Sie saßen schweigsam da und gingen früh hinauf in die Kammer. Am nächsten Tag fuhren sie nach Sterkrade und ließen sich eine ganze Weile nicht mehr blicken. Auch das Mädchen kam lange nicht. Erst Wochen später tauchte es wieder bei Möllmann auf, um Eier zu kaufen.

»Als ich vierzehn war, da fing der Krieg an«, sagte Manni Wagner, als Jupp Möllmann die Geschichte von Petra und den beiden Jungen erzählt hatte.

»Als ich vierzehn war, war auch Krieg«, sagte Möllmann.

Danach schwiegen sie wieder lange und sahen aufs Wasser.

Um halb sieben schaute Manni auf die Uhr und sagte: »Noch eine Stunde bis zum Anpfiff.«

»Dann haben wir noch en bissken Zeit«, entgegnete Möllmann. »Bis zu mir brauchen wir nur 'ne Viertelstunde.«

»Ich hab gestern mit Willy Hüwel gesprochen«, sagte Manni Wagner.

»Ja und?«

»Jetzt hab ich ein Problem.«

»Has du ihn gefragt, ob er wusste, dat er nicht Achims Vatter war?«

Manni nickte. »Und eigentlich würde ich dir gern erzählen, was er mir geantwortet hat.«

»Aber du musstest ihm versprechen, mit niemandem darüber zu reden.«

Manni nickte wieder.

Möllmann dachte nach. Manni Wagner und er hatten angenommen, dass Willy Hüwel in der ersten Zeit nach seiner Rückkehr aus der Gefangenschaft nicht mit der Mia ins Bett gegangen war und dass er deshalb von Anfang an Bescheid gewusst hatte. Wäre nichts dran gewesen an dieser Überlegung, hätte Hüwel wahrscheinlich zu Manni Wagner gesagt, er sei bekloppt und er solle ihn endlich in Ruhe lassen. Der Manni hätte dann bestimmt nicht versprechen müssen, den Inhalt des Gesprächs für sich zu behalten.

»Also war et wohl genau so, wie wir uns dat gedacht haben«, sagte Möllmann.

»Er weiß aber nicht, wer Achims Vater war. Danach hat er die Mia angeblich nie gefragt.«

»Dat halt ich für möglich«, sagte Möllmann. »Jedenfalls kann ich mir dat schon irgendwie vorstellen, dat ein Mann, dem so wat passiert is, nich alles ganz genau wissen will.«

Ein kleines Mädchen mit blonden Zöpfen spazierte an der Hand seiner Mutter an ihnen vorbei. Es trug ein geblümtes Sommerkleidchen, eine weiße Schürze, weiße Kniestrümpfe und Lackschuhe.

»Dumme Gans«, sagte Möllmann, als die beiden außer Hörweite waren.

»Die Kleine? Wieso?«, fragte Manni Wagner.

»Nee, die Mutter, die dat Mädchen so angezogen hat, als wär et 'ne Puppe. Schrecklich find ich so wat. Kinder, die sich nich schmutzig machen dürfen, sind doch ganz arme Blagen.«

»Jupp, wenn ich Kinder hätte, dann würd ich dich jetzt fragen, ob du nicht ihr Opa sein willst.«

»Dann hau ma rein mit deine Ilona!«, sagte Möllmann fröhlich. »Oder weiß'e nich, wie dat geht?«

»Die Ilona ist nicht meine Ilona.«

»Dat wär se aber gerne. Also warum nimms'e se dir nich?«

Manni Wagner antwortete nicht. »Ich glaub, wir sollten mal langsam gehen«, sagte er nach einer Weile.

Auf dem Weg durch die Felder erzählte er Jupp Möllmann von seinem Besuch bei Doktor Rötering.

Gegen Viertel nach sieben kamen sie in der Emschertalstraße an.

Kurz darauf schaltete Möllmann im Wohnzimmer seines Hauses den Fernsehapparat ein.

Zwei Stunden später hatten Manni Wagner und er fünf Bierflaschen geleert, und die deutschen Fußballer hatten die Mannschaft der Sowjetunion trotz eines überragenden Lew Jaschin durch Tore von Haller und Beckenbauer mit zwei zu eins besiegt.

SECHZEHN

Wagner hatte nach dem Frühstück den kleinen Koffer gepackt, sich ins Auto gesetzt, kurz bei Jupp Möllmann angehalten und ihm gesagt, dass er für ein paar Tage weg sei. Dann war er losgefahren.

In Duisburg hatte er den Rhein überquert, er hatte die Bundesautobahn gemieden und war unter einem mäßig bewölkten Himmel, an dem sich im Laufe des Tages immer mal wieder die Sonne gezeigt hatte, in Richtung Süden gerollt. Hinter Neuß war er von der Bundesstraße neun zum Rhein abgebogen, hatte einen Spaziergang durch die mittelalterliche Festung Zons gemacht und in einem Gasthaus mit Blick auf den Fluss zu Mittag gegessen.

Ohne anzuhalten, hatte er das rheinische Braunkohlenrevier durchquert und sich an einer Tankstelle in Düren eine Straßenkarte gekauft. Gemächlich war er durch das Rurtal bis nach Heimbach gefahren und hatte sich oberhalb des Burgstädtchens die Abtei Mariawald angesehen.

Er war an der Klostermauer entlangspaziert, hatte sich im Vorbeigehen die Darstellungen in den Stationshäuschen des Kreuzwegs angeschaut und den Trappistenmönchen bei der Arbeit auf den Feldern zugesehen. Oberhalb der Abtei war er auf einen Soldatenfriedhof gestoßen und hatte sich auf die Mauer gesetzt, die die langen Reihen steinerner Kreuze umschloss.

Er war in der Eifel angekommen. Irgendwo hier in der Gegend war er selbst als junger Mensch tausend Tode gestorben.

Er hatte die Straßenkarte studiert und festgestellt, dass es nicht mehr weit bis Kalterherberg war. Über die Staumauer des Rursees, durch Schmidt und Simmerath war er in Richtung Monschau gefahren und am frühen Abend in Kalterherberg angekommen. In einem Gasthaus an der Dorfstraße hatte er ein Zimmer gemietet, seinen Koffer ausgepackt, sich aufs Bett gelegt und erleichtert festgestellt, dass es nicht zu weich war.

Jetzt saß er in der Gaststube, trank Felsquell Pils aus Monschau und fand Gefallen an dem Gedanken, ganz zufällig hier gelandet zu sein, obwohl er schon am Morgen, als er aufgebrochen war, geahnt hatte, dass er am Abend in der Eifel sein würde.

In der Nacht war ihm die Idee gekommen, Michael mit seinem Besuch zu überraschen. Doch dann hatte er sich gefragt, ob ein vierzehnjähriger Junge sich wohl freuen würde, wenn sein Onkel im Schullandheim aufkreuzte. Und er hatte sich gefragt, ob er wirklich die Gegend wiedersehen wollte, in der er die schrecklichste Zeit seines Lebens verbracht hatte.

Auf beide Fragen hatte er keine Antwort gefunden. Aber er hatte Lust bekommen, wenigstens noch für ein paar Urlaubstage irgendwohin zu fahren, auch wenn das Wetter zu unbeständig für eine Reise mit dem Motorrad war.

»Das sieht ja so aus, als hätte Ihnen unsere Eifeler Wurstplatte geschmeckt«, sagte der Wirt freundlich und räumte den Teller, auf dem nur noch ein paar Krümel und eine Wurstpelle lagen, vom Tisch.

»Das war wirklich lecker«, sagte Wagner.

»Und mit dem Zimmer sind Sie auch zufrieden?«

»Ja, da gibt's nichts zu beanstanden.«

»Darf ich Ihnen denn noch ein Pils bringen?«

»Gerne.«

Die Gaststube war gut besucht. Die meisten Männer trugen blaue Arbeitskleidung, einige hatten Holzschuhe an den Füßen. Die einzige Frau, die Wagner entdeckte, war die Wirtin, die hinterm Tresen Bier zapfte. An den Tischen wurde Karten gespielt oder geknobelt. An der Theke wurde schwadroniert, manchmal auch heftig diskutiert. Die Mundart klang fremdartig. Wagner verstand nicht viel. Er bekam mit, dass vom ungünstigen Wetter und von der Heuernte die Rede war. Ein anderes Gespräch drehte sich um die Fußballweltmeisterschaft und die deutschen Aussichten fürs Endspiel. Aus einer endlosen Flut unverständlicher Laute tauchten hin und wieder bekannte Worte wie Seeler, Haller oder Wembley auf.

»Darf ich Sie mal stören?«

Der Mann mit dem rundlichen Gesicht und dem akkurat gestutzten Schnauzbart hatte Wagner schon eine Weile von der Theke aus beäugt. Jetzt stand er in seinem verknitterten, mausgrauen

Anzug mit einem Pilsglas in der Hand freundlich lächelnd neben seinem Tisch. Er suchte offenbar einen Gesprächspartner. Wagner war es recht.

»Sie stören nicht«, sagte er.

»Lassen Sie mich raten«, sagte der Mann, während er sich setzte. »Ich tippe mal auf Bücher. Ihr Metier sind Bücher.«

»Nein, mit Büchern hab ich nicht viel am Hut.«

Der Mann kratzte sich am Kopf.

»Verlagsvertreter oder so etwas, darauf hätte ich gewettet«, sagte er. »Aber der Taunus vor der Tür mit dem Oberhausener Kennzeichen, der ist doch von Ihnen?«

Wagner nickte.

»Und dass Sie Reisender oder Handelsvertreter sind, ist auch richtig.«

Wagner schüttelte den Kopf. »Ich mach ein paar Tage Urlaub hier.«

»Ach, dann lag ich aber diesmal ganz weit daneben«, sagte der Mann und lachte vergnügt.

»Und Sie?«, fragte Wagner. »Sie sind beruflich unterwegs?«

»Kötting«, sagte der Mann, »Emil Kötting. Selbstständiger Handelsvertreter in Sachen Farben und Lacke aus Leverkusen. Bei allen Malermeistern im südlichen Rheinland als Farben-Emil bestens bekannt.«

»Wagner. Manfred Wagner.«

»Angenehm«, sagte Kötting und streckte Wagner über den Tisch seine Hand entgegen. Menschen einzuschätzen, denen er während seiner Reisen in Hotels und Gasthäusern begegnete, das sei sein Hobby, sagte er, und meistens liege er ganz gut mit seinen Tipps.

»Paare über fünfzig sind die typischen Eifelurlauber. Die kommen, um im Hohen Venn und in den Wäldern zu wandern. Alleinreisende Männer in unserem Alter sind hier fast ausschließlich beruflich unterwegs. Wenn die Urlaub machen, dann fahren sie lieber dahin, wo es Wein, Weib und Gesang gibt.«

»Ich hab lieber Bier und meine Ruhe«, sagte Wagner.

Kötting lachte und winkte dem Wirt zu. Der hob fragend zwei Finger in die Höhe. Kötting nickte ihm zu.

Wagner bot ihm eine Zigarette an.

»Nee, vielen Dank. Hab ich mir abgewöhnt.«

Während Wagner sich eine anzündete, fragte Kötting: »Wie ist denn so die Stimmung im Kohlenpott? Was man in letzter Zeit alles liest über die Krise an der Ruhr, über Kohlenhalden und Zechensterben, das ist ja nicht gerade erfreulich.«

»Die Stimmung ist mies.«

Der Wirt brachte zwei Pils. Kötting ließ sie auf seinem Deckel anschreiben.

»Das hat man bei den Landtagswahlen gesehen«, sagte er. »Wenn die Regierenden so kräftig was auf die Mütze kriegen, ist das immer ein Zeichen für die Unzufriedenheit der Leute.«

»Ja, so ist das wohl.«

»Hier ist das anders. Hier gewinnt immer die CDU. Da kann kommen, was will.«

»Sie kennen sich in der Gegend aus?«, fragte Wagner.

»Die Eifel ist meine zweite Heimat. Als Kind war ich ganz oft in Mützenich. Das ist hier gleich nebenan. Da wohnte meine Oma, die Mutter meiner Mutter. Und heute bin ich viel hier herum unterwegs. In den Landkreisen Monschau und Schleiden hab ich meine besten Kunden.«

»Mützenich, ist das nicht das Schmugglerdorf?«

Kötting lachte. »Da hat's mal einen spektakulären Prozess gegeben Anfang der Fünfziger«, sagte er.

Wagner erinnerte sich wieder, als Kötting die Geschichte erzählte. Bei einer Straßenkontrolle in Köln war der Zoll auf einen Opel aus der Eifel mit 260 Kilo Röstkaffee an Bord gestoßen. Die Spur führte ins Eifeldorf Mützenich. Mehrere Schmugglerbanden flogen auf. Fast fünfzig Mützenicher kamen in Untersuchungshaft und wurden in einem Mammutprozess abgeurteilt. Der Fußballverein des Dorfes hatte nicht mehr genug Spieler und stieg ab.

Bei Preisen für ein Pfund Kaffee von sechzehn Mark in Deutschland und vier Mark in Belgien war der Schmuggel damals ein äußerst lohnendes Geschäft. In den vom Krieg zerstörten Eifeldörfern wurde manches Haus mit dem Gewinn aus dem illegalen Kaffeehandel wieder aufgebaut. Lange drückten die Behörden beide Augen zu, aber als der Kaffeeschmuggel mehr und mehr von organisierten Banden übernommen wurde, machte der Zoll ernst, so unerbittlich, dass es Tote auf beiden Seiten gab.

Die Lage entspannte sich erst 1953, als die Bundesregierung wegen der immensen Schmuggelschäden die Kaffeesteuer senkte. Die Mützenicher wurden bald darauf amnestiert.

»Die hatten es wohl ein bisschen übertrieben«, sagte Kötting. »Vielleicht wollten die Behörden auch ein Exempel statuieren. Hier in den grenznahen Dörfern haben ja fast alle Leute geschmuggelt. Ich hab damals als junger Kerl auch so manches Pfund Kaffee im Rucksack über die Grenze geschleppt.«

»Ja, die Nachkriegszeit hatte ihre eigenen Gesetze«, sagte Wagner und prostete Kötting zu.

Er habe damals in Köln eine Lehre als Maler und Lackierer gemacht, erzählte der. Eine Weile habe er auch noch als Geselle gearbeitet, aber dann sei ihm das tägliche Einerlei aufs Gemüt geschlagen. Seit gut zehn Jahren reise er jetzt schon als freier Handelsvertreter für einen großen Farbenhersteller durch die Gegend. Bereut habe er es noch nie. Die Geschäfte gingen gut.

»Und Sie? In welcher Branche sind Sie tätig?«, fragte er.

»Kriminalpolizei«, sagte Wagner.

»Das ist ein Witz, oder?«

Köttings Verblüffung erheiterte Wagner. Er schüttelte lachend den Kopf.

»Da wär ich nie drauf gekommen.« Kötting trank sein Bierglas in einem Zug leer. »Dann hoffe ich mal, dass die Sache mit dem Kaffeeschmuggel inzwischen verjährt ist.«

»Da machen Sie sich mal keine Gedanken«, sagte Wagner. »Ich hab nach dem Krieg selbst so einiges angestellt, für das ich mich heute eigentlich einsperren müsste.«

Kötting lachte erleichtert und bestellte noch zwei Bier.

»Die gehen aber jetzt auf mich«, sagte Wagner, als der Wirt sie auf den Tisch stellte.

»Warum verbringt ein Mann wie Sie seinen Urlaub denn nicht an der Côte d'Azur oder an der Adria?«, fragte Kötting.

»Warum nicht in der Eifel?«, entgegnete Wagner.

»Waren Sie noch nie hier?«

»Jedenfalls noch nicht im Sommer.«

»Im Winter schon mal?«

»Vierundvierzig, fünfundvierzig«, sagte Wagner.

»Scheiße«, sagte Kötting.

Nach einer Weile fragte er: »Hürtgenwald?«

»Ardennen«, antwortete Wagner.

»Genauso ein furchtbares Gemetzel.«

Wagner nickte.

»Ich spreche oft mit den Leuten, die den Krieg hier in der Gegend als Zivilisten miterlebt haben, Menschen aus den Dörfern im Kreis Monschau und im Kreis Schleiden. Was die mitmachen mussten, das war auch fürchterlich. Erst die Luftangriffe. Da haben sich viele in den Wäldern verkrochen. Dann kam die Front, erst in die eine Richtung, dann wieder in die andere. Hin und her. Die meisten sind vorher geflüchtet oder evakuiert worden. Und als sie zurückkamen, da war alles zerstört. Die hatten nichts mehr. Und die ganze Gegend war vermint. Da sind noch viele krepiert, als der Krieg schon vorbei war.«

Wagner erinnerte sich nur an menschenleere Eifeldörfer, an einsame Straßen, über die er gerannt war, an verlassene Häuser, in denen er Schutz gesucht hatte. An die Menschen, denen diese Häuser gehört hatten, die in den Dörfern gelebt hatten, hatte er damals nicht gedacht.

»Als ich ins Ruhrgebiet zurückkam, lag da auch alles in Trümmern«, sagte er. »Meine Eltern und meine Braut waren bei Bombenangriffen ums Leben gekommen.«

»Von mir sind zwei ältere Brüder im Krieg geblieben«, sagte Kötting und fügte nach einer Weile hinzu: »Ich hab Glück gehabt. Im Krieg war ich noch zu jung, um Soldat zu werden, und als dann die Bundeswehr eingeführt wurde, war ich zu alt.«

Wagner hätte jetzt sagen können, dass er auch Glück gehabt hatte, mehr Glück als die meisten seiner Kameraden jedenfalls. Aber dann hätte er auch davon sprechen müssen, wie sehr er gelitten hatte an diesem erbärmlichen Glück, weiterleben zu müssen mit all seinen Erinnerungen und ohne Lisbeth. Er war sich nicht sicher, ob der Handelsvertreter Emil Kötting das verstehen würde.

Er zündete sich eine Zigarette an.

»Wie gefällt Ihnen denn die Eifel im Sommer?«, fragte Kötting.

»Ich hab noch nicht viel gesehen. Heimbach und die Rurtalsperre. Monschau scheint ein schönes Städtchen zu sein. Das werd ich mir morgen mal näher anschauen. Das Einzige, was mich bisher an den Krieg erinnert hat, war der Soldatenfriedhof am Kloster Mariawald.«

»Die Menschen, die hier leben, werden noch jeden Tag an den Krieg erinnert«, sagte Kötting.

Er erzählte von Bombentrichtern und Blindgängern, die immer wieder bei Straßenbau- und Ausschachtungsarbeiten zum Vorschein kämen, von gefährlichen Munitionsfunden auf den Äckern, von Explosionen und der aufopferungsvollen Arbeit des Kampfmittelräumdienstes.

»Und am schlimmsten dran sind die Menschen in den Dörfern in der Umgebung von Vogelsang«, sagte er. »Da haben Sie doch bestimmt schon mal was von gehört, von dem großen Truppenübungsplatz rings um die ehemalige Ordensburg der Nazis.«

Wagner nickte.

»Erst haben die Engländer sich da oben breitgemacht. Sogar ein Dorf haben sie dem Truppenübungsplatz einverleibt. Die Menschen aus Wollseifen haben sie rücksichtslos vertrieben. Und als dann die Belgier kamen, ist es auch nicht besser geworden. Die führen sich immer noch auf wie eine Besatzungsmacht. Dreiunddreißig Quadratkilometer fruchtbares Land und große Waldgebiete, mittendrin die Urfttalsperre, das alles ist bis heute militärisches Sperrgebiet«, schimpfte Kötting.

Und das sei noch nicht alles. Ringsum, im sogenannten Aufmarschgebiet zum Truppenübungsplatz, donnerten die Panzer durch die Dörfer und zerstörten Äcker und Weiden. Es gäbe Eifelstraßen, die könne man kaum noch befahren, so demoliert und verdreckt seien sie von den Kettenfahrzeugen der Militärs.

»Und in Belgien, direkt hinter der Grenze, ist der Truppenübungsplatz Elsenborn. Von da aus schießen die Belgier mit Artilleriegeschützen nach Vogelsang rüber. Damit da nichts passiert, durch zu kurz geratene Geschosse oder Querschläger, sperren sie die Bundesstraße von Monschau nach Schleiden jedes Mal zu, wenn sie mit scharfer Munition über die Grenze ballern. Da hab ich schon so manche Stunde vor der geschlossenen Schranke gestanden und mich schwarzgeärgert.«

Und am allerschlimmsten sei es im Herbst, fuhr Kötting aufgebracht fort, zur Manöverzeit. Da lägen Soldaten überall in der Gegend in den Straßengräben oder streiften mit Maschinengewehren im Anschlag über die Höfe und durch die Gärten, Panzer bretterten durch die erntereifen Felder, und die Straßen seien ständig verstopft von Militärkolonnen.

»Das ist hier manchmal so, als wäre der Krieg immer noch nicht zu Ende.«

***

Michael führte seinen Onkel durch Monschau.

»Lass uns da rum gehen«, sagte er, »da kommen wir am Roten Haus vorbei. Das ist das berühmteste Haus von Monschau. Das hat mal einer Tuchmacherfamilie gehört. Tuchmacher waren hier früher die reichsten Leute.«

»Und woher weißt du das?«, fragte Manni.

»Voriges Jahr haben wir das Rote Haus besichtigt. Da hat uns ein Fremdenführer alles Mögliche erzählt. Auch, warum die Häuser direkt an der Rur stehen. Für die Tuchmacherei haben die Leute viel Wasser gebraucht, fürs Färben und Reinigen und so.«

»Interessant«, sagte Manni.

Vor ein paar Stunden hatte Michael gedacht, Heinz-Leo Szymaniak wolle ihn mal wieder auf den Arm nehmen. Er hatte im Schuhkeller auf einer Bank gesessen und seine Fußballschuhe geputzt, als Heinz-Leo angerannt kam und grinsend verkündete: »Du sollst mal raufkommen. Du hast Besuch.«

Die Vorstellung, dass ihn im Schullandheim in Kalterherberg jemand besuchen könnte, war für Michael so abwegig, dass er Heinz-Leo nicht geglaubt hatte. Was von dessen Sprüchen zu halten war, das wusste schließlich jeder. Wenn es darum ging, sich etwas einfallen zu lassen, um seine Mitschüler zu verarschen, dann war der lange Heinz-Leo unschlagbar.

In Latein und Griechisch war er dagegen eine Niete. Vor ein

paar Wochen war Michael nach der Schule einmal mit zu den Szymaniaks gegangen. Heinz-Leo hatte ihn gefragt, ob er ihm nicht den griechischen Aorist erklären könnte. Weil Michael den so einigermaßen verstanden hatte und weil es nicht schlecht war, sich mit dem langen Heinz-Leo gut zu stehen, war er einverstanden gewesen.

Michael hatte nicht gewusst, dass die Szymaniaks in einer Villa lebten. In der Einfahrt hatten ein 190er Mercedes und ein Opel Diplomat gestanden, und auf dem Mittagstisch hatten Stoffservietten gelegen. Herr Szymaniak, der am Tisch gesessen hatte, als feierten sie eine Kinderkommunion, mit einem Schlips um den Hals und einem dunklen Anzug überm weißen Hemd, hatte ihn gefragt: »Warum gehst du eigentlich zum Gymnasium? Willst du denn nicht mal die Schuhmacherei von deinem Vater übernehmen?«

Michael war es so vorgekommen, als fände der alte Szymaniak es nicht richtig, dass der Sohn eines Schusters zusammen mit seinem Sohn die Schulbank im altehrwürdigen Staatlichen Gymnasium drückte. Er hatte sich unwohl bei den Szymaniaks gefühlt, war während der Nachhilfe nicht ganz bei der Sache gewesen und hatte sich anschließend schnell verdrückt. Heinz-Leo hatte die nächste Griechischarbeit vergeigt und ihn seitdem auf dem Kieker.

In der vergangenen Woche war zu Beginn einer Lateinstunde Michaels »Fundamentum Latinum« spurlos verschwunden gewesen. Er ahnte, wem er die Strafarbeit, die ihm von Oberstudienrat Brackmann aufgebrummt worden war, zu verdanken hatte. Das Buch war später auf der Toilette gefunden worden.

Und vor ein paar Tagen hatte Heinz-Leo ihn auch noch bei der Aufstellung der Klassenmannschaft übergangen, für die er als bester Fußballer zuständig war. Gegen die Jungs aus Kalterherberg sollte dieses Mal der schwabbelige Otmar rechter Verteidiger spielen. Ein übler Scherz war das!

Michael hatte wahrhaftig keinen Grund gehabt, Heinz-Leo zu glauben, als der im Schuhkeller aufgetaucht war und behauptet hatte, er hätte Besuch.

Erst als Oberstudienrat Brackmann seinen Namen durchs Treppenhaus gebrüllt hatte, war Michael hochgelaufen, und da hatte wahrhaftig sein Onkel Manni im Eingangsraum gestanden.

»Bist du wirklich nicht sauer, dass du jetzt nicht mit deinen Klassenkameraden wandern kannst?«, fragte der, während sie durch die engen Gassen von Monschau schlenderten, vorbei an malerischen Fachwerkhäusern, Souvenirläden und Kneipen.

»Nee, Manni, überhaupt nicht. Ich bin froh«, sagte Michael. »Der dicke Brackmann macht fast jeden Tag mit uns eine Wanderung. Gestern waren wir am Kreuz im Venn. Was er sich für heute ausgedacht hat, weiß ich nicht. Ich bin jedenfalls froh, dass ich nicht schon wieder stundenlang durch die Gegend latschen muss.«

»Wenn du keine Lust mehr hast zu laufen, können wir uns da vorne hinsetzen und ein Eis essen.«

»Ich zeig dir erst noch den Marktplatz«, sagte Michael.

»Monschau ist wirklich ein schönes Städtchen. Hier scheint im Krieg gar nicht so viel zerstört worden zu sein«, stellte sein Onkel erstaunt fest.

»Wie hast du eigentlich den Brackmann rumgekriegt?«, wollte Michael wissen.

»Wie meinst du das?«

»Eigentlich müssen wir immer alle mit bei seinen Wanderungen. Die Welt lernt man am besten zu Fuß kennen, sagt er immer. Ich hab mich gewundert, dass ich so ohne weiteres mit dir wegfahren durfte.«

»Wir haben uns nett unterhalten. Ich hab ihm gesagt, dass ich dein Onkel bin, hier ein paar Tage Urlaub mache und gern einen Nachmittag mit dir verbringen würde.«

»Hast du ihm gesagt, dass du Bulle bist?«

»Das hat sich so ergeben. Ich hab ihm erzählt, ich hätte gar nicht mitbekommen, dass ihr aus dem alten Schulgebäude an der Christian-Steger-Straße ausgezogen seid, obwohl ich ganz in der Nähe im Polizeipräsidium arbeite.«

»Dann hat der dicke Brackmann ja wieder was, worüber er seine Witze machen kann. ›Der Michael ist heute von der Kriminalpolizei abgeholt worden.‹ Irgend so was erzählt er bestimmt den Jungs.«

»Ärgert dich das?«

Michael schüttelte den Kopf. »Das gefällt mir eigentlich ganz gut, wenn die anderen denken, dass ich ein Gangster bin.«

Sie gingen über die Rur-Brücke am Markt.

»Ich bin gern im Schullandheim«, sagte Michael. »Voriges Jahr war ich zum ersten Mal am Meer. Da fand ich es am allerschönsten. Aber danach kommt direkt die Eifel.«

Er blieb stehen, lehnte sich übers Brückengeländer und schaute dem Wasser zu, das schäumend durch sein steiniges Bett rauschte. Sein Onkel stand neben ihm und zündete sich eine Zigarette an.

»Was gefällt dir an der Eifel?«, fragte er.

»Ich weiß nicht genau. Die Landschaft, die Felder, der Wald und die kleinen Dörfer, das ist alles so, als wär auf der Welt genug Platz für jeden. Bei uns guckt man immer nur gegen Mauern. Mal für sich allein sein kann man eigentlich nirgendwo.«

Er sah seinen Onkel an. Der nickte, so als habe er ihn verstanden.

»Eigentlich fahren wir immer zwei Wochen nach Kalterherberg. Dieses Jahr sollten wir zuerst gar nicht, weil wir so ein blödes Kurzschuljahr haben. Aber dann hat der dicke Brackmann wenigstens noch die letzte Woche vor den Sommerferien für uns rausgeschlagen. Immerhin.«

»Wann fahrt ihr wieder nach Oberhausen?«

»Freitag. Und du?«

»Mal sehen. Morgen oder übermorgen.«

»Dann können wir ja am Samstag zusammen bei uns das Finale gucken.«

»Könnten wir machen«, sagte Manni.

»Bringst du dann die Ilona wieder mit?«

»Hab keine Ahnung, was die am Samstag vorhat.«

Michael spuckte übers Brückengeländer ins Wasser.

»Da drüben in dem Café scheint es auch Eis zu geben«, sagte Manni. »Sollen wir uns da nicht hinsetzen?«

»Da gibt es sogar ganz leckeres Eis. Jedenfalls erzählen das die Bonzen aus unserer Klasse, die da immer hingehen.«

»Die Bonzen?«

»Die Jungs mit reichen Eltern und viel Taschengeld«, sagte Michael.

»Na, dann komm! Du hast ja jetzt einen reichen Onkel.«

So gut wie an diesem Nachmittag hatte es Michael noch nie in Monschau gefallen. Man konnte herumbummeln, ohne an jeder Ecke auf ein paar bekloppte Klassenkameraden zu treffen, und das Eis war wirklich lecker. Das rote schmeckte nach Erdbeeren und das grüne nach Waldmeister, und Manni sagte nicht ein einziges Mal, er solle langsamer essen. Es war echt dufte, einen Onkel zu haben.

Manni trank Kaffee und rauchte.

»Was treibt ihr denn eigentlich sonst noch so außer wandern, wenn ihr im Schullandheim seid?«, fragte er.

»Morgens ist Unterricht. Und sonst: Fußball oder Tischtennis. Und wenn wir nachmittags freihaben, dann trampen wir meistens nach Monschau runter. Ich geh aber auch gern schon mal zu Fuß nach Belgien. Das ist immer ein richtiges Abenteuer, mit Grenzkontrolle und so. Und drüben kaufen wir uns dann immer weiße Schokolade. Das ist irre, in Belgien gibt es wirklich weiße Schokolade. Und die schmeckt sogar. Kannst du dir das vorstellen?«

»Eigentlich nicht«, sagte Manni.

»Ich kann dir ja mal eine Tafel mitbringen. Oder wir fahren gleich noch mit dem Auto rüber. Da könntest du dir auch Zigaretten kaufen. Die sind in Belgien viel billiger als hier.«

Manni erzählte ihm, die Leute hätten früher hier in der Gegend säckeweise Kaffee über die Grenze geschmuggelt. Die Geschichte hatte er gestern Abend von irgendeinem Mann in Kalterherberg im Gasthaus gehört.

Ein paar langhaarige junge Kerle setzten sich an einen Tisch in ihrer Nähe. Einer von ihnen sah aus wie George Harrison.

»Wie findest du das, wenn Jungs so lange Haare haben?«, fragte Manni ihn.

»Gut«, sagte Michael, »und du?«

»Ich möchte nicht so aussehen.«

»Brauchst du ja auch nicht.«

»Und du?«

»Mein Vater hat gesagt, er würd mich am Kragen packen und mich eigenhändig zum Friseur schleppen, wenn ich so rumlaufen würde.«

»Ja, das trau ich meinem Bruder Heinrich zu«, sagte Manni.

»Solche Jungs wie die da drüben sind für ihn Gammler. Wenn er jetzt hier wäre, würde er bestimmt sagen, dass die in einem Café nichts zu suchen haben.«

»Du solltest ihm nicht übel nehmen, dass er so denkt«, sagte Manni. »Junge Leute stellen heute so allerlei in Frage, was Männer wie dein Vater ihr Leben lang für richtig gehalten haben. So etwas beunruhigt Menschen, die schon etwas älter sind. Deshalb reagieren sie so heftig auf die Lebensweise der Jugend, auf ihre Mode, die Musik und auf die langen Mähnen.«

»Kann sein«, sagte Michael. Er erinnerte sich daran, dass auch Achim oft erzählt hatte, seine Eltern hätten mal wieder wegen seiner Haare herumgenörgelt.

»Der Achim hatte dauernd Ärger mit seinem Vater, weil er nicht zum Friseur gehen wollte. Aber in letzter Zeit war ihm das ziemlich egal. Es hat ihn nicht mehr besonders interessiert, ob sein Vater ihm irgendwas erlaubt hat oder nicht«, erzählte Michael seinem Onkel.

»Ich glaube, so etwas behaupten vierzehnjährige Jungs ganz gerne schon mal«, sagte Manni. »Aber wenn es drauf ankommt, tun sie dann doch, was ihre Väter wollen.«

»Der Achim nicht. Der hätte sich eher vom Krumpen zum Friseur schicken lassen als vom Onkel Willy. Und das hat er dem sogar selbst gesagt.«

»Wer hat wem was gesagt?« Manni drückte seine Zigarette aus und zündete sich sofort eine neue an. »Das erzähl jetzt aber bitte mal ganz genau!«, sagte er.

»Also, der Vater vom Achim, der Onkel Willy, der hat irgendwann mal den Achim angebrüllt und gesagt, wenn er nicht bald zum Friseur gehen würde, dann wär was los. Und da ist der Achim sauer geworden und hat zurückgebrüllt und zu seinem Vater gesagt, von ihm ließe er sich nicht mehr herumkommandieren. Der Einzige, der ihm vorschreiben könnte, zum Friseur zu gehen, wäre der alte Krumpen. Und da ist der Onkel Willy fast vom Stuhl gefallen und hat kein Wort mehr gesagt. So hat der Achim mir jedenfalls die Geschichte erzählt.«

***

Hinter Monschau ging es bergauf bis nach Höfen. Wagner fuhr langsam durch das Dorf, vorbei an hohen Buchenhecken und Fachwerkhäusern, deren Dächer mit Schiefer oder Stroh gedeckt waren.

Nach dem Frühstück hatte er sein Zimmer bezahlt und war noch einmal am Eifeldom vorbei zum Schullandheim spaziert. Dort hatte er niemanden angetroffen. Weder im Hof noch auf dem Fußballplatz dahinter hatte er einen der Jungen gesehen. Er hatte sie beim Schulunterricht vermutet, war zurück zum Gasthof gegangen, in sein Auto gestiegen und losgefahren.

Es zog ihn zurück nach Oberhausen.

Aber er wollte die Eifel nicht verlassen, ohne wenigstens ein paar von den Orten wiedergesehen zu haben, die seit mehr als zwanzig Jahren, bedeckt von blutrotem Schnee, zerstört und verlassen, in den verwüsteten Landschaften seiner Erinnerung lagen. Er hoffte, dass sich neue Bilder in sein Gedächtnis einprägen würden, Bilder von sommerträgen Dörfern, in denen Kinder lachten und rote Kirschen an den Bäumen hingen.

Nicht weit hinter Höfen dachte er, er hätte sich verfahren. Das grüne Wachhäuschen und die rot-weiße Schranke am Straßenrand ließen ihn einen Moment lang glauben, er nähere sich einer Grenzkontrollstelle. Die Schranke stand offen. Wagner hielt an. Auf der Tafel neben der Fahrbahn las er: »Bundesstraße 258 Schleiden–Monschau wegen Scharfschießens gesperrt, Mittwoch und Donnerstag von 9–11 Uhr und von 14–16 Uhr.«

Der Handelsvertreter Emil Kötting hatte anscheinend nicht übertrieben. Wenn es stimmte, was auf dem Schild stand, dann war die Straße erst vor knapp einer halben Stunde geöffnet worden, und in gut zweieinhalb Stunden würde sie wieder gesperrt sein.

Sie führte durch ein Waldgebiet. Wagner sah nicht einen einzigen Baum, der von Granatsplittern zerfetzt oder von Phosphorbränden zerstört war. Kräftige Fichten wuchsen kerzengerade in den Himmel.

In einer Kurve bei Wahlerscheid zweigte die Straße nach Belgien von der Bundesstraße ab. Neben dem gelben Hinweisschild mit der Aufschrift »Malmedy 33 km, Büllingen 13 km« hielt Wagner an. Er wusste, dass die Amerikaner diese Abzweigung »Heartbreak Crossroad« genannt hatten, die Straßenkreuzung der Verzweiflung.

Irgendwo hier war er damals durch die eisigen Wälder geirrt, im Januar 1945, als aus der mörderischen Ardennen-Offensive längst eine blutige Rückzugsschlacht geworden war. Der Tod war ihm wochenlang nicht von der Seite gewichen, war neben ihm von Baum zu Baum geschlichen, mit ihm durchs Unterholz gekrochen und hatte ihn angegrinst, wenn er im Blut seiner sterbenden Kameraden gelegen hatte. Sie waren alle gestorben. Von seinem Zug hatte niemand überlebt. Irgendwann war er allein durch den Wald gestolpert und hatte nicht mehr gespürt, dass er selbst noch lebte.

Wagner fuhr weiter über die Bundesstraße 258. Er war jetzt im Kreis Schleiden. Als er das Ortsschild von Schöneseiffen sah, erinnerte er sich an den Namen. Schöneseiffen. In der Nähe des Dorfes war er auf andere versprengte Infanteristen gestoßen, verstörte Männer, die nicht gewusst hatten, wo ihre Kompanien geblieben waren, ob es sie überhaupt noch gab. Sie hatten die Amerikaner im Nacken gespürt und beinahe noch mehr Angst gehabt, der Feldpolizei oder einem Feldjäger-Kommando in die Hände zu fallen. Herumirrende Soldaten waren damals immer wieder von Militärpolizisten erschossen worden. Wer sein Regiment verloren und seine Stellung verlassen hatte, lief Gefahr, wie ein Fahnenflüchtiger hingerichtet zu werden, auch wenn das Regiment längst ausgelöscht und die Stellung von den Amerikanern überrollt worden war.

In der Nähe von Schöneseiffen hatte sich ein Bataillon gesammelt, dreißig oder vierzig Männer, die von vierhundert übrig geblieben waren. Ihnen hatte er sich angeschlossen.

Wagner entdeckte in Schöneseiffen nichts, was ihn an damals erinnerte. Der nächste Ort hieß Harperscheid. Er fuhr langsam die Dorfstraße hinunter. Die schieferverkleidete Kirche am rechten Straßenrand kam ihm bekannt vor. Er hielt an. Damals hatte die Kirche kein Dach gehabt, und ringsum hatte alles in Trümmern gelegen. Jetzt läutete eine Glocke im Kirchturm. Eine Hochzeitsgesellschaft verließ das Gotteshaus. Angeführt vom Brautpaar, marschierten die dreißig oder vierzig Menschen fröhlich die Straße hinunter, vorbei an grüßenden Dorfbewohnern und blökenden, rotbraunen Rindviechern.

Wagner wartete eine Weile, bevor er langsam weiterfuhr. Im Unterdorf hatte der Festzug vor einem Bauernhaus haltgemacht. Braut und Bräutigam sägten gemeinsam einen Baumstamm durch, der ihnen den Zugang zum Hof versperrte. Die Hochzeitsgäste feuerten sie an und lachten.

Während Wagner in Richtung Schleiden weiterfuhr, war er sich nicht mehr sicher, ob Harperscheid tatsächlich das Dorf war, in dem er damals an einer zerstörten Kirche vorbeigelaufen war und sich eine Nacht lang in einem verlassenen Haus verkrochen hatte.

Der Ort hinter Schleiden hieß Oberhausen. Durch ein Dorf, das denselben Namen hatte wie seine Heimatstadt im Ruhrgebiet, war er damals nicht gekommen. Daran würde er sich erinnern.

Eine Viertelstunde später war er in Reifferscheid. Vor ihm tauchte ein Bild auf, das er über all die Jahre im Gedächtnis behalten hatte: die Kirche auf der Höhe neben dem runden Turm der Burgruine, umgeben von den alten Fachwerkhäusern des Burgberings. Aber das Bild war heute bunt. Aus einer grauweißen, von Bomben und Granatsplittern zerstörten Winterkulisse war ein sommerliches Idyll mit einer leuchtend weißen Kirchenfassade und grünen Bäumen unter einem tiefblauen Himmel geworden.

Wagner fuhr die enge, kurvenreiche Kreisstraße nach Oberreifferscheid hinauf. Kurz vor dem Ort folgte er dem Hinweisschild zum Soldatenfriedhof. Er entdeckte ihn auf einer Bergkuppe inmitten einer sanften Hügellandschaft. Unterhalb des Friedhofs stellte er den Wagen ab. Er stieg die Anhöhe hinauf. Neben einer Bruchsteinkapelle blieb er stehen. Mehr als tausend Tote lagen vor ihm in der steinigen Eifeler Erde.

Er betrachtete eine Weile die langen Reihen grauer Grabkreuze und das sommerhelle Bergland dahinter. Dann schlenderte er über den Weg, der im Halbkreis an den niedrigen Kreuzen aus Grauwacke und an den großen Steintafeln auf den Gemeinschaftsgräbern vorbeiführte. Alle, die hier begraben waren, waren 1944 oder 1945 getötet worden. Viele Männer waren nicht einmal zwanzig Jahre alt geworden. Auch die Gebeine von Kindern und Frauen lagen unter dem frisch gemähten Rasen. Wagner entdeckte unter den vielen in Stein gehauenen Namen keinen, der ihm bekannt vorkam.

Er verließ den Friedhof und spazierte durch die Felder in Richtung Oberreifferscheid. Irgendwann setzte er sich am Wegrand ins Gras und zündete sich eine Zigarette an.

Eine Herde Kühe zog behäbig über ihre Weide, auf den Wiesen weiter unten standen Heugarben, ein ausgedehntes Roggenfeld erstreckte sich sonnenvergoldet bis zum Wald, auf den Anhöhen jenseits des Tals lagen kleine Dörfer still unter dem wolkenlosen Himmel, in den Feldhecken zwitscherten Vögel, eine Grille zirpte, der warme Wind trug den Geruch von frischem Heu zu Wagner herauf.

Diese Landschaft gab es in seiner Erinnerung nicht. Dort gab es Bilder von einem Zwanzigjährigen, der mit erhobenen Händen zitternd im Schnee kniete. Am vierten März 1945 war Manni Wagner zwischen Reifferscheid und Oberreifferscheid von amerikanischen Soldaten gefangen genommen worden.

Er legte sich ins Gras und schloss die Augen.

Heute war der achtundzwanzigste Juli 1966, ein schöner Sommertag in der Eifel.

Eine Weile dachte er an Ilona, dann stand er auf und ging auf kürzestem Weg zu seinem Auto.

Er wollte in Oberhausen sein, bevor es Abend wurde.

SIEBZEHN

Wagner war schon um kurz nach fünf in der Lindnerstraße angekommen. Er hatte seine Tasche ausgepackt, ein paar Lebensmittel eingekauft und eine Kleinigkeit gegessen.

Dann war er zu Jupp Möllmann spaziert, aber der war nicht zu Hause gewesen. Auch Ilona hatte er nicht erreicht. Er hatte lange das Telefon bei ihr klingeln lassen, aber sie hatte sich nicht gemeldet.

Schließlich war er noch mal ins Auto gestiegen und nach Sterkrade gefahren, um bei Markett ein Bier zu trinken und vielleicht Jupp Möllmann oder seinen Bruder Heinrich in der Kneipe zu treffen.

Er setzte sich an der Theke auf einen Barhocker. Der Wirt stellte ein tadellos gezapftes Pils mit einer vollendeten Schaumkrone vor ihn hin und malte ein Kreuz auf den Rand seines Bierdeckels.

Neben ihm stritten ein paar Kumpel darüber, mit welcher Aufstellung die Nationalmannschaft ins Finale gegen England gehen sollte. Sie beschimpften sich als Flappmänner, Dusseldiere und Dösköppe und bestellten noch eine Runde Bier. Dann einigten sie sich darauf, dass es eigentlich scheißegal wäre, welche elf Spieler am Samstag in Wembley aufliefen. So oder so würden die Deutschen am Ende als Sieger vom Platz gehen.

Jupp Möllmann und Heinrich waren nicht in der Gaststätte, aber als Wagner sich nach seinem ersten Bier noch einmal umsah, entdeckte er an einem der Tische vor den Fenstern Willy Hüwel beim Skatspiel.

Eigentlich hatte Wagner vorgehabt, ihn am nächsten Tag aufzusuchen. Aber ein Gespräch hier in der Kneipe nach einigen Gläsern Bier könnte vielleicht aufschlussreicher sein als eine Unterredung in der Wilhelmstraße oder im Schrebergarten.

Wagner nahm sein Pilsglas von der Theke und schlenderte durchs Lokal. Schräg hinter Willy Hüwel blieb er stehen.

»Kiebitze haben wir hier nicht gerne«, sagte einer seiner Mitspieler.

»Gehen Se woanders gucken! Hier wird doch an jedem Tisch Skat gespielt«, sagte Hüwel, ohne sich umzusehen.

»Ich wollte aber zu Ihnen«, sagte Wagner.

Hüwel drehte sich um.

»Ach, Sie sind dat. Lass den ma, Theo! Dat is en Bekannter von mir.«

»Ein Mucks, und et is wat los«, drohte Theo.

»Ich werd nicht mal mit einer Wimper zucken«, sagte Wagner beschwichtigend.

Hüwel hatte ein Kreuzsolo ohne Dreien auf der Hand. Er reizte es voll aus. Verdammt riskant, dachte Wagner. Hüwel gewann das Solo mit einundsechzig Augen.

»Dat war knapp«, sagte er und leerte sein Bierglas. »Ohne die drei Ältesten. Haben Se gesehen?«

Wagner nickte anerkennend. »Ganz schön mutig«, sagte er.

»Wollen Se eigentlich irgendwat von mir?«

»Ich würd mich gern mit Ihnen unterhalten.«

»Dat geht aber jetz nich. Dat sehen Sie doch.«

»Schon klar. Aber vielleicht nachher.«

»Wir machen gleich Schluss. Ich muss in e Poofe, hab morgen Frühschicht«, sagte Theo.

»Dann komm ich später noch mal.«

Wagner ging zurück zur Theke. Vor der Musikbox blieb er stehen und überflog die Liste der Titel.

»Is nich angeschlossen«, sagte der Wirt.

Wagner setzte sich wieder auf den Hocker.

»Noch en Pils?«

Wagner nickte.

»Wenn hier überall Skat gespielt wird, dann zieh ich schon mal den Stecker. Dat Geplärre stört die Jungs bei der Konzentration. Jedenfalls behaupten sie dat. Dabei machen sie selbst oft mehr Palaver als die Musikbox«, sagte der Wirt, zog am Zapfhahn und lachte.

Als er Wagners Bier auf die Theke stellte, fragte er: »Sind Sie mit dem Jupp Möllmann befreundet?«

»Wie kommen Sie denn darauf?«

»Na, vor en paar Tagen haben Sie doch mit dem Jupp dahinten am Tisch gesessen.«

»Nach dem Sieg gegen Spanien war das«, sagte Wagner. »Da war es brechend voll hier.«

»Stimmt«, sagte der Wirt.

»Und trotzdem erinnern Sie sich an mich?«

»Als Sie reinkamen, hab ich gedacht, der Hans Tilkowski käm durch die Tür.«

»Das wär was! Ein Nationalspieler, der während der Weltmeisterschaft einen trinken geht. Ich glaub, den würde der Helmut Schön sofort nach Hause schicken.«

»Hundertprozentig«, sagte der Wirt.

Er betätigte während ihrer Unterhaltung unentwegt den Zapfhahn. Mindestens zehn Pils hatte er gleichzeitig in Arbeit. Erst wenn sie so lange gestanden hatten, dass ihr Schaum sich zu einer festen Krone verdichtet hatte, ließ er einen letzten Strahl aus der Zapfanlage in die Gläser laufen und stellte sie auf die Theke oder auf das Tablett der Kellnerin.

»Den Jupp Möllmann kenn ich schon ewig«, sagte er. »Der ist erst vor ein paar Jahren von hier nach Buschhausen gezogen.«

»Ich weiß«, sagte Wagner. »Nach dem Krieg hab ich eine Zeitlang in der Holtener Straße neben ihm gewohnt. Im Haus vom Schuster Holtbrink. Damals noch Schuhmacherei Groothorst.«

Der Wirt schaute von seinen Pilsgläsern auf und sah Wagner mit hochgezogenen Augenbrauen an.

»Na klar«, sagte er. »Jetzt weiß ich auch, wer Sie sind. Sie sind der Bruder vom Heinrich Holtbrink.«

Wagner lachte.

Der Wirt erzählte dies und das über die alten Zeiten und die Leute, die schon damals in der Holtener Straße gelebt hatten und inzwischen gebrechlich geworden oder längst gestorben waren.

Wagner hörte ihm aufmerksam zu und bemerkte erst, dass Willy Hüwels Skatrunde sich aufgelöst hatte, als er sich irgendwann umdrehte und ihn allein am Tisch sitzen sah.

Er entschuldigte sich beim Wirt und ging zu Hüwel.

Der empfing ihn mürrisch.

»Dat gefällt mir überhaupt nich, dat Se mir jetz schon in e Kneipe hinterherlaufen«, sagte er.

»Ich wusste nicht, dass Sie hier sind«, sagte Wagner und setzte sich.

»Et gibt nix mehr zu reden. Ich hab Ihnen schon viel zu viel erzählt. Und dat hab ich nur gemacht, damit Se die Mia und mich endlich in Ruhe lassen. Und jetz kommen Se schon wieder angeschissen. Wat wollen Se denn noch von mir?«

»Nun machen Sie mal halblang, Herr Hüwel«, sagte Wagner ärgerlich. »Dass ich Sie schon wieder belästige, das haben Sie einzig und allein sich selbst zuzuschreiben. Sie haben mich belogen, und ich will wissen, warum.«

»Dat is Unsinn. Ich hab Sie nich belogen.«

»Sie haben mir gesagt, Sie wüssten nicht, wer Achims Erzeuger ist. Sie haben behauptet, dass es Sie nicht interessiert hätte und dass Sie die Mia nie danach gefragt hätten. Dabei wissen Sie es ganz genau.«

»Nein, dat tu ich nich.«

»Der Achim hatte es herausgefunden. Er wusste, dass Sie nicht sein Vater waren, und er wusste auch, wer es war. Und der Junge hat es Ihnen vor den Kopf gesagt, als Sie ihn zum Friseur schicken wollten.«

Die Kellnerin ging an ihrem Tisch vorbei und sah ihre leeren Gläser.

»Noch zwei Pils?«, fragte sie.

Wagner nickte.

Er sah Willy Hüwel herausfordernd an. Der schaute aus trüben Augen ins Nichts. Er unterdrückte ein Gähnen und schüttelte griesgrämig den Kopf.

»Ich weiß nich, wat Sie meinen«, sagte er schließlich.

Wagner wurde unsicher.

Michael hatte die Friseurgeschichte genau so wiedergegeben, wie Achim sie ihm erzählt hatte. Daran gab es keinen Zweifel. Aber vielleicht hatte Achim sie ja erfunden, vielleicht hatte er nur prahlen wollen. Es war möglich, dass er sich vorgestellt hatte, wie es wohl wäre, seinem Vater ins Gesicht zu schleudern: ›Du hast mir nichts zu sagen, du bist gar nicht mein richtiger Vater!‹ Vielleicht hatte Achim es in Wirklichkeit aber nie getan.

Die Kellnerin stellte zwei Gläser Pils auf den Tisch. Wagner schob ihr seinen Deckel hin. Sie malte zwei Kreuze auf den Rand. Willy Hüwel prostete ihm wortlos zu.

Oder bluffte Hüwel? Log er, weil er überzeugt davon war, dass niemand genau wissen konnte, was zwischen ihm und Achim vorgefallen war?

Wagner spielte mit dem Gedanken, seine Karten offen auf den Tisch zu legen. Wenn Hüwel erfuhr, dass Achim den Vorfall in allen Einzelheiten seinem Freund Michael geschildert hatte, dann musste er einsehen, dass es unsinnig war, weiter den Ahnungslosen zu spielen.

Aber Wagner scheute sich davor, Hüwel mit den Details der Geschichte und mit Krumpens Namen zu konfrontieren. Es war immerhin möglich, dass er wirklich ahnungslos war.

Warum sollte er nur so tun, als wäre er es? Wenn er Achims Erzeuger kannte, dann gab es doch keinen Grund für ihn, das abzustreiten.

Die Schaumkrone auf Wagners Pils sackte in sich zusammen. Er leerte das Glas in einem Zug.

»Ich bin müde. Ich zahl jetzt, und dann geh ich nach Hause«, sagte Willy Hüwel.

Wagner nickte.

***

Wagner ging von der Küche ins Wohnzimmer und blieb am Fenster stehen. Es regnete. Eine gewaltige, graue Wolke zog über den Bahndamm. Weit hinter dem Regen schien matt die Sonne.

Manni Wagner betrachtete die Szenerie wie ein nicht fertig gemaltes Bild. Es fehlte darin etwas Buntes, ein Regenbogen oder wenigstens ein roter Schienenbus. Aber er wartete auf beides vergeblich.

Während des Frühstücks war die dunkle Wolke herangezogen. Es sah zwar nur nach einem kurzen Schauer aus, aber sein Motorrad würde wohl auch heute in Jupp Möllmanns Schuppen bleiben. An einer Tour über nasse Straßen lag Wagner nichts.

Er ging vor dem Plattenschränkchen auf die Knie, sah sich unschlüssig seine Sammlung an, zog die eine oder andere Schallplatte heraus und schob sie wieder zurück. Mit seinen Gedanken war er woanders. Er war auf den sonnigen Hügeln der Eifel unterwegs, saß mit Michael in Monschau beim Eis, hörte Willy Hüwel sagen: »Jetz kommen Se schon wieder angeschissen. Wat wollen Se denn noch von mir?«

Seit gestern Abend fragte er sich das immer wieder. Was hatte er eigentlich von Willy Hüwel gewollt? Er war auf ihn losgegangen wie auf einen Verdächtigen, gegen den er nach mühsamen Ermittlungen endlich etwas in der Hand hatte. Aber Hüwel war kein Verdächtiger! Er war der Vater eines Jungen, der tot unter einer Brücke gelegen hatte, zwar nicht sein Erzeuger, aber gewiss auch nicht sein Mörder.

Wagner konnte sich nicht für eine Schallplatte entscheiden. Er schloss das Schränkchen und ging zurück zum Fenster. Es hatte aufgehört zu regnen. Er suchte nach der Zigarettenschachtel. Sie musste noch in der Küche liegen.

Es klopfte an der Korridortür. Wagner öffnete. Vor der Tür stand, ganz in Schwarz, Mia Hüwel.

Für ein paar Augenblicke war Wagner vor Überraschung sprachlos. Dann sagte er verwirrt: »Du bist ja klatschnass.«

»Darf ich trotzdem reinkommen?«

Er führte sie ins Wohnzimmer.

Mia Hüwel wollte sich nicht auf die blauen Polstermöbel setzen. »Dann versau ich dir ja alles«, sagte sie.

»Wir können auch in die Küche gehen«, schlug Wagner vor.

Sie setzten sich auf die beiden Stühle an dem kleinen Tisch am Küchenfenster.

Mia nahm ihr Kopftuch ab, stand noch einmal auf, zog ihre Strickweste aus und hängte sie über die Stuhllehne.

»Bist du mit dem Fahrrad gekommen?«, fragte Wagner, als sie sich wieder gesetzt hatte.

»Ich hab kein Fahrrad. Ich bin zu Fuß.«

»Du bist von Sterkrade bis hierhin gelaufen?«

Mia nickte. »Vor einer Stunde schien ja noch die Sonne«, sagte sie. »So richtig nass geworden bin ich auch gar nicht. Ich hab mich auf der Friesenstraße unter der Eisenbahnbrücke untergestellt. Aber zurück fahr ich mit dem Bus.«

»Soll ich dir einen Kaffee machen?«

Mia schüttelte den Kopf. Ihre grauen Haare hingen in feuchten Strähnen vor ihrer Stirn.

»Ich hab gestern Abend bei Markett deinen Mann getroffen«, sagte Wagner. »Aber das weißt du sicher schon.«

»Nein«, sagte Mia. »Als er nach Hause kam, hab ich schon geschlafen. Und als ich heute Morgen weggegangen bin, da lag er noch im Bett.«

Sie legte ihr Kopftuch von einer Tischseite auf die andere und begann in ihrer Tasche zu kramen. Sie war nervös.

»Kann ich dir irgendwas anderes anbieten? Tee oder Sprudelwasser?«

Mia schüttelte noch einmal den Kopf. Sie zog ein mit Kölnisch Wasser getränktes Taschentuch aus ihrer Handtasche. Wagner entdeckte die Schachtel Zigaretten auf der Fensterbank und zündete sich eine an.

»Ich möchte wissen, was jetzt ist«, sagte Mia.

»Wie meinst du das?«

»Die Trude hat mir gesagt, dass dein Urlaub zu Ende ist.«

»Noch nicht ganz. Am Montag muss ich wieder ins Präsidium.«

»Und was wirst du dann tun? Wirst du dafür sorgen, dass die Ermittlungen wieder aufgenommen werden?«

»Nein«, sagte Wagner.

Mia sah ihn erleichtert an.

»Also ist der Fall jetzt endlich auch für dich erledigt?«

»Nein«, sagte Wagner wieder. »Es gibt immer noch ein paar Fragen, auf die ich gerne Antworten hätte. Aber man kriegt eben nicht alles, was man haben will.«

Mia nickte. Wagner fürchtete, dass der Geruch nach Kölnisch Wasser noch tagelang in seiner Küche hängen würde. Er öffnete das Fenster. »Damit der Qualm abzieht«, sagte er.

»Das bin ich doch gewohnt«, entgegnete Mia.

Sie putzte sich die Nase.

»Für mich ist das nicht leicht, dass es jetzt noch einen Menschen gibt, der weiß, welche Schuld ich damals auf mich geladen habe«, sagte sie.

»Du meinst mich?«

»Natürlich meine ich dich.«

Wagner lehnte sich auf seinem Stuhl zurück und sah Mia nachdenklich an. Ob sie wirklich glaubte, er sei der einzige Mensch, der etwas von ihrem Verhältnis mit Arnold Krumpen wusste? Immerhin hatte der den Ruf gehabt, ein Weiberheld zu sein. Damals, als er sich eine junge Frau ins Haus geholt hatte, deren Mann nicht aus dem Krieg zurückgekommen war, da hatten die Leute sich doch bestimmt ihren Reim darauf gemacht. Es waren schließlich nicht alle so blauäugig wie Trude, die einen Fehltritt ihrer braven Freundin Mia für ausgeschlossen hielt. Jupp Möllmann zum Beispiel, der hatte schon lange den Verdacht gehabt, dass sein alter Kumpel Nöll Achims Vater war. Der Junge selbst hatte es erfahren, und er hatte zumindest mit seinem Freund Michael und mit Hubert Winkel darüber gesprochen. Krumpen hatte sich der Bardame Uschi Obermüller anvertraut, und womöglich hatte er im Laufe der Zeit etlichen Nutten und Saufkumpanen sein Herz ausgeschüttet. Mia Hüwel konnte doch nicht allen Ernstes annehmen, dass außer ihrem Mann Willy kein Mensch auf der Welt ihr Geheimnis kannte!

»Natürlich meine ich dich«, sagte Mia noch einmal. »In all den Jahren hat nie ein Mensch erfahren, was ich damals getan habe. Und ich hatte gehofft, dass es so bleiben würde, dass ich eines Tages vor unserem Herrgott Rechenschaft ablegen müsste und vor niemandem sonst.«

Wagner schüttelte unwillig den Kopf.

»Du brauchst dich vor mir nicht zu rechtfertigen«, sagte er.

»Das will ich aber«, sagte Mia. »Ich will nicht, dass du denkst, ich wäre ein unsittliches, gottloses Weib gewesen.«

»Mia, was soll das? Ich denke so etwas nicht.«

Sie tupfte sich mit dem Taschentuch die Stirn ab und schaute aus dem Fenster.

»Also, Mia, jetzt lass es mal gut sein!«, sagte Wagner. »Du hast mir doch erzählt, wie das damals war. Glaubst du, ich hätte das nicht verstanden? Du wolltest deiner kleinen Cousine das Leben retten. Du brauchtest Penicillin, und Krumpen hat deine Notlage ausgenutzt. Es waren schlimme Zeiten. Viele Menschen haben aus

Verzweiflung Dinge getan, die sie heute nicht mehr tun würden. Ich auch.«

Mia Hüwel stopfte das Tuch in ihre Handtasche.

»Ich bin im Herbst achtundvierzig zum Krumpen ins Haus gezogen, und der Junge ist im Oktober 1950 gezeugt worden. Da waren die schlimmen Zeiten lange vorbei. Tu nicht so, als wäre dir das nicht aufgefallen und als hättest du dich nicht darüber gewundert.«

Wagner stand auf und ging zur Anrichte. In der Kanne war noch ein Rest Kaffee. Er goss ihn in seine Tasse.

»Möchtest du wirklich nichts trinken?«

Mia schüttelte wieder den Kopf.

Wagner nahm die Tasse in die Hand und lehnte sich mit seinem Hintern gegen die Anrichte.

»Ja, ich hab mich gewundert«, gab er zu. »Aber was soll's? Es geht mich nichts an.«

»Doch«, entgegnete Mia. »Jetzt geht es dich etwas an, und jetzt hörst du mir zu!«

Wagner trank den Kaffee, stellte die Tasse ab und verschränkte die Arme vor der Brust.

»Ich hab es nie gewollt«, sagte Mia. »Es war schrecklich für mich. Am Anfang jedenfalls. Ich hab mich furchtbar geschämt. Erst waren es die Medikamente, danach waren es Kartoffeln und Mehl und ein Sack Kohlen. Und dann ging es irgendwann nicht mehr ums Überleben. Es ging um ein Stück Fleisch, ein Pfund gute Butter oder um ein Paket Kaffee. Ich hab mir immer wieder eingeredet, auf ein einziges Mal mehr oder weniger käme es jetzt auch nicht mehr an. Und irgendwann stand ich dann auf der Straße, und Krumpen hat mir die Wohnung angeboten. Da hatte ich mich schon daran gewöhnt, von ihm alles zu bekommen, was das Leben angenehm machte, und ihm dafür das zu geben, was er wollte. Ja, Manfred Wagner, man kann sich an die Sünde gewöhnen.«

Wagner hörte Mia zu, ohne sie anzusehen. Hätte sie gesagt, sie wäre damals einsam gewesen und hätte sich nach Nähe und nach Zuneigung gesehnt, sie wäre damals jung gewesen und hätte sich ein bisschen Lust und Lebensfreude gewünscht, dann hätte er sie verstanden.

Aber die Geschichte von der jungen Frau, der ein Verhältnis aufgezwungen worden war, in das sie sich immer tiefer verstrickt hatte, ohne es zu wollen, bis sie sich schließlich daran gewöhnt hatte, die irritierte Wagner.

»Es hat mir niemals Lust bereitet«, sagte Mia viel zu laut. »Niemals. Das hätte ich mir nicht verziehen.«

»Du hast es dir auch so nicht verziehen«, sagte Wagner.

Mia schwieg lange. »Nein, das hab ich wohl nicht«, sagte sie irgendwann leise. »Ich hab eine Zeitlang versucht, mir etwas vorzumachen, mir einzureden, es wäre vielleicht alles nicht so schlimm gewesen, weil ich es ja eigentlich nie gewollt hatte und weil ich damals geglaubt hatte, der Willy wäre gar nicht mehr am Leben. Und der Krumpen, der hat es eben immer wieder von mir verlangt. Wenn ich mich verweigert hätte, dann hätte er mich rausgeworfen, und dann hätte ich niemanden mehr gehabt. Aber das heißt alles nichts. Ich hab dreieinhalb Jahre in Sünde gelebt. Das zählt vor Gott. Dafür hab ich mich zu verantworten.«

»Mich wundert, dass du nicht viel früher schwanger geworden bist«, sagte Wagner.

»Krumpen hat immer gesagt, ich brauchte mir keine Sorgen zu machen, er würde kein Balg in die Welt setzen, darauf könnte ich mich verlassen. Meistens hatte er Gummiüberzieher, und wenn er keinen hatte, dann hat er aufgepasst. Es ist jedenfalls nie was passiert.«

Mia kramte ihr Taschentuch wieder hervor und schnäuzte sich.

»Dass ich dann beim letzten Mal doch noch schwanger geworden bin, beim allerletzten Mal, das musste wohl so sein. Ich hab mich später oft gefragt, ob Krumpen es gewollt hat. Ich weiß es bis heute nicht. Jedenfalls hat Gott es so gewollt. Ich sollte immer daran erinnert werden, dass ich große Schuld auf mich geladen hatte. Gott hat mir den Jungen gegeben, um mich zu bestrafen, und er hat ihn mir genommen, um mich zu bestrafen.«

Wagner schüttelte den Kopf.

»Glaubst du nicht an Gott?«, fragte Mia.

»Jedenfalls nicht an deinen Gott«, sagte Wagner. »Der ist mir zu grausam. Was du damals getan hast, das haben viele Frauen getan, die allein waren. Sie hatten Sehnsucht nach Liebe oder wollten nach dem verdammten Krieg einfach ein bisschen leben. Ich glaube nicht, dass die seitdem alle von einem grausamen Gott gequält werden. Nein, Mia, so einen Gott gibt es nicht. Du bist in all den Jahren von niemand anderem bestraft worden als von dir selbst.«

***

Der Busfahrer öffnete gerade die Klappen des Laderaums, als Wagner auf den Parkplatz fuhr. Die Jungen stürzten sich auf Koffer, Taschen und Rucksäcke und zerrten sie aus dem Bauch des Busses. Oberstudienrat Brackmann forderte die raufende Meute lautstark und vergeblich auf, sich gesittet zu benehmen.

Wagner stieg aus seinem Taunus und zündete sich eine Zigarette an. Ringsum standen Eltern neben ihren Autos und warteten auf ihre Sprösslinge. Es dauerte eine Weile, bis er Michael entdeckte. Er drängte sich mit einem hellbraunen Koffer in der Hand aus dem Pulk seiner balgenden Klassenkameraden heraus. An seiner Schulter hing ein olivgrüner Brotbeutel. Ohne sich umzusehen, marschierte er quer über den Parkplatz in Richtung Lohstraße. Er rechnete nicht damit, dass ihn jemand erwartete.

»Hallo, Michael!«, rief Wagner hinter ihm her.

Der Junge blieb überrascht stehen und sah sich um. Als er seinen Onkel erkannte, strahlte er.

Wagner ging ihm ein paar Schritte entgegen.

»Kommst du mich etwa abholen? Das ist ja knorke.«

Michael gab Wagner sein Gepäck. Der legte es in den Kofferraum. Dann erst streckte er dem Jungen die Hand entgegen. Michael schüttelte sie ungestüm.

»Lange nicht gesehen«, sagte er lachend.

»Ich war in der Holtener Straße, weil ich gucken wollte, ob du gut wieder an Land gekommen bist. Da hab ich von deiner Mutter erfahren, dass ihr erst gegen fünf an der Schule seid. Und weil es gerade halb fünf war, hab ich gedacht, dann könnte ich dich ja mal schnell abholen. Ist doch besser, als den Koffer zur Haltestelle zu schleppen und mit der Bahn zu fahren. Oder?«

»Ja klar. Dufte Idee. Echt nett von dir.«

»Hab ja noch Urlaub. Außerdem hätte ich Lust, noch irgendwo ein Eis mit dir zu essen.«

»Schon wieder? Haben wir doch erst vorgestern gemacht.«

»Ich dachte, du könntest jeden Tag ein Eis vertragen.«

»Ja, das stimmt.«

»Kennst du denn irgendwo hier ein Eiscafé?«

Michael zuckte mit den Schultern. »In Oberhausen kenn ich mich nicht so aus. Aber in Sterkrade auf der Bahnhofstraße, da gibt es eine ganz tolle italienische Eisdiele.«

»Na gut. Dann steig mal ein.«

Während sie langsam vom Schulgelände rollten, fragte Wagner: »Und? Hat der dicke Brackmann noch irgendwelche blöden Bemerkungen gemacht, weil du von der Kripo abgeholt worden bist?«

»Nee, er wollte nur wissen, ob du der Bruder meiner Mutter bist. Ich hab gesagt, du wärst der Bruder vom Vater, und da hat er gemeint, das wär ja wohl Quatsch. Du hättest dich nicht mit Holtbrink vorgestellt, sondern mit Wagner.«

»Und? Hast du es ihm erklärt?«

»Na klar. Ich hab ihm unsere Familiengeschichte erzählt.«

»Kennst du die denn?«

»Der Großvater Holtbrink ist verunglückt, als mein Vater noch ganz klein war, und da hat die Oma den Wagner geheiratet, und kurz darauf bist du geboren worden.«

Manni Wagner musste lachen.

»Kurze und präzise Zusammenfassung der Familiengeschichte«, stellte er fest.

Als sie an der Marienkirche vorbeifuhren, fragte er: »Wieso gehst du eigentlich nicht in Sterkrade zur Schule? Das Freiherr-vom-Stein-Gymnasium ist doch auch nicht schlecht. Und dahin könntest du von der Holtener Straße aus zu Fuß gehen.«

»Das hab ich unserem Pastor zu verdanken. Der hat den Eltern gesagt, sie sollten mich zum Staatlichen schicken, weil man da Latein und Griechisch lernen kann. Wenn ich mal Priester werden wollte, wär es gut, wenn ich die beiden alten Sprachen könnte.«

»Aber das hast du doch nicht vor? Oder?«

»Nee, ich will mal heiraten, glaub ich. Aber ist ja auch egal. Wenn ich bei Markett in die Eins einsteige, bin ich in zwanzig Minuten in Oberhausen. Das geht schon. Außerdem find ich es gut, auf einer Schule zu sein, die ein Schullandheim in der Eifel hat.«

»Ist das Staatliche Gymnasium eigentlich keine Jungenschule mehr?«

»Wie meinst du das denn? Natürlich sind wir eine Jungenschule.«

»Ich hab gerade ein Mädchen mit einem Koffer am Bus gesehen. Aber das war wahrscheinlich die Schwester von einem von euch.«

»Ach so. Das war die Cornelia. Die ist in unserer Klasse.«

»Also gibt's doch Mädchen auf eurer Schule.«

»Nee, nur die Cornelia.«

»Willst du mich auf den Arm nehmen?«

Michael schüttelte den Kopf. »Die hat vorher irgendwo anders gewohnt. Da hat sie mit den alten Sprachen angefangen. Und dann ist sie mit ihren Eltern nach Oberhausen gezogen, und weil es hier kein Mädchengymnasium mit Latein und Griechisch gibt, durfte sie aufs Staatliche.«

»Als einziges Mädchen unter ein paar hundert Jungs. Ist das denn nicht schrecklich für die Ärmste?«

»Weiß ich nicht genau. Ich glaub, das macht der Cornelia nichts aus.«

»Und wie ist das für euch? Das ist doch bestimmt komisch, ein Mädchen in der Klasse zu haben.«

»Nee, wieso?«, sagte Michael.

Sie kamen am Schlackenberg und am Schloss vorbei. Der Freitagnachmittagsverkehr floss zäh über die Sterkrader Straße, die wichtigste Verbindung zwischen der Oberhausener Innenstadt und den nördlichen Stadtteilen. Sie überquerten den Rhein-Herne-Kanal und die Emscher, hielten an der Haltestelle Eisenheim hinter einer Straßenbahn, fuhren in Sterkrade über die Steinbrinkstraße, vorbei am Johanniterkrankenhaus und am alten Rathaus, fanden am großen Markt einen Parkplatz und gingen zu Fuß zur Bahnhofstraße.

Michael erzählte von Kalterherberg. Das Fußballspiel gegen die

Jungs aus dem Dorf hatten sie sieben zu eins verloren, weil der bekloppte Heinz-Leo den schwabbeligen Otmar als rechten Verteidiger aufgestellt hatte und nicht ihn. Auf einer langweiligen Wanderung ins Perlenbachtal war Oberstudienrat Brackmann vor jedem Blümchen stehen geblieben und hatte es bei seinem lateinischen Namen genannt.

»Was kannst du mir denn empfehlen?«, fragte Wagner, als sie in der Eisdiele auf zwei Rohrstühlen an einem runden Tischchen saßen. Die gelbe Tischplatte war gerade abgewischt worden und noch feucht.

Michael las ihm die halbe Eiskarte vor. Er entschied sich für einen Eiskaffee, Michael wollte ein gemischtes Fruchteis mit Sahne.

Wagner gab die Bestellung auf und zündete sich eine Zigarette an. Michael kaute an seinen Fingernägeln. Wagner hatte ihn erst einmal an den Nägeln kauen sehen. Da hatten sie Fußball geguckt, und das Spiel hatte auf der Kippe gestanden.

»Was ist los? Hast du Sorgen?«

Michael fühlte sich ertappt und wurde rot. Er versteckte seine Hände unter der Tischplatte.

»Ich will dir noch was erzählen, über den Achim. Das wollte ich eigentlich schon in Monschau. Aber irgendwie weiß ich nie, ob es richtig ist«, sagte er. Er sah Wagner nicht an.

»Du weißt nicht, ob ich es verstehen würde?«

»Darum geht's nicht. Ob man etwas halten muss, was man seinem Blutsbruder geschworen hat, auch wenn der nicht mehr lebt, das weiß ich nicht.«

»Das ist eine schwierige Frage«, sagte Wagner.

Michael biss sich auf die Unterlippe.

»Ich will, dass du die Geschichte kennst«, sagte er nach einer Weile. »Aber du darfst sie niemandem weitererzählen.«

»Auch nicht dem Jupp? Mit dem hab ich in den letzten Wochen immer alles besprochen, und es bedrückt ihn sehr, dass er nicht weiß, was mit dem Achim passiert ist.«

»Mit dem Onkel Jupp kannst du reden. Aber sonst mit niemandem.«

Wagner nickte.

»Der Achim und ich, wir waren öfter auf der Brücke an der

Weierstraße. Wir haben uns die Züge angeguckt, die da drunter hergefahren sind: Personenzüge, sogar Schnellzüge, Dampfloks und Dieselloks und lange Güterzüge von der Hütte. Auf den Schienen war manchmal richtig viel Betrieb, und wir haben uns dann immer einen Zug ausgesucht, mit dem wir gern mitfahren würden. Vor ein paar Wochen, als wir beide da herumstanden und gerade ein D-Zug durchgefahren war, da ist der Achim plötzlich auf das Geländer geklettert. Ich hab mich total erschreckt und geschrien, dass er da sofort wieder runterkommen sollte. Er hat nur gelacht und mich gefragt, warum ich mich so aufregen würde. Wenn der liebe Gott wollte, dass er auf der Welt wäre, dann würde er schon auf ihn aufpassen. Mit ausgebreiteten Armen hat er da oben auf dem Geländer gestanden und mich angegrinst. Und dann hab ich gehört, dass ein Zug kam, und hab unheimliche Angst gekriegt. Ich hab mich umgedreht und bin aufs Fahrrad gesprungen und abgehauen, so schnell ich konnte. Ich hab mich überhaupt nicht mehr umgeguckt, weil ich gedacht habe, er würde da runterfallen, und weil ich das nicht sehen wollte.«

»Und nachher musstest du ihm schwören, niemandem davon zu erzählen?«, fragte Wagner.

Michael nickte.

»Der Achim hat mir versprochen, dass er so einen Mist nie mehr wieder machen würde. Aber daran hat er sich ja dann doch nicht gehalten. Ich kapier das nicht. Warum hat er so was gemacht? Er war doch nicht lebensmüde. Er wollte zu den Beatles und später mal zu den Indianern.«

Er sah Wagner fragend an.

»Glaubst du, er war so durcheinander, weil er gedacht hat, dass der alte Krumpen und nicht der Onkel Willy sein Vater wäre?«

»Ja, das glaub ich«, sagte Wagner.

»Aber das hat er sich doch nur eingebildet? Oder?«

Wagner drückte seine Zigarette im Aschenbecher aus. Er hatte kein Recht dazu, dem Jungen die Wahrheit zu sagen. Das konnte er Mia Hüwel nicht antun und Michael auch nicht.

»Ja, ich glaube, dass der Achim sich da was zurechtgesponnen hat«, sagte er leise.

Michael nickte erleichtert. »Und? Bist du sauer, weil ich dir die Geschichte nicht schon früher erzählt habe?«

»Nein, ich bin froh, dass du sie mir jetzt erzählt hast.«

Ein junges Mädchen mit großen, braunen Augen und einem langen, schwarzen Pferdeschwanz stellte einen Eiskaffee und ein gemischtes Fruchteis mit Sahne auf die gelbe Tischplatte und lächelte dabei.

ACHTZEHN

Es war ja unbestreitbar, dass die Italiener gutes Eis machten, aber dass sie jetzt auch Restaurants eröffneten und die Menschen im Kohlenpott mit ihrer Küche beglücken wollten, betrachtete Wagner äußerst skeptisch.

Für die vielen italienischen Gastarbeiter war ein solches Angebot sicher ganz erfreulich, aber er versprach sich echte Gaumenfreuden doch eher von einem Besuch im Wienerwald oder in einem der alteingesessenen Lokale der Stadt. Dass es jetzt in Oberhausen so eine Pizzeria gab, hatte er zwar schon gehört, aber auf die Idee, sich dort zum Essen zu verabreden, wäre er nicht gekommen. Dazu hatte Ilona ihn genötigt.

Als er ihr am Freitagabend beim »Pino« gegenübersaß, gefiel es ihm dort auf den ersten Blick dann doch recht gut. Die Tischdecken waren bunt, der Kellner, der ihnen die Speisekarten brachte, begrüßte sie mit »Buona sera!« und zündete die Kerze auf ihrem Tisch an, und Ilona sah in ihrem roten Kleid bezaubernd aus.

Er erzählte ihr von den Tagen in der Eifel.

»Ich war als Kind mal da, aber viel weiter südlich, fast schon an der Mosel«, sagte sie. »Da war es auch sehr schön. Vielleicht können wir ja irgendwann mal zusammen ein paar Tage Urlaub in der Gegend machen.«

»Geht nicht. Dafür sind wir noch zu jung.«

»Zu jung?«

»Die typischen Eifelgäste sind Paare über fünfzig, die gern zusammen wandern. Das hat Farben-Emil jedenfalls behauptet. Mich hat er für einen Verlagsvertreter gehalten, weil er sich nicht vorstellen konnte, dass ich in der Eifel nur ein paar Tage Urlaub machen wollte. Männer in meinem Alter brauchen in den Ferien Wein, Weib und Gesang, meint Farben-Emil.«

»Dann fahren wir eben nach Italien«, sagte Ilona.

»Irgendwann mal. Vielleicht«, sagte Wagner ausweichend.

Ilona sah ihn lächelnd an und nickte.

»Jetzt probier ich erst mal die italienische Küche«, sagte Wagner und schlug die Speisekarte auf.

Es gab viel Pizza und noch mehr Pasta. »Teigfladen und Nudeln«, murmelte er vor sich hin.

»Blätter mal weiter!«, sagte Ilona. »Auf den nächsten Seiten kommen die Fleischgerichte. Scaloppina oder Bistecca, so etwas schmeckt dir bestimmt.«

»Ich möchte eigentlich gern was typisch Italienisches, wo ich jetzt schon mal hier bin.«

»Dann bestell dir eine Pizza.«

»So ein Ding, das mit allem möglichen Zeugs belegt ist?«

»Schmeckt wirklich gut.«

»Kann ich mir nicht vorstellen.«

»Was hältst du denn von Spaghetti Bolognese? Das sind Nudeln mit einer leckeren Hackfleischsoße.«

»Sind das nicht diese furchtbar langen, dünnen Nudeln? Wie soll man die denn in den Mund kriegen?«

»Die werden um die Gabel gewickelt. Dabei nimmt man einen Löffel zur Hilfe.«

»Hört sich schwierig an.«

»Ich weiß was. Wir bestellen eine Lasagne für dich. Die kannst du mit Messer und Gabel essen, und typisch italienisch ist sie auch. Ich nehme eine Pizza Marinara. Davon kannst du dann mal ein Stück probieren. Und dazu essen wir einen gemischten Salat und trinken einen Frascati. Einverstanden?«

In Anbetracht von Tortellini, Tagliatelle, Cannelloni und all der anderen unverständlichen Worte auf der Speisekarte hielt Wagner es für richtig, dem Vorschlag vorbehaltlos zuzustimmen.

»Guten Abend, Fräulein Ilona. Schön, dass Sie uns mal wieder beehren«, sagte der graumelierte Mittfünfziger, der ihre Bestellung aufnahm.

Wagner hätte gern gewusst, woher dieser Italiener Ilonas Namen kannte, aber er fragte sie nicht.

»Das ist der Chef«, sagte sie, als der Mann in der Küche verschwunden war. »Als ich vor ein paar Wochen mit einer Freundin hier war, hat er uns zu einem Gläschen Wein eingeladen. Seitdem weiß er, wie ich heiße.«

»Warst du schon oft hier?«

»Wenn ich im Stadttheater war, geh ich oft beim ›Pino‹ noch eine Kleinigkeit essen.«

»Du gehst ins Theater?«

»Ich hab ein Abonnement zusammen mit einer Freundin.«

Ilona strich flüchtig eine rote Haarlocke aus ihrem Gesicht. Wagner gefiel es, ihr gegenüberzusitzen und sie anzusehen. Ihre Fingernägel waren so rot wie das Kleid. Ihr Mund war auch rot.

»Hier in der Pizzeria trifft man übrigens immer viele Theaterleute«, sagte sie. »Da hinten an dem Tisch, das sind fast alles Schauspieler. Und der kleine Dicke, das ist der Günther Büch.«

»Kenn ich nicht«, sagte Wagner.

»Der ist Spielleiter. Macht ziemlich verrückte Sachen. Jetzt will er die Sprechstücke von einem jungen Dichter auf die Bühne bringen. Der heißt Handke oder so ähnlich. Sie sollen im Oktober uraufgeführt werden. Ich bin mal gespannt, was das wird.«

»Ich war schon ewig nicht mehr im Theater.«

»Das ließe sich ändern.«

Wagner sah zu den Theaterleuten hinüber. Sie sprachen ziemlich laut miteinander. An fast allen Tischen saßen Leute, die noch jung waren. Die wenigsten von ihnen waren Südländer.

»Ich hab gedacht, in so einer Pizzeria wären nur Italiener. Aber die Menschen hier sehen eher so aus, als wären sie in Osterfeld oder in Sterkrade geboren«, sagte Wagner.

»Die italienische Küche ist gut. Das spricht sich langsam rum«, entgegnete Ilona.

Die Lasagne war ausgezeichnet. Auch das Stück Pizza, das Ilona ihm auf den Rand des Salattellers legte, schmeckte besser, als Wagner es erwartet hatte. Der gemischte Salat war knackig und frisch und der Frascati süffig.

»Hier bin ich heute ganz bestimmt nicht zum letzten Mal«, sagte Wagner, als alle Teller leer waren.

Der Kellner räumte das Geschirr vom Tisch.

Ilona lachte.

»Kannst du dir vorstellen, dass eine Frau dreieinhalb Jahre lang ein intimes Verhältnis mit einem Mann hat, ohne dabei jemals Lust zu empfinden?«, fragte Wagner sie.

»Eine Hure?«, fragte Ilona zurück.

»Nein.«

»Die Ehefrau des Mannes?«

»Nein, auch nicht.«

»Dann kann ich es mir nicht vorstellen.«

»Nun ja, der Kerl hat ihre Notlage ausgenutzt. Am Anfang jedenfalls. Aber dann ging die Geschichte eben noch über drei Jahre weiter. Ich hab dir von der Frau erzählt. Sie ist von ihrem Vermieter schwanger geworden, kurz bevor ihr Mann aus der Gefangenschaft zurückkam.«

»Ach, um diese alte Geschichte geht es«, sagte Ilona.

Sie trank von ihrem Wein und dachte nach. Wagner bot ihr eine Zigarette an. Sie wollte keine. »Es kann schon sein«, sagte sie. »Die Frau war ja nicht mit dem Alten zusammen, weil sie ihren Spaß haben wollte. Sie hat ihn gebraucht, weil sie sonst allein gewesen wäre.«

Wagner zündete sich eine Zigarette an.

»Vielleicht will sie es aber auch heute nicht mehr wahrhaben, dass sie damals Lust empfunden hat. Sie macht sich Vorwürfe und redet sich ein, dass sie das Ganze eigentlich nie gewollt hat und dass es ihr niemals den geringsten Spaß gemacht hat.«

»Das halte ich auch für möglich«, sagte Wagner.

Ilona trank ihr Glas leer.

»Du hast mir die Geschichte erzählt, als du das letzte Mal bei mir in der Flaßhofstraße warst«, sagte sie.

»Ich weiß.«

»Das ist fast zwei Wochen her.«

Wagner dachte, dass alles schwieriger geworden war, seitdem Ilona nicht mehr seine Hure war.

»Es ist alles nicht mehr so einfach, seitdem ich nicht mehr dein Freier bin«, sagte er.

»Wir wissen beide nicht, was das jetzt eigentlich ist zwischen uns«, sagte Ilona.

Sie nahm sich eine Zigarette aus seiner Schachtel. Wagner gab ihr Feuer.

»Ich möchte noch einen Wein«, sagte sie.

»Ich lieber nicht. Sonst kann ich gleich nicht mehr fahren.«

»Ein halbes Glas kannst du doch noch trinken. Lass uns noch eine Karaffe bestellen.«

Wagner nickte. Er hätte jetzt gern in Ilonas rotes Haar gefasst, sie zu sich herübergezogen und geküsst.

»Das Kleid steht dir gut«, sagte er.

Sie lächelte.

Nach einer Weile sagte sie: »Ich bin gern mit dir zusammen. Nicht nur im Bett. Auch so wie jetzt. Und vorigen Samstag bei deinem Bruder, das war auch sehr schön.«

Der Kellner ging an ihrem Tisch vorbei. Wagner bestellte eine Karaffe Frascati.

»Ich hab mir überlegt, dass ich aufhören könnte, als Hure zu arbeiten. Sofort«, sagte Ilona. »Ich hab zwar noch nicht so viel Geld zusammen, wie ich eigentlich wollte, aber zwei- oder dreitausend Mark bekäme ich vielleicht auch von der Bank.«

»Ich möchte nicht, dass du meinetwegen deine Pläne änderst«, sagte Wagner.

»Ich würde gern deinetwegen meine Pläne ändern.«

»Das macht mir Angst.«

Der Kellner stellte eine Karaffe Wein auf ihren Tisch.

»Ja, ich weiß«, sagte Ilona. »Denkst du, ich hätte keine Angst? Wenn jemand ›Fräulein Ilona‹ zu mir sagt und du versuchst in seinem Gesicht zu lesen, ob er schon mal mit mir im Bett war, dann bekomme ich Angst. Dann frage ich mich, ob ich nicht immer eine Hure für dich bleiben werde. Dann fürchte ich, dass das, was ich mir erträume, niemals möglich sein wird.«

Wagner verteilte den Wein aus der Karaffe auf ihre Gläser. Ilona stützte mit einer Hand ihr Kinn, mit der anderen streichelte sie ihr Weinglas.

Sie sah Wagner an und sagte: »Das, was wir gerade erleben, ist schön. Ich will nicht, dass wir das mit unseren Ängsten kaputt machen. Es ist schon möglich, dass es eines Tages wehtun wird. Das nehme ich in Kauf. Wer das nicht tut, der muss auf die Liebe verzichten. Das will ich nicht. Ich will es genießen, mit dir zusammen zu sein. Ohne an morgen zu denken.«

Wagner griff nach ihrem Arm, der auf der bunten Tischdecke lag und noch weißer war als sonst.

»Ich würde jetzt gern mit dir schlafen«, sagte er leise.
»Wir möchten bezahlen!«, rief Ilona dem Kellner zu.

***

Wagner stand mit einer Tasse Kaffee in der Hand am Küchenfenster. Es kam ihm so vor, als wäre das Getreide auf den Feldern hinter der Lindnerstraße in den vergangenen zwei Wochen nicht um einen einzigen Zentimeter mehr gewachsen.

Im Wohnzimmer lief das Radio.

Der Wetterbericht versprach von allem ein bisschen: durchziehende Wolkenfelder, zwischen denen sich immer mal wieder die Sonne zeigen sollte, örtlich heftige Regenschauer mit vereinzelten Sommergewittern und Temperaturen bis zu zwanzig Grad.

Die Getreidehalme, die das Unwetter vor elf Tagen zu Boden gedrückt hatte, hatten sich nicht wieder aufgerichtet.

Cliff Richard sang: »Das ist die Frage aller Fragen«. Etwas später sagte der Rundfunksprecher: »Ob dieser dreißigste Juli 1966 ein verregneter oder ein sonniger Samstag für uns wird, das wissen wir mit Gewissheit erst heute Nachmittag gegen siebzehn Uhr, wenn die englische Königin Elisabeth entweder ihrem Landsmann Bobby Moore oder unserem Kapitän Uwe Seeler den bedeutendsten Pokal der Fußballwelt überreicht.«

Wagner gähnte.

Er war spät noch nach Hause gefahren, obwohl Ilona ihn gefragt hatte, ob er nicht bei ihr übernachten wolle.

»Ich hab keinen Schlafanzug dabei und keine Zahnbürste und nichts«, hatte er gesagt.

Er war noch nie neben einer Frau eingeschlafen. Er wusste nicht, ob er das konnte.

Als er mit Ilona ins Bett gegangen war, hatte er sich vorgenommen, sie später zu fragen, ob sie Lust hätte, mit ihm bei den Holtbrinks das Finale zu gucken. Aber nachher hatte er es dann doch nicht getan.

Er schaltete das Radio aus, zog seine Motorradjacke über und zündete sich eine Zigarette an. Im Treppenhaus grüßte ihn die Frau, die unter ihm wohnte, mit einem flüchtigen Kopfnicken. Als er von der Lindnerstraße in die Emschertalstraße abbog, dachte er immer noch an Ilona.

Jupp Möllmann saß auf der Bank hinterm Haus und sagte: »Tach, Manni. Schön, dich zu sehen. Ich dachte, du wärs immer noch in er Eifel.«

Wagner setzte sich neben ihn und erzählte ihm von Kalterherberg und Monschau, von Wahlerscheid und Reifferscheid, vom Soldatenfriedhof und von der weiten Hügellandschaft, die unglaublich friedlich unter einem sehr blauen Himmel gelegen hatte.

»Et is gut, dat du dir dat noch ma angeguckt has, jetz, nach all den Jahren«, sagte Jupp. Dann sprach er übers Angeln und über die Gartenarbeit und zeigte Wagner die Kaninchen, die Junge bekommen hatten.

Später beschlossen sie, zum Endspiel gemeinsam zu den Holtbrinks zu fahren.

»Wer gewinnt denn heute?«, fragte Wagner.

»England oder Deutschland«, sagte Jupp und lud Manni Wagner zu einem Teller Linsensuppe ein. Die hatte er auf dem Herd stehen.

Als sie gegessen hatten und wieder nebeneinander draußen auf der Bank saßen, zeigte sich zum ersten Mal an diesem Tag die Sonne. Sie rauchten, und Wagner dachte wieder an Ilona.

Er erzählte von seinen Gesprächen mit Michael im Café in Monschau und in der Eisdiele in Sterkrade, von Achims Ausbruch, als Willy Hüwel ihn zum Friseur schicken wollte, und von seiner Kletterei auf dem Brückengeländer.

»Irgendwie hab ich mir so wat schon gedacht«, sagte Jupp.

»Was hast du dir gedacht?«

»Dat der Jung da rumgeklettert ist, weil er sich wat beweisen wollte.«

»Ja, so war das wohl«, sagte Wagner.

»Bis'e jetz enttäuscht?«

»Warum sollte ich?«

»Jetz has'e dich den ganzen Urlaub mit dem Achim beschäftigt, und am Schluss is nix Neues dabei rausgekommen.«

»Das kann man so nicht sagen. Ich weiß jetzt, dass es ein Unfall war. Und ich kann mir erklären, wie es dazu gekommen ist.

Mich ärgert nur, dass ich ein paar Dinge immer noch nicht verstehe.«

Jupp Möllmann drückte den verbrannten Tabak in seiner Pfeife fest. Im Hühnerstall gingen flügelschlagend und aufgeregt gackernd zwei Hühner aufeinander los.

»Die brauchen ma wieder Auslauf«, sagte Jupp. »Aber heute müssen se im Stall bleiben. Heute is Endspiel.«

Über dem Kanal schob sich ein weißgrauer Wolkenberg langsam an die Sonne heran.

»Ob ich dat jetz alles richtig versteh, dat weiß ich auch nich«, sagte Jupp nach einer Weile. »Aber wat in dem Jung vorgegangen is, dat kann ich mir schon irgendwie vorstellen. Ich hab dat ja immer vom Achim gehört, wat die Mia dem jahrelang eingebläut hat: Dat tut man nich, dat darf man nich, dat gehört sich nich, dat is Sünde, dat verstößt gegen den Willen Gottes. Die Mia hat versucht, aus dem Jung den anständigen Mensch zu machen, der se selbst nich gewesen is. So is er erzogen worden. Und dann findet er raus, dat seine Mutter et mit dem ollen Krumpen getrieben hat und dat er selbst en Kind der Sünde is, en Bastard. Dat für den Achim die Welt aus e Fugen geraten is und dat er denken musste, Gott würde vielleicht gar nich wollen, dat et ihn gibt, dat leuchtet mir irgendwie ein. Deshalb hat er sich in letzter Zeit aufgeführt wie so 'n Geistesgestörter. Die Raserei mit 'm Fahrrad, die Kletterei auf 'm Brückengeländer, irgendwie waren dat alles Fragen an den da oben. Ich glaub, wenn die Mia den Achim nich immer so verrückt gemacht hätte mit dem ganzen frommen Gedöns, dann wär dat gar nich passiert, wat passiert is.«

Die Wolken hatten sich vor die Sonne geschoben. Jupp Möllmann ging ins Haus, um seine Strickjacke zu holen.

Wagner zündete sich eine Zigarette an. Er war froh, dass er Kriminaldirektor Kerkhoff keinen Ermittlungsbericht vorzulegen hatte. Er hätte wohl irgendwas über die Schwierigkeiten des Joachim Hüwel in einem problematischen familiären Umfeld geschrieben und über seinen daraus erwachsenen Leichtsinn. Aber er hätte gewusst, dass ›Schwierigkeiten‹ und ›Leichtsinn‹ zwei Worte waren, die das, was in dem Jungen vorgegangen war, nur unzulänglich beschrieben.

»Has'e eigentlich immer noch den Gedanken im Kopp, dat beim Tod vom Arnold Krumpen jemand nachgeholfen haben könnte?«, fragte Jupp, als er sich mit Strickjacke und qualmender Pfeife wieder neben ihn setzte.

»Sagen wir mal so: Ich halte es nach meinem Gespräch mit Doktor Rötering und nach allem, was ich inzwischen über Krumpen weiß, nicht für ausgeschlossen, dass ihn jemand ins Jenseits befördert hat. Aber es bringt nichts, sich mit Rätseln zu beschäftigen, die nicht lösbar sind. Selbst wenn es zu einem Ermittlungsverfahren käme, würde die Angelegenheit wohl irgendwo im Sande verlaufen. Die Todesursache lässt sich wahrscheinlich nicht mal mehr durch eine Obduktion nachweisen. Jedenfalls sagt Rötering das. Es gibt definitiv keine Zeugen, und kriminaltechnisch wäre der Fall vermutlich auch nicht mehr zu klären. Ich kann mir jedenfalls nicht vorstellen, dass sich auf einem der schmuddeligen Sofakissen noch brauchbare Fingerabdrücke finden ließen. Nein, Jupp, es hat überhaupt keinen Zweck, noch weiter über Krumpens Tod nachzugrübeln.«

»Ja, da has'e wohl recht. Trotzdem geht mir die Angelegenheit immer wieder durch en Kopp. Der Nöll hat nie seine Korridortür abgeschlossen, wenn er zu Hause war. Da bin ich mir inzwischen ganz sicher. Wenn der nachts besoffen in seinem Fernsehsessel gepennt hat, dann konnte jeder in die Wohnung rein.«

»Jeder nicht. Die Haustür war ja abgeschlossen.«

»Ja, dat stimmt.«

Vom Kanal wehte ein böiger Wind herüber, schüttelte die Ähren auf den Feldern und schob am Himmel die Wolken zusammen. Mit der Sonne war vorläufig nicht mehr zu rechnen.

»Ich versteh nicht, was eigentlich in der Mia und im Willy vor sich geht«, sagte Wagner. »Die Hüwels haben die ganze Zeit über versucht, mir was vorzumachen. Bis zuletzt haben sie immer nur das zugegeben, was sie nicht mehr abstreiten konnten.«

»Die Mia wollte nich, dat irgendjemand erfährt, dat der Willy nich der Vatter vom Achim gewesen is. Dat is doch klar.«

»Ja, natürlich. Dass sie ihr Verhältnis mit Arnold Krumpen so lange abgestritten hat, bis es nicht mehr ging, bis wir das Testament gefunden hatten, das versteh ich schon. Aber warum hat sie danach versucht, mir weiszumachen, ihr Mann wisse nichts von der ganzen Geschichte? Warum hat sie nicht gleich gesagt, ihm sei von Anfang an klar gewesen, dass er nicht Achims Vater sein konnte? Nach dem, was der Michael in Monschau erzählt hat, glaube ich, dass Willy Hüwel auch ganz genau weiß, von wem der Junge war. Aber er tut immer noch so, als halte er irgendeinen Schwarzhändler oder einen Besatzungssoldaten für Achims Erzeuger. Und die Mia bestreitet nach wie vor vehement, dass der Willy irgendwas vom Krumpen weiß. Was soll das? Warum versuchen die beiden ständig, mich von Willy Hüwels Ahnungslosigkeit zu überzeugen? Das macht doch keinen Sinn.«

»Ich glaub nich, dat dat irgendwat zu bedeuten hat«, sagte Jupp nach einer Weile. »Vielleicht wollen die beiden nur, dat niemand alle ihre Geheimnisse kennt. Dat is ja schließlich ihre Geschichte.«

Wagner schwieg. In seiner Güldenringschachtel waren nur noch zwei Zigaretten. Er schob sie zurück in seine Jackentasche und dachte nach. Der Wind legte sich. Die Wolken zogen nur langsam weiter.

»Vielleicht hat es doch was zu bedeuten«, sagte er schließlich. »Könntest du eventuell auch mit dem Moped zu den Holtbrinks fahren?«

»Ja sicher«, sagte Jupp verblüfft. »Wat is los? Hab ich dich verärgert?«

»Nein, überhaupt nicht. Sag dem Hein und der Trude und dem Michael bitte, dass ich später komme!«

***

Eine Viertelstunde bevor im Londoner Wembleystadion das Endspiel der siebten Fußballweltmeisterschaft angepfiffen wurde, öffnete Manni Wagner das verwitterte Gartentor in der Schrebergartenkolonie. Er hatte gegen Willy Hüwel nur eine Chance, wenn er bedingungslos auf Angriff setzte. Und genau das wollte er tun. Er wollte auf seinen Gegner losstürmen und ihn überrumpeln.

Hüwel saß vor seinem grünen Gartenhäuschen und empfing ihn mit einem mürrischen Gesicht und einem Kopfschütteln. Wagner ignorierte beides und setzte sich neben ihn auf die Bank.

»Wat wollen Sie denn hier? Zehn Minuten vorm Finale? Ich geh jetz rüber zu Markett und guck mir dat Spiel an«, sagte Hüwel. Sein Atem roch nach Bier.

»Erst werden Sie mir ein paar Fragen beantworten«, entgegnete Wagner.

Hüwel lachte gereizt.

»Dat glauben Se doch wohl selbst nich. Von mir aus können Se hier sitzen bleiben, bis Se schwarz werden. Ich geh jetz Fußball gucken.«

»Wenn Sie das tun, dann lass ich Sie aus der Wirtschaft abführen und zum Verhör ins Polizeipräsidium nach Oberhausen bringen«, sagte Wagner schroff.

Hüwel sah ihn erschrocken an.

»Wat soll dat denn jetz?«, fragte er und verschränkte die Arme vor der Brust.

»Ich verdächtige Sie des Mordes an Arnold Krumpen.«

Hüwel presste seine Lippen aufeinander und schüttelte eine Weile den Kopf. Dann rührte er sich nicht mehr.

»Ich hab mit Doktor Rötering gesprochen«, sagte Wagner. »Der ist sich nicht sicher, ob Krumpen tatsächlich an einem Herzinfarkt gestorben ist. Es ist ebenso gut möglich, dass er erstickt worden ist, als er betrunken in seinem Fernsehsessel schlief. Ich werde dafür sorgen, dass der Leichnam exhumiert und eine Obduktion durchgeführt wird.«

Willy Hüwel saß regungslos da und sah starr geradeaus. Wagner riss die Zigarettenschachtel auf, die er sich auf der Fahrt nach Sterkrade an einer Trinkhalle gekauft hatte, und zündete sich eine Güldenring an. Er bot Hüwel keine an.

»Außerdem werde ich eine kriminaltechnische Untersuchung von Krumpens Wohnung veranlassen«, sagte er nach einer Weile. »Ich bin mir sicher, dass meine Kollegen auf einem der Sofakissen Fingerabdrücke von Ihnen finden werden.«

»Dat is doch alles nur Spekulation«, sagte Hüwel leise.

»Wenn Arnold Krumpen getötet worden ist, und das werden wir nach der Obduktion genau wissen, dann kommen als Täter nur die Menschen in Frage, die in der Tatnacht im Haus waren und sich durch die unverschlossene Korridortür in Krumpens

Wohnzimmer schleichen konnten. Und das waren nur die beiden Mieter der oberen Wohnung, Herr Hüwel, Sie und Ihre Frau.«

Hüwel löste die Arme von seiner Brust und kramte in seinen ausgebeulten Hosentaschen herum. Er zog ein zerknittertes Päckchen Roth-Händle hervor. Etwas später fand er auch eine Schachtel Zündhölzer. Er schob eine Zigarette zwischen seine Lippen und entzündete ein Streichholz. Die Flamme in seiner Hand zitterte.

Über die Weseler Straße rumpelte eine Straßenbahn. Sie hielt nicht bei Markett, sondern fuhr langsam an der Haltestelle vorbei. Wagner nahm an, dass sie leer war, dass an diesem Nachmittag kein Mensch unterwegs war. Er konnte die Straßenbahn hinter all dem Schrebergartengrün nicht sehen. Das Rattern und Quietschen ihrer Räder in den Schienen hörte er noch, als sie schon weit unten auf der Steinbrinkstraße war.

Hüwel warf die halb gerauchte Zigarette auf die Erde und zertrat sie.

»Sie hatten nicht nur die Gelegenheit, Krumpen zu töten, Sie hatten auch ein Motiv«, sagte Wagner. »Weil Sie genau wussten, dass dieses Motiv Sie äußerst verdächtig machen würde, haben Sie und die Mia alles darangesetzt, es zu vertuschen. Sie beide haben krampfhaft versucht, mir weiszumachen, Sie hätten nicht die geringste Ahnung von der Rolle, die Arnold Krumpen im Leben Ihrer Frau und des Jungen gespielt hat. Dabei wussten Sie nicht nur von Anfang an, dass der Achim nicht Ihr leiblicher Sohn war, Sie wussten auch, wer sein Erzeuger war. Spätestens seit Achims Wutausbruch war Ihnen das klar. Der Junge hat es Ihnen ins Gesicht geschrien, dass Krumpen sein Vater war. Ich glaube, dass Sie diesen Mann abgrundtief gehasst haben.«

»Woher wissen Sie dat eigentlich, wat der Jung bei dem Streit zu mir gesacht hat? Et war doch niemand dabei außer der Mia.«

»Der Achim hat es jemandem erzählt.«

Hüwel sagte eine Weile nichts. Dann stand er auf und fragte: »Kann ich ma pinkeln gehn?«

»Es wäre dumm, wenn Sie sich jetzt aus dem Staub machen würden«, sagte Wagner.

»Wo soll ich denn schon hin? Ich geh nur an e Hecke.«

Hüwel verschwand um die Ecke des Gartenhäuschens. Wagner hörte eine Zeitlang nichts von ihm. Als er wieder auftauchte, hatte er eine Flasche Bier in der Hand. Er hatte sie aus der Regentonne geholt. Wassertropfen perlten an ihr herunter und fielen auf die Erde.

»Jetzt is gleich schon Halbzeit«, sagte er, als er sich wieder setzte. Dann trank er sein Bier und schwieg. Wagner sah, dass seine Lider zuckten. Willy Hüwel sollte ruhig nachdenken. Er sollte so lange nach einem Ausweg suchen, wie er wollte. Wagner war sich sicher, dass er keinen finden würde.

Die Flasche Bier war schon eine ganze Weile leer, als Willy Hüwel sagte: »Er hatte doch alles. Den Jungen hätte er mir nicht auch noch wegnehmen dürfen.«

Wagner lehnte sich zurück und zog ganz langsam eine neue Zigarette aus der Schachtel.

»Der Achim, dat war mein Jung, all die Jahre. Und ich war sein Vatter. Da gab et nie wat dran zu rütteln. Wer die Mia geschwängert hatte, dat wusste ich wirklich nich. Dat wollte ich nich wissen. Ich wollte, dat wir 'ne ganz normale Familie sind. Der Junge, die Mia und ich. Und dat waren wir ja auch. Bis dat dann auf einmal anfing, dat der Achim so anders geworden is, dat er nich mehr auf uns gehört hat und gemacht hat, wat er wollte. Wie so 'n Verrückter hat er sich aufgeführt. Für die Schule hat er nix mehr gemacht, in e Kirche is er nich mehr gegangen, und dann hat er den Unfall mit dem Fahrrad gehabt. Die Mia und ich, wir wussten nich, wat los war und wat wir tun sollten. Der Achim hat ja auch nich gesacht, wat er hatte. Et war egal, ob wir freundlich mit ihm waren oder ihn angebölkt haben, dat kam alles gar nich mehr bei ihm an. Und dann is et eines Tages aus ihm rausgeplatzt. Dat der Krumpen sein Vatter wär und dat ich ihn endlich in Ruhe lassen sollte, hat er gebrüllt. Dat war für mich, als hätt der Jung mir en Knüppel vor en Kopp gehauen.«

Hüwel saß, während er redete, bewegungslos neben Wagner, mit verschränkten Armen und einem leeren Blick. Er sprach leise und machte oft lange Pausen, so als erinnere er sich an etwas, das schon sehr weit zurücklag.

»Der Krumpen, der alte Drecksack, der wollte den Achim für

sich haben. Nur darum ging et ihm. Er hat ihm dat Zimmer unterm Dach ausgebaut, ihm en Plattenspieler geschenkt, ihn bei sich Fernsehen gucken lassen und ihm sogar seine Fahrradwachen versprochen. Und ich hab erst gemerkt, wat los war, als et schon zu spät war. Danach bin ich kaum noch in e Wilhelmstraße gewesen. Ich hab malocht, bis ich nich mehr konnte, erst auf e Schicht, dann im Schrebergarten. Geschlafen hab ich hier im Häusken auf e Pritsche. Ich wollte am liebsten niemand mehr sehen, auch die Mia nich. Dat se mir dat angetan hatte, dat ich all die Jahre mit dem Sauhund unter einem Dach gelebt hab, der sie geschwängert hat, dat konnte ich ihr nich verzeihen. Und auf e Zeche sah et auch ganz mies aus. Feierschichten. Der Anfang vom Ende. Ich hab gedacht: Jetz bis'e ganz unten angekommen, en Penner in e Schrebergartenkolonie, tiefer geht et nich mehr. Aber da hatte ich mich vertan. Et ging doch noch tiefer. Irgendwann standen zwei Polizisten hier im Garten und haben gesacht, der Achim wär tot.«

Hüwel rieb mit beiden Handballen durch seine Augen und drehte den Kopf zur Seite, so dass Wagner sein Gesicht nicht mehr sehen konnte. Er zog ein zerknülltes Taschentuch aus einer seiner ausgebeulten Hosentaschen und schnäuzte sich. Als er das Tuch wieder in die Tasche gestopft hatte und dünn und schweigend dasaß, hörte Wagner die Vögel in der Hecke und den Wind im Apfelbaum. Jenseits der Gärten war die Stadt verstummt. Die Straßen waren ausgestorben.

»Nach der Beerdigung von dem Jung hab ich dann nich mehr hier geschlafen. Ich konnte die Mia ja nich allein lassen. Trotz allem. Wenn ich neben ihr im Bett lag und nich einschlafen konnte, hab ich immer den Krumpen vor mir gesehen. Und dann hab ich ihn jedes Mal umgebracht. Erschlagen und erwürgt hab ich ihn. Aber in Wirklichkeit bin ich ihm aus em Weg gegangen. Bis zu der Nacht, in der ich et nich mehr ausgehalten hab. Da hab ich unten in Krumpens Wohnung Lachen und Musik gehört, und dat hat mich wahnsinnig gemacht. So ein Scheißkerl, hab ich gedacht. Jetz is der Jung tot, und die Mia und ich sind am Ende, und dem is dat alles egal. Der macht da unten Trallafitti. Dabei hat er den Jung auf em Gewissen.«

»Sie denken, Krumpen wäre für Achims Tod verantwortlich?«, fragte Wagner dazwischen.

»Ja sicher is er dat. Wenn er dem Jung nich gesacht hätte, er wär sein Vatter, dann wär dat doch alles nich passiert. Dat hat der Achim nich verkraftet. Deshalb is er so durchgedreht und auf dem Brückengeländer rumgeklettert.«

»Krumpen hat dem Achim gesagt, dass er sein Vater ist? Woher wissen Sie das denn?«

»Wie soll der Jung dat denn sonst erfahren haben? Dat wussten doch nur die Mia und der alte Drecksack. Und die Mia hat dem Kind dat bestimmt nich erzählt.«

Wagner schwieg. Irgendwie hatte Hüwel ja recht, auch wenn Krumpen wahrscheinlich nie dem Jungen irgendwas ins Gesicht gesagt hatte. Er hatte Achim das Schulbild gezeigt und damit all die Ereignisse der nächsten Monate ausgelöst, bis hin zu Achims Tod.

»Ich war so wütend in der Nacht, dat ich runter bin und mich in Krumpens Wohnung geschlichen hab«, fuhr Hüwel fort. »Ich wollte wissen, wat der Kerl da treibt. Aber der hat gar nix getrieben. Die Musik und dat Gelächter kamen aus em Fernseher. Die Tür vom Wohnzimmer stand en Spalt weit offen. Der Krumpen lag in seinem Sessel und war am Schnarchen. Stinkbesoffen. Die Schnapspulle war fast leer. Ich hab 'ne ganze Zeit vor dem Türspalt gestanden und mir den Kerl angeguckt. Und auf einmal is et über mich gekommen. Ich bin rein in dat Zimmer, hab mir en Kissen geschnappt und ihm dat auf en Mund gedrückt. Krumpen is sofort wach geworden und hat mich erschrocken angeguckt. Mit ganz großen Augen. Da konnte ich nich weiter zudrücken. Ich hab dat Kissen aufs Sofa geworfen und gesacht, dat er die Fernsehkiste leiser stellen soll. Ich war schon halb wieder raus, da hab ich gesehen, dat er immer noch so dasaß, mit aufgerissenen Augen, ganz steif. Und der Mund stand auch weit offen. Ich hab gedacht, dat kann doch nich wahr sein, dat der jetzt tot is. Aber der war tot. Mausetot.«

Wagner war es so, als hätte er von irgendwo einen Jubelschrei gehört. Aber er war sich nicht sicher.

»Wann haben Sie der Mia erzählt, was passiert war?«, fragte er.

»Am nächsten Tag«, antwortete Hüwel.

»Wissen Sie, Herr Wagner«, sagte er nach einer Weile, »der Krumpen, der hatte immer alles, Geld und Erfolg und seinen Spaß im Leben. Er hat sich einfach genommen, wat er wollte. Meine Frau hat er gehabt, als ich in Russland fast krepiert wär. Er hatte en Kind mit ihr. Mit mir konnte se dann keins mehr kriegen. Und dann hat er auch noch den Jung in den Tod getrieben. Aber dat Allerschlimmste, wat er mir angetan hat, dat hat er in der letzten Minute seines Lebens noch geschafft. Da hat er mich zum Mörder gemacht.«

»Krumpen hatte ein kaputtes Herz«, sagte Wagner. »Ich glaube, dass er an einem Infarkt gestorben ist.«

»Ja sicher is er dat. Weil ich ihn zu Tode erschreckt hab.«

»Das ist möglich. Aber so etwas lässt sich nicht beweisen. Auch nicht durch eine Obduktion.«

»Und meine Fingerabdrücke?«

»Wenn Krumpen durch einen Herzinfarkt ums Leben gekommen ist, dann sind die völlig uninteressant.«

»Und jetzt?«, fragte Hüwel.

Wagner schaute auf seine Armbanduhr. »Jetzt ist das Spiel schon vorbei«, sagte er.

Er irrte sich.

Im Londoner Wembleystadion lief die Verlängerung, und genau in dieser Minute fiel dort ein Tor, das eigentlich gar keines war.

PETER KERSKEN
Im Schatten der Zeche
HISTORISCHER KRIMINALROMAN
emons: